Weitere Titel des Autors:

Die Toten vom Jakobsweg
Die siebte Leiche

Über den Autor:

Vlastimil Vondruška, geboren 1955, hat in Prag Geschichte und Ethnologie studiert. Danach arbeitete er im Nationalmuseum und betrieb gemeinsam mit seiner Frau eine Werkstatt zur Nachbildung von historischem Glas. Heute widmet er sich ganz dem Schreiben und hat neben zahlreichen wissenschaftlichen Werken über dreißig Historische Romane veröffentlicht. Mit einer Gesamtauflage von einer halben Million Exemplaren gehört er zu den erfolgreichsten Autoren Tschechiens. Besonders beliebt ist die Serie um Ritter Ulrich von Kulm und seinen Knappen Otto.

Vlastimil Vondruška

DAS BESTIARIUM VON MÄHREN

Historischer Kriminalroman

Aus dem Tschechischen von
Sophia Marzolff

BASTEI LÜBBE TASCHENBUCH
Band 17806

Dieser Titel ist auch als E-Book erschienen

Vollständige Taschenbuchausgabe

Deutsche Erstausgabe

Für die Originalausgabe:
Copyright © 2006, 2010 by Vlastimil Vondruška
Titel der tschechischen Originalausgabe: »Olomoucký bestiář«
Originalverlag: Moravská Bastei MOBA, s. r. o., Brno

Für die deutschsprachige Ausgabe:
Copyright © 2019 by Bastei Lübbe AG, Köln
Textredaktion: Hanna Granz, Herzberg am Harz
Titelillustration: © Science Photo Library / akg-images
Umschlaggestaltung: Johannes Wiebel | punchdesign, München
Satz: Dörlemann Satz, Lemförde
Gesetzt aus der Garamond
Druck und Verarbeitung: CPI books, Leck – Germany
ISBN 978-3-404-17806-3

5 4 3 2 1

Sie finden uns im Internet unter www.luebbe.de
Bitte beachten Sie auch: www.lesejury.de

Ein verlagsneues Buch kostet in Deutschland und Österreich jeweils überall dasselbe.
Damit die kulturelle Vielfalt erhalten und für die Leser bezahlbar bleibt,
gibt es die gesetzliche Buchpreisbindung. Ob im Internet, in der Großbuchhandlung,
beim lokalen Buchhändler, im Dorf oder in der Großstadt – überall bekommen Sie Ihre
verlagsneuen Bücher zum selben Preis.

Meiner Frau Alena gewidmet

PERSONEN

Ulrich von Kulm: Königlicher Prokurator und Verwalter von Burg Bösig
Otto von Zastrizl: Knappe des königlichen Prokurators
Wolfgang: Schreiber des königlichen Prokurators

Zirro von Hohlenstein: Burgherr
Hartman von Hohlenstein: Zirros Sohn
Heralt: Müller aus Schoschuwka
Mischka: Nichte des Müllers
Michael: Kaufmann in Raitz
Radana: Michaels Tochter
Šonka: Magd auf Burg Hohlenstein
Erhard: Burgwächter von Hohlenstein
Bruno von Schauenburg: Bischof von Olmütz
Idik von Schwabenitz: Burggraf von Blanseck
Militsch von Schwabenitz: Vater von Burggraf Idik
Paul von Eulenburg: Offizial
Zwoisch von Rabensberg: bischöflicher Kanzler
Walther: Krämer
Jan: Burggraf von Olmütz
Katharina: eine Witwe
Maestro Signoretti: Gaukler
Ordonatus: Apotheker

I. KAPITEL

Es war ein warmer, heller Abend im Frühsommer. Schon seit Tagen schien die Sonne, und am Himmel war kein einziges Wölkchen zu sehen. Die Dörfler, die auf den gerodeten Waldlichtungen rings um Burg Hohlenstein lebten, waren zufrieden, denn alles deutete darauf hin, dass Gott ihnen dieses Jahr eine besonders gute Ernte schenken würde. Und sie fanden, dass sie die nach den vielen Jahren der Entbehrungen auch verdient hatten. Den Wald abzuholzen und in urbares Land zu verwandeln war harte Arbeit gewesen. Als sie vor fünfzehn Jahren mit ihrem Burgherrn Zirro in die Hügel des Drahaner Berglands gezogen waren, hatten sie nicht geahnt, welche Notzeiten auf sie zukommen würden. Doch das lag nun hinter ihnen. Jetzt hatten sie ihre kleinen Häuser, und auf den Feldern färbte sich das Getreide golden.

Zirro von Hohlenstein war kein schlechter Herr, und gewiss war er besser als Idik von Schwabenitz, der nicht weit entfernt auf Burg Blanseck residierte und im Namen des Bischofs von Olmütz mehrere Dörfer im Flusstal der Zwitta verwaltete, ein Gebiet, das vom alten Herrschaftssitz Blanz bis fast nach Boskowitz reichte. Während Burggraf Idik die Kirche vertrat, forderte Zirro von seinen Untertanen keine allzu große Frömmigkeit. Auch machte er ihnen hin und wieder Zugeständnisse, etwa indem er sie in den tiefen Wäldern lehensfrei Holz schlagen ließ. Die Hänge des Berglands waren so dicht bewaldet, dass er es ohnehin nicht bemerkt hätte, wenn sie heimlich gerodet hätten.

Schon seit dem Mittag zogen die Männer von Schoschuwka mit zwei Paar Ochsen Baumstämme aus dem Wald, säuberten sie von Ästen und hackten sie zu groben Scheiten, um einen hohen Holzstoß aufzuschichten. In Mähren war es Brauch, zur Sommersonnenwende große Feuer zu entfachen. Der frühere Pfarrer von Schoschuwka hatte den Dörflern zwar mit ewiger Verdammnis gedroht – alles, was an heidnische Zeiten erinnerte, war ihm ein Dorn im Auge –, doch der neue Pfarrer Hilarius begnügte sich mit der Ermahnung, dass am Tag der Sonnenwende Johannes der Täufer geboren sei, weshalb es das Andenken des Heiligen nicht nur mit frommem Gebet, sondern auch mit einer feierlichen Messe zu ehren gelte. Und Zirro von Hohlenstein, der nicht auf Ärger mit der bischöflichen Nachbarschaft erpicht war, behauptete, seine Untertanen würden die Feuer zu Ehren Johannes' des Täufers abbrennen. Er wusste zwar gut, dass das nicht stimmte, aber Bruno von Schauenburg, der sich breitmachende Bischof von Olmütz, bereitete ihm schon genug Scherereien, da wollte er sich nicht wegen einer Belanglosigkeit wie ein paar Feuern noch weiteren Verdruss zuziehen. Hätte er seinen Untertanen die Sonnenwendfeuer verboten, hätten sie ihm doch nicht gehorcht.

»Wir müssen den größten Haufen errichten«, keuchte der Dorfschulze Dippold, der mit einem riesigen Holzscheit in den Armen oben auf dem Stoß balancierte. In Schoschuwka entzündete man das Feuer auf der Anhöhe hinter dem Dorf, damit es von fern zu sehen war.

»Unserer ist immer der größte«, erwiderte Hubatsch mit Stolz in der Stimme. Der dicke Bauer besaß einen ansehnlichen Hof am Dorfrand und wurde von den anderen beneidet, weil er vier Söhne hatte und daher ganz anders wirtschaften konnte als sie.

Vom Waldrand her tauchten die Jungochsen mit zwei weiteren Baumstämmen auf. Der von der Arbeit verschwitzte Kresta schnallte die Stämme ab und tätschelte den Tieren freundlich den Kopf. Die Ochsen wandten ihm ihre tiefschwarzen Augen zu, als wollten sie ihn fragen, ob sie umkehren und noch mehr Holz holen sollten. Das brachte Kresta zum Lachen. Er rief dem Dorfschulzen zu, dass es nun wohl genug sei.

Bevor Dippold etwas darauf antworten konnte, ertönte hinter ihnen lautes Geschrei, und im nächsten Moment tauchte Hubatschs Sohn Mikesch aus dem Unterholz auf. Wie alle Männer im Dorf trug er lediglich ein Leinengewand mit einem groben Strick um die Taille. »Der Werwolf!«, schrie er, während er auf die Männer am Holzstoß zurannte.

Sofort packten alle ihre Äxte, um sich verteidigen zu können, falls das Ungeheuer auftauchen sollte.

Der Dorfschulze rief: »Was sagst du da? Wo?«, und versuchte so schnell wie möglich vom Holzstoß herunterzusteigen, stolperte aber in der Aufregung und fiel geradewegs hinunter. Normalerweise hätte er brüllendes Gelächter geerntet, so aber achtete kaum jemand auf ihn. Alle standen mit weichen Knien da, und das Herz schlug ihnen bis zum Hals. Der Werwolf trieb wieder sein Unwesen!

»Die Mutter«, schrie der junge Bursche mit schreckgeweiteten Augen und blieb keuchend stehen, »er hat sie getötet!« Er war den ganzen Weg bergauf gerannt, und seine nackten Unterschenkel waren von Dornen blutig zerkratzt.

»Sie ist tot?«, fragte sein Vater heiser. Er ließ die Hand sinken und die Axt zu Boden fallen. Unwillkürlich bekreuzigte er sich und murmelte leise vor sich hin. Er hatte seine Kathrein geliebt.

Mikesch nickte stumm. Dann wandte er sich an den Dorfschulzen und begann atemlos zu erzählen, wie er und seine Brüder den Werwolf bei der Mutter hätten knien sehen. Obwohl sie schreckliche Angst gehabt hätten, seien sie losgerannt, um ihr zu helfen. Als der Werwolf sie hörte, war er aufgesprungen und weggelaufen, doch der Mutter war nicht mehr zu helfen gewesen. Wie den anderen Frauen vor ihr, hatte er ihr die Kehle durchgebissen. Also hatten sie ihre Leiche dort liegen gelassen, Mikeschs Brüder waren dem Werwolf gefolgt und er selbst hierhergelaufen.

»Hoffentlich tut die Bestie ihnen nicht auch noch etwas an«, sagte einer der Männer, die schreckensbleich vor dem Holzstoß standen und die furchtbare Nachricht angehört hatten. Insgeheim waren sie aber auch erleichtert, dass ihren eigenen Familien nichts passiert war.

»Was steht ihr noch herum?«, schrie Dorfschulze Dippold. »Diesmal erwischen wir ihn!«

»Sollten wir nicht zuerst zum Pfarrer laufen, damit er sein Weihwasser mitbringt?«, warf Kresta ein, denn er wusste, dass mit den Dämonen des Waldes nicht zu spaßen war.

Da erwachte Bauer Hubatsch aus seiner dumpfen Apathie. Er nahm seine Axt vom Boden und blickte herausfordernd in die Runde. »Sind wir Mannsbilder oder jämmerliche Wichte, die sich hinter dem Rockzipfel des Pfarrers verstecken?«

Und Dorfschulze Dippold fuhr Kresta schroff an: »Wenn du dich fürchtest, dann lauf zum Pfarrer. – Komm, Mikesch, zeig uns den Weg!«

Kurz darauf folgte das Grüppchen dem schmalen Trampelpfad durch den Wald. Kresta band die Jungochsen rasch an einer Espe fest und eilte den anderen hinterher – nicht, weil er seine Meinung geändert hätte, sondern weil er den Hohn der anderen mehr fürchtete als den Werwolf.

Der alte Hubatsch lief trotz seiner Beleibtheit mit dem Schulzen vorneweg. Er drehte sich zu seinem Sohn um und fragte schnaufend: »Was hat die Mutter denn im Wald gemacht?«

»Sie ist heute Morgen zum Bach gegangen, um Wäsche zu bleichen. Dabei muss es ihr ein Hemd fortgeschwemmt haben, und sie ging es wohl suchen, denn als wir Mutter fanden, hatte sie eines in der Hand ...«

»Vermaledeites Hemd!«, fluchte der alte Hubatsch und wurde furchtbar wütend auf sich selbst. Es war noch keinen Monat her, da hatte er seine Frau verprügelt, weil sie das Sätuch verloren hatte. Seine Kathrein war oft zerstreut gewesen. Tränen stiegen ihm in die Augen. Wenn sie diesen Werwolf erwischten, dann gnade ihm Gott!

Die Männer eilten hangabwärts durch den Wald zu dem kleinen Bach und liefen das grasbestandene Ufer entlang bis zu der Stelle, wo die tote Frau mit der blutig aufgerissenen Kehle lag. Die meisten Dörfler wandten den Blick ab, auch der alte Hubatsch. Sie eilten weiter, folgten der Biegung des Baches und kamen durch einen lichten Laubwald. Dort, wo Mikeschs Brüder den Werwolf verfolgt hatten, war das hohe Gras niedergetrampelt, weshalb die Fährte leicht zu erkennen war. An den Blättern einer jungen Birke waren sogar ein paar Blutstropfen zu sehen.

Die Männer verlangsamten ihr Tempo, denn allmählich gerieten sie außer Atem. Das sommerliche Wetter ließ sie schwitzen, und der grobe Leinenstoff klebte ihnen am Leib. Die besondere Erregung der Jagd hatte sie erfasst, und sie hatten keine Angst mehr. Die Äxte fest umklammert, stapften sie durch das Dickicht, den Blick stets nach unten gerichtet, um nicht über eine Wurzel zu stolpern.

»Da seid ihr!«, hörten sie weiter vorn eine Stimme. Hubatschs jüngster Sohn Bendikt kam ihnen entgegengelaufen.

Dippold blieb keuchend stehen. »Was ist passiert? Ist er euch entwischt?«, schnaufte er mit finsterer Miene.

Der Junge schüttelte den Kopf. »Nein. Und wir wissen jetzt, wer der Werwolf ist. Es ist der Müller Heralt! Wir haben ihn erkannt. Er ist in die Mühle gerannt. Meine Brüder bewachen sie, damit er nicht fliehen kann.«

Schon eilte die Schar der Dörfler wieder los. Jetzt mussten sie nicht mehr nach niedergetrampeltem Gras Ausschau halten, sondern nahmen den bequemeren Weg das Bachufer entlang, vorbei an dem hellen Kalksteinfelsen, über den der Bach einige Klafter in die Tiefe rauschte. Unterhalb des Felsens stand auf einer hellen Lichtung das hölzerne Mühlgebäude. Müller Heralt war bei den Dorfbewohnern nicht besonders beliebt. Er galt als Miesepeter und tauchte nur selten in der Schenke auf. Erst vor wenigen Jahren war er mit der Familie seines Bruders nach Schoschuwka gekommen, und nachdem die Frau seines Bruders gestorben und sein Bruder verschwunden war, war er allein mit seiner Nichte Mischka zurückgeblieben.

Sobald die Mühle in Sichtweite kam, verlangsamten die Dörfler ihren Schritt. Dort irgendwo lauerte der Werwolf, und auch wenn sie sich gemeinsam stark fühlten, blieben sie doch auf der Hut. Nur der junge Bendikt drängte zur Eile. Er winkte seinen Brüdern zu, die mit ein paar anderen jungen Männern aus dem Dorf, die sich ebenfalls der Verfolgung angeschlossen hatten, in der Nähe der Mühle standen. Die Jünglinge machten keinen ängstlichen Eindruck und gebärdeten sich eher so, als sei das Ganze ein großer Spaß, so wie Jugend eben zum Leichtsinn neigt.

Mit dem Dorfschulzen vorneweg näherten sich die Männer dem Mühlhaus und blieben vor der verschlossenen Tür stehen.

Hubatsch rief: »Müller, komm heraus!«

Von drinnen war kein Laut zu hören. Es war, als wäre die Mühle leer und verlassen.

»Er ist da drin!«, versicherte einer der jungen Männer, die zu ihnen herüberspähten.

Dippold versuchte die Tür zu öffnen, aber sie war von innen verriegelt. Er hämmerte mit den Fäusten dagegen und befahl dem Müller mit scharfer Stimme, sofort die Tür aufzumachen. Die einzige Antwort war Stille.

Niemand hatte mitbekommen, von wo sie aufgetaucht war, doch auf einmal stand neben ihnen Mischka, die Nichte des Müllers. Die schwarzlockige junge Frau mit dem hübschen Gesicht hielt eine Schüssel mit Waldbeeren in der Hand.

»Was ist hier los?«, fragte sie schroff, doch die angespannten Mienen der Dörfler verunsicherten sie.

Bauer Hubatsch brüllte: »Die Nichte des Werwolfs! Haltet sie fest, dass sie nicht entkommt!«, und im nächsten Moment hatten die Männer sie auch schon umringt. Hubatsch wandte sich zur Tür und schrie: »Wir haben deine Nichte, Müller! Wenn du nicht aufmachst, erwürge ich sie hier und jetzt mit meinen eigenen Händen, das schwöre ich dir!«

Kurze Zeit regte sich immer noch nichts. Dann ertönte ein leichtes Knacken, und die Tür der Mühle öffnete sich. Ein großer, hagerer Mann erschien auf der Schwelle. Die Dörfler wichen erschrocken zurück. Zwar erkannten sie den Müller Heralt, doch er sah verändert aus. Der Dämon, der sich seiner bemächtigt hatte, hatte ihn noch in seiner Gewalt, das Untier hatte sich noch nicht ganz in einen Menschen zurückverwandelt. Die lange Nase des Müllers ragte aus seinem Gesicht wie eine Wolfsschnauze, die sonst glatt rasierten Wangen waren von struppig wucherndem Barthaar bedeckt, die grausamen schmalen Lippen standen leicht offen und entblößten spitze gelbliche Zähne. Doch am meisten Furcht flößte den Dörflern sein Blick ein, der nichts Menschliches mehr besaß. Zu alledem trug der Müller ein zerfetztes Leinengewand, das über und über mit Blut befleckt war. Sein ganzer Anblick war so grausig, dass selbst seine Nichte Mischka sich die Hand vor den Mund schlug, um nicht aufzuschreien.

Der zum Wolf gewordene Müller blieb in der Tür stehen, und sein Blick irrte umher wie ein Tier, das ein Schlupfloch in der Erde sucht, durch das es verschwinden kann. Er hob die Arme, und die Dörfler sahen seine schmutzigen langen Krallen. Eine Weile stand er nur so da, dann versuchte er, etwas zu sagen. Es schien ihm schwerzufallen wie jemandem, der lange nicht gesprochen hat. »Lasst sie los.«

In diesem Moment sprang Dippold auf den Werwolf zu und schlug ihm mit der stumpfen Seite seiner Axt heftig auf den Kopf. Mit einem Schrei sank der Müller zu Boden. Darauf stürmten mehrere andere auf ihn los, um mit ihren Äxten und Knüppeln auf ihn einzuschlagen, doch der alte Hubatsch hielt sie zurück. »Halt!«, schrie er. »Lasst ihn uns lieber auf dem Scheiterhaufen verbrennen! Nur Feuer kann einen Dämon vernichten! Wir haben Sonnenwende, und das Brandopfer wird die Geister des Waldes besänftigen.«

Seine Worte überzeugten die Dörfler, die von dem am Boden Liegenden abließen. Niemand konnte schließlich leugnen, dass im Wald Geister, Feen und Dämonen lebten und es besser war, sich mit ihnen gut zu stellen. Mochte ihr Pfarrer Hilarius predigen, was er wollte, sie wussten es besser. Also fesselten sie den Werwolf.

»Und was ist mit ihr?«, fragte einer und deutete auf Mischka, die immer noch von drei jungen Männern festgehalten wurde.

Die Jünglinge wussten, wie stark sie war und wie schnell sie laufen konnte, denn wenn es im Dorf eine spaßhafte Rangelei gab, gewann Mischka über die meisten Burschen schnell die Oberhand, obwohl sie nicht besonders groß war.

»Fesselt sie ebenfalls und bringt sie in die Mühle. Wir werden sie dort verbrennen!«, sagte Dippold kurzentschlossen.

Die Jünglinge zögerten und schwiegen, und Hubatschs Jüngster, Bendikt, fragte, ob das wirklich nötig wäre, Mischka sei doch ein nettes, liebes Mädel.

Der Dorfschulze fuhr ihn an: »Aber ihr Onkel hat deine Mutter getötet! Und das Wölfische liegt ihr im Blut! Wenn sie einst ein Kind bekommt, wird dieses wieder ein Werwolf, begreifst du das denn nicht?«

Die Söhne mussten den Vätern gehorchen. Sie waren vielleicht nicht ihrer Meinung, wagten aber nicht, sich ihnen zu widersetzen. Also brachten sie die gefesselte Mischka in die Mühle und vernagelten von außen Fenster und Türen. Dann legten sie rund um die Mühle Stroh aus und gossen Holzteer darüber, den sie in einem Fass im Werkzeugschuppen gefunden hatten. Der alte Hubatsch entzündete das Feuer. Da die Holzwände und das Reetdach der Mühle von der Sonne so ausgetrocknet waren, stand das Gebäude innerhalb weniger Minuten in Flammen. Die Dörfler verharrten in einigem Abstand und sahen schweigend zu, wie das Feuer sich ausbreitete und das ganze Gebäude verzehrte.

Als schließlich der Dachstuhl in sich zusammenstürzte und der Brand allmählich kleiner wurde, knieten sie auf dem Boden nieder und beteten für die Seele der armen Mischka. Den gefesselten Müller banden sie mit Händen und Füßen an eine Wagendeichsel und trugen ihn wie ein erlegtes Wild den Hügel hinauf, bis zu ihrem bereits aufgeschichteten Holzstoß. Lediglich zwei Männer blieben bei der schwelenden Ruine der Mühle zurück, um aufzupassen, dass von den glimmenden Resten kein Funke auf den Wald übersprang.

In dieser Nacht brannte auf der Anhöhe über Schoschuwka ein großes Feuer. In der Mitte des Scheiterhaufens stand ein Pfahl, an den der wölfische Müller gefesselt war. Als man ihn kurz vor seinem Tod aufforderte, zu beichten oder zu beten, blieb er stumm, als hätte er nichts gehört. Der Dämon, so schien es, hatte ihn noch immer in seiner Gewalt und schenkte ihm sein menschliches Antlitz nicht mehr zurück. Und so schrie und jammerte der Müller nicht, als die Flammen seinen Leib verschlangen, sondern heulte nur wie ein sterbendes Tier.

Eine Woche war vegangen, als eine Frau aus Schoschuwka, die im Wald hinter dem Dorf Honig aus Bienenstöcken sammeln wollte, zwei Gestalten im Dickicht erblickte. Sie schwor, es seien der tote Müller und seine Nichte gewesen, doch niemand schenkte ihr Glauben. Zwei Tage später meinte Hubatschs Sohn Bendikt den Geist der Nichte zu sehen. Er lief ihr nach, doch im nächsten Moment war sie verschwunden, als hätte sie sich in Luft aufgelöst. Da breitete sich Furcht aus im Dorf.

Die Bewohner verschlossen am Abend ihre Häuser und legten Zauberkräuter und Amulette vor Türen und Fenster, die sie vor den unheilvollen Kräften der Dunkelheit schützen sollten. Sie vermieden es, in den Wald zu gehen, und wenn doch einmal einer dorthin musste, ließ er sich von Nachbarn begleiten, die Äxte dabeihatten. Das Kräuterweib kam kaum damit nach, kleine Skapulire als Gegenzauber anzufertigen. Und alle fragten sich bang, wann der Werwolf erneut zuschlagen würde.

Es sollte nicht lange dauern. Ein Bauer aus dem Nachbardorf Slaup, der auf dem Rückweg vom Blanzer Markt bei ihnen vorbeikam, erzählte, dass nicht weit von Burg Blanseck die Schwägerin des Burggrafen Idik von Schwabenitz tot aufgefunden worden sei. Ein Werwolf habe ihr die Kehle aufgerissen. Obwohl es eine schreckliche Nachricht war, atmeten die Bewohner von Schoschuwka auf. Das Ungeheuer hatte zuvor nur in ihrem Dorf gemordet, und Burg Blanseck war immerhin über drei Fußstunden entfernt. Sie beteten im Stillen, der Werwolf möge auf dem Territorium des Bischofs bleiben und sie selbst endlich in Ruhe lassen.

II. KAPITEL

Auf dem Weg nach Raitz kamen drei Reiter vor der Furt über die Zwitta zum Stehen. Der Älteste von ihnen war ein kleiner Mann mit Buckel, der einen altmodischen grünen Umhang trug. Auch sonst war er keine Schönheit, mit seinem spitzen Näschen und dem ausdruckslosen Mund, doch sein wacher Blick zeugte von Intelligenz. Er saß recht unsicher auf seinem Pferd, jammerte ohne Unterlass und verhielt sich, obwohl er noch keine vierzig Jahre alt war, wie ein alter Mann, der mit einem Fuß im Grabe steht. Sein Name war Wolfgang, und er war einst ein Wundheiler gewesen, doch seit den Mordfällen auf Burg Grafenstein stand er als Schreiber in den Diensten des königlichen Prokurators Ulrich von Kulm, den er auch jetzt begleitete.

Sein Herr war ein hochgewachsener Mann von rund dreißig Jahren, mit markanten Gesichtszügen und einem struppigen dunklen Bart. Seine dichten Augenbrauen verliehen ihm einen strengen Ausdruck, und auch wenn kein Geschlechterwappen seinen Umhang zierte, bestand kein Zweifel, dass es sich um einen bedeutenden Mann handelte.

Der Dritte im Bunde war ein junger Mann, nicht weniger groß, allenfalls ein wenig schlanker als der königliche Prokurator. Sein blondes Haar trug er nach deutscher Mode etwas länger und gewellt, er hieß Otto von Zastrizl und stand als Knappe in Ulrichs Diensten. Hinter sich her führte er ein viertes Pferd, das mit Reisesäcken beladen war. Während die beiden Edelleute an ihren Gürteln Schwerter trugen, war der Bucklige im grünen Umhang es sichtlich nicht gewohnt, eine Waffe zu tragen, geschweige denn zu benutzen, und das Jagdmesser, das er dabeihatte, hing viel zu tief an seinem Gürtel.

Ulrich stieg von seinem Pferd und streckte sich ausgiebig, dann sagte er zu Otto: »Solche langen Reisen sind eigentlich nichts mehr für mich ...«

»Ganz meine Rede! Wir hätten längst Pause machen sollen!«, beschwerte sich Wolfgang mit seinem starken deutschen Akzent, den er nicht losgeworden war, obwohl er schon vor vielen Jahren aus der Lausitz nach Nordböhmen gezogen war. Der kleine Mann rutschte aus seinem Sattel und setzte sich ins Gras. Er war lange Ritte nicht gewohnt und hatte lauthals protestiert, als er hörte, dass er Burg Bösig, den Verwaltungssitz seines Herrn, verlassen sollte, denn er hielt es für ein verrücktes Unterfangen, von Nordböhmen bis nach Mähren zu reiten. Doch als sein Schreiber musste er seinem Herrn wohl oder übel gehorchen.

Otto sprang seinerseits schwungvoll vom Pferd und warf Ulrich einen amüsierten Blick zu: »Wenn unser König Ottokar Euch hören könnte, mein Herr, wie Ihr beinahe ebenso lamentiert wie unser Schreiber Wolfgang, würde er Euch wohl verspotten ...«

Otto war Anfang zwanzig und eigentlich nicht mehr in dem Alter, ein Knappe zu sein, streng genommen war er es auch nicht. Er diente Ulrich von Kulm schon so lange, dass er zu dessen engsten Vertrauten gehörte, und oft hatte er ihm bei der Aufklärung komplizierter Fälle geholfen. Deshalb konnte er sich auch mehr herausnehmen, als es sich für einen Knappen ziemte. Der königliche Prokurator nahm ihn so, wie er war, und sah in ihm eher einen jüngeren Freund als einen Diener. Ulrich mochte auch seinen Schreiber, denn Wolfgang war nicht nur klug, sondern auch ein ehrbarer, empfindsamer Mensch – wenn auch nervöser Natur und zum Wehklagen neigend. Bis zu einem gewissen Grad konnte Ulrich ihn verstehen, denn wegen seiner buckligen Gestalt hatte er es im Leben nie leicht gehabt, nichts konnte schließlich grausamer sein als menschliche Dummheit und Vorurteile.

Während Wolfgang seinen steifen Nacken massierte, murmelte er, wenn er geahnt hätte, wie strapaziös diese Reise werden würde, wäre er lieber in die Wälder abgetaucht und hätte sich einer Räuberbande angeschlossen. Und als erstes Opfer hätte er Otto überfallen, weil dieser es nicht anders verdiene.

Otto erwiderte amüsiert, dass er sich mit Freuden von ihm überfallen lassen würde, weil er dann wenigstens etwas zu lachen hätte. Die Vorstellung, wie der Schreiber Wolfgang maskiert und mit seinem Jagdmesser in der Hand aus einem Gebüsch hervorspringe und lautstark Geld oder Leben fordere, sei einfach gar zu lustig. Wolfgang zog eine Grimasse, war aber nicht wirklich beleidigt, denn während seiner Zeit auf Burg Bösig hatte er sich an Ottos gutmütige Sticheleien gewöhnt. Außerdem war ihm bewusst, dass er kein einfacher Reisegefährte war und ihr Grüppchen eher aufhielt. Aber er hatte ja auch nicht darum gebeten, mit nach Mähren zu reiten!

»Mach dir nichts draus, es war auch nicht mein Wunsch, hierherzureisen«, sagte Ulrich beschwichtigend. »Aber selbst ich muss gehorchen, wenn der König sich etwas in den Kopf gesetzt hat. Ich halte zwar das ganze Unterfangen für recht sinnlos, aber versuche einer, König Ottokar etwas auszureden!«

Ulrich zog eine Pergamentrolle aus seiner Satteltasche,

setzte sich auf einen Felsbrocken und entrollte das Schriftstück. In seiner Jugend hatte er die Klosterschule in Magdeburg besucht, wo er nicht nur Lesen und Schreiben, sondern auch Latein und Deutsch gelernt hatte sowie weitere nützliche Dinge, die Rittersleute gewöhnlich verachteten, da ihnen die Schwertkunst als einzige wichtig erschien. Für sein Amt des königlichen Prokurators war Gelehrsamkeit jedoch von unschätzbarem Nutzen.

Dennoch war Ulrich kein verkopfter Gelehrter, sondern auch im Kampf mit der Waffe versiert und ein gefährlicher Gegner. Aus diesem Grund hatte er sich auch die Gunst des manchmal recht wankelmütigen und eigensinnigen Königs erworben, der außer den Frauen nichts so sehr bewunderte wie ritterliche Tugenden. Obwohl Ulrich keiner bedeutenden Familie entstammte, hatte Přemysl Ottokar II. ihm ein wichtiges Landesamt anvertraut, denn er schätzte ihn wegen vieler guter Eigenschaften, am meisten jedoch für seine Treue, eine am Königshof eher rare Tugend. Offiziell huldigten zwar alle Edelleute und Kleriker dem Herrscher, doch in Wahrheit kümmerte sich jeder nur um seine eigenen Interessen.

Ulrich studierte eine Weile das Pergament, dann erklärte er lächelnd: »Wir haben uns nicht verirrt. Diese Furt hier kommt in der Wegbeschreibung vor. Wenn alles gut läuft, werden wir heute Abend Burg Hohlenstein erreichen.«

»Gott sei's gepriesen«, sagte Wolfgang und bekreuzigte sich. Doch gleich darauf verfinsterte sich seine Miene. »Wollt Ihr damit sagen, mein Herr, dass wir uns noch bis zum Abend auf dem Pferderücken abplagen müssen?«

»Und zwar im Galopp«, ergänzte Otto schadenfroh. »Schließlich müssen wir ankommen, bevor auf der Burg das Abendessen ausgegeben wird, wenn wir noch etwas abbekommen wollen. Mein Magen knurrt jetzt schon so laut, dass sich selbst unsere Bösiger Köchin meiner erbarmt hätte. Und die ist die knauserigste der ganzen Christenheit!«

»Verwechsele nicht Knauserei mit Ordnung«, bemerkte Ulrich amüsiert.

»Ich an ihrer Stelle hätte kein Mitleid mit Otto«, murmelte Wolfgang. Er erhob sich vom Boden und ging ein paar kleine Schritte, um seine schmerzenden Waden zu lockern. Dann blieb er stehen und band seinen Stiefel auf, in dem ihn ein Steinchen drückte. Plötzlich erklang lautes Gepolter, er blickte erschrocken auf und sprang schnell ins Unterholz.

Ein voll beladenes Fuhrwerk, das von zwei Paar Pferden gezogen wurde, kam über den Weg auf sie zu, dem Aussehen nach der Wagen eines Händlers. Auf dem Bock saß ein rothaariger Kutscher, und neben dem Wagen schritten der Kaufmann in einem Mantel aus blauem Tuch und zwei ebenfalls gut gekleidete Gehilfen. Als der Kaufmann Ulrich und seinen Knappen erblickte, legte er die Hand auf den Griff seines Messers und raunte seinen Leuten etwas zu.

In Zeiten wie diesen konnte man nicht vorsichtig genug sein, und die Route von Prag nach Olmütz war berüchtigt, da große Teile des Weges durch tiefe, unbewohnte Wälder führten, in denen nicht nur gewöhnliche Räuberbanden, sondern auch Gruppen von Raubrittern ihr Unwesen trieben. Und wenn man als wehrloser Händler von Räubern überfallen wurde, konnte es einem einerlei sein, ob diese von edler Herkunft waren oder nicht, denn sie standen einander an Grausamkeit in nichts nach.

Ulrich wandte sich wieder seinem Schriftstück zu – nicht, weil er sich noch einmal den Weg einprägen wollte, sondern um dem Kaufmann zu signalisieren, dass er sich weder für ihn noch für seine Waren interessierte. Währenddessen stapfte Wolfgang wieder aus dem Dickicht und breitete seine Arme aus, um deutlich zu machen, dass er keine feindlichen Absichten hegte – was Otto wiederum äußerst belustigte.

Das Fuhrwerk holperte über den steinigen Weg und an ihnen vorbei bis zum Flussufer. Dort trieb der Kutscher die Pferde an und begann, mit straffen Zügeln langsam in die Furt hinabzufahren. Der Kaufmann und seine Gehilfen stellten sich daneben ins Wasser und stemmten sich in die Seiten des Fuhrwerks, um die Pferde zu unterstützen. Einen Fluss zu durchqueren ist immer eine mühsame Angelegenheit, und die Zwitta war an dieser Stelle kein seichtes Bächlein.

Kaum war der Wagen in die Furt eingefahren, kamen von Bistritz her vier Reiter angaloppiert, die einen prächtig gekleideten Edelherrn begleiteten. Auf ihren Umhängen prangte das Wappen des Bischofs von Olmütz.

»Aus dem Weg«, rief der Mann, der an der Spitze des kleinen Trupps ritt. »Hier kommt Burggraf Idik von Schwabenitz, auf dem Weg zum bischöflichen Offizial, dem edlen Herrn Paul von Eulenburg! Wir überbringen eine eilige Botschaft!«

Das voll beladene Fuhrwerk befand sich gerade mitten im Fluss. Der Kaufmann und seine Gehilfen schoben mit noch größerer Anstrengung, um es so schnell wie möglich ans andere Ufer zu bekommen, aber eines der Räder war in den sandigen Grund eingesunken. Die Pferde mussten sich mit aller Kraft in die Riemen stemmen und kamen nur mit größter Mühe voran. Der Kutscher knallte mit der Peitsche und trieb sie weiter an, doch es zeigte keine große Wirkung, weil die Tiere nach der langen Strecke erschöpft waren.

»Gebt unverzüglich den Weg frei«, schrie der Kommandeur des Burggrafen erneut.

Ulrich blieb auf seinem Stein sitzen. Er hatte zwar immer noch den Kopf über das Pergament gebeugt, verfolgte die Szene aber mit Neugier. Leise sagte er zu Otto: »Soso, die sind also auf dem Weg zu einem Kollegen ... aber sie benehmen sich nicht entsprechend!«

»Zu was für einem Kollegen?«, fragte Otto mit düsterer Miene, denn das Verhalten der Reiter gefiel ihm gar nicht.

»Nun, zu einem von mir«, sagte Ulrich. »Bei uns in Böhmen gibt es das Amt des Offizials nicht. Aber Bruno von Schauenburg hat es für Mähren eingerichtet. Ein Offizial vertritt das Recht innerhalb des Klerus. Und zwar nicht nur auf den bischöflichen Gütern, sondern in der ganzen Diözese. Ursprünglich fiel nur die priesterliche Disziplin in seine Zuständigkeit, doch seit einiger Zeit gelten auch von Geistlichen begangene Diebstähle und Morde als sittliche Vergehen. Der bischöfliche Offizial entscheidet darüber, ob er einen Verbrecher der königlichen oder der bischöflichen Gerichtsbarkeit übergibt. Ich habe sagen hören, dass Bruno von Schauenburg in einigen Fällen ausgesprochen harte Urteile fällt, in anderen wiederum auffallend milde urteilt, wenn es sich nämlich um einen Günstling von ihm handelt.«

Neugierig fragte Otto: »Ihr habt unterwegs gesagt, wir würden wegen des Bischofs verkleidet reiten. Warum eigentlich?«

Ulrich zögerte. »Das erkläre ich dir vielleicht später«, antwortete er. »Hier in Mähren hätte ich sowieso nicht die gleichen Machtbefugnisse wie in Böhmen, selbst wenn ich unter der Standarte des Königs ritte. Bruno von Schauenburg ist zwar ein Vertrauter und Verbündeter unseres Herrschers, trotzdem hat er es nicht gern, wenn sich königliche Beamte in seiner Diözese herumtreiben.«

Unterdessen spitzte sich die Auseinandersetzung am Fluss zu. Das Fuhrwerk des Kaufmanns war nun endgültig im Sand stecken geblieben und blockierte dadurch die Passage. Als Ulrich hörte, dass Burggraf Idik seinen Söldnern befahl, den störenden Wagen umzustoßen, weil er seinen Weg behinderte, erhob er sich, sprang auf sein Pferd und ritt zum Fluss. Gemächlich näherte er sich dem Kommandeur des Trupps und sagte freundlich: »Sollten wir dem Kaufmann nicht lieber helfen? Lasst uns gemeinsam sein Fuhrwerk zum anderen Ufer schieben, dann ist die Furt wieder frei.«

»Was erlaubt Ihr Euch?«, rief Idik von Schwabenitz. Der Burggraf war ein stattlicher, noch junger Ritter, und hätte er seine Miene nicht so grimmig verzogen, wäre er eine gut aussehende Erscheinung gewesen. Er musterte Ulrich verächtlich, und sein Blick streifte schnell sein Schwert. Da er kein Wappen auf seinem Umhang bemerkt hatte, ging er davon aus, dass dieser lästige Unbekannte kein Ritter und Edelmann war und folglich auch nicht mit dem Schwert umzugehen verstand, und so wandte er sich einem seiner Söldner zu und befahl mit kalter Stimme: »Erteile ihm eine Lektion!«

Sogleich ritt der Söldner auf Ulrich zu. Da er von den mäßigen Kampffertigkeiten des wappenlosen Mannes ebenso überzeugt war wie sein Herr, zog er sein Schwert ohne besondere Eile. Im selben Moment drückte Ulrich seinem Pferd die Fersen in die Flanken, preschte ihm entgegen und zog dabei blitzschnell sein Schwert. Der überrumpelte Söldner kam gar nicht mehr dazu, seine Waffe zu heben, da stieß Ulrich ihn schon mit der stumpfen Seite seines Schwerts vom Pferd. Gleich darauf galoppierte Otto zu ihm und schwang seinerseits gekonnt das Schwert, um den Männern deutlich zu machen, dass er sich oft und gerne schlage.

Hinter ihnen am Wegrand kletterte Wolfgang unbeholfen auf sein Pferd, zückte sein Jagdmesser und ritt ebenfalls auf sie zu. Er hatte nicht wirklich die Absicht zu kämpfen, aber er wusste, dass der Anblick eines Buckligen allgemein Furcht erregte, war er doch sein Leben lang dem törichten Aberglauben begegnet, dass missgestaltete Menschen Abgesandte der Hölle seien.

»Was untersteht Ihr Euch? Dafür werdet Ihr hängen!«, schrie Idik von Schwabenitz wütend. Er hätte sich nur zu gern auf ein Gefecht mit den beiden erfahrenen Kämpfern eingelassen – wenngleich er sich über die Fertigkeiten seiner Söldner keine großen Illusionen machte –, aber der Bucklige jagte ihm Angst ein. Und nicht nur ihm, wie er feststellen musste: Seine Männer wichen nervös zurück, einer trieb sogar sein Pferd bis zum Ufersaum der Zwitta, sodass er im Ernstfall durch das Wasser fliehen konnte. Um sein Gesicht nicht zu verlieren, dröhnte Idik noch: »Mein Herr wird auf seinem Territorium keine Willkür dulden!«

»Meiner auch nicht«, entgegnete Ulrich kühl. Und darauf ritt er, ohne sich noch einmal nach dem Burggrafen und seinen Männern umzudrehen, mit Otto und Wolfgang in den Fluss hinein. Als sie sich neben dem Fuhrwerk befanden, glitten er und Otto von den Pferden. Das Wasser reichte ihnen an dieser Stelle knapp über die Taille. Wolfgang blieb klugerweise im Sattel sitzen – da ihm das Wasser vermutlich bis über die Brust gereicht hätte, wäre er ohnehin keine große Hilfe gewesen. Dafür hielt er sein Messer fest in der Hand, als wolle er seine Gefährten damit verteidigen. Der kleine Trupp mit dem Bischofswappen verharrte zögernd am Ufer. So wie es aussah, würde es nicht zu einem Kampf kommen.

Ulrich, Otto, der Kaufmann und dessen Leute stemmten sich mit vereinten Kräften gegen den Wagen, und nach ein paar Anläufen gelang es ihnen, das Rad aus dem Schlamm zu befreien. Schon kurz darauf stand das Fuhrwerk am steinigen Ufer, und die Furt war wieder frei. Der Kaufmann und seine Männer blieben mit gezogenen Messern neben dem Wagen stehen und warteten misstrauisch darauf, dass der Trupp der

Bischofstreuen sich näherte. Erst als die vornehm gekleideten Reiter an ihnen vorbeigetrabt waren, um anschließend in Richtung Raitz weiterzugaloppieren, steckten sie die Waffen wieder ein.

Kurz vor der Wegbiegung zügelte Idik von Schwabenitz noch einmal sein Pferd, drehte sich zu Ulrich um und rief aus der Ferne drohend: »Wir sehen uns noch!«

Nachdem er verschwunden war, spuckte der Kaufmann verärgert auf den Boden und stieß einen unflätigen Fluch aus, wie er eigentlich nicht zum Wortschatz angesehener Geschäftsleute und ehrbarer Christen gehörte. Dann machte er eine tiefe Verbeugung und sagte: »Ich danke Euch, edler Herr! Mein Name ist Michael, und ich bin ein redlicher Kaufmann. Um Euch wenigstens geringfügig meine Dankbarkeit zu beweisen, möchte ich Euch gerne zu Speis und Trank einladen, und hoffe aufrichtig, Ihr werdet meine Einladung nicht ablehnen.«

Ulrich zögerte, dann sagte er freundlich: »Eigentlich sind wir in Eile. Wir haben noch einen längeren Weg vor uns.« Mit Blick auf die verlassene Flussgegend fügte er hinzu, hier in der Nähe gebe es ohnehin keine Taverne, in der sie auf ihre zufällige Begegnung anstoßen könnten.

Als hätte er genau auf diesen Einwand gewartet, erwiderte Michael schnell: »Selbstverständlich würde ich nicht wagen, Euch in eine gewöhnliche Taverne einzuladen. Ich möchte Euch bei mir zu Hause bewirten. Ich lebe nämlich in Raitz, edler Herr. Wir müssen nur den nächsten Wald passieren, dann sind wir schon fast da. Ihr werdet sehen, meine Frau kocht hervorragend …«

Ulrich wollte noch einen Einwand äußern, aber der Kaufmann ließ ihn nicht zu Wort kommen, sondern fuhr mit einem vielsagenden Blick auf Otto fort: »Ich habe zu Hause auch eine sehr tüchtige, hübsche Tochter. Meine Frau und sie würden sich sicher sehr über Euren Besuch freuen ...«

Da mischte Otto sich schnell ein und sagte scherzhaft, während er seinem Herrn einen ebenso vielsagenden Blick zuwarf: »Na ja, wenn es sich so verhält ...«

Als Ulrich auch noch den flehenden Gesichtsausdruck seines Schreibers Wolfgang sah, brachte er es nicht übers Herz, die Einladung auszuschlagen. Im Grunde spielte es keine Rolle, ob sie einen Tag früher oder später ihrem Auftrag nachkamen, schließlich lag der Raubüberfall, den er untersuchen sollte, fast zwei Monate zurück, und die Wahrscheinlichkeit, dass sie noch Spuren finden würden, war äußerst gering.

Das hatte er auch zu König Ottokar gesagt, als dieser davon sprach, ihn nach Mähren zu schicken. Aber Přemysl Ottokar II. hatte nun mal seinen eigenen Kopf. Fünf Truhen mit Silbermünzen aus preußischer Kriegsbeute waren abhandengekommen, ein Geldschatz, der die ewig leere Kasse des Königs hätte auffüllen sollen. Und diese Truhen waren in Mähren, in der Nähe von Olmütz, geraubt worden. Kurz vor Ulrichs Abreise hatte der König noch zu ihm gesagt, ihm sei bewusst, wie schwierig es werde, das gestohlene Geld ausfindig zu machen, weshalb ihn auch nicht sein Zorn träfe, falls es ihm nicht gelänge, andererseits wäre er, Ottokar, doch maßlos enttäuscht, wenn der fähigste Ermittler seines Reiches nicht dazu imstande wäre. Und zum Schluss hatte er noch beiläufig bemerkt, ohne das Geld brauche er gar nicht erst zurückzukehren.

Ulrich lächelte den Kaufmann an. »Nun, wenn das so ist, nehme ich deine Einladung gerne an«, sagte er. »In diesem Fall ist es wohl angebracht, dass auch ich mich vorstelle. Mein Name ist Ulrich von Kulm, und ich bin auf Wunsch unseres hochgnädigen Königs in Mähren unterwegs. Dies hier sind mein Knappe Otto von Zastrizl und mein Schreiber Wolfgang. Sehr gerne werden wir in deinem Heim eine Pause einlegen, aber unter einer Bedingung.«

»Und die wäre?«, fragte der Kaufmann neugierig. Er hatte seine Einladung nicht nur aus Höflichkeit ausgesprochen und schien sich aufrichtig zu freuen.

»Deine Tochter sollte sich stets mindestens drei Schritte von meinem Knappen entfernt halten«, sagte Ulrich mit schadenfrohem Lächeln. Otto machte ein Gesicht, als könne er kein Wässerchen trüben, aber seinen Herrn konnte er nicht täuschen. Wie er verstand er es vorzüglich, mit dem Schwert umzugehen, und er hatte sogar schon einige Turniere gewonnen; noch mehr Lorbeeren, so munkelte man, hatte er sich allerdings in den Schlafkammern von Frauen erworben. Früher hatte Ulrich seinen Knappen deswegen oft getadelt, doch mit der Zeit hatte er festgestellt, dass Ottos Schwäche für das weibliche Geschlecht bei der Aufklärung von Verbrechen durchaus von Nutzen sein konnte. Daher duldete er inzwischen seine Techtelmechtel, vergaß aber nicht, sie in der Öffentlichkeit zu rügen.

Michael lachte auf. »Keine Sorge, edler Herr. Meine Tochter Radana ist eine vernünftige Maid. Und wird von meiner Frau mit Argusaugen bewacht. Auf uns wartet gewiss ein unterhaltsamer Abend. Hauptsache, es entsteht keine Langeweile!«

Der Kutscher wartete schweigend auf Anweisungen, dann schnalzte er und ließ die Zügel knallen. Nach der Kraftanstrengung in der Furt hatten sich die Pferde kurz ausgeruht und setzten nun, wenn auch lustlos, ihren Weg fort. Sobald sie jedoch den Wald hinter sich gelassen hatten, reckten sie die Köpfe und wieherten freudig, denn sie erkannten, dass sie sich dem heimatlichen Stall näherten.

Gemächlich bewegten sich Fuhrwerk und Reiter zu der

flachen Anhöhe hinauf, auf der der ansehnliche Marktflecken Raitz lag. Vor den Toren der Ansiedlung säumten kleine Arme-Leute-Hütten den Weg. Die Ortschaft selbst war von einer nicht sehr hohen Palisade aus Holzpfählen umgeben, die oben zugespitzt und gegen Fäulnis mit Feuer geschwärzt waren. Im Zentrum befand sich ein lang gezogener Marktplatz mit stattlichen Steinhäusern und im Osten des Orts ein imposanter Rittersitz, der den Gebrüdern Herman und Vschebor von Raitz gehörte, die auch die Hälfte der Ansiedlung ihr Eigen nannten. Auf der anderen Seite befand sich eine zweite, etwas kleinere Burg, die neuer und besser befestigt erschien. Michael erklärte, dass sie dem Bischof von Olmütz gehöre, und fügte missmutig hinzu, dass der üble Geselle von vorhin – womit er den Burggrafen Idik von Schwabenitz meinte – mit seinem Gefolge ganz sicher dorthin geritten sei.

»Ein hübscher Ort«, sagte Ulrich anerkennend.

Der Kaufmann machte eine leichte Verbeugung, um seinen Dank für die freundlichen Worte auszudrücken, und erklärte weiter: »Den Teil der Anhöhe, auf dem die bischöfliche Feste liegt, nennen wir Hradisko. Einst sollen dort irgendwelche Fremden gelebt haben. Mein Haus steht zum Glück im anderen Teil, der den Herren von Raitz gehört und Příhradek genannt wird. Und nun lasst uns gehen!«

III. KAPITEL

Kaufmann Michael besaß ein Anwesen, das selbst fast wie eine kleine Festung erschien, denn es stand etwas abseits von den anderen Häusern auf einem Felsausläufer am Rande einer Schlucht. Das Grundstück war von einer Steinmauer umgeben und umfasste ein zweistöckiges Haus mit kleinen, schießschartenähnlichen Fenstern, dem ein Speicherhaus mit einem Erdgeschoss aus Stein und einem Kornboden aus dunklen Holzbalken gegenüberstanden. Daneben folgten großzügige Ställe und eine Scheune, an die sich ein Unterstand für Fuhrwerke sowie das Gesindehaus anschlossen. Der ganze Hof war sehr sauber gehalten. Als Michael mit seinen Gästen ankam, fuhr gerade ein mit Roggengarben beladener Leiterwagen in das offene Tor der Scheune ein. Man befand sich mitten in der Getreideernte, und die Bediensteten arbeiteten von morgens bis abends. Michael war offenbar ein sehr vermögender Mann.

Seine Frau, die beim Abladen der Garben in der Scheune geholfen hatte, kam in ihrem einfachen Leinengewand über den Hof gelaufen, warf sich ihrem Mann an den Hals und begann ihn freudig zu küssen. Michael wand sich etwas verlegen aus ihrer Umarmung und informierte sie rasch darüber, dass er drei Herren zum Abendessen eingeladen habe, die ihm in der Furt über die Zwitta edelmütig die ganze Ladung Tuch gerettet hätten.

Seine Frau war sichtlich überrumpelt. Während der Ernte verlor man möglichst keine Zeit mit Kochen, und alle begnügten sich mit kalten Speisen. Sie sagte zwar kein Wort, nickte nur und wartete darauf, dass er sie vorstellte, doch Ulrich entging nicht, dass sie ihm einen strafenden Blick zuwarf und Michael unmerklich den Kopf einzog.

»Dies ist meine Frau Genoveva«, verkündete er nicht minder mit Stolz. »Das Abendessen wird heute ein bisschen später stattfinden, da sie mich noch nicht erwartet hat. Aber habt keine Sorge, im Keller habe ich guten Wein und herrliches Rauchfleisch, ihr werdet also bis dahin nicht darben müssen.«

»Ich habe schon gehört, dass Ihr eine ausgezeichnete Köchin seid«, sagte Ulrich höflich zu Genoveva, die ihm gut gefiel, denn mit ihrem offenen runden Gesicht und ihren lebhaften Gesten machte sie gleich auf den ersten Blick einen aufgeweckten, klugen Eindruck – eine Eigenschaft, die er an Frauen am meisten schätzte. Nicht zuletzt deswegen liebte er seine Frau Ludmilla, die neben ihrer Klugheit auch Schönheit besaß. Rasch versuchte er den Gedanken an sie zu verdrängen und fuhr fort: »Aber obwohl ich wahrhaftig neugierig auf Eure Kochkünste wäre, solltet Ihr unseretwegen keine Zeit vergeuden. Gott hat Euch ein prächtiges Erntewetter beschert, und das Korn hat natürlich Vorrang vor ein paar Reisenden. Das Rauchfleisch, von dem Euer Gemahl gesprochen hat, wird uns vollauf genügen. Wir sind ohnehin müde von dem langen Ritt und würden deshalb gerne, wenn es möglich ist, ein Bad nehmen und dann schlafen gehen.«

»Kommt gar nicht in Frage!«, erwiderte Genoveva resolut. »Gegen das Bad habe ich allerdings nichts einzuwenden – und wenn Ihr meinen Mann gleich mitnehmen wollt, wäre ich Euch sogar dankbar.« Wieder warf sie dem Kaufmann einen strengen Blick zu, der zu besagen schien, dass sie über gewisse Angewohnheiten ihres Mannes einiges erzählen könnte. »Aber Rittersleute wie Ihr werden doch wohl noch nicht müde sein, es ist ja noch nicht einmal Abend! Schlafen, ach was! Ich werde Euch gleich das Bad einheizen, und dann mache ich mich ans Kochen. Was für Geschichten wegen ein paar Garben! Wir haben sowieso schon fast alles eingebracht, und den Rest wird das Gesinde alleine abladen.«

Ein Knecht übernahm die Pferde von Ulrich und seinen Begleitern und führte sie in den Stall, um sie abzusatteln und zu striegeln. Währenddessen geleitete Michael seine Besucher in den großen Raum im Erdgeschoss seines Hauses, in dem prächtige Möbel aus feinem Holz standen. Hinten befand sich ein Kamin mit einer Einfassung aus poliertem Kalkstein und in einer Nische darüber eine kleine Statuette der heiligen Katharina mit dem Marterrad.

Michael ließ seine Gäste auf breiten Bänken an einem Tisch unter dem Fenster Platz nehmen, bat sie um ein wenig Geduld und verschwand in einem Nebenraum.

Otto wand sich etwas unbehaglich auf seinem Platz. »Wir sind wohl nicht gelegen gekommen«, meinte er.

»Ach, das ist jetzt einerlei«, entgegnete Ulrich. »Wer weiß, vielleicht hat ja der Herrgott unsere Schritte hierhergelenkt. Womöglich erweist sich diese Verzögerung unserer Reise noch als nützlich.«

»Hoffentlich …«, murmelte Otto. Er wunderte sich über die Äußerung seines Herrn, denn er kannte dessen misstrauische Haltung gegenüber allem Religiösen. Normalerweise verließ der königliche Prokurator sich bei seinen Ermittlungen nie auf Gottes Gunst, sondern einzig auf seinen Verstand.

Da ging die Tür auf, und Michael kam wieder herein. Er trug vier prächtige Becher aus grünlichem Glas, die mit winzigen Perlen wie Tautropfen verziert waren, und hinter ihm ging eine junge Frau mit einem blauen Krug in der Hand. Dunkelhaarig und schlank, hatte sie große Ähnlichkeit mit Genoveva, wenngleich sie deutlich jünger war. Ihr Vater stellte die Becher auf den Tisch, und sie füllte sie vorsichtig mit einem dunkelroten Wein. Michael setzte sich und brachte einen herzlichen Trinkspruch aus, während das Mädchen mit dem Krug neben dem Tisch stehen blieb, damit sie jederzeit nachschenken konnte.

»Ein ausgezeichneter Wein«, sagte Ulrich anerkennend.

Otto schenkte der Dunkelhaarigen versuchsweise ein Lächeln, doch sie kräuselte nur verächtlich die Nase und wandte den Blick ab. Wolfgang war die abweisende Geste des Mädchens nicht entgangen, und er war neugierig, wie Otto darauf reagieren würde. Er selbst blieb in Gesellschaft gewöhnlich schweigsam und begnügte sich damit, das Geschehen zu beobachten.

Der Knappe trank seinen Becher leer, stellte ihn vor sich hin und wandte sich mit ernster Miene an den Gastgeber: »Wie schade, dass nicht deine Tochter uns bedient. Ich hätte sie gerne kennengelernt.«

Der Kaufmann schlug sich gegen die Stirn. »Ich Dummerjan!«, sagte er. »Ich vergaß völlig, sie Euch vorzustellen. Das hier ist sie: meine Radana.«

»Jaja, erst bechern, dann benehmen«, murmelte das dunkelhaarige Mädchen gekränkt.

»Verzeiht mir, Jungfer, dass ich Euch nicht sogleich erkannt habe«, sagte Otto mit übertriebenem Bedauern, aber auch mit einem kleinen Schalk in den Augen. »Euer Gesicht hat mich verwirrt. Euer Vater hatte uns nämlich erzählt, er hätte eine hübsche Tochter ...«

»Erst bechern, dann frech werden«, versetzte die junge

Frau noch böser und warf den Kopf zurück, dass ihr Haar nur so flog. Rasch brachte sie es mit der Hand in Ordnung, und weil die Becher auf dem Tisch leer waren, schenkte sie nach, wobei sie den des Knappen nur zur Hälfte füllte.

Otto sah ihr bedächtig zu, dann fuhr er fort: »Ich kann nichts für den Irrtum! Euer Vater hat behauptet, seine Tochter sei hübsch – dabei seid Ihr wunderschön! Nur aus diesem Grund habe ich Euch nicht sofort erkannt. – Und habe ich nicht ein bisschen mehr Wein verdient?«

Damit brachte er Radana so durcheinander, dass sie ihm sofort nachschenkte. Die anderen am Tisch mussten lachen. Die junge Frau wurde rot, stellte den Weinkrug so heftig auf den Tisch, dass es spritzte, drehte sich um und verschwand.

»Ich sagte Euch ja, Ihr dürft sie höchstens auf drei Schritte an meinen Knappen heranlassen«, meinte Ulrich lächelnd.

»Das waren sicher weniger.«

»Das stimmt, aber zwischen uns war noch die Tischplatte«, warf Otto ein.

Jetzt betrat Genoveva den Raum und fragte mit strenger Miene: »Was habt Ihr mit Radana gemacht?«

»Es ist alles meine Schuld«, erklärte Otto kleinlaut. »Sie kam mir ein wenig traurig vor, und ich wollte sie aufheitern. Deshalb habe ich ihr gesagt, wie schön sie sei – ganz ohne Hintergedanken, nur aus Mitleid. Nicht im Traum würde ich mir erlauben, mit ihr zu schäkern.«

Genoveva zog eine Grimasse. »Und das soll ich Euch glauben?« Dann strich sie ihr Kleid glatt und erklärte: »Das Bad ist bereit.«

Der Kaufmann hatte nicht übertrieben, als er die Kochkünste seiner Frau gepriesen hatte. Das Abendessen schmeckte hervorragend. Besonders das Huhn mit Heidelbeersoße wäre einer Königstafel würdig gewesen, wie Ulrich galant bemerkte. Und Otto genoss den Kressesalat mit Speck, in den er einen goldbraun gebackenen Knoblauchfladen hineinbröckelte. Er murmelte mit vollem Mund, er habe gar nicht geahnt, wie köstlich ein einfacher Salat schmecken könne, sei dieser hier doch sogar besser als der Kuss eines schönen Mädchens.

»Wahrscheinlich hat Euch einfach noch keine Schöne geküsst«, bemerkte Radana spitz. »Was übrigens auch kein Wunder ist, wenn Ihr Euch so mit Knoblauch vollstopft ...«

»Im Unterschied zu einem schönen Mädchen verliert frischer Knoblauch immerhin nicht so schnell seinen Reiz«, warf Otto ein.

»Da muss ich widersprechen«, mischte Wolfgang sich ein. »Nach zwei oder drei Tagen wird selbst der beste Knoblauch schal. Man sieht, dass es mit deinen Pflanzenkenntnissen nicht weit her ist. Wie übrigens mit den meisten Dingen, von denen du sprichst.«

»Mag sein«, erwiderte Otto. »Trotzdem hat man am Knoblauch länger Freude. Welches Mädchen gefällt einem schon länger als zwei Tage?«

»Das sind keine angemessenen Vergleiche«, wies Ulrich ihn schnell zurecht. Er war an das lose Mundwerk seines Knappen gewöhnt, andere Menschen dagegen konnte es womöglich beleidigen. Aber Michael sagte zu Ottos Verteidigung, das seien doch nur harmlose Scherze, über die sich keiner aufzuregen brauche.

»Du vielleicht nicht«, fuhr seine Frau Genoveva dazwischen. »Aber du bist hier nicht in einer Schenke, mein Lieber, sondern zu Hause. Wie könnt Ihr nur so über Frauen und die Liebe sprechen?«

»Ich entschuldige mich vielmals«, sagte Otto mit einer höflichen Verneigung. »Aber die meisten jungen Frauen, die ich kennengelernt habe, zählten Treue nicht gerade zu ihren Tugenden.«

»Und was ist mit Euch? Zählt die Treue zu Euren Tugenden?«, entgegnete Genoveva streng, während sie sein hübsches Gesicht mit den blonden Locken musterte, die ihm das Aussehen eines Cherubs verliehen.

Otto zuckte mit den Schultern. »Die Treue ist das Fundament der Ritterehre«, sagte er ausweichend.

Radana wollte schon etwas Spöttisches dazu sagen, doch ihre Mutter hielt sie mit einer Geste zurück und sagte: »Wirklich? Ihr meint die Treue zum König? Meinetwegen, aber was ist mit der Treue zu einer Frau?«

»Wann immer ich eine Frau liebe, bin ich ihr treu«, murmelte Otto, dem die Wendung des Gesprächs nicht behagte. Ulrich lehnte sich derweil bequem zurück und beobachtete ihn interessiert durch seine halb geschlossenen Augen.

»Wann immer ich eine Frau liebe …«, wiederholte Genoveva höhnisch die Worte des Knappen. »Wie edelmütig! Die Liebe ist kein Hemd, das Ihr überstreifen könnt, wann es Euch passt.«

»Ich bin sicher auch nicht schlimmer als andere«, protestierte Otto schwach. Vor seinem inneren Auge tauchte die schwarzhaarige Gauklerin auf, die er einmal geliebt hatte und die auf Burg Lämberg ihr Leben gegeben hatte, um seines zu retten. Damals hatten sie nach einer verschwundenen Reliquie geforscht, und auch wenn dies zu Gottes Ruhm geschah, hatte Otto sich doch von Gott nicht gerecht behandelt gefühlt.

Die Frau des Kaufmanns nickte. »Bestimmt seid Ihr nicht schlimmer. Fast alle geben sich ritterlich, doch wahre Männer gibt es nur wenige. Wenn mein Mann nicht manchmal solchen Unsinn reden würde, würde er gewiss zu ihnen gehören«, fügte sie hinzu und lächelte ihn liebevoll an. »Die Liebe besitzt große Macht. Meine Schwester wurde von ihrem Mann so sehr geliebt, dass er nach ihrem tragischen Tod den Verstand verlor. Das ist wahrhafte Liebe.«

Otto musste wieder an die schwarzhaarige Gauklerin denken. »Der Tod gehört zum Leben«, stimmte er leise zu. »Aber wenn einer sterben muss, der einen anderen liebt, sollte er den Geliebten oder die Geliebte nicht mit ins Reich der Schatten hinabziehen. Ausdruck der Liebe ist doch vielmehr, dass man ein Opfer bringt, damit der andere leben kann, und nicht, dass er den Verstand verliert und ebenfalls zugrunde geht.«

Genoveva sah ihn lange an, bevor sie ebenso leise erwiderte: »Trotz all Eurer lockeren Reden über die Frauen denke ich, dass Ihr schon manches durchgemacht habt ... Hm, aber vielleicht ist dieses Gespräch doch etwas zu ernst für den heutigen Abend, meint Ihr nicht?«

Michael, den das Lob seiner Frau etwas verlegen gemacht hatte, sagte rasch zu seiner Tochter: »Radana, hole doch einmal deine Laute und sing uns etwas vor!«

Radana zierte sich zuerst, aber schließlich gehorchte sie und eilte aus dem Zimmer. Sobald die Tür hinter ihr zugefallen war, sagte Ulrich: »Die Liebe äußert sich in vielerlei Gestalt, wie überhaupt das menschliche Leben. Zwar ist Letzteres oft eine Reise durch ein Jammertal, aber es liegt nun mal in unserer Natur, im Leben und in der Liebe jeweils das Beste zu suchen. Und darüber zu scherzen mag vielleicht töricht sein, verschafft uns aber für einen Moment Erleichterung, zum Beispiel, wenn man lange von zu Hause fort ist und sich um seine Familie sorgt ... Nun, ich hoffe, Eure Tochter versteht es, fröhlich von der Liebe zu singen!«

Als Radana mit der Laute zurückkam, fing sie sofort an zu spielen. Ihre Stimme war ungeschult, hatte aber einen angenehmen hellen Klang. Sie sang die Ballade von einer Taube, die im Flug von einem Habicht erfasst wird. Nachdem sie das Lied fertiggesungen hatte, erklärte sie leise, dies sei das Lieblingslied ihrer Tante gewesen. Da ja vorhin von ihr die Rede gewesen sei, habe sie es zu ihrem Andenken gesungen, auch wenn es kein lustiges Lied sei. Darauf warf sie Otto einen herausfordernden Blick zu und hob zu einem anderen Lied an, das einen deutlich lebhafteren Rhythmus hatte. Es erzählte von einem eitlen Ritter, der sich derart vor den Frauen spreizte, dass alle ihn zurückwiesen, bis sich schließlich ein Pfauenweibchen in ihn verliebte.

Der Abend ging angenehm dahin, und irgendwann mischte sich sogar Wolfgang ins Gespräch. Da er früher die Heilkunst studiert und als Wundarzt gewirkt hatte, kannte er sich sehr gut mit Pflanzen aus und unterhielt sich mit Genoveva lange über diverse Heilkräuter, tauschte sich mit ihr darüber aus, wo man seltene Pflanzen finden konnte und wie man sie fachkundig trocknete. Erst spätnachts zogen sich alle zum Schlafen zurück.

In der Gästekammer auf seinem Schlaflager sitzend, sagte Ulrich genüsslich gähnend: »Ich freue mich darauf auszuschlafen, wecke mich also bloß nicht auf, Otto! Bis nach Hohlenstein sind es nicht viel mehr als zwei Stunden, wir müssen uns also nicht beeilen.«

»Das stimmt. Es sei denn, ich müsste vor dem Ansturm der Raitzer Frauen fliehen«, erwiderte sein Knappe grinsend, doch der königliche Prokurator gab schon keine Antwort mehr, weil er eingeschlafen war. Dafür bekreuzigte sich Wolfgang auf seinem Schlaflager mit Unglücksmiene. Er dachte mit Schrecken daran, dass er am nächsten Tag zwei weitere Stunden im Sattel verbringen musste.

IV. KAPITEL

Was das Ausschlafen betraf, hatte Ulrich sich zu früh gefreut. Draußen graute der Morgen, als es an die Tür der Schlafkammer klopfte.

»Kommt schnell, edler Herr«, rief Michael aufgeregt. »Ich wusste doch, dass es mit den Leuten des Bischofs Ärger geben würde ...«

Ulrich sprang von seinem Bett auf, packte sein Schwert und warf seinen Umhang über, bevor er die Tür öffnete. »Was ist los?«, fragte er etwas erschrocken. Er hatte zwar einen Geleitbrief des Königs bei sich, wusste aber, dass er ihm hier in Mähren, wo sein hohes Landesamt ihn nicht gleichermaßen schützte wie in Böhmen, nicht allzu viel nützen würde. Trotzdem war er überzeugt, das Richtige getan zu haben, als er dem Kaufmann in der Furt geholfen hatte.

Michael winkte Ulrich zu einem schmalen Fenster und zeigte nach draußen. Vor dem Tor des Anwesens hatten sich aufgebrachte Menschen mit brennenden Fackeln zusammengeschart, darunter auch bischöfliche Söldner. An vorderster Front stand ein Pfarrer in einem mit Flicken versehenen Priestergewand. Der Pfarrer deutete auf Michaels Haus und schien etwas zu erklären, während er mit der anderen Hand ein Kruzifix in die Höhe hielt. Die Männer um ihn herum waren mit Heugabeln und Stöcken, manche auch mit Jagdmessern oder alten Lanzen bewaffnet. Auch Frauen waren dabei, die drohend die Fäuste hoben, eine warf sogar einen Stein gegen das Tor.

»Was ist denn los?«, erklang hinter ihnen die erschrockene Stimme von Genoveva, die durch den Flur geeilt kam und nur ein Nachthemd trug, über das sie einen alten Mantel geworfen hatte.

»Am Waldrand hat man die Leiche einer jungen Frau gefunden. Und diese Hammelköpfe da unten glauben, mein Gast hätte sie umgebracht! Pfarrer Peter führt die Leute an, aber ich weiß schon, wer ihn gegen uns aufgehetzt hat: Der Burggraf des Bischofs will sich an uns rächen. Wie kann man nur solchen Unsinn erfinden!«

»Was ist mit der Frau genau passiert? Und warum führt der Pfarrer die Leute an?«

»Weil ein Werwolf sie getötet haben soll«, brummte der Kaufmann. Kaum hatte er es ausgesprochen, stieß Genoveva einen Schrei aus und brach ohnmächtig zusammen.

»Kümmert Euch um Eure Frau«, rief Ulrich ihm zu. Die Anschuldigung der Leute gefiel ihm nicht. Er hatte zwar keine Angst, doch sein Instinkt sagte ihm, dass es hier um mehr ging als nur um die gestrige Auseinandersetzung an der Furt. An Otto und Wolfgang gewandt, die hinterhergekommen waren und abwartend im Flur standen, sagte er: »Wir gehen so lange nach draußen und reden den Leuten diesen Humbug aus!«

Otto konnte es kaum erwarten. »Mit dem Schwert?«, fragte er ungeduldig. Die Menschen draußen waren zwar in deutlicher Überzahl, doch was immer die beiden Frauen ihm am vergangenen Abend hinsichtlich seiner Treue auch vorgehalten hatten – seinem Herrn blieb er unter allen Umständen treu. Und nun hatte er Gelegenheit, es zu beweisen.

Ulrich schüttelte den Kopf. »Ich lasse mir zwar nicht alles

gefallen, aber erst einmal wollen wir versuchen, sie mit Worten zu überzeugen, lieber Otto. Schließlich können sie uns nicht einfach so etwas Verrücktes unterstellen. Es wird nicht leicht sein, mit ihnen zu reden, denn gegen Aberglauben ist kein Kraut gewachsen, aber wozu gibt es den menschlichen Verstand?«

Mit einem Blick vergewisserte er sich, dass Genoveva in den Armen ihres Mannes wieder zu sich kam, dann lief er mit flatterndem Umhang die Treppe hinunter ins Erdgeschoss, Otto mit umgürtetem Schwert hinter ihm her. Nur Wolfgang blieb nachdenklich im Flur stehen.

Ulrich und Otto traten in den Hof hinaus, der verlassen dalag, denn die Knechte und Mägde hatten sich erschrocken ins Gesindehaus und in die Scheune zurückgezogen. Ritter und Knappe liefen in den Stall, sattelten ihre Pferde, saßen auf und ritten zum Tor. Otto entriegelte das Tor und öffnete es, und gleich darauf ritten sie mit gezogenem Schwert hinaus. Die Menschen auf der Straße verstummten und wichen einige Schritte zurück. Nur Pfarrer Peter, das Kruzifix hoch erhoben, rührte sich nicht von der Stelle. Er musterte Ulrich feindselig und befahl den anderen: »Fesselt ihn!«

Doch niemand aus der Schar hörte auf ihn, einige Männer wichen sogar noch etwas weiter zurück. Selbst die drei belanzten Söldner machten keine Anstalten, sich den beiden Rittern zu nähern. Wütend presste der Pfarrer die Lippen zusammen.

Ulrich straffte sich, warf einen ernsten Blick in die Runde und fragte dann ruhig: »Nun? Was habt ihr gegen uns? Ich bin nicht irgendein Strolch oder Wegelagerer, sondern ein Beamter des Königs. Falls ihr euch über mich beschweren wollt, tut dies bei unserem Herrscher! Er wird darüber urteilen, ob ich etwas Unrechtes getan habe.« Und damit senkte er sein Schwert und hob den Geleitbrief mit dem Siegel König Ottokars in die Höhe.

Auf einen Wink des Pfarrers trat einer der Söldner zögernd zu ihm und besah sich die Urkunde. Er konnte zwar nicht lesen, aber das Siegel des böhmischen Königs war ihm vertraut. Verlegen drehte er sich zu der erregten Menge um und erklärte, dass der Mann die Wahrheit sage.

»Aber er ist ein Werwolf!«, rief Pfarrer Peter aufgebracht. »Damit fällt er unter die Zuständigkeit unseres ehrwürdigen Bischofs und nicht die des Königs! Das ist eine Angelegenheit der heiligen Mutter Kirche!«

In diesem Moment tauchte Michael im Tor auf. Er hielt eine große Axt in den Händen und atmete schwer vom Laufen. »Ihr Nachbarn, wem wollt ihr glauben? Diesem galligen Pfarrer, der erst seit letztem Jahr hier seine Pfründe hat, oder mir, der ich seit über vier Jahrzehnten ruhig und friedlich mit euch zusammenlebe? Ich versichere euch, dass dieser Edelmann hier mein Gast ist und heute Nacht keinen Fuß aus meinem Haus gesetzt hat.«

»Was erdreistest du dich, du Antichrist?«, eiferte sich Pfarrer Peter. »Der Teufel hat dir den Verstand getrübt. Du deckst die Gräueltaten eines Wolfsmenschen, des scheußlichsten Untiers, das je auf Erden wandelte! Wenn du ihn weiter schützt, wirst du gemeinsam mit ihm in den Flammen landen.«

»Willst du uns etwa drohen, du Wicht?«, mischte Otto sich wütend ein. Er lockerte die Zügel und ritt langsam auf den Priester zu, während Michael sich an Ulrichs Seite stellte und bedächtig seine Axt in der Hand wog, um anzudeuten, dass er bereit war, sie zu benutzen.

»Ich drohe niemandem, ich vertrete hier lediglich die Sache des Christentums und der Wahrheit!«, zischte der Pfarrer, ohne einen Zoll zurückzuweichen. »Gestern seid ihr nach Raitz gekommen, und heute Nacht hat der Werwolf zugeschlagen – und dies zum ersten Mal in dieser Gegend, soweit sich die hiesigen Leute erinnern können. Ist das nicht seltsam?«

»Reisende kommen und gehen. Das heißt noch lange nicht, dass sie Unholde sind. Ich bin im Auftrag unseres Königs unterwegs«, sagte Ulrich ruhig. Noch einmal hob er seinen Geleitbrief hoch, damit jeder ihn sehen konnte, dann rollte er das Pergament behutsam zusammen. Seine gemächlichen Bewegungen beruhigten die Leute ein wenig. Die Gleichmut des königlichen Prokurators passte nicht zu ihrer Vorstellung von einem blutrünstigen Werwolf. Und der König wusste doch sicherlich, wem er einen Geleitbrief aushändigte!

»Aber einer muss es gewesen sein!«, weinte ein brav aussehender Bauer. »Ein Werwolf hat heute Nacht meine Tochter Velinka getötet!« Die Männer mit den Heugabeln, die um ihn herumstanden, nickten zu seinen Worten, und die Frauen bekreuzigten sich.

»Dieser Geleitbrief bedeutet nichts!«, schnaubte der Pfarrer. »Und wenn dich der Papst persönlich geschickt hätte – du wirst dich für deine Untaten verantworten müssen! Wir haben einen Augenzeugen, der sagt, es sei jemand gewesen, der nicht von hier ist. Und du bist gerade der einzige Fremde hier in Raitz.« Er drehte sich zu einem der Bischofssöldner um, der einen schiefen Mund hatte und schielte, und forderte ihn auf, seine Aussage zu wiederholen.

Der magere Söldner rieb sich das Kinn und murmelte: »Ich bin nicht ganz sicher, ihn wiederzuerkennen.«

»Er hat bei Gott geschworen, er hätte den Werwolf gesehen!«, geiferte der Pfarrer. »Und er hat beteuert, es sei dieser Fremde hier gewesen!«

Die Leute standen ratlos da. Sie kannten den Kaufmann Michael als ehrbaren Nachbarn, aber vielleicht war sein Verstand ja wirklich von einem Dämon beherrscht. Wie konnte es sonst sein, dass ein Söldner des Bischofs den Prokurator mit eigenen Augen bei der Bluttat gesehen hatte, der Kaufmann aber behauptete, dass er die ganze Nacht das Haus nicht verlassen habe? Schon hob der Vater des toten Mädchens mit zitternder Hand einen dicken Knüppel. Sein Gesicht war tränenüberströmt, und das Einzige, was er wollte, war Rache.

Ulrich begriff, dass er so schnell wie möglich das Vertrauen der Leute zurückgewinnen musste. Streng fragte er den schielenden Söldner: »Warum bist du dem armen Mädchen nicht zur Hilfe geeilt, wenn du doch gesehen hast, wie der Werwolf sie anfiel?«

»Ich stand auf der anderen Seite der Schlucht, wo ich auf der Feste Wache hielt«, erklärte der Söldner eifrig. »Als ich bei ihr ankam, war sie bereits tot. Und der Werwolf geflohen.«

»Du meinst die Schlucht unterhalb der bischöflichen Feste?«, hakte Michael nach.

»Wo denn sonst?«, fuhr Pfarrer Peter dazwischen. Er stellte sich breitbeinig vor den Söldner. »Du hast doch seinen Umhang gesehen, nicht wahr? Du hast gesagt, es sei keiner, wie man ihn hier bei uns trägt. Er sah genauso aus ... wie der Umhang dieses falschen Edelherrn hier!« Und damit zeigte er auf Ulrich und fügte triumphierend hinzu: »Ich wiederhole es: Dieser Fremde hier hat den blutigen Meuchelmord begangen!«

»Wann soll denn das gewesen sein?«, fragte Ulrich seelenruhig.

Da der Söldner schwieg, antwortete der Vater des ermordeten Mädchens: »Velinka wurde vor zwei oder drei Stunden getötet.«

»Hm, also noch bei tiefer Nacht«, bemerkte Ulrich. An den Söldner gewandt fragte er: »Was konntest du in der Schlucht genau sehen? Welche Farbe hatte der Umhang des Mörders?«

»Ich ... ich weiß nicht«, stammelte der Söldner. »Aber kein Einheimischer würde so ein schreckliches Verbrechen begehen.«

»Der königliche Prokurator auch nicht, du Dummkopf!«, fuhr Michael ihn an.

Der magere Söldner reagierte nicht beleidigt, sondern dachte angestrengt nach. Er bat Ulrich, für einen Moment vom Pferd zu steigen. Dann musterte er ihn ausführlich und sagte schließlich kleinlaut zum Pfarrer: »Im Dunkeln konnte ich die Gestalt zwar nicht genau erkennen, aber es war ganz bestimmt ein Fremder. Nur ... der hier war es nicht!«

»Woher willst du das wissen? Nur Gott ist allwissend!«, sagte Pfarrer Peter aufgebracht.

»Das mag wohl sein«, räumte der Söldner schwerfällig ein. »Aber eines weiß ich sicher: Als der Werwolf neben dem armen Mädchen stand, war er nicht viel größer als sie. Dieser Fremde hier ist aber deutlich größer, also war er es ganz sicher nicht!«

Der Pfarrer schluckte. Dann drehte er sich wortlos um, bedachte die Mitglieder seiner Gemeinde keines Blickes mehr und marschierte wütend vor sich hinbrummend in Richtung des Pfarrhauses davon. Als er den Brunnen auf dem Marktplatz erreichte, blieb er noch einmal stehen und schrie: »Dieser Fremde ist der Werwolf, und Velinka wird nicht sein letztes Opfer gewesen sein! Ihr werdet noch an mich denken, Brüder in Christo!« Dann verschwand er mit den würdevollen Schritten einer gekränkten Heiligkeit in seinem Haus.

»Und was ist mit meiner armen Velinka?«, schluchzte der Vater des toten Mädchens leise.

»Warum war sie überhaupt mitten in der Nacht draußen?«, wollte Ulrich von ihm wissen.

Der Bauer blickte unsicher drein. »Der Werwolf muss sie verhext haben. Sie gezwungen haben, mit ihm zu kommen ...«

Ein zierliches junges Mädchen mit roten Zöpfen meldete sich zu Wort. »So ist es nicht. Sie hat sich vor mir gebrüstet, ihr Hannes hätte ihr eine Nachricht zukommen lassen, dass sie sich heimlich in den Wald davonstehlen solle. Er würde dort auf sie warten ...«

»Aber das stimmt nicht!«, erklärte ein Geselle im Bäckerkittel. »Ich hab ihr keine Nachricht zukommen lassen. Und ich habe die ganze Nacht in der Backstube gearbeitet!«

»Dann stammte die Nachricht von dem Mörder«, meinte Ulrich. »Er hat offenbar genau geplant, wie er das Mädchen unerkannt hinauslocken könnte. Das war ganz sicher kein Werwolf! Hat niemand gesehen, wer ihr die Botschaft überbracht hat?«

Die Leute, die teils mit offenem Mund zugehört hatten, schüttelten den Kopf. Der schielende Söldner fragte: »Wer hat denn vor dem Tor Wache gehalten? Und warum hat er das Mädchen rausgelassen?«

»Ach, die Palisade lässt sich an jeder Stelle überklettern«, brummte ein Mann neben ihm. »Das schafft sogar ein Mädel mit dickem Hintern. Und die Velinka war schlank und geschickt ...«

Ulrich dachte nach, dann wandte er sich dem Vater des Mädchens zu. »Könnte ich mir den Tatort einmal ansehen? Ich besitze eine gewisse Erfahrung in der Aufklärung von Verbrechen.«

Schon die Tatsache, dass jemand Velinka extra in den Wald gelockt hatte, erschien ihm merkwürdig, und die darauf folgende Schuldzuweisung war sicherlich kein Zufall. Seine Ermittlungstätigkeit hatte ihm gezeigt, dass hinter den meisten vermeintlichen Zufällen eine Absicht steckte. Falls Velinka am Ende nur deshalb hatte sterben müssen, damit der Mörder die Schuld ihm zuweisen konnte, war dies ebenso grausam wie unnötig und dumm.

»Es ist nicht weit«, erklärte der magere Söldner beflissen, als wollte er den Aufruhr wiedergutmachen, den er mit seiner Aussage verursacht hatte. Er lief ihnen voraus über den lang gezogenen Marktplatz bis zu dem Felsausläufer, wo die bischöfliche Feste stand. Dort passierten sie an einem Erdwall mit Holzpfählen eine kleine Pforte und folgten dem Weg bergab, am Festungsgraben vorbei und weiter bis zum Wald. Gleich am Waldrand lag unter Dornenranken die verstümmelte Leiche des Mädchens. Ihre Kehle war aufgerissen, an der rechten Hand fehlte der kleine Finger, und auf ihrem Bauch waren mit Blut magische Zeichen geschrieben. Die Leute blieben ein paar Schritte von der Toten entfernt stehen und bekreuzigten sich. Sie waren zwar zuvor schon hier gewesen, doch der grausige Anblick ließ sie aufs Neue erschaudern.

Während Ulrich die Leiche flüchtig in Augenschein nahm, dachte er bei sich, dass Burggraf Idik von Schwabenitz sich unmöglich eine so teuflische und abscheuliche Tat ausgedacht haben konnte, nur um sich für die gestrige Kränkung an der Furt zu rächen. In seine Gedanken hinein sagte Michael:

»Das ist nicht das erste Opfer des Werwolfs. Soviel ich weiß, hat er schon mehrere Frauen im Hohlensteiner Gebiet getötet. Und unweit von Blanseck soll er auch eine wohlgeborene Dame umgebracht haben. Aber zu der Zeit war mein edler Gast noch gar nicht hier. Wie konntet ihr nur so etwas Dummes glauben?!« Und damit machte er sich zurück auf den Weg nach Hause, um nach seiner Frau zu sehen.

»Erlaubt Ihr, mein Herr?« Wie aus dem Nichts war Wolfgang aufgetaucht. Weder Ulrich noch Otto hatten mitbekommen, dass der Schreiber sich der Schar angeschlossen hatte.

»Er ist ein gelernter Arzt«, erklärte Ulrich schnell, als der Vater des toten Mädchens sich schon empörte, dass seine Tochter mehr Respekt verdiene, als von einem dahergelaufenen Krüppel untersucht zu werden.

Wolfgang kniete sich ins Moos, untersuchte ausführlich die Wunde am Hals des Mädchens und besah sich die Hand mit dem abgerissenen Finger. Dann stand er auf und erklärte, er habe alles Nötige gesehen und man könne die Verstorbene ins Leichenhaus bringen.

Einige Männer hatten unterdessen eine Bahre aus Zweigen angefertigt, und so setzte sich der traurige Zug langsam in Bewegung, um nach Raitz zurückzukehren. Inzwischen war es heller Tag geworden, und ringsum glänzten nach einem nächtlichen Regenschauer kleine Tröpfchen im Gras wie Perlen. Vorneweg gingen die Bischofssöldner, dann die vier Männer mit der Bahre, dahinter mit gesenktem Kopf der Vater. In kurzem Abstand folgten die übrigen Raitzer, die leise murmelnd für das Seelenheil des Mädchens beteten. Den Schluss des Zuges bildeten Ulrich und seine beiden Helfer.

Otto fragte Wolfgang mit spöttischer Miene: »Warum bist du erst aufgetaucht, als schon alles vorüber war? Die Horde vor dem Tor hätte über uns herfallen können!«

»Ich habe euch nicht im Stich gelassen«, widersprach Wolfgang. »Ich hielt mich im Hof verborgen und hatte Verbandszeug und Wundsalbe bereit. Wenn ihr so töricht seid, euch alleine fünfzig Menschen entgegenzustellen, was hätte ich denn da tun sollen?«

»Gestern an der Furt hattest du freilich ein Messer in der Hand, keinen Verband, wenn ich mich recht erinnere«, mischte Ulrich sich ein.

»Das stimmt«, gab Wolfgang zu. »Aber gestern waren es deutlich weniger Gegner, da hätte das Kämpfen noch einen Sinn gehabt. Außerdem hatte ich meine Arzneien in einem Sack auf dem Packpferd, und bevor ich an sie herangekommen wäre, wäre es vielleicht schon zu spät gewesen.«

Otto grinste. »Wisst Ihr, mein Herr, ich bedaure es wirklich, dass uns die bischöfliche Gefolgschaft gestern nicht angegriffen hat. Ich hätte doch zu gerne ein Gefecht mit Wolfgang an meiner Seite erlebt.«

»Unser Schreiber verdient Respekt, keinen Spott«, ermahnte Ulrich ihn. »Schließlich ist es keine Kunst, das Schwert zu schwingen, wenn Gott einem einen gesunden Körper geschenkt hat … Nun, Wolfgang, was ist dir an der Leiche aufgefallen?«

Der bucklige Schreiber warf Otto noch einen vernichtenden Blick zu, dann erklärte er, dass es definitiv kein Werwolf gewesen sei, der das Mädchen so zugerichtet habe. Jemand habe ihr mit einem Dolch die Kehle durchgeschnitten und den Hals erst anschließend mit einer seltsamen, grobzinkigen Zange zerfetzt.

»Warum glaubst du, dass es eine Zange war und nicht die Zähne eines Werwolfs?«, wollte Ulrich wissen.

»Weil die Reißwunden zu groß sind«, antwortete Wolfgang und spreizte seine Finger, um anzuzeigen, wie groß die Zähne hätten sein müssen. »Ein Werwolf hat nicht so große Zähne. Das heißt … falls es überhaupt Werwölfe gibt, woran ich meine Zweifel hege.«

»Ich glaube auch nicht an ihre Existenz«, pflichtete Ulrich ihm bei. »Aber warum könnten sie nicht theoretisch größere Zähne haben?«

»Weil in allen Bestiarien steht, dass ein Werwolf im Grunde nichts als ein Mensch ist, dessen Kopf und Hände sich in die eines Wolfes verwandeln. Das heißt, seine Schnauze kann nur so groß sein wie die eines echten Wolfes. Dieses Mädchen wurde eindeutig von einem Menschen ermordet.«

So gerne Otto den buckligen Schreiber aufzog, musste er doch dessen scharfe Urteilskraft bewundern. Er murmelte: »Wenn der Täter eigens eine Zange mit großen Zinken mitbrachte, bedeutet das, dass er den Mord vorausgeplant und vorbereitet hat. Er hat Velinka aus dem Haus gelockt und … Aber warum das alles?«

Ulrich seufzte. »Wenn wir das nur wüssten. Aber gerade diese Mordzange beweist, dass es sich nicht um eine Vergeltung wegen der gestrigen Auseinandersetzung handeln kann, denn so schnell hätte Idik von Schwabenitz ein solches Gerät gar nicht auftreiben können. Und er wird es auch nicht schon bei sich gehabt haben, denn wie hätte er den Zwist an der Furt voraussehen sollen? Dieser Werwolf beginnt mich wirklich zu interessieren …«

»Heißt das, wir suchen nach dem Mörder?«, fragte sein Knappe begierig.

»Nun, der König hat uns zwar hergeschickt, damit wir nach den geraubten Geldtruhen fahnden, was selbstverständlich unser Hauptauftrag bleibt, aber zwischendurch können wir uns ruhig auch noch anderen Fällen widmen«, meinte Ulrich. Und dann fügte er kalt hinzu: »Wer diesen Mord begangen hat, verdient jedenfalls die härteste Strafe.« Anschließend ging er etwas schneller, weil er den Vater des Mädchens noch etwas fragen wollte.

Sobald er außer Hörweite war, wollte Otto von Wolfgang wissen, was denn ein Bestiarium sei, er habe dieses Wort noch nie gehört.

Der kleine Schreiber wölbte stolz die Brust und antwortete, er wundere sich kein bisschen über Ottos Unkenntnis, gehe es in einem Bestiarium doch weder um Frauen noch um Ritterturniere, sprich um die einzigen Dinge, von denen der Knappe etwas verstehe. Dann erklärte er ihm freundlich, dass man so seit Jahrhunderten Bücher über exotische Tiere nenne. Er blieb stehen, um Atem zu schöpfen, da es zum Ortseingang bergauf ging, dann fuhr er fort: »Bestiarien enthalten Berichte über die Entdeckungen ungewöhnlicher Kreaturen. Viele Reisende haben in Ländern außerhalb der christlichen Welt seltsame Tiere gesehen, die, so sonderbar sie auch sein mögen, tatsächlich existieren. Zum Beispiel ein Pferd, das weiß und schwarz gestreift ist. Oder ein Geschöpf so groß wie eine Scheune, dessen Nase bis auf die Erde hinabreicht. Man nennt es Elefantus. Mit der Zeit sind auch Schilderungen von Kreaturen in die Bestiarien gelangt, die als Geschöpfe des Teufels gelten. Aber die meisten davon sind Hirngespinste von Dummköpfen, die nicht richtig hinschauen können. Ich glaube nicht an die Existenz von Drachen, Basilisken oder Hydren. Und ich glaube auch nicht an Werwölfe.«

Otto schüttelte verständnislos den Kopf. »Was hat es denn dann für einen Sinn, von Tieren zu lesen, die nicht existieren?«

»Gar keinen«, pflichtete Wolfgang ihm lebhaft bei. »In einem Bestiarium zu lesen ist tatsächlich ebenso unsinnig, wie hinter jedem Weiberrock herzulaufen. Man vergeudet nur seine Zeit, und es führt auch nicht zum Seelenheil.«

V. KAPITEL

Als Ulrich, Wolfgang und Otto zum Haus des Kaufmanns zurückkehrten, war Genoveva schon wieder auf den Beinen. Sie stand in der Küche an der Feuerstelle, kochte in einem Kupferkessel Brei und bemühte sich, so zu tun, als wäre nichts vorgefallen, doch ihre Augen verrieten sie.

Ulrich hätte die Hausherrin gerne gefragt, warum die Erwähnung des Werwolfs sie so aus der Fassung gebracht hatte, wollte sie aber nicht noch mehr verstören. Die Seele eines Menschen ist manchmal verletzlicher als sein Leib, und Genoveva trug offenbar die Last schlimmer Erinnerungen mit sich.

Beiläufig sprach er ihren Mann darauf an, aber Michael konnte sich die heftige Reaktion seiner Frau ebenfalls nicht erklären, sie sei normalerweise eine vernünftige und ziemlich tapfere Frau. Vielleicht habe die Menschenhorde draußen sie erschreckt. »Sie ist eine empfindsame Natur«, erklärte er, »und hat sich wohl um Euch gesorgt. In ihrer Kindheit hat sie Plünderungen erlebt. Sie wohnte in einer Ansiedlung, die von fremden Soldaten überfallen wurde. Sie spricht nicht gerne darüber, aber sie hat es nicht vergessen.« Obwohl das plausibel klang, genügte es Ulrich nicht als Erklärung.

Vor ihrer Abreise suchte Otto noch einmal Radana auf. Die Kaufmannstochter hob überrascht die Augenbrauen. Dann deutete sie freundlich auf eine Nische am Fenster, wo sich zwei mit Schafsfellen bedeckte Steinbänkchen befanden, setzte sich und wartete darauf, dass Otto ihr gegenüber Platz nahm. »Nun? Was habt Ihr auf dem Herzen?«

»Seid Ihr mir noch böse?«

»Ich?«, entgegnete sie aufrichtig verwundert. »Aber nein. Solche Dummheiten, wie Ihr sie geäußert habt, bekomme ich oft zu hören. Deswegen stürzt das Himmelszelt nicht ein.«

»Ihr bekommt sie oft zu hören?«, hakte Otto neugierig nach.

»Das geht Euch nichts weiter an«, erwiderte sie steif. »Was wollt Ihr eigentlich?«

»Nichts Besonderes ... Nur mich entschuldigen. Denn in Wirklichkeit bin ich gar nicht so schlimm, und auch nicht immer so dumm, wie Ihr wohl denkt.«

»Das denke ich nicht«, entgegnete sie milde. Dann musterte sie ihn lächelnd. »Ist das alles, was Ihr mir sagen wolltet?«

»Nein, da ist noch etwas«, sagte Otto schnell, und seine Augen blitzten schelmisch. »Würdet Ihr mir zeigen, wo sich Eure Kammer befindet? Nur falls es mich noch einmal in diese Gegend verschlägt ...«

»Ganz sicher nicht«, erwiderte sie knapp, aber sie sah nicht gekränkt aus.

»Nun, dann eben nicht«, seufzte der Knappe. »Ich dachte nur, man sollte es nie ungenutzt lassen, wenn sich im Leben freudvolle Momente anbieten. Nur der Herrgott weiß, wie lange wir noch auf dieser Erde wandeln. Und hinterher ist es zu spät, um unsere Versäumnisse zu bereuen ...«

»Da stimme ich Euch zu«, sagte Radana schlagfertig. »Hätte ich das Gefühl, dass ich irgendetwas versäumen würde, würde ich Euch vielleicht verraten, wo meine Kammer liegt. Aber das ist nun mal nicht der Fall.«

»Gestern habt Ihr diese traurige Ballade von der Taube gesungen, die vom Habicht erfasst wird. Ein schrecklich schönes Lied, weil es so wahr ist, denn innerhalb eines Augenblicks kann das blühende Leben in den kalten Tod umschlagen. Warum hatte Eure Tante dieses Lied so gern?«

Plötzlich ernst geworden, antwortete Radana: »Vielleicht ahnte sie, welches Schicksal sie erwartete. Manchmal scheint es, als wären Lieder eine Art Prophezeiung, und man fühlt sich gerade von denen angezogen, die einen selbst betreffen. Trägt ein Mensch das Unglück in sich, sagt eine Ballade es ihm vielleicht voraus.«

»Wir alle tragen den Tod in uns«, wandte Otto ein.

»Das stimmt. Aber die meisten Leute gehen ruhig von dieser Welt, versöhnt mit den Menschen und mit Gott. Meine Tante hingegen starb ohne Absolution. Sie wurde von Wölfen zerrissen.«

»Das tut mir leid«, sagte Otto leise. Er fasste nach Radanas Hand. Sie zuckte kurz zusammen, entzog sich ihm aber nicht. Eine ganze Weile saßen sie schweigend da. Erst ein Geräusch vom Hof riss sie aus ihrer nachdenklichen Stimmung. Radana stand schnell auf und entschuldigte sich, sie habe noch zu tun.

Otto begleitete sie zur Treppe, wo er eine kleine Verbeugung machte. Radana sagte leise: »Ich wünsche Euch eine gute Reise. Aber falls Gott Eure Schritte noch einmal hierherlenken sollte … meine Tür befindet sich dort.«

Otto strich ihr fast schüchtern über die Wange und verbeugte sich noch einmal. Er wartete, bis sie verschwunden war, dann ging er nachdenklich hinaus auf den Hof. Radana gefiel ihm sehr, aber sie machte ihm auch ein wenig Angst, denn sie war so ein Mädchen, in das er sich verlieben könnte. Und das konnte er sich als Knappe nicht erlauben. Was hatte er der Tochter eines reichen Kaufmanns schon zu bieten? Er hatte keine eigenen Besitztümer und war Diener des königlichen Prokurators. Er wurde wütend auf sich selbst.

Nach einem kleinen Frühstück brachen Ulrich, Otto und Wolfgang gestärkt von Raitz auf. Der Weg nach Hohlenstein war breit und bequem und verlief durch ein stilles Tal, wo ihnen Bauern mit ihren Fuhrwerken entgegenkamen, die ihr Getreide zum Markt brachten. Auch an ein paar Einöden kamen sie vorbei, und an einer Tränke stießen sie auf einen Hirten mit einer großen Schafherde.

»Überall Ruhe und Frieden«, freute sich Ulrich. »Dort, wo die Untertanen zufrieden sind, ist auch der König stark.«

»Ich bin nicht zufrieden«, murrte Wolfgang. In den vergangenen Tagen hatten die drei den weiten Weg von Nordböhmen hinter sich gebracht, und seine Schenkel waren wund gescheuert. Außerdem schwitzte er, und alle Glieder taten ihm weh.

»Wie gut, dass die Macht unseres Königs nicht von deiner Zufriedenheit abhängt«, meinte Ulrich. »Ich kann mich nicht erinnern, von dir je etwas Beifälliges gehört zu haben.«

»Hättet Ihr meinen schwachen Körper, würde Euch dieses Herumzigeunern auch nicht gefallen«, murmelte der bucklige Schreiber verschnupft.

»Seht mal, mein Herr«, sagte Otto und deutete zum Waldrand, wo unterhalb von hellen Felsen einige kleinere Hütten und ein Gehöft zu sehen waren, das wie eine Herberge aussah. »Wie wäre es, wenn wir dort eine Weile Rast machten?«

Wolfgang blickte misstrauisch auf, denn es war ungewöhnlich, dass Otto etwas vorschlug, was ihm selbst nützte. Doch dann schloss er sich dem Knappen schnell an.

Nicht lange darauf saßen sie in einer Gaststube mit niedriger, dunkler Balkendecke und einem Boden aus gestampfter Erde, auf dem ein paar wenige Tische und Bänke standen. Es roch stickig nach Sauerbier, angebranntem Speck und Knoblauch. Sie waren die einzigen Gäste, denn es war noch früh.

Ein schmuddeliger Wirt mit groben Gesichtszügen bediente sie bereitwillig und brachte zügig einen großen Krug mit Gerstenbier, eine Schüssel voll Petersilienquark und einen Korb mit Fladenbrot, stellte alles auf den Tisch und fragte, ob die Gäste noch weitere Wünsche hätten.

»Wie heißt dieses Dorf hier?«, wollte Ulrich wissen, bevor er einen Schluck Bier nahm, das zwar etwas dünn, aber schön bitter und kühl war, was bei dem warmen Wetter guttat.

»Laurenz«, antwortete der Wirt eifrig.

»Dann sind wir also schon im Gebiet des Herrn Zirro von Hohlenstein, nicht wahr?«

Der Wirt nickte. »Jawohl. Wenn ihr dem Waldrand folgt und die Dörfer Slaup und Schoschuwka hinter euch lasst, gelangt ihr zu seiner Burg ... Ich kümmere mich erst einmal um eure Pferde.« Er machte eine kleine Verbeugung und ging hinaus auf den Hof, um den Tieren Wasser zu geben.

Ulrich nahm sich einen Fladen und sagte: »Es wird Zeit, dass ich euch erkläre, was uns in Hohlenstein erwartet.« Er nahm seinen Dolch und begann eine dicke Schicht des frisch duftenden Kräuterquarks auf dem noch warmen Fladenbrot zu verstreichen.

Otto nickte. »Dem König wurden fünf Truhen mit preußischen Beutesilber geraubt, die seine Söldner ihm in einem Fuhrwerk bringen sollten. Das ist das Einzige, was wir bislang wissen.«

»Es klingt einfach, ist aber ziemlich kompliziert«, fuhr Ulrich fort. »Vieles deutet darauf hin, dass der Schatz in die Hände des Herrn von Hohlenstein gelangt sein könnte, König Ottokar glaubt jedoch nicht recht an dessen Schuld, und ich auch nicht. Deshalb werden wir uns hier in der Gegend ein wenig umschauen. Zirro von Hohlenstein hat den Ruf eines ehrbaren Ritters und ist ein treuer Anhänger unseres Königs.«

»Wie viele ehrbare Ritter und Anhänger unseres Königs habt Ihr nicht schon als Verbrecher überführt?«, wandte Otto ein. »Das allein erscheint mir noch kein Argument.«

Ulrich lächelte. »Du hast recht. Aber es gibt so viele Spuren, die nach Burg Hohlenstein führen, dass Zirro nachgerade schwachsinnig wäre, einen Raub so schlecht zu vertuschen.«

»Hm«, meinte Otto, »es ist nichts leichter, als nach einem Raub falsche Spuren zu legen und die Schuld dem Herrn eines benachbarten Gebiets in die Schuhe zu schieben.«

»Ganz genau«, pflichtete Ulrich ihm bei. Er wischte sich Reste von Kräuterquark aus dem Bart, langte noch einmal nach dem Krug und trank einen großen Schluck. »Bis auf ein paar unmaßgebliche Rittergüter im Umkreis des Hohlensteiner Territoriums gehört alles Land hier dem Bischof von Olmütz. Dass ein unbedeutender kleiner Landedelmann mit nur wenigen Bediensteten einen solchen Überfall bewerkstelligen kann, ist undenkbar. Aber wenn wir davon ausgehen, dass Herr Zirro nicht so dumm war, den Überfall zu begehen, dann müsste Bischof Bruno von Schauenburg der Schuldige sein. Dieser ist jedoch ein Ratgeber des Königs, was es sehr unwahrscheinlich macht, dass er hinter der Sache steckt. Allerdings würde es ihm durchaus entgegenkommen, wenn Zirro in Ungnade fiele, denn das Hohlensteiner Herrschaftsgebiet liegt inmitten seiner Ländereien. Ganz schön verwickelt, nicht wahr?«

Wolfgang meldete sich zu Wort: »Wenn ich es recht verstehe, lassen sich in der Theorie mehrere hochwohlgeborene Männer verdächtigen, doch praktisch kommt keiner von ihnen in Betracht. Reisen wir deshalb in der Verkleidung einfacher Wandersleute?«

»Nein«, entgegnete Ulrich. »Ich sagte schon, das werde ich

euch später erklären, wenn es unbedingt sein muss. Aber noch einmal zurück: Der Wagen mit den fünf Silbertruhen wurde von einem Söldnertrupp des Königs begleitet. Soweit ich weiß, waren es fünfzehn Männer – allesamt versierte Krieger! Eine so starke Truppe zu überfallen würde kein unbedeutender Mensch wagen. Auch Zirro besitzt übrigens kein großes Gefolge, von den Landedelmännern der Umgebung ganz zu schweigen.«

»Und was ist mit den Söldnern des Bischofs? Die sind doch sicher wesentlich zahlreicher«, bemerkte Otto.

»Natürlich«, stimmte Ulrich zu. »Er hat als Einziger genügend Männer, um den Söldnertrupp überfallen und töten zu lassen. Aber der König glaubt nicht daran. Außerdem ließe sich so eine Sache wohl nur schwer verheimlichen.«

»Jedenfalls spricht es für die Unschuld von Herrn Zirro«, meinte Wolfgang.

»Nicht ganz«, erwiderte Ulrich. »In Mähren gibt es einige schlagkräftige Räuberbanden. Räuber wissen in der Regel mit Waffen umzugehen, sind mutig und haben nicht viel zu verlieren. Unter bestimmten Umständen könnten sie es schaffen, fünfzehn königliche Söldner zu überwältigen. Zumal wenn jemand sie vorher genau darüber informiert hat, was die Söldner transportieren und wo sie entlangreiten. Das könnte auch Zirro getan haben. Allerdings wüsste ich nicht, warum er den Überfall ausgerechnet auf seinem eigenen Gebiet stattfinden lassen sollte. Vielleicht hat jemand anderes eine Räuberbande auf den Transport aufmerksam gemacht. Aber auch hier gibt es wieder einen Haken: Außer dem Olmützer Bischof kann eigentlich niemand gewusst haben, dass ein Fuhrwerk mit Geldtruhen durch Mähren reiste.«

Otto bestellte beim Wirt einen neuen Bierkrug, dann fragte er: »Weiß man Genaueres über den Überfall?«

»Die Söldner, die den Geldtransport begleiteten, hatten zuvor in Olmütz im Markgrafenpalast übernachtet. Kurz vor ihrem Aufbruch hat der dortige Burggraf Jan ihnen befohlen, die geplante Route zu ändern. Ursprünglich sollten sie über Proßnitz und Blanz reisen. Da Burggraf Jan die Strecke aber als nicht sicher erachtete, wies er sie an, den nördlichen, längeren Weg über Müglitz zu nehmen. Der Trupp brach zwar von Olmütz auf, kam aber nie in Littau an, wo ihr erster Halt sein sollte, weil die Söldner aus unbekannten Gründen doch die ursprüngliche Route über Proßnitz genommen hatten. Im Hohlensteiner Gebiet wurden sie dann überfallen und getötet. Ihr Kommandeur muss überlebt haben, denn seine Leiche wurde nicht gefunden. Sein Verschwinden legt die Vermutung nahe, dass er in die Sache verwickelt war. Nach ihm wird überall gefahndet. Warum der Trupp letztlich eine andere Strecke gewählt hat als vom Burggraf Jan befohlen, weiß niemand. Eine Erklärung könnte sein, dass die Räuber nahe Hohlenstein einen Hinterhalt vorbereitet hatten und der mit ihnen unter einer Decke steckende Kommandeur sie nicht mehr rechtzeitig über die Streckenänderung informieren konnte – weshalb er der Anordnung des Burggrafen nicht gehorchte. Dann fragt sich allerdings, warum die anderen Söldner das mitgemacht haben, schließlich müssen sie über die Reiseroute Bescheid gewusst haben. Tja, das ist im Grunde alles, was ich bisher weiß.«

Er hatte kaum fertiggesprochen, als die Tür aufflog und ein Mann hereinstürmte, der wie die meisten Leute der Gegend ein schlichtes Leinengewand trug. »Mord!«, schrie er heiser. »Ein Mord!«

»Schon wieder der Werwolf?« Ulrich sprang vom Tisch auf und packte den Griff seines Schwerts.

»Wie soll ich das wissen?«, jammerte der Dörfler.

»Ist das Opfer eine Frau mit durchbissener Kehle?«, fragte Ulrich eilig, und Otto hielt den Mann am Arm fest, damit er nicht auf die Idee kam davonzulaufen.

»Nein«, krächzte der schreckensbleiche Dörfler. »Es ist ein Mann. Und ob ihm die Kehle durchgebissen wurde, kann ich nicht sagen …«

»Wieso, was ist mit ihm?«

»Sein Kopf fehlt!«, stammelte der Mann, und wenn ihn Otto nicht festgehalten hätte, wäre er wohl ohnmächtig geworden.

»Der Kopf fehlt?«, murmelte Ulrich ungläubig. Das war ihm während seiner ganzen Amtszeit noch nicht untergekommen. Ganz offensichtlich handelte es sich nicht um die Wüterei eines Werwolfs. Es klang zwar ebenfalls nach einem interessanten Fall, aber er war schließlich nicht hergekommen, um sich mit jedem Verbrechen im Umkreis von zehn Meilen zu beschäftigen, er hatte so schon genug Sorgen. Er wollte an den Tisch zurückkehren, doch die Neugier ließ ihn zögern. Er drehte sich zu dem Dörfler um und befahl: »Bring uns zu diesem Toten!«

»Ich geh nicht noch einmal dorthin!«, protestierte der Mann im Leinengewand. »Es ist ein zu schrecklicher Anblick, die Leiche ist schon am Verwesen.«

Da trug Wolfgang den Bierkrug zu dem zitternden Mann und flößte ihm fast mit Gewalt ein paar Schlucke ein.

»Du sollst keinen Nachteil daraus haben«, sagte Ulrich und holte ein paar kleine Münzen aus dem Beutel an seinem Gürtel. Er reichte sie dem Dörfler und versprach, er werde noch mehr bekommen, wenn sie am Ort des Geschehens seien. Der Mann beruhigte sich ein wenig und nahm die Münzen gerne entgegen. Da der Wirt nicht zu sehen war, hinterließ Ulrich einen Silberling für Speis und Trank auf dem Tisch, dann verließen die vier Männer die Schenke. Als sie draußen auf dem Hof an den Ställen vorbeikamen, wo ein vor Dreck starrender Knecht mit Ausmisten beschäftigt war, murmelte Otto, dass bei der Leiche des Ermordeten wohl kaum ein schlimmerer Gestank herrschen werde als hier.

Sie durchquerten das Dorf, tauchten in einen Laubwald ein und schlugen sich durchs Unterholz, bis ein mittelgroßer Felsen vor ihnen auftauchte. An dessen Fuß wucherten wilde Rosen, Brombeerranken und Brennnesseln, und wo der Dörfler kurz zuvor entsetzt davongelaufen war, waren die Pflanzen niedergetrampelt. Der Mann wollte keinen Schritt weitergehen, fuchtelte mit der Hand Richtung Gestrüpp und erklärte, dass sie dort den Leichnam finden würden, er werde lieber hier warten, denn er habe schon genug gesehen, um davon Albträume zu bekommen.

Ulrich und die beiden anderen stapften weiter, mit einiger Mühe, weil sich immer wieder Dornen in ihren Kleidern verfingen. Schließlich standen sie dicht vor dem Felsen. In einer nicht sehr tiefen Spalte, die von Steinen und Zweigen bedeckt war, erkannten sie undeutlich einen Körper. Als sie sich darüberbeugten, musste Otto sich eingestehen, dass der Gestank, den sie bei den Ställen wahrgenommen hatten, lieblich war im Vergleich zu dem Pesthauch, der ihnen hier entgegenschlug. Durch die warmen Temperaturen war der Verwesungsprozess schon weit fortgeschritten. Und obwohl der Tote zum größten Teil unter Zweigen verborgen lag, war nicht zu übersehen, dass ihm der Kopf fehlte. Es war wirklich kein schöner Anblick.

Einen Moment lang standen sie schweigend vor der Felsspalte, dann bat Ulrich Otto, zu dem Dörfler zurückzugehen. »Gib ihm ein paar Kupferlinge und schicke ihn ins Dorf. Hier kann er sowieso nichts ausrichten. Er soll den Schulzen auftreiben und möglichst rasch hierherbringen. Und dann komm wieder zurück!«

Als Nächstes bat er Wolfgang, den Leichnam zu untersuchen. Der Schreiber seufzte, meinte dann aber resigniert, das sei immer noch besser, als auf dem Pferd durch die Gegend zu schuckeln. Ulrich half ihm, die Zweige von der Leiche zu entfernen. Der Mann, der darunter auftauchte, war splitternackt, von Kleiderresten keine Spur.

Otto kam wieder zurück, und zu dritt zogen sie den Toten aus der Felsspalte und trugen ihn über das Gestrüpp zu einer Grasfläche unter den Bäumen. Wolfgang band sich ein Tuch um Mund und Nase, kniete sich hin und begann, die Leiche zu untersuchen.

Nach seinen Muskeln und der sehnigen Gestalt zu schließen, musste der Tote ein kräftiger Mann gewesen sein. Viel mehr konnte man nicht sagen, da sein Rumpf am Halsstumpf endete. Wolfgang drehte die Leiche vorsichtig um, und auf dem Rücken wurden Spuren von Stichwunden sichtbar. Jemand hatte den Mann offenbar zuerst mit einem Dolch oder Messer von hinten erstochen und ihm dann den Kopf abgetrennt. Der Schreiber besah sich ausführlich den Halsstumpf und erklärte, dass der Mörder den Kopf mit einem einzigen Schwert- oder Beilhieb abgeschlagen habe.

»Das hat kein Walddräuber, geschweige denn irgendein Dörfler getan«, dachte er laut. »Das sieht nach jemandem aus, der im Umgang mit Waffen geübt ist. Ein Söldner oder vielleicht ein Henker. Fast will es mir scheinen, als ob der Täter den Kopf erst nach einer gewissen Zeit abgeschlagen hätte; jedenfalls nicht gleich nachdem er das Opfer erstochen hat.«

»Wie lange ist der Mann wohl schon tot?«, fragte Ulrich.

»Schwer zu sagen«, meinte Wolfgang nachdenklich. »Bei

diesem warmen Wetter kann sich eine Leiche schnell zersetzen. Aber es wird wohl schon eine Woche her sein.«

»Könnte es auch länger als einen Monat her sein?«, wollte Ulrich wissen.

»Durchaus möglich«, antwortete Wolfgang. Er stand auf und rieb sich die Hände an den schmutzigen Beinkleidern ab. Dann traten die drei Männer ein Stück beiseite, um dem Leichengestank zu entgehen. Wolfgang zog das Tuch von seinem verschwitzten Gesicht und atmete erleichtert die frischere Luft ein. »Wie schnell sich die Verwesung vollzieht, hängt von den Wetterverhältnissen ab. Je kälter, desto langsamer zerfällt der Leib. Nun lag die Leiche von Zweigen bedeckt in der Felsspalte, wo es sicher kühler war als außerhalb des Waldes. Also ja, sie könnte auch schon zwei Monate dort gelegen haben.«

»Das bedeutet, der Mann könnte bereits zur Zeit des Silberraubs ermordet worden sein«, schloss Ulrich.

»Vielleicht hat er ja etwas von dem Raubüberfall mitbekommen, und die Räuber wollten ihn deshalb aus dem Weg räumen?«, schlug Otto vor.

Wolfgang entgegnete spöttisch: »Und weil er so außerordentlich schön war, haben sie gleich seinen Kopf abgeschlagen und zur Erinnerung mitgenommen ...«

»Oder er war mit anderen zusammen auf Reisen und nörgelte unterwegs so viel herum, dass seine Gefährten genug hatten und sich seiner entledigten«, versetzte Otto spitz, doch ihm war anzusehen, dass ihm seine voreilige Bemerkung etwas peinlich war.

Ulrich machte den Reibereien ein Ende: »Lasst uns den Wald durchsuchen. Vielleicht hat der Mörder den Kopf ja irgendwo in der Nähe versteckt. Allerdings glaube ich es nicht wirklich, denn was für einen Sinn hätte es, einer Leiche den Kopf abzuschlagen, nur um diesen ein Stück weiter zurückzulassen? Vielleicht finden wir aber wenigstens die Kleider des Ermordeten. Es muss doch einen Grund dafür geben, dass der Tote enthauptet wurde – nur welchen? Jedenfalls handelt es sich bestimmt nicht um einen einfachen Raubüberfall.«

»Noch etwas ist interessant«, bemerkte Wolfgang. »Weder hier noch in der Felsspalte finden sich Blutspuren. Das heißt, der Mord muss woanders begangen worden sein. Vielleicht ist es also umgekehrt: Der Mörder hat den Kopf irgendwo zurückgelassen und den restlichen Körper hierhergebracht.«

Ulrich nickte. »Auch das ist möglich. Ich weiß nicht recht warum, aber ich habe so ein Gefühl, dass dieser Mord mit dem Fall zusammenhängt, den wir untersuchen wollen. Es kann doch kein Zufall sein, dass sich rund um Hohlenstein so viele Bluttaten häufen. Den Gerichtsannalen nach hat sich hier zehn Jahre lang keine Mordtat ereignet. Und nun auf einmal: das blutrünstige Wüten eines Werwolfs, die hingemetzelten Söldner des Königs, und schließlich dieser arme Kerl hier!«

»In dieser Gegend walten die dunklen Mächte des Bösen …«, raunte Wolfgang. »Vor gar nicht so langer Zeit befanden sich hier nur tiefe Wälder. Dann kamen die Menschen und rodeten, errichteten Burgen und Kirchen, gründeten Dörfer und legten Wege an, beackerten den Boden und säten Getreide. Und nun sind die Geister und Dämonen erwacht, die hier jahrhundertelang in Ruhe und Frieden hausten, und rächen sich an den Menschen.«

»Das meinst du doch nicht ernst?«, sagte Otto und musterte den kleinen Buckelmann unfreundlich. Er hielt nichts von Dämonen und dunklen Mächten und war generell nicht abergläubisch. Wenn er in seinem Leben dem Bösen und der Grausamkeit begegnet war, dann war es immer das Werk von Menschen gewesen.

»Natürlich nicht«, sagte Wolfgang verächtlich. »Ich biete

nur eine weitere Erklärung an, mit der wir wahrscheinlich am weitesten kommen werden. Sobald einer lästige Fragen stellt und unser Herr dies darauf antwortet, wird sich der andere erschrocken bekreuzigen und uns in Ruhe unsere Arbeit machen lassen.«

»Oder er schickt uns gleich die Inquisition mit einem Exorzisten auf den Hals«, brummte Ulrich. »Geisterglauben und menschliche Dummheit sollten wir nicht mit gleichen Waffen bekämpfen. Warum die Bewohner der Gegend unnötig aufschrecken?«

Das Knacken von Zweigen, lautes Keuchen und Stapfen unterbrach sie in ihren Überlegungen. Eine Schar von Dörflern näherte sich über den Trampelpfad, angeführt von dem Mann, der den Leichnam entdeckt hatte. Hinter ihm schritt ein dünner Mann mit ungesund gelblicher Gesichtsfarbe, der zur Demonstration seiner Amtsmacht einen hölzernen Schulzenstab in der Hand trug. Mit finsterer Miene marschierte er auf Ulrich zu und bellte: »Und Ihr seid wer?«

In solchen Fällen griff Ulrich auf eine bewährte Methode zurück, um sich Respekt zu verschaffen. Er hob stolz den Kopf und versetzte von oben herab: »Wer hat dir erlaubt zu sprechen?« Dann legte er die Hand auf seinen Schwertgriff und sagte zu Otto: »Finde heraus, was das für Leute sind!«

Der dünne Dorfschulze schnappte überrascht nach Luft, doch angesichts der Autorität, die der Fremde vor ihm ausstrahlte, gehorchte er, verbeugte sich und stellte sich und die anderen Dörfler vor.

Ulrich hörte ihn in Ruhe an. Anschließend verkündete er: »Ich versuche herauszufinden, wer dieser Tote hier war, denn vor einigen Wochen ist in dieser Gegend ein Freund von mir verschwunden. Er war jedoch viel dünner. Ist der Tote vielleicht einer aus eurem Dorf?«

»Ganz sicher nicht«, antwortete der Schulze in respektvollem Ton. »In Laurenz wurde in jüngster Zeit niemand vermisst. Und meines Wissens ist auch in der weiteren Umgebung keiner verschwunden. Vielleicht war er ein durchreisender Händler, der überfallen wurde.«

»Hausen denn Räuber im Umkreis eures Dorfes?«, fragte der königliche Prokurator streng.

»Gott bewahre!«, erwiderte der Schulze und bekreuzigte sich. »Hier gibt es keine und gab es auch nie!«

Da meldete sich der grobgesichtige Schankwirt zu Wort, der ebenfalls mitgekommen war: »Vor etwa zwei Monaten haben wir hier im Wald ein Pferd mit gebrochenem Bein gefunden. Wir mussten es von seiner Qual erlösen. Vielleicht hat es ja diesem armen Teufel hier gehört. Denn auch wenn es ein gebrochenes Bein hatte, warum hätte sein Besitzer es hier zurücklassen sollen, sagt selbst?«

Ulrich nickte. »Durchsucht die Gegend gründlich, vielleicht findet ihr dann den Kopf des Unglücklichen. Und danach baut aus Zweigen eine Bahre und bringt den Leichnam nach Burg Hohlenstein.« Er nickte den Dörflern noch einmal zu und brach dann mit Wolfgang und Otto auf, um die Pferde hinter dem Gasthof zu holen.

VI. KAPITEL

Ulrich und seine beiden Begleiter erreichten Burg Hohlenstein kurz nach Mittag. Kein Wölkchen war am hellblauen Himmel zu sehen, und die Sonne brannte unbarmherzig. Doch der Großteil der Wegstrecke hatte unter dicht belaubten Bäumen entlanggeführt, die wohltuenden Schatten spendeten.

Hohlenstein war eine eindrucksvolle Festung. Herr Zirro hatte seine Burg auf einer hohen Kalkklippe mit steilen Felshängen errichtet, die einen perfekten Schutz vor Feinden boten. Rings um das Felsplateau ragten feste Burgmauern auf. Über dem Aufstiegsweg erhob sich ein stattlicher Palas, auf der anderen Seite des Burghofs lagen lang gestreckte Wirtschaftsgebäude. Die eigentliche Burg besaß keinen Turm, nur eine Art erhöhte Terrasse, die zur Vorburg hin ausgerichtet war und einen großartigen Blick auf die umgebende Landschaft bot.

Um in die Burg hineinzugelangen, hatte sich der Baumeister etwas besonders Findiges ausgedacht: Man musste zunächst um die ganze Felsklippe herumreiten und dann gegenüber der Festung einen bewaldeten Hang aufsteigen. Über den steilen Abgrund dazwischen führte eine lange Holzbrücke, die in der Mitte von einer natürlichen Kalksteinsäule gestützt wurde und bis zum Burgtor reichte. Über dem Tor hing ein hölzerner Schild mit den aufgemalten Hörnern eines Widders, das Wappen derer von Hohlenstein. In einem Moment beschwingter Laune hatte König Ottokar einmal geäußert, dass Zirro von Hohlenstein dieses Wappen zu Recht trage, kenne er doch keinen dickköpfigeren Magnaten als ihn.

Kaum hatte der Torwächter die Ankömmlinge gemeldet, kam der Burgherr schon den Besuchern entgegen. Zirro von Hohlenstein war ein bereits älterer Herr mit runzligem Gesicht und spärlichen weißen Haarbüscheln um die Ohren, der restliche Kopf war kahl. Er hinkte ein wenig auf dem linken Bein und stützte sich deshalb auf einen Stock. Doch seine lebhaften Augen und die streng herabgezogenen Mundwinkel verliehen ihm auch im fortgeschrittenen Alter etwas Ehrfurchtgebietendes. Trotz des heißen Wetters trug er über seinem braunen Leinenrock und der blauen Tunika ein Panzerhemd.

»Ich bin erfreut, Euch zu sehen«, begrüßte Zirro, der von seinem Sohn Hartman begleitet wurde, den königlichen Prokurator. Sie kannten einander schon viele Jahre, und auch wenn sie nicht gerade enge Freunde waren, waren sie einander doch so vertraut, dass sie auf umständliche Formalitäten verzichten konnten.

Der junge Hartman verzog das Gesicht, als er Otto erblickte. Er hatte nicht vergessen, welche Schmach der Knappe ihm im Frühling auf einem Turnier bereitet hatte. Nicht nur, dass er ihn auf der Rennwiese besiegt hatte, er hatte ihm auch noch die bildschöne Tochter des Herrn von Auschitz vor der Nase weggeschnappt. Doch da er es nicht wagte, seinen Vater zu brüskieren, umarmte er Otto von Zastrizl, wenn auch recht zurückhaltend.

Nachdem sie die Begrüßung hinter sich gebracht hatten, wurde Zirro ernst. »Ich vermute, dass nicht die Sehnsucht nach einem Treffen unter Freunden Euch auf Burg Hohlenstein führt, sondern der Wunsch unseres Königs, seinen verlorenen Silberschatz zu finden.«

Ulrich lächelte. »Das eine muss das andere nicht ausschließen«, wandte er ein. »Aber reden wir nicht um den heißen Brei herum: Ja, ich suche nach der geraubten Preußenbeute. Was immer Ihr darüber zu erzählen wisst, erzählt es Eurem alten Freund und nicht dem königlichen Ermittler. Denn wie Ihr seht, reise ich nicht offiziell unter der Standarte des Königs.«

»Ob mit oder ohne Standarte spielt wahrscheinlich keine Rolle«, brummte Zirro.

»Nun ja, da ich nicht in offiziellem Auftrag hier bin, müsst Ihr mir überhaupt nichts erzählen, wenn Ihr nicht wollt«, bemerkte Ulrich.

Der alte Edelmann erwiderte unwirsch: »Aber wenn ich nichts erzähle, wird ein anderer mit wehenden Fahnen hier erscheinen und ebenso lästige Fragen stellen. Kommt also mit und seid willkommen auf Burg Hohlenstein!« Und damit schritt er trotz seines kranken Beins kraftvoll auf den Palas zu, dessen Eingang sich nur wenige Schritte vom Burgtor entfernt befand.

Kurz darauf standen sie im Rittersaal der Burg. Die dicken Steinmauern hielten die sommerliche Hitze fern und sorgten für angenehme Kühle. Da der Saal nur sehr schmale Fenster besaß, die zwar bei einer Belagerung vorteilhaft waren, aber kaum Licht ins Innere ließen, standen in den Ecken eiserne Klemmständer mit Fackeln, die mit leisem Knistern den Raum erhellten. Auf der Seite des erloschenen Kamins standen mit Wolfspelzen bedeckte Sessel, und der Gastgeber lud den königlichen Prokurator ein, in einem von ihnen Platz zu nehmen. An den Wänden hingen alle Arten von Waffen, und auf zwei langen Regalbrettern standen Kannen und Schüsseln aus Zinn.

Zirro von Hohlenstein bat seinen Sohn, ihnen einen Krug mit kaltem Met zu bringen, bevor er sich Ulrich gegenübersetzte und seinen Stock gegen die Wand lehnte. Er massierte sein Knie und klagte darüber, dass das Alter eine Menge Gebrechen mit sich bringe und Gott, wenn er wirklich barmherzig und gerecht wäre, ehrbare Christen von solcher Pein verschonen müsste.

Ulrich entgegnete amüsiert: »Würdet Ihr das auch sagen, wenn nicht ich, sondern Euer Nachbar, der Bischof, zu Besuch wäre?«

Der alte Edelmann zog eine Grimasse. »Eure Frage erübrigt sich«, erwiderte er. »Bruno von Schauenburg würde ich niemals als Gast empfangen. Ich mag keine Ausländer. Und die Kleriker sind mir sowieso nicht gerade ans Herz gewachsen.«

Der junge Hartman kam in den Saal zurück, gefolgt von Otto, und die beiden stellten sich hinter die Sessel der Herren, um sie zu bedienen.

»Wunderbar«, lobte Ulrich den Honigwein, nachdem er einen Schluck getrunken hatte. »Wenn ich die Wahl habe, ziehe ich einen guten Met dem kostbarsten Wein aus dem Ausland vor.«

Zirro lächelte. »Ich weiß. Und ich mag Menschen, die die heimische Tradition schätzen. Sollen die Priester an ihrem Altar doch Wein trinken – für echte Männer ist das nichts. Aber kehren wir zu dem verschwundenen Silber zurück, wenn Ihr deswegen schon eine so weite Reise auf Euch genommen habt.«

»Woher bezieht Ihr den Lindenhonig?«, fragte Ulrich, als hätte er den Gastgeber nicht gehört. »Wenn ich es richtig beobachtet habe, wachsen hier in der Gegend Rotbuchen, Eichen, Hainbuchen und Birken, aber keine Linden.«

Der Burgherr nickte. »Das ist richtig. Den Honigwein beziehe ich von meinem Herrschaftssitz bei Brünn, den ich von meinen Eltern geerbt habe. Dort gibt es viele Linden. Überhaupt ist die Gegend um Rossitz von Gott gesegnet. Alles dort kommt schneller zur Reife, und jede einzelne Getreideähre hat mehr Kraft als hier im Bergland. Hier ist es normalerweise recht kühl, auch wenn man sich das heute kaum vorstellen kann.«

»Bei uns in der Gegend um Burg Bösig ist es ähnlich«, erwiderte Ulrich. »Als Ihr Euch hier niedergelassen habt, gab es weit und breit nur Wälder, nicht wahr? Ihr habt es geschafft, sie in fruchtbares Land umzuwandeln. Das muss viel Mühe und Anstrengungen gekostet haben …«

»Und Geld«, fügte Zirro ruhig hinzu. »Und damit wären wir wieder bei den geraubten Silbermünzen. Wenn man eine Landschaft wie diese besiedelt, ist das immer mit hohen Kosten verbunden. Man muss den Untertanen einige Jahre lang die Zahlungen erlassen, damit sie durch die schlimmste erste Zeit kommen. Und wenn es eine Missernte gibt, muss man sie gar ernähren. Denn was würden einem Ländereien ohne Menschen nützen? Aber all das habe ich nun gottlob hinter mir. Und um Euch weitere Fragen zu ersparen, bekenne ich, dass ich, als ich diese Burg gründete, mir einiges Geld leihen musste. Vom Brünner Burggrafen, vom Kloster Tischnowitz, und auch mein Bruder half mir aus. Und falls Ihr diesem Umstand einige Bedeutung beimesst, möchte ich noch erwähnen, dass ich unlängst die letzte Teilzahlung entrichtet habe und nun gänzlich schuldenfrei bin. Meine beiden Herrschaftsgebiete gedeihen gut, ich musste also nicht wegen meiner Schulden Raubzüge unternehmen, wie das andere Ritter tun.«

»Oh, ganz bestimmt nicht«, beeilte Ulrich sich freundlich zu sagen. Er wusste, dass Zirro ein intelligenter Mann war und ihm dies alles nur erzählte, um einer Verdächtigung zuvorzukommen. Er trank noch einen Schluck Met und sagte: »Wie ich sehe, kommt Ihr selbst auf diesen unglückseligen Raubüberfall zu sprechen. Gestattet mir deshalb, Euch ein paar Fragen zu stellen, freilich nur ganz allgemeiner Art, denn ich muss gestehen, dass ich über das Vorgefallene kaum im Bilde bin. In Prag weiß man im Grunde gar nicht genau, was sich auf Eurem Gebiet zugetragen hat, es wird lediglich Verschiedenes gemunkelt, wie Ihr Euch vorstellen könnt. Deshalb hat mich der König hergeschickt. Nicht um zu ermitteln und ein Urteil zu sprechen, sondern nur, um die Tatsachen zu eruieren.«

Zirro von Hohlenstein trank seinen Becher leer, leckte sich die Lippen und ließ sich von seinem Sohn nachschenken. Leise murmelte er: »Die Tatsachen eruieren ...« Er bat Hartman, ihnen Fladen und Ziegenkäse zu bringen, wartete, bis der junge Mann den Saal verlassen hatte, und erklärte dann: »Die Tatsachen kennt nur Gott. Schon deshalb, weil seine Diener hinter der Sache stecken ...«

»Wollt Ihr damit sagen, Ihr beschuldigt den Bischof von Olmütz?«, fragte Ulrich, hellwach geworden.

Zirro schüttelte den Kopf. »Das habe ich nicht gesagt. Ich meine eher seine Beamten. Bruno von Schauenburg ist ein skrupelloser Mensch, und die meisten Adelsfamilien hier in Mähren sind schlecht auf ihn zu sprechen, denn er benimmt sich, als würde ihm die ganze Markgrafschaft gehören. Gleichzeitig ist er ein intelligenter Mann, und ich kann mir nicht vorstellen, dass er für ein paar Truhen voller Silberlinge die Gunst des Königs aufs Spiel setzen würde. Seine Beamten sind ähnlich rücksichtslos und herrisch wie er, doch im Unterschied zum Bischof ist ihnen an der Gunst des Königs weniger gelegen.«

»Habt Ihr irgendeinen Beweis für Euren Verdacht?«

»Wenn ich einen hätte, würden wir wohl nicht hier sitzen«, brummte Zirro.

Ulrich nickte. »Gut, aber wie ist der Überfall abgelaufen? Einen ganzen Trupp königlicher Söldner zu überwältigen ist keine Kleinigkeit.«

»Zu dem Überfall kam es auf der Strecke von Drahan nach Mollenburg. Ihr werdet auf meinem Territorium kein tristeres Stück Land finden. Man muss den Weißbach überqueren und dann durch ein Tal hindurch, das so düster ist, dass wohl kein einziger Untertan dort je sein Haus bauen wird. Mindestens zwei Stunden lang geht es nur durch den Wald, wo einem kaum eine Menschenseele begegnet. Die Leute sagen, man würde in dem Tal hin und wieder Dämonen oder die Seelen Verstorbener heulen hören, auch wenn ich das für Mumpitz halte. Vielleicht ist es ja der Wind.«

»Ich hörte, auch ein Werwolf soll dort sein Unwesen getrieben haben«, unterbrach Ulrich ihn.

»Aber nein, das war auf der anderen Seite meines Territoriums, nicht weit von hier«, erklärte Zirro. »Aber zurück zu dem Überfall. Er muss sich auf halber Strecke durchs Tal ereignet haben, zumindest sieht es danach aus. Keiner hat es mitangesehen oder etwas gehört. Wie ich schon sagte, es ist eine verlassene Gegend. Die ermordeten Söldner lagen etwas abseits des Weges, weshalb wir sie erst einige Tage nach dem Überfall fanden, und auch das nur durch Zufall. Sie lagen aufeinandergehäuft wie gefällte Holzstämme. Daneben lagen verstreut Bruchstücke des Fuhrwerks, das die Geldtruhen transportiert hatte. Die Truhen selbst waren natürlich fort.«

»Und die Waffen der Söldner?«

»Lagen ordentlich aufeinandergestapelt«, erzählte Zirro. »Zu der Zeit hatte es viel geregnet, deshalb konnten wir keine Kampfspuren mehr entdecken.«

Ulrich schüttelte ungläubig den Kopf. Sollte der Regen wirklich jegliche Spuren eines Kampfes ausgelöscht haben? »Und was ist mit Blutspuren?«, fragte er.

»Nicht das kleinste Tröpfchen«, antwortete der alte Edelmann. »Aber was noch seltsamer ist: In keinem Dorf auf dem Weg von Proßnitz kann sich jemand daran erinnern, einen größeren Trupp Söldner vorbeiziehen gesehen zu haben. Hätten die Söldner nicht den schweren Wagen mit den Geldtruhen bei sich gehabt, würde ich sagen, dass sie einen Bogen um die Dörfer gemacht und stattdessen Waldpfade genommen haben. Aber mit einem Fuhrwerk ist das nicht möglich. Und meine Untertanen mögen rechte Schafsköpfe sein, aber ganz so tumb sind sie auch wieder nicht, dass sie einen Militärtrupp übersehen könnten, königlicher Prokurator!«

Ulrich hatte ihm aufmerksam zugehört. »Dafür muss es doch eine Erklärung geben ...«, meinte er.

Der alte Burgherr nickte. »Sicher. Ich denke, es gibt nur eine einzige. Wenn Ihr diese Toten gesehen hättet, wie sie da ordentlich aufeinanderlagen ... Ich glaube, dass es ganz woanders zu einem Kampf gekommen ist. Nicht bei Drahan, sondern irgendwo in der Nähe von Proßnitz. Also auf dem Gebiet des Bischofs. Und die Täter transportierten die Leichen von dort weg und legten sie hier im Wald ab, um mir die Schuld in die Schuhe zu schieben!«

In diesem Moment kam Hartman zurück, gefolgt von einer älteren Frau in einem Leinenkleid, deren Kopf von einem weißen Tuch umhüllt war. Sie trug ein Tablett mit einem Stück Käse und einen Korb voller Fladen, stellte beides mit einer Verneigung auf dem Tisch ab und zog sich dann leise zurück.

Zirro von Hohlenstein brach sich ein Stück Fladen ab und fuhr mit vollem Mund fort: »Zwar hat niemand ein Fuhrwerk bemerkt, das von einem Söldnertrupp begleitet wurde. Aber wenn lediglich das Fuhrwerk ohne den Trupp durch die Dörfer zog – wäre das überhaupt aufgefallen? Ich denke nicht. Immerhin reisen über die Woche nicht wenige Händler durch die Gegend, und wenn ihr Wagen von einer Plane bedeckt ist, sieht niemand dessen Fracht. Es könnten Waren darin sein … oder Leichname. Den Wegzoll muss man erst in Raitz oder Blanz entrichten, wo dann auch die Fracht kontrolliert wird. Falls also jemand die königlichen Söldner auf dem Territorium des Bischofs überfallen und getötet hat, hätte er sie unbemerkt bis hinter Drahan fortschaffen, im Wald abwerfen, das Fuhrwerk zertrümmern und dort zurücklassen können.«

»Und was ist mit den Geldtruhen?«, wandte Ulrich ein, auch wenn er die Antwort ahnte. Er wollte nur sehen, wie weit Zirro seine Hypothese durchdacht hatte.

»Ihr wollt mich wohl auf die Probe stellen?«, fragte der alte Burgherr lächelnd. »Die Truhen mit den Silbermünzen haben die Täter gleich nach dem Überfall fortgeschafft, und auf dem Wagen, der weiter in mein Herrschaftsgebiet fuhr, lagen nur noch die toten Söldner. Versteht Ihr?«

»Gewiss«, sagte Ulrich mit unergründlicher Miene. »Aber wie könnt Ihr so sicher sein, dass das Fuhrwerk mit seiner makabren Fracht von Proßnitz herkam? Ihr sagt doch selbst, dass keinem in der Gegend etwas auffiel. Könnte es nicht ebenso gut sein, dass der Wagen aus der anderen Richtung kam, also von Blanz her? Der Weg von Burg Blanseck aus ins Tal ist auch nicht viel weiter als von Proßnitz.«

»Das ist eher unwahrscheinlich, aber es würde auch nichts an der Tatsache ändern, dass der Wagen aus bischöflichem Gebiet kam, ob nun von Blanz oder von Proßnitz her. Das

Hohlensteiner Territorium ist ja wie eine Insel von den Ländereien des Bruno von Schauenburg umgeben.«

Ulrich verfiel eine Weile in nachdenkliches Schweigen, dann ergriff er wieder das Wort. »Es gäbe noch eine andere mögliche Erklärung. Die Truhen sollten ja in aller Heimlichkeit transportiert werden, also sind die Söldner vielleicht in der Nacht gereist, sodass die Dörfler schon deshalb nichts davon mitbekamen. Die Tatsache, dass niemand den Trupp sah, bedeutet nicht unbedingt, dass er woanders umkam. Oder der Trupp reiste ganz normal tagsüber, und der mit den Truhen beladene Wagen fuhr ohne Aufsehen durch die Dörfer, während die Söldner etwas abseits durch die Wälder ritten. Sie mussten davon ausgehen, dass die Räuber überall ihre Informanten haben, weshalb sie vielleicht diese Vorsichtsmaßnahme ergriffen. Was meint Ihr?«

»Wollt Ihr etwa andeuten, ich hätte den königlichen Trupp auf meinem Territorium überfallen?«, brauste Zirro auf.

»Aber nein«, versuchte Ulrich ihn zu beschwichtigen. »Ich möchte nur darauf hinweisen, dass bei der Aufklärung eines Verbrechens Intuition und Vermutungen nicht ausreichen, sondern letztlich nur Fakten zählen. Und wie Ihr seht, gibt es eine ganze Menge von Möglichkeiten. Nun, am Königshof geltet Ihr als der Hauptverdächtige. Wenn Ihr mir für einige Tage Unterkunft gewähren wollt, werde ich dem allen nachgehen, und vielleicht kann ich helfen, Euren Namen reinzuwaschen.«

Zirro von Hohlenstein zögerte einen Moment. »Um ehrlich zu sein, keine Adelsfamilie hat es gern, wenn ein Prokurator des Königs auf ihrem Gebiet herumschnüffelt«, sagte er. »Aber um König Ottokar meinen guten Willen zu bezeugen, erkläre ich mich einverstanden.«

VII. KAPITEL

Wolfgang saß an einem langen Tisch im Gesindehaus, vor sich eine Schüssel mit Erbsenmus, und aß zu Abend. Er freute sich über die fetten Speckgrieben, die dem Mus beigefügt waren, und auch darüber, dass er einige Tage lang keinen Pferdesattel mehr sehen musste. Und am erfreulichsten war, dass ihn niemand auf der Burg wegen seines Buckels verspottet hatte.

Nach und nach füllten sich die Bänke mit den Knechten und Mägden, die ihr Tagewerk beendet hatten.

Direkt neben ihm setzte sich ein dünnes Mädchen mit einem frechen, sommersprossigen Gesicht an den Tisch. Sie begann zu essen und fragte mit vollem Mund: »Bist du einer von denen, die heute auf die Burg gekommen sind?«

Der Schreiber nickte stumm. Er kam nicht gerne mit Fremden ins Gespräch, und bei Frauen empfand er eine besondere Scheu. Doch die forsche Magd ließ sich nicht so leicht abwimmeln.

»Ich bin Šonka«, sagte sie selbstbewusst. »Und wie heißt du?«

Der Schreiber, der trotz seiner Herkunft hervorragend Tschechisch sprach, wunderte sich im Stillen oft darüber, was für seltsame Namen es hierzulande gab. Šonka … In seiner deutschen Muttersprache würde es wohl so etwas wie Schönheit bedeuten. Doch mit der war es bei dem vorlauten Mädchen nicht allzu weit her. Er lächelte steif und nannte seinen Namen.

»Mit dir ist doch dieser hübsche Kerl angereist, stimmt's?«, fragte sie weiter, während sie ihre leere Schüssel ausleckte.

»Welcher hübsche Kerl?«, fragte Wolfgang finster. »Da sind nur mein Herr und sein Knappe.«

»Genau den meine ich«, sagte Šonka strahlend. Sie griff nach seiner Hand und fragte schmeichelnd: »Würdest du mir einen Gefallen tun?«

»Kommt darauf an, was es ist«, antwortete er zögernd, während er spürte, wie ihm das Blut in die Wangen stieg.

Die junge Frau neigte sich zu ihm und flüsterte: »Stell mich dem Knappen vor. Er ist so engelhaft schön …«

»Ich dachte ja, du wärst recht gescheit«, brummte Wolfgang, »aber jetzt sehe ich, dass du eine ebenso dumme Gans bist wie all die anderen.«

»Wie welche anderen?«, fragte Šonka und rückte beleidigt von ihm ab.

»Wie all die Mädchen, die am liebsten gleich zu ihm ins Bett kriechen würden. So wie du«, sagte Wolfgang verärgert und machte schon Anstalten aufzustehen, doch Šonka hielt ihn zurück.

»Glaubst du, ich kann mir bei ihm Hoffnungen machen?«, fragte sie aufgeregt.

»Der Henker soll dich holen!«, fluchte Wolfgang. Doch dann hielt er inne und dachte nach. Er war zwar hergekommen, um Ulrich von Kulm bei seinen Nachforschungen zu helfen, und nicht, um den Kuppler zu spielen, aber wenn er sich schon mit dieser Magd unterhalten musste, konnte er vielleicht etwas von ihr erfahren. Also nickte er und sagte widerwillig: »Na gut. Ich mache dich mit ihm bekannt, aber nur unter einer Bedingung.«

Šonka musterte ihn von oben bis unten und erwiderte dann etwas kleinlaut: »Wenn es sein muss, werde ich dir eben zu Willen sein.«

Wolfgang besaß keine Erfahrung mit Frauen, aber ihre Antwort verstand selbst er. Er wurde rot, stammelte, das sei ein Missverständnis, und brauchte einen Moment, bis er sich wieder gefasst hatte. Dann fügte er verächtlich hinzu, dass sie wahrhaftig eine dumme Gans sei, wenn sie so etwas auch nur über ihn denke.

Šonka machte große Augen. »Was sonst könntest du von mir wollen?«

»Ich möchte dir zu ein paar Vorfällen Fragen stellen, und du erzählst mir, was du weißt, einverstanden?«

»Oh, das klingt lustig!«, antwortete sie fröhlich.

Die meisten Bediensteten hatten inzwischen zu Ende gegessen und trugen ihre leeren Schüsseln fort. Weil es auch am Abend noch warm draußen war, gingen sie auf den Hof hinaus, sodass Wolfgang mit der Sommersprossigen ungestört am Tisch sitzen bleiben konnte.

»Vor einiger Zeit hat man nicht weit von hier die Leichen königlicher Söldner entdeckt«, begann er mit ernster Miene.

Šonka nickte. »Ja, das stimmt.«

»Das weiß ich selbst«, versetzte er. »Ich will wissen, was du über ihre Ermordung weißt.«

»Was soll ich darüber wissen? Ich war ja nicht dabei. Ich hab nur davon erzählen hören.«

»Und was genau hast du darüber gehört?«

»Dass es eine furchtbare Meuchelei war«, antwortete das Mädchen und bekreuzigte sich. »Die Dämonen des Waldes müssen es getan haben. Ein Söldner meinte, der Trupp sei so groß gewesen, dass er selbst unsere Burg hätte erobern können, wie sollten also Menschen ihn ermordet haben?«

Wolfgang hatte nicht die Energie, sich über sie aufzuregen. Er wollte Šonka schon dort hinschicken, wo der Pfeffer wächst, als ihm die Sache mit dem Werwolf einfiel. Er erinnerte sich, dass dieser im Hohlensteiner Gebiet drei oder vier Frauen getötet haben sollte. Als er Šonka darauf ansprach, wurde sie ganz blass und meinte mit zitternder Stimme, lieber würde sie ihm doch eine andere Art von Gefallen erweisen, das würde ihr leichter fallen, als sich an diese Schrecknisse zu erinnern.

Zu Wolfgangs Erleichterung erschien in diesem Moment Otto in der Tür. Der Schreiber sprang auf, zog den Knappen am Arm zu dem Mädchen an dem Tisch und sagte eilig: »Dies hier ist Šonka. Sie hat mich gebeten, sie dir vorzustellen, weil sie unbedingt mit dir schlafen will. Darüber hinaus ist sie eine dumme Gans!« Damit verschwand er schnell nach draußen. Von der Ermittlungsarbeit hatte er fürs Erste genug.

Šonka sank mit Tränen in den Augen auf der Bank zusammen, weil ihr klar war, dass der garstige Buckelmann ihr alles verdorben hatte. Doch anders, als sie erwartet hatte, ging der Knappe nicht gleich wieder davon, sondern musterte sie amüsiert, bevor er sich zu ihr auf die Bank setzte, ihr über die Wange strich und erklärte, es gebe doch keinen Grund zu weinen.

»Ich wollte nur ...«, begann sie schluchzend zu erklären. »Ich habe nur gesagt, dass Ihr mir gefallt. Und als der grässliche Kerl mir so seltsame Fragen stellte, habe ich mich ehrlich bemüht, darauf zu antworten, und ich weiß gar nicht, wodurch ich ihn so aufgebracht hab, dass er jetzt so böse ist.«

»Er ist nicht böse«, beruhigte Otto sie. »Er hat sich nur vor dir geniert.«

»Aber warum? Er war doch bekleidet«, meinte das Mädchen verständnislos.

»Mit Frauen zu reden fällt ihm schwer«, erklärte Otto geduldig. »Aber mach dir deswegen keine Gedanken. Ich hörte gerade noch, dass er dich auf einen Werwolf ansprach, nicht wahr?«

»Schon das zeigt Euch, was für ein verdorbener Mensch er ist. Wie kann man jemanden nur nach so etwas Schrecklichem fragen!«

»Er hat sich dafür interessiert, weil er ein erfahrener Dämonenbezwinger ist. Er hat in seinem Leben schon an die zehn Werwölfe vernichtet«, behauptete Otto mit todernster Miene. »Hast du nicht sein Gesicht bemerkt?«

Die Magd überlegte kurz und nickte dann unsicher: »Ja, er hat ein tapferes Gesicht. Und auch recht schöne Augen. Hätte er nicht den Buckel, wäre er eigentlich ein ganz ansehnlicher Mann. Aber warum muss er über so scheußliche Dinge reden?«

»Er ist einer der mutigsten Männer, die ich kenne. Er kommt gar nicht auf die Idee, dass andere nicht ebenso mutig sein könnten. Und er interessiert sich für Werwölfe und dergleichen, weil er sein Brot damit verdient. Für einen erschlagenen Werwolf erhält er mehr, als du in deinem ganzen Leben verdienst.«

»Das wusste ich nicht«, flüsterte Šonka ehrfurchtsvoll. Wie kompliziert und mysteriös die Welt der Männer doch war! Nun saß sie da neben diesem hübschen jungen Mann und unterhielt sich mit ihm über irgendwelche Ungeheuer, statt mit ihm zu schmusen und zu kosen. Und obendrein hatte sie noch diesen bucklichen Helden beleidigt, was ihr wirklich leidtat.

»Gräme dich nicht, es war seine Schuld«, meinte Otto freundlich. »Wäre er ein wenig liebenswürdiger gewesen, hättest du ihm gewiss alles erzählt, was du weißt. Denn wie ich sehe, bist du durchaus keine dumme Gans.«

»Ich kann es Euch gerne beweisen!«, erklärte sie hastig und begann schon die Bänder ihres Hemdes zu lösen. Doch zu ihrer Bestürzung hielt der Knappe sie zurück.

»Warte einen Moment«, sagte er lächelnd. »Du kannst auch anders beweisen, dass du nicht dumm bist: indem wir uns zunächst ein bisschen unterhalten, ja?«

Insgeheim wäre es Šonka lieber gewesen, er hätte sie für dumm gehalten und sie ihre Kleider ausziehen lassen, denn dieses Terrain war ihr vertrauter. Aber sie nickte und dachte im nächsten Moment stolz: Na, das ist mal ein edler Mensch! Denn es war ihr noch nie untergekommen, dass ein Mannsbild erst solche Umstände machte, das hatte ja auch etwas Schönes.

Da Otto nur lächelnd abwartete, begriff sie, dass die Fragen des buckligen Helden aus irgendeinem Grund Wichtigkeit besaßen. Also holte sie tief Luft, bekreuzigte sich und berichtete widerstrebend von allem, woran sie sich erinnern konnte. Über die getöteten Königssöldner wusste sie wirklich nichts, aber von dem Werwolf war auf der Burg inzwischen seit fast drei Jahren immer wieder die Rede. Sie berichtete vor allem davon, wie man den Werwolf am Johannestag gefangen und verbrannt hatte, und dass er seither samt seiner toten Nichte durch die Gegend spuke.

Otto wurde hellhörig. »Du sagst, alle ermordeten Frauen stammten aus Schoschuwka?«, fragte er. »Gehen denn die Frauen aus den anderen Dörfern nicht in den Wald? Oder hatte der Werwolf es nur auf Schoschuwka-Frauen abgesehen?«

»Nun ja, es war ja der Müller Heralt aus Schoschuwka, der sich in den Werwolf verwandelt hatte«, meinte Šonka. »Vielleicht hatten die Dörflerinnen ihm ein Unrecht angetan. Ihr würdet nicht glauben, edler Herr, wie garstig Weibspersonen manchmal sein können. Auch hier auf der Burg gibt es welche, die mir übel nachreden und rumerzählen, ich wäre eine Hure und würde vor jedem den Rock lüpfen. Dabei stimmt das nicht! Ich bin wählerisch und verlange niemals Geld dafür. Warum sind sie also so scheußlich zu mir?«

»Weil sie neidisch auf dich sind. Du bist jung und hübsch, das ist Grund genug.«

»Findet Ihr mich wirklich hübsch?«, stieß sie aufgeregt hervor und strahlte über das ganze Gesicht. Otto stellte für sich fest, dass sie so tatsächlich allerliebst aussah.

»Nun, da der Müller aber keine Weibsperson war«, kehrte er wieder zum Thema zurück, »kann es ja nicht um einen Zwist unter Frauen gegangen sein. Aber vielleicht hatten die Dörflerinnen seine Gattin schlecht behandelt?«

Šonka schüttelte den Kopf. »Er war schon verwitwet, als er hierherkam. Er zog mit der Familie seines Bruders nach Schoschuwka, und seine Schwägerin kümmerte sich um den Haushalt. Und gerade sie wurde das erste Opfer. Kurz darauf verschwand sein Bruder, und seitdem lebte Heralt alleine mit seiner Nichte. Niemand mochte ihn. Es wundert mich, dass man nicht schon früher den Werwolf in ihm erkannt hat. Man brauchte ihn nur anzusehen, und jeder hätte es ahnen können.«

»Hast du es denn geahnt?«

»Ich? Warum hätte ich mir darüber den Kopf zerbrechen sollen? Mir hat er ja nichts angetan«, entgegnete Šonka verwundert.

»Hast du eine dieser toten Frauen gesehen?«, wollte Otto wissen.

»Gott bewahre!«, sagte Šonka erschrocken und bekreuzigte sich erneut. Dann stand sie auf, setzte sich dem Knappen auf den Schoß und legte ihre Arme um ihn. »Warum müsst Ihr nur über so abscheuliche Dinge sprechen?«, beklagte sie sich. »Wenn Ihr mich wirklich hübsch findet, dann kommt und macht Liebe mit mir!«

Otto konnte dem Anblick der weichen Lippen und ihrer fordernden Sinnlichkeit nicht widerstehen und küsste sie. Eigentlich hatte er sich sittsam zurückhalten wollen, aber er hatte dem Mädchen für ihre Antworten etwas versprochen, und als Knappe des königlichen Prokurators konnte er es sich nicht erlauben, sein Wort zu brechen, es handelte sich also gleichsam um eine Verpflichtung im Rahmen der Ermittlungen. Und Šonka wusste seine Zugewandtheit sehr zu schätzen, auch wenn er sein Versprechen letztlich schneller einlöste, als ihr lieb war.

Nachdem sie ihren Rock wieder in Ordnung gebracht hatte, schmiegte sie sich an ihn und bat ihn zu versprechen, dass sie ihr Stelldichein irgendwann wiederholen würden. Und da Otto sich nun dringend um andere Verpflichtungen kümmern musste und keine Muße hatte, sich komplizierte Ausreden zu überlegen, versprach er es ihr.

Zufrieden verließ er das Gesindehaus. Nach dem anstrengenden Tag im Sattel war diese Ablenkung mit Šonka genau das Richtige gewesen. Draußen war es immer noch warm, das Gesinde hatte sich irgendwohin zerstreut, und der Hof lag verlassen da. Er fragte sich, wo er wohl Wolfgang finden würde, und ging auf den Torwächter zu, der etwas träge an der Burgmauer lehnte.

»Hast du irgendwo den kleinen Buckligen gesehen, der heute mit uns angereist ist?«, fragte er freundlich.

Der Hüne im Panzerhemd, dem Schweißtropfen auf der Stirn standen, spuckte verächtlich aus und brummte, derlei Gäste könnten ihm gestohlen bleiben. Die Laurenzer Untertanen hätten vorhin einen stinkenden Leichnam auf einer Bahre herbeigetragen, und Herr Zirro habe ihnen befohlen, den Toten wieder aus der Burg zu bringen, damit er nicht die Pest einschleppe, und ihn erst einmal im Wald zu begraben, auch wenn es ungeweihte Erde sei. Aber da sei zufällig der Buckelmann vorbeigekommen und habe gleich loskrakeelt, dass er den Leichnam noch gründlich untersuchen müsse. Er habe schnell eine kleine Truhe geholt und sei damit durchs Burgtor hinausgewieselt.

Also verließ auch Otto die Burg, und als er die Brücke über die tiefe Felsenschlucht überquert hatte, erblickte er in einer Wegbiegung das Grüppchen der Laurenzer. Er eilte zu ihnen, erkannte auch gleich den galligen Dorfschulzen, konnte jedoch weder Wolfgang noch die Leiche entdecken.

»Wo ist er?«, fragte er ohne Umschweife.

Der Schulze verzog das Gesicht und deutete hinter sich zwischen die Bäume. »Nur immer dem Gestank nach, mein Herr, dann könnt Ihr ihn nicht verfehlen.«

Das war keine sehr respektvolle Antwort, aber es entsprach der Wahrheit, wie Otto feststellen musste, als er Wolfgang fand. Der Schreiber kniete mit einem Tuch vor Nase und Mund neben einer ausgehobenen Grube, in der die kopflose Leiche lag, neben sich die kleine Truhe mit medizinischen Instrumenten, und schnitt mit einem scharfen Messerchen einen Hautrest von einem Finger des Toten. Als er den Knappen bemerkte, legte er seine Arbeit nieder und erhob sich. Er zog das Tuch von seinem verschwitzten Gesicht, sog ein wenig frische Luft ein und fragte etwas verlegen: »Nun, hat dir das Gänschen etwas Interessantes erzählt?«

»Aber ja«, antwortete Otto und bemühte sich, die kopflose Leiche nicht anzusehen. »Du habest ein tapferes Gesicht und schöne Augen …«

»Ich sagte doch, sie ist 'ne dumme Gans«, grummelte Wolfgang hastig. Er bückte sich, wischte seine Hände im Gras ab und begann, seine Instrumente in die Truhe zu legen, während er murmelte: »Ich bin sowieso schon fertig. Sehr bedauerlich, dass sein Kopf nicht gefunden wurde. Ich müsste noch seine Zunge sehen.«

Sie gingen zu den Dörflern zurück und erklärten dem Schulzen, sie könnten den Toten jetzt begraben, dann kehrten sie zur Burg zurück. Auf dem Weg fragte Otto: »Hast du etwas entdeckt?«

»Natürlich«, antwortete Wolfgang spöttisch. »Als er noch lebte, hatte er ein tapferes Gesicht und schöne Augen.«

VIII. KAPITEL

Am nächsten Morgen traf ein Bote auf Burg Hohlenstein ein. Er kam von Burg Blanseck und bat den königlichen Prokurator im Namen des wohlgeborenen Idik von Schwabenitz, dem bischöflichen Burggrafen so bald wie möglich einen Besuch abzustatten.

»Idik von Schwabenitz ... Ist das nicht der Wichtigtuer, mit dem wir uns bei der Furt vor Raitz fast geschlagen hätten?«, fragte Otto verwundert.

»Ganz richtig«, antwortete Ulrich. »Das ist er.«

»Da wollt Ihr doch nicht etwa hinreiten?«, fragte Wolfgang erschrocken.

»Falls du weitere Strapazen im Sattel fürchtest«, sagte Ulrich lächelnd, »keine Sorge: Du bleibst hier auf der Burg.«

»So meinte ich es nicht«, erwiderte Wolfgang pikiert. »Ich sorge mich nur um Euch. Burggraf Idik hat einen gefährlichen Eindruck gemacht. Und er hat Euch gedroht!«

»Ich benötige aber weitere Auskünfte. Und dazu muss ich nun einmal mit den Menschen reden«, sagte Ulrich. »Er hat seine Einladung öffentlich ausgesprochen. Falls mir also auf Burg Blanseck etwas zustoßen sollte, würde er damit nicht nur unseren König, sondern auch den Bischof aufbringen, und er weiß genau, dass Seine bischöfliche Gnaden ihm so etwas nicht durchgehen lassen würde. Denn auch wenn ich ohne offiziellen Auftrag unterwegs bin, bin ich immer noch ein hoher königlicher Beamter. Bei unserer Begegnung an der Furt waren wir ohne das Königswappen unterwegs und kamen nicht dazu, uns vorzustellen. Aber seit gestern hat sich die Nachricht von unserer Ankunft sicher in der ganzen Gegend herumgesprochen. Herr von Schwabenitz wird also inzwischen wissen, mit wem er die Ehre hat, und entsprechend vorsichtig sein.«

»Außerdem sind wir ja immer noch zu zweit, falls er etwas im Schilde führen sollte«, fügte Otto hinzu.

Ulrich schüttelte den Kopf. »Nein, ich werde alleine reiten. Für dich habe ich eine andere Aufgabe.«

»Ihr wollt ohne Begleitung nach Burg Blanseck reisen?«, fragte Otto besorgt.

Sein Herr lächelte. »Herrn Idiks Bote wird mit mir reiten. Außerdem hat mir Zirro von Hohlenstein Geleitschutz angeboten. Als er von der Einladung nach Blanseck erfuhr, hat er mir sofort zugesichert, er werde Sorge tragen, dass auf seinem Territorium nichts mehr passiert, was den König erzürnen könnte.«

»Und was soll ich so lange tun?«, brummte Otto. Ulrichs Beteuerungen hatten ihn nicht wirklich beruhigt. Normalerweise begleitete immer er seinen Herrn, sobald ein gefährlicher Weg bevorstand.

»Du machst dich in den umliegenden Dörfern kundig. Hörst dich um, was man über die Ermordung der königlichen Söldner weiß – auch wenn es wohl nicht viel sein wird. Versuche auch herauszukriegen, was es mit diesem Werwolf auf sich hat. Und ob in der Gegend ein Mann verschwunden ist, auf den die Beschreibung des kopflosen Toten passt.«

»Und was ist mit mir?«, fragte Wolfgang ungeduldig.

»Du ruhst dich ein wenig aus«, meinte Ulrich freundlich.

»Bald wartet ein weiteres Stück Weg auf uns, und ich will mir nicht ständig dein Gejammer anhören.«

»Ich jammere nicht«, protestierte der Schreiber. »Ich erlaube mir nur, auf übermäßige Reisestrapazen hinzuweisen.«

Nachdem Ulrich und Otto in verschiedene Richtungen von Burg Hohlenstein aufgebrochen waren, beschloss der Schreiber, ebenfalls nicht untätig zu bleiben und sich ein wenig in der Vorburg umzusehen, wo er vielleicht etwas Nützliches erfahren konnte – schließlich war er kein Müßiggänger! Als er jedoch gerade zum Burgtor hinauswollte, kam Šonka ihm hinterhergelaufen.

»Ich wollte mich bei Euch entschuldigen«, sagte sie herzlich. »Ich wusste ja nicht, dass Ihr so ein wagemutiger Mann seid. Selbst Ritter fürchten sich vor Werwölfen – aber nicht Ihr! Könntet Ihr auch mich vor ihnen beschützen?«

Wolfgang wusste vor Verlegenheit weder ein noch aus, und in seiner Verwirrung nickte er einfach.

»Wie wunderbar!«, freute sich Šonka. »Wohin seid Ihr unterwegs?«

»Ich will mir draußen ein wenig die Füße vertreten«, murmelte Wolfgang. Schließlich musste er nicht jedem Dahergelaufenen von seinen Nachforschungen erzählen.

»Ich komme mit!«, verkündete Šonka kurzentschlossen. Wolfgang wollte ihr widersprechen, doch bevor er etwas sagen konnte, fasste sie seine Hand und zog ihn in Richtung Tor. Überrumpelt folgte er ihr wie eine Marionette, und als er den Mund öffnete, kam kein Ton heraus, denn seine Kehle war wie zugeschnürt.

Sie hatten die Burg gerade erst verlassen und befanden sich auf dem steilen Abwärtsweg, da deutete Šonka auf einen kleinen Pfad, der vom Weg abzweigte und an Büschen und Sträuchern vorbei ins Unterholz führte. »Ich will dir etwas zeigen ...«, sagte sie und strich ihm zärtlich über das Gesicht.

Erschrocken versuchte Wolfgang sich loszureißen, doch sie hielt ihn zu fest an der Hand. Da senkte er den Kopf und folgte ihr ergeben.

Ulrich war mit Zirros Geleitsöldnern gleich nach dem Frühstück aufgebrochen, um der Mittagshitze nach Möglichkeit zu entgehen. Doch die Luft wurde schon bald so drückend, dass sie nach kurzer Zeit schwer atmeten und ins Schwitzen gerieten. Einer von Zirros Leuten meinte, es werde ein Gewitter geben.

Nachdem sie Burg Hohlenstein hinter sich gelassen hatten, lichtete sich allmählich der Wald und bald hörte er ganz auf. Allerdings waren nirgendwo Felder oder Weiden, geschweige denn menschliche Behausungen zu sehen. Nur trockenes Ödland mit sonnenverbranntem Gras und gelbem Gestrüpp, zwischen dem helle, vom Wind abgeschliffene Steinblöcke herumlagen. Nur einmal erblickten sie einen Hirten, der eine Herde Ziegen und Schafe zu einer Tränke trieb.

»Ungastliche Gegend ...«, murmelte Ulrich. Aus irgendeinem Grund fühlte er sich beklommen. Auch sein Pferd war unruhig. Es trabte mit aufgestellten Ohren und blähte die Nüstern, als wollte es misstrauisch etwas erschnuppern.

»Niemandem gefällt es hier«, pflichtete der Bote des Burggrafen ihm bei. »Kein Untertan will sich hier niederlassen. Es ist nicht einmal klar, ob dieses Gebiet noch zu Herrn Zirros Territorium gehört oder zu den Ländereien Seiner Gnaden des Bischofs. Beiden ist nicht viel daran gelegen.«

»Aber es ist der kürzeste Weg von Hohlenstein nach Blanseck«, erklärte ein untersetzter Söldner mit rötlichem Haar und unregelmäßigem Bartwuchs, der einen Umhang mit aufgestickten Widderhörnern, dem Wappenzeichen des Herrn Zirro, trug.

»Dieses Stück Erde macht wahrhaftig einen gottvergessenen Eindruck«, murmelte Ulrich vor sich hin. Sein Pferd verhielt sich immer nervöser. Auch die anderen Reiter mussten ihre Tiere zügeln.

Der Rothaarige bekreuzigte sich, als er Ulrichs Worte hörte, und sagte, das sei auch nicht verwunderlich, schließlich befinde sich genau hier der Eingang zur Hölle.

»Unsinn«, widersprach der Bote von Burg Blanseck. »So etwas würde der ehrwürdige Bischof niemals auf seinem Gebiet dulden! Es ist nur ein großes Loch im Boden. Hast du dort etwa jemals Schwefel gerochen? Oder qualmt es daraus hervor? Na eben! Außerdem hat der Bischof es mit Weihwasser besprengt, und ringsum stehen heilige Kreuze. Falls es früher ein Zugang zur Hölle war, so nutzt ihn der Teufel heute gewiss nicht mehr.«

»Worüber redet ihr da?«, fragte Ulrich neugierig. Menschlicher Aberglaube war nichts Neues für ihn. Bestimmt sprachen die Geleitleute von einer Schlucht.

»Es ist nicht weit von hier, edler Herr«, antwortete der Söldner. »Aber besser, man hält sich von dem schaurigen Ort fern.«

Doch Ulrichs Interesse war geweckt. »Ich würde mir dieses Loch gerne einmal ansehen«, entgegnete er. »Ihr sagt ja selbst, Bischof Bruno von Schauenburg hat es mit Weihwasser besprengt. Es droht also keine Gefahr.«

»Ich komme nicht mit!«, verkündete der Rotschopf. »Ihr könnt mich gerne bestrafen, edler Herr, aber ich weigere mich.«

»Dann warte hier am Weg«, erwiderte Ulrich. Er wandte sich dem Boten zu: »Und du fürchtest dich nicht, zu dem Loch zu reiten?«

»Ich wüsste einen angenehmeren Zeitvertreib, aber ich werde Euch begleiten«, murmelte der Mann mit dem Bischofswappen auf dem Umhang. Er schlug vor, die Pferde an einem Baum festzubinden, da es zu Fuß nicht weit und anders zu gefährlich sei. Ein Landedelmann habe einst zu dem Loch reiten wollen, aber sein Pferd habe gescheut, worauf beide in die Tiefe stürzten und nie wieder gesehen wurden.

»Konntet ihr denn nicht hinuntersteigen und ihn wenigstens christlich bestatten?«, meinte Ulrich.

»Ihr werdet ja selbst sehen, edler Herr«, antwortete der Bote mit einem Schulterzucken.

Nun erklärte auch der andere von Zirros Geleitsöldnern, dass er lieber am Wegrand warte. Er habe den Schlund schon einmal gesehen und verspüre nicht das Bedürfnis, sich erneut dorthin zu begeben.

»Diese Hasenfüße«, knurrte der Bote aus Blanseck verächtlich. »Aber was will man von Zirros Leuten schon erwarten? Es ist ganz nah, wir müssen nur über diese Anhöhe. Die Leute nennen das Loch auch *Mazocha* – die Stiefmutterschlucht. Es ist auch nicht das einzige, hier in der Gegend findet man eine Menge Löcher in der Erde. Ich habe eines gesehen, in dem ein ganzer Bach verschwand – ich flunkere Euch nichts vor, das Wasser verschwand im Felsen und kam nirgendwo wieder heraus. Nur Gott weiß, was in der Tiefe damit geschieht. Aber keines der Löcher ist so groß und so tief wie die Mazocha.«

Sie stiegen über eine mit dornigen Sträuchern überwachsene Anhöhe und kletterten über spiegelglatte Felsen. Überall lagen große und kleine Steinblöcke in grauem Sand verstreut. Dann hörte mit einem Mal die Welt vor ihnen auf. Sie standen am Rande eines gigantischen Abgrunds. Der Blansecker Bote hob einen Stein auf, holte aus und warf ihn, so weit er konnte.

»Horcht einmal!«

Ulrich spitzte die Ohren, konnte aber nichts hören. Ihm schien zwar vage, als nähme er einen leisen Aufschlag oder ein Plumpsen wahr, aber sicher war er sich nicht.

»Versteht Ihr jetzt, warum niemand den Leichnam des unglückseligen Edelmanns gesucht hat?«, sagte der Bote, bekreuzigte sich und ließ den Blick schweifen. Rund um den Schlund ragten hölzerne Kreuze auf.

Ulrich stand überwältigt da. Der Anblick war so fremd und unheimlich, dass es mit dem Verstand nicht zu fassen war. Trotzdem war er überzeugt, dass dieses Loch nichts mit den Mächten der Hölle zu tun hatte. Der Bote wartete geduldig an seiner Seite. Erst als er hüstelte, um darauf aufmerksam zu machen, dass noch ein gutes Stück Weg vor ihnen lag, drehte Ulrich sich um, und sie eilten zurück zu den Pferden.

Otto beschloss, dass er seine Dorferkundungen zu Fuß machen würde. Er zog einen einfachen Leinenkittel an und gürtete sich mit einem ledernen Riemen, an dem er einen einfachen, schmucklosen Dolch befestigte. Zum Schutz vor der Sonne setzte er einen breitkrempigen Strohhut auf, dann nahm er einen dicken Ast als Wanderstab in die Hand. So hoffte er, möglichst wenig Aufmerksamkeit zu erregen. Und tatsächlich hätte er wie ein einfacher Landmann ausgesehen, wäre nicht sein Haar gewesen, das ihm so anmutig gewellt auf die Schultern fiel.

Er passierte das Burgtor, ging den steilen Weg hinunter und folgte dann dem schmalen Pfad, der um den Fuß des Burgfelsens zu den kleinen Häusern der Vorburg führte. Dort fragte er einen alten Bauern nach dem kürzesten Weg nach Schoschuwka. Er überwand einen mit Kalkfelsen bestandenen

Hügelkamm und fand sich bald darauf auf einem länglichen Dorfplatz wieder. Auch hier brachten die Leute das Getreide in die Scheunen, das sie auf den Feldern geerntet hatten.

»Gelobt sei Jesus Christus. Wo finde ich den Dorfschulzen?«, rief er einem rundlichen Bauern zu, der zwei magere Pferde an den Zügeln führte, die einen mit Roggengarben beladenen Leiterwagen zogen. Der Mann war ähnlich schlicht gekleidet wie Otto, nur waren seine Kleider deutlich älter, und er ging mit bloßen Füßen. Die Krempe seines Huts war auf der einen Seite eingerissen und hing vor seinem Ohr herab.

»In alle Ewigkeit, amen. Warum willst du das wissen?«, brummte der Dörfler und hielt die Pferde an. Er wischte sich den Schweiß von der Stirn und spuckte auf den staubigen Boden.

»Ich würde ihn gerne etwas fragen«, antwortete Otto möglichst höflich.

»Na, dann frage«, sagte der Mann bedächtig. »Ich bin der Dorfschulze Dippold.«

»Ich bin bei Herrn Zirro zu Gast«, holte Otto ausführlich aus, denn er wusste, dass man bei einfachen Leute mit Eile nicht weit kam. »Vorgestern führte mein Weg durch Raitz, und just in jener Nacht wurde dort ein junges Mädchen getötet. Es ging die Rede, ein Werwolf habe es auf dem Gewissen. Und mir ist zu Ohren gekommen, auch hier sei Ähnliches passiert …«

»Dort also auch«, murmelte der Schulze vor sich hin und bekreuzigte sich. Dann blickte er Otto finster an und erklärte, das gehe ihn nichts an und er solle gefälligst seines Weges ziehen.

»Als sie das arme Mädchen fanden, hatte ich großes Mitleid. Sie war noch so jung …«, fuhr Otto fort, als hätte er den

Schulzen nicht gehört. »Und da es hieß, ihr hättet hier einen Werwolf gefangen und vernichtet, frage ich mich, ob der bei Raitz womöglich ein anderer war?«

»Wenn das Mädchen nicht deine Verwandte oder deine Liebste war, dann kümmere dich nicht weiter drum!«, raunzte Dippold und schnalzte den Pferden zu, damit sie weitergingen, denn für ihn war das Gespräch beendet. Sein Wagen rumpelte weiter, doch so schnell gab Otto nicht auf.

»Ich möchte nur wissen, ob der Werwolf noch einmal auftauchen könnte!«, sagte er eindringlich und lief ein Stück neben ihm her. »Denn ich habe über dem Leichnam des Mädchens geschworen, ihren Tod zu rächen.«

Dippold schwieg störrisch. Er und die anderen Dörfler hatten vereinbart, niemandem etwas von dem düsteren Vorfall zu erzählen, denn die Bewohner von Schoschuwka fürchteten harte Strafen, schließlich hatten sie einen Menschen verbrannt. Herr Zirro ahnte wohl etwas davon, wie es zu dem Brand der Mühle und dem Tod des Müllers gekommen war, aber er hatte die Sache auf sich beruhen lassen. Und Pfarrer Hilarius glaubte, dass es sich um einen Unglücksfall handelte. Warum also die Sache wieder aufwühlen? Sie hatten den Werwolf vernichtet, das war die Hauptsache.

»Wir alle befinden uns in Gottes Hand, und es liegt an ihm, Verbrechen zu bestrafen«, knurrte der Schulze. »Es hat lange gedauert, bis er dies schreckliche Kreuz von uns nahm. Bete also lieber und vertraue auf Gott den Allmächtigen. Wenn du nicht auf mich hörst, sondern weiter hier rumlungerst und die Leute mit Fragen löcherst, zeigst du damit, dass dein Glaube nicht fest ist, und dann bin ich verpflichtet, diese Gemeinde zu schützen. Geh mit Gott und lass dich hier nicht mehr blicken!«

Otto wollte etwas darauf entgegnen, doch da stellte Dippold sich drohend vor ihm auf und hob die Peitsche. »Hast du nicht gehört?«

Der Knappe zuckte mit den Schultern und machte sich langsam davon. Hier ließ sich offenbar nicht viel erfahren, also wollte er die Leute auch nicht unnötig provozieren. Er beschloss, es mit dem Nachbardorf zu versuchen. Dort waren die blutrünstigen Taten des Werwolfs sicher ebenfalls bekannt, und vielleicht waren die Leute dort mitteilsamer.

Dorfschulze Dippold blieb mit seinem Roggenwagen vor der Scheune stehen und sah dem jungen Mann stirnrunzelnd nach. Die Sache wollte ihm nicht gefallen. Wer hatte den Kerl überhaupt hergeschickt? Er glaubte nicht an dessen vorgeschobene Gründe.

Kurz hinter Schoschuwka gab es eine Weggabelung, und Otto blieb zögernd stehen. Es war niemand in der Nähe, den er nach dem Weg nach Slaup hätte fragen können. Er entschied sich für den linken Abzweig, denn dieser Weg sah breiter aus und schien häufiger benutzt zu werden. Er kam an den abgeernteten Feldern vorbei, auf denen nur dichte Stoppeln zurückgeblieben waren, dann machte der Weg eine Kurve und führte bergan durch einen hellen Laubwald.

Bei einer krumm gewachsenen Buche stieß Otto erneut auf einen Abzweig. Rechts führte ein grasüberwucherter Pfad weiter bergauf, während links ein breiter Sandweg verlief. Otto hatte keine Ahnung mehr, wo er war, sagte sich aber, dass breite Wege gewöhnlich zu menschlichen Behausungen führten, und falls er am Ende nicht in Slaup, sondern in einem anderen Dorf landen würde, machte es auch nichts aus, denn Fragen konnte er überall stellen.

Er nahm also den linken Weg und gelangte bald zum Ufer eines kleinen Bachs, der angesichts des trockenen Wetters nicht viel Wasser mit sich führte. Er folgte ihm um einen großen Felsen herum, wo der Bach in die Tiefe hinabplätscherte, dann endete der Weg auf einmal bei den Überresten eines abgebrannten Hauses. Missmutig blieb er stehen und blickte sich um. Nur eine mit Disteln bestandene Wiese war noch zu sehen und dahinter der Wald.

Da bemerkte er etwas abseits einen kleinen Trampelpfad. Der Richtung nach vermutete Otto, dass er zu dem anderen Weg zurückführte, den er bei der Gabelung verlassen hatte, und da er keine Lust hatte, wieder den Bach abzulaufen, beschloss er, es mit diesem Pfad zu versuchen. Er überquerte die wild wuchernde Wiese und tauchte in den Wald ein. Der Pfad wand sich leicht bergauf, endete aber zu Ottos Enttäuschung schon bald wieder an einer Lichtung, in deren Mitte eine große alte Eiche stand. Auf der Suche nach einer Fortsetzung des Trampelpfads schaute er sich ausführlich um und entdeckte unter dem mächtigen Baum einen großen flachen Steinblock, auf dem eine dunkle Keramikschüssel und ein Weidenkörbchen standen.

Plötzlich war ihm, als hätte sich nicht weit von ihm im Gebüsch etwas bewegt. Jemand schien ihn zu beobachten. Otto hatte keine Angst, auch wenn er nur den Dolch bei sich trug, und beschloss, einmal nachzusehen, ob dort tatsächlich jemand war. Für Räuber stellte er sicher keine interessante Beute dar, und der Dorfschulze Dippold hatte nicht danach ausgesehen, als wollte er ihn mit Gewalt zum Schweigen bringen. Otto ging langsam in seitlicher Richtung weiter, dann drehte er sich blitzschnell um und stürmte auf das Gebüsch zu. Er hörte das Knacken von Zweigen und sah einen Schatten davonhuschen. Er hatte sich also nicht getäuscht, da war ein Mensch. Der Unbekannte rannte wie der Wind davon, aber Otto war schneller. Stück für Stück kam er ihm näher.

Vor ihnen wurde der Wald allmählich lichter. Der Flüchtende wechselte die Richtung, um nicht bergauf laufen zu müssen. Jetzt rannte er den Abhang hinab, stolperte aber über Wurzeln. Am Waldrand holte Otto ihn ein. Der Unbekannte war von zierlicher Gestalt und trug ein schmutziges Leinengewand. Otto sprang ihn von hinten an und warf ihn zu Boden. Im nächsten Moment stellte er überrascht fest, dass es sich um eine junge Frau handelte.

Sie wälzte sich auf den Rücken und begann zu kratzen und zu beißen. Otto blickte in ein rundes Gesicht mit schwarzen Locken und fühlte sich an die Kaufmannstochter in Raitz erinnert.

»Bist du irr?«, keuchte er, weil sie sich wie eine Wildkatze wehrte.

»Lass mich los«, fauchte sie wütend, doch Otto war stärker, und ihre Kraft ließ allmählich nach.

»Wenn du versprichst, dass du nicht wegrennst, lasse ich dich los«, sagte Otto, doch das Mädchen schüttelte den Kopf und versuchte sich ihm zu entwinden. Da drückte er sie mit seinem ganzen Körper zu Boden und hielt ihre Hände fest, sodass sie sich nicht mehr rühren konnte.

»Frieden?«, keuchte er erneut. Sie atmeten beide heftig, und Otto spürte, wie sich der Busen des Mädchens hob und senkte. Und weil es sich durchaus angenehm anfühlte, drückte er sich ein wenig mehr an sie, als nötig gewesen wäre.

Die Schwarzgelockte gab ihren Widerstand auf. »Tust du mir auch nichts?«, fragte sie.

»Ich tue jungen Frauen nie etwas zuleide. Schon gar nicht, wenn sie so hübsch sind wie du«, antwortete er und lockerte seinen Griff. Sie blieb auf dem Rücken liegen, so erschöpft war sie, und setzte sich erst nach einer ganzen Weile auf.

»Mein Name ist Otto«, sagte er lächelnd. »Und wie heißt du?«

Sie zögerte kurz, bevor sie antwortete: »Marei.«

»Warum bist du wie eine Wahnsinnige vor mir weggerannt?«

»Weil ich Angst hatte.«

»Das habe ich gesehen«, erwiderte er und betastete die blutigen Kratzer an seinem Hals. »Du hast mir heimlich nachspioniert. Warum?«

»Das habe ich nicht!«, widersprach sie empört. »Als du auf die Lichtung kamst, habe ich mich lediglich versteckt und abgewartet, dass du wieder gehst.«

»Du musst doch schnell erkannt haben, dass ich weder ein Räuber noch ein Werwolf bin. Warum bist du also vor mir geflüchtet?«

»Und warum hast du mich gejagt, wenn ich doch weder ein Räuber noch ein Werwolf bin?«, konterte sie.

Otto musterte das Mädchen nachdenklich. Hätten sie sich nicht so weit entfernt von Raitz befunden, wäre er überzeugt gewesen, dass es sich um eine Schwester von Radana handelte, so ähnlich sah sie ihr. Natürlich war nicht ausgeschlossen, dass Michael hier eines Tages durchgereist war. Solche Dinge passierten.

Ihre Anspannung zeigte Otto, dass sie etwas verheimlichte, und er wollte zu gerne wissen, wovor sie sich wirklich fürchtete. »Ich bin nur zufällig hier in der Gegend«, erklärte er, »und habe mich verlaufen. Aus welchem Dorf bist du?«

Marei senkte den Blick und schwieg. Dann antwortete sie leise, dass sie aus Schoschuwka komme, und fügte schnell hinzu, der Dorfschulze habe ihnen verboten, mit Fremden zu reden.

»Das habe ich gemerkt«, meinte Otto mit einer Grimasse. »Aber ich verstehe noch immer nicht, warum du gerannt bist, als ginge es um dein Leben.«

Sie seufzte. »Hast du es nicht bemerkt?«, fragte sie.

Allmählich verlor er die Geduld. »Wovon redest du, verflixt?« So entgegenkommend sie sich auch zeigte, war es doch noch schwerer, etwas von ihr zu erfahren als gestern von Šonka.

»Natürlich von dem großen Stein«, erklärte sie bereitwillig.

»Du meinst den unter dem Baum? Auf dem eine Schüssel und ein Körbchen stehen?«

»Wir opfern den Waldgöttern«, flüsterte sie mit gesenktem Blick. »Mir ist bewusst, dass es eine Sünde ist. Pfarrer Hilarius weiß nichts von diesem Ort. Ich hatte Angst, er würde mich hier entdecken. Du wirst es doch keinem verraten?«

»Warum sollte ich?«, murmelte Otto. »Ich habe dir doch gesagt, dass ich hübschen Mädchen nichts zuleide tue.«

Sie winkte müde ab. »Lass die Schmeicheleien. Dann gilt es also? Du wirst nichts verraten?«

Er nickte. Da deutete sie auf zwei zusammengewachsene Birken nicht weit von ihnen. »Dort im Unterholz verläuft ein schmaler Pfad. Über den gelangst du auf den Weg nach Slaup. Viel Glück!«

Otto sprang vom Boden auf, reichte ihr die Hand und half ihr hoch. Er spürte, wie in ihrer zarten, dünnen Hand das Blut pulsierte, und hätte sie am liebsten gar nicht mehr losgelassen.

Marei sah ihn an. Schweigend wartete sie darauf, dass er seinen Händedruck löste, dann beugte sie sich plötzlich zu ihm und gab ihm einen Kuss auf die Wange, mit warmen, weichen Lippen. Und im nächsten Moment drehte sie sich um und rannte davon.

»Warte!«, schrie Otto ihr hinterher. »Sehen wir uns wieder?«

Sie schaute noch einmal kurz zurück und rief: »Ich dachte,

du bist nur zufällig hier in der Gegend.« Dann verschwand sie zwischen den Bäumen. Sie lief jedoch nicht lange. Als sie sicher war, dass er ihr nicht folgte, hielt sie im Dickicht verborgen inne, setzte sich auf die Erde und fing an zu weinen.

IX. KAPITEL

Bischof Bruno von Schauenburg hatte unweit von Blanz die Burg Blanseck errichten lassen, um seine Macht zu demonstrieren, denn hier führte ein wichtiger Landweg entlang. Die Burg stand direkt an der Grenze zum Herrschaftsgebiet des Zirro von Hohlenstein, was immer wieder für Streitigkeiten sorgte. Sie erhob sich auf einem langen bewaldeten Felsausläufer und ähnelte auf den ersten Blick Burg Hohlenstein, doch hatte sie stärkere Mauern, und vor dem Tor war ein breiter Graben in den Fels gehauen. Über steilem Abgrund ragte ein aus grauen Steinquadern errichteter Palas empor, und entlang der Innenseite der Burgmauern standen die niedrigen, meist aus Holz gebauten Häuschen der Burgbesatzung.

Burggraf Idik von Schwabenitz erwartete Ulrich bereits und empfing ihn im Rittersaal des Palas. Er trug ein festliches Gewand mit Silberstickereien, eine dicke Halskette und einen vergoldeten Helm, und sein ebenmäßiges Gesicht strahlte vor Zufriedenheit. Mit einer höflichen Verbeugung hieß er den königlichen Prokurator förmlich willkommen, dann bat er ihn, an der gedeckten Tafel Platz zu nehmen, wo eine Schüssel mit Braten in würziger Soße, ein großes Tablett mit geschmorten Wachteln auf Kresse- und Rhabarberblättern, ein Kessel mit einer dicken Petersiliensuppe und ein Korb mit frischem Brot bereitstanden.

»Verehrter Herr Prokurator, lasst uns das Vorgefallene vergessen«, sagte Idik friedfertig. »Dort an der Zwitta sind wir uns wohl auf falschem Fuß begegnet. Ich sagte Euch bei der Furt, wir würden uns noch sehen – nun, dieses Versprechen habe ich gehalten! Ich habe ja nicht geahnt, dass Ihr ein Mann von Adel seid. Ihr müsst aber auch zugeben, dass dieser tumbe Händler dort lästig war. Wie sähe die Welt aus, wenn jeder Untertan tun könnte, wozu er Lust hat? Ihr seht das womöglich anders, wie ich an Eurer Miene ablese, aber unser ehrwürdiger Bischof hat diese Landschaft erst vor wenigen Jahren besiedelt, und glaubt mir, hier leben so viele schlichte Menschen, die nicht wissen, was Gehorsam bedeutet, und sogar noch heidnischen Götzenbildern huldigen. Ohne Strenge lässt sich hier nichts ausrichten.«

Ulrich nickte. »Auch ich besiedle rund um Bösig im Namen unseres erhabenen Königs das Waldland, und oft begegne ich ähnlichen Schwierigkeiten wie Ihr, das könnt Ihr mir glauben«, sagte er ruhig. »Aber nie käme ich auf den Gedanken, mutwillig das Eigentum von Untertanen zu zerstören. Ich sage das nicht, um Euch zu maßregeln, ich möchte damit nur erklären, warum ich mich gegen Euch gestellt habe, Herr Burggraf.«

»Na ja, das liegt ja nun hinter uns«, meinte Idik von Schwabenitz versöhnlich. »Wie gut, dass Ihr so rasch hierhergekommen seid. Heute Nachmittag soll nämlich auch der Offizial unseres ehrwürdigen Bischofs hier eintreffen.«

»Paul von Eulenburg? Ich habe von ihm gehört, hatte aber noch nicht das Vergnügen, ihn persönlich kennenzulernen.«

»Ehrlich gesagt ist es kein großes Vergnügen«, murmelte der Burggraf. »Wenn ich Euch erzähle, was ich auf dem Herzen habe, werdet Ihr schnell verstehen, warum ein vertrauliches Gespräch unter vier Augen besser ist. Aber was bin ich für ein schlechter Gastgeber, halte lange Vorträge wie ein Kleriker! ... Esst, wonach es Euch gelüstet!«

»Dem komme ich nur zu gerne nach«, erwiderte Ulrich. »Aber sicher habt Ihr mich nicht nur herholen lassen, um mit mir zu speisen. Stillt also meine Neugier, bevor ich mich ans Essen mache.«

»Gut«, sagte Idik und gab einem Pagen ein Zeichen, ihnen Rotwein einzuschenken. Dann hob er seinen Kelch in die Höhe und betrachtete einen Moment fasziniert, wie das grünliche Glas im Tageslicht funkelte. Er trank einen Schluck und schien nach den passenden Worten zu suchen. »Ich weiß, dass Ihr Prokurator des Königs seid und sein bester Ermittler im ganzen Reich. Deshalb möchte ich Euch um Eure Hilfe bitten ...«

Ulrich wand sich unbehaglich in seinem Sessel. »Falls es sich um ein Verbrechen handelt, dann wendet Euch lieber an den bischöflichen Offizial. Ihr unterliegt seiner Gerichtsbarkeit.«

»Wenn das möglich wäre, hätte ich es sicherlich getan und Euch nicht eigens hergerufen«, entgegnete Idik lächelnd. Er zeigte sich von einer wesentlich umgänglicheren Seite als an der Furt. »Es geht um meine verstorbene Schwägerin, Katharina. Es heißt, sie wurde von einem Werwolf überfallen. Ich habe ihre Leiche gesehen. Die Kehle war zerfleischt ...«

»Bitte verzeiht die Unterbrechung«, sagte Ulrich rasch. »Fehlte ihr zufällig auch ein Finger?«

»Aber ja, woher wisst Ihr das?«, fragte der Burggraf verwundert. »Es war ein schrecklicher Anblick, denn sie war auch noch auf dem Leib mit Blut beschmiert. Alle sagten, es sei ein Werwolf gewesen, aber ich glaube fest, dass es ein Mensch war und es sich um einen ganz heimtückischen Mord handelt. Nun ist dies aber das Territorium des Bischofs von

Olmütz. Als ich gegenüber dem Offizial meine Zweifel äußerte, gerieten wir in einen heftigen Streit. Er meinte, es sei ketzerisch, die Schlussfolgerungen des Inquisitionstribunals anzuzweifeln und das Walten des Teufels zu verharmlosen. Versteht Ihr nun?«

»Kommt er deshalb heute zu Euch?«

»Nein, für die Beamten unserer Diözese ist der Fall meiner Schwägerin abgeschlossen. Bis man den Werwolf einfängt, versteht sich.«

»Warum seid Ihr der Meinung, dass ein Mensch den Mord begangen hat? Und wie soll er die Wunden herbeigeführt haben?«

»Das weiß ich auch nicht. Nur eines weiß ich sicher ...« Er gab seinem Pagen einen Wink.

Der dünne Knabe mit dem scheuen Blick ging zu einer Truhe unterhalb des Fensters und holte eine Pergamentrolle heraus. Er brachte sie und reichte sie Ulrich mit einer Verneigung.

»Dies ist der letzte Brief, den ich von meiner Schwägerin erhalten habe«, erklärte Idik von Schwabenitz. »Lest ihn Euch durch. Katharina schreibt darin, sie sei auf etwas gestoßen, was uns beiden viel Geld einbringen könnte. Und sie deutet an, dass es dabei um eine mächtige Person gehe.«

»Was auch immer ihr Verdacht war – sie hätte ihn lieber dem Olmützer Bischof mitteilen sollen, dann wäre sie vielleicht noch am Leben«, entgegnete Ulrich steif, denn ihm war klar, dass Katharina vorgehabt hatte, jemanden zu erpressen.

Idik hob wortlos die Arme, wie um zu sagen, dass solche Dinge nun einmal geschähen, und wartete schweigend ab.

Ulrich las den Brief in Ruhe durch. Außer dem, was ihm der Burggraf erzählt hatte, stand nichts Besonderes darin. Er rollte das Pergament zusammen, gab es dem schüchternen

Pagen zurück und klopfte dann gedankenverloren mit den Fingern auf die Tischplatte. Er war nach Mähren gekommen, um nach dem verlorenen Beuteschatz des Königs zu forschen, und nun kamen ständig andere Fälle dazwischen, die ihn von seinem eigentlichen Auftrag ablenkten. Fast war es, als würde eine Absicht dahinterstecken, als würde ihm jemand bewusst andere Rätsel unterschieben, nur um ihn von seinem Vorhaben abzubringen. War Katharinas Brief am Ende eine Fälschung?

Doch wenn der Brief nicht echt war, bedeutete das, dass Idik von Schwabenitz in den Raub des Silberschatzes verwickelt war. Warum hätte er aber dann jetzt unnötig die Aufmerksamkeit auf sich ziehen sollen? Den königlichen Prokurator mit einem gefälschten Brief in die Irre zu führen, ergab nur dann Sinn, wenn Ulrich zuvor einen Verdacht gegen Idik geäußert hätte. Oder wenn Idik damit rechnen musste, dass Ulrich etwas entdecken würde, was ihn belastete. So aber ergab es keinen Sinn. Deshalb beschloss Ulrich fürs Erste, dem Brief zu vertrauen.

»Habt Ihr jemanden in Verdacht, Herr Burggraf?«, fragte er. »Habt Ihr eine Ahnung, auf wen Eure Schwägerin in ihrem Brief anspielen könnte?«

»Leider nein«, antwortete Idik. »Dazu muss ich allerdings erwähnen, dass Frau Katharina und ich uns nicht sonderlich nahestanden.«

Ulrich schwieg eine Weile nachdenklich, dann erklärte er: »Ihr wollt meine Hilfe in einer Angelegenheit, deren Aufklärung meine Amtsbefugnisse hier überschreitet – das muss ich Euch als erfahrenem Burggrafen sicher nicht sagen. Aber ich begreife Eure Lage und möchte Euch gerne entgegenkommen – allerdings nicht umsonst.«

Idik druckste etwas herum, dann antwortete er widerstrebend: »Ihr habt einen Ruf als Ehrenmann ... aber ich verstehe Euch natürlich und bin bereit zu zahlen. Wollen wir sagen, wir teilen uns den Gewinn, der sich aus Euren Enthüllungen ergibt?«

Ulrich reagierte empört: »Habt Ihr eine so schlechte Meinung von mir?« Darauf begann sein Gastgeber sich sofort zu entschuldigen, dass er es nicht so gemeint habe, wie es vielleicht klingen könnte, und Ulrich wurde sich bewusst, was für ein gerissener Mann Idik von Schwabenitz war, und nahm sich vor, auf der Hut zu sein. Wieder versöhnlicher fuhr er fort: »Ich möchte kein Geld von Euch. Mein Preis sind Auskünfte.«

»Was meint Ihr damit?«, fragte Idik voller Unbehagen. Eine gewisse Geldsumme konnte er verschmerzen, aber wenn Bruno von Schauenburg erfuhr, dass er einem Fremden vertrauliche Auskünfte erteilt hatte, würde er einen größeren Preis zahlen müssen. Das Amt des Burggrafen war sehr einträglich, und er wollte es nicht verlieren.

»Nun ja«, erwiderte Ulrich, »Euch beschäftigt der gewaltsame Tod Eurer Schwägerin, mich der Verlust des königlichen Geldschatzes. Ich werde versuchen, ihren Tod aufzuklären, und dafür helft Ihr dem böhmischen König bei der anderen Sache. Übrigens seid Ihr schon durch Euren Rittereid dazu verpflichtet.«

Zögernd sagte Idik: »Unser hochwürdiger Bischof wäre zwar sicher anderer Meinung, denn den Eid des Gehorsams habe ich vor allem ihm und der Kirche geschworen, aber sei's. Ich bin einverstanden – unter der Bedingung, dass diese Abmachung unter uns bleibt.«

»Ich verantworte mich lediglich vor meinem Gewissen und dem König«, erwiderte Ulrich. Gleich darauf wurde ihm bewusst, dass es fast ketzerisch klingen musste, denn als Christenmensch hatte er sich zuallererst vor Gott zu verantworten. Bei seinen Ermittlungen wollte er sich allerdings lieber nicht allzu sehr auf ihn verlassen.

Der Burggraf befahl dem Pagen, einen neuen Krug Wein zu bringen, und schickte ihn dann aus dem Saal, um mit dem Prokurator alleine zu bleiben, schließlich konnte man nicht vorsichtig genug sein. »Gut, womit fangen wir an?«, fragte er ohne Umschweife.

»Wo lebte Eure Schwägerin?«, wollte Ulrich wissen. »Sie wohnte wohl nicht ebenfalls auf Burg Blanseck?« Er wusste nicht viel über die mährischen Adelsgeschlechter. Die Markgrafschaft Mähren gehörte zwar schon lange zum böhmischen Königreich, aber das Leben hier schien anderen Gesetzen zu folgen, und die böhmischen und die mährischen Edelleute trafen einander nur selten.

»Sie war seit Jahren verwitwet«, erklärte Idik. »Als mein älterer Bruder starb, erbte ich fast den ganzen Familienbesitz von ihm. Auch mein Vater war damit einverstanden. Katharina war in ihrer Jugend eine sehr schöne Frau, hatte aber fast keine Mitgift in die Ehe gebracht, und sie schenkte meinem Bruder auch kein Kind. Aus diesem Grund habe ich den Besitz meines Bruders geerbt, und nicht sie. Daraufhin hat sie fast kein Wort mehr mit mir gewechselt. Sie kaufte ein Haus in Olmütz und wohnte fortan dort. Ich habe ihr eine anständige Rente gezahlt, von der sie lebte. Sie hat sicher keine Not gelitten und sich trotzdem ständig beklagt. Vielleicht suchte sie deshalb nach Möglichkeiten, zu Geld zu kommen. Die Ehre einer Edelfrau war ihr nicht wichtig. Sie hätte sich noch mit dem einfachsten Bauern zusammengetan, wenn es für sie einträglich gewesen wäre.«

»Mit welchen Leuten verkehrte sie in Olmütz?«

»Das weiß ich nicht. Im Grunde kann ich Euch nicht viel

über sie erzählen, nur dass sie recht gebildet war. Sie konnte sogar lesen. Und wie ich hörte, soll sie ziemlich fromm gewesen sein.«

»Nun, das war wohl nicht der Grund, weshalb sie jemand umgebracht hat«, meinte Ulrich mit schiefem Lächeln. Ihm war noch nicht klar, weshalb dem Burggrafen so viel daran lag, den Tod seiner Schwägerin aufzuklären, war er doch durch ihn sogar reicher geworden. Außerdem konnte er jetzt, da er Ulrich hinzugezogen hatte, ihren Mörder nicht mehr erpressen.

Idiks Reaktion auf seinen Satz überraschte ihn. Der Burggraf murmelte etwas davon, dass allzu viel Frömmigkeit einem im Gebiet des Bischofs manchmal Schwierigkeiten einbringen könne, doch auf Ulrichs Nachfrage weigerte er sich, es genauer auszuführen.

»In jedem Fall sollte ich Olmütz einmal einen Besuch abstatten«, meinte Ulrich. »Vielleicht kann ich dort mehr über die Verstorbene herausfinden. Mit der mächtigen Person, über die sie offenbar etwas Kompromittierendes wusste, meinte sie ja bestimmt jemanden, der dort lebt. Im Umkreis des Bischofs gibt es viele Menschen. Am besten erzählt Ihr mir etwas über die höchsten Beamten der Diözese, die Euch sicherlich bekannt sind. Aber zunächst noch einmal zurück zu Frau Katharina: Wo hat man ihre Leiche gefunden?«

»Nicht weit von hier.« Idik deutete in eine unbestimmte Richtung hinter dem Fenster. »Da meine Schwägerin aus Sparsamkeit keine Bediensteten hielt, war sie wohl alleine unterwegs. Ein Mann meiner Burgbesatzung hat sie im Wald gefunden, ihre blutverschmierte Leiche lag dort am Wegesrand, und all ihre Sachen lagen neben ihr. Demnach hat niemand die Tote geplündert.«

»Erlaubt mir noch eine letzte Frage zu diesem schrecklichen Vorfall«, sagte Ulrich langsam. »Warum ist es Euch so wichtig, Genaueres über ihren Tod zu erfahren?«

»Weil ich Gerechtigkeit will! Immerhin war sie meine Verwandte.«

»Ich glaube Euch nicht«, entgegnete Ulrich. »Wenn es Euch wirklich um Gerechtigkeit ginge, würdet Ihr Euch an die Wahrheit halten.«

Idiks Miene verzog sich. Er schien kurz vor einem Wutausbruch, denn er war ein Mann, der keinen Widerspruch ertrug. Doch dann schien er zu begreifen, dass es keinen Sinn hatte, sich weiter zu verstellen. Zögernd sagte er: »Katharinas Mörder kann nicht wissen, was sie mir genau geschrieben hat. Vielleicht fürchtet er, dass ich über ihn Bescheid weiß, und will mich deshalb ebenfalls aus dem Weg räumen. Falls es sich wirklich um jemand Mächtigen handelt, werde ich also keinen Schlaf finden, solange er nicht bestraft worden ist.«

Ulrich nickte. »Das verstehe ich. Damit ist mir Euer Problem jetzt bekannt. Und nun zu meinem Fall: Wisst Ihr irgendetwas über den Raub der königlichen Geldtruhen, das mir weiterhelfen könnte?«

»Der Überfall fand auf der anderen Seite des Hohlensteiner Gebiets statt«, antwortete Idik nachdenklich. »Der Burggraf von Proßnitz ist ein alter Freund von mir, vielleicht kann ich von ihm etwas mehr erfahren. Gebt mir also ein wenig Zeit. Aber ein Gedanke kommt mir schon jetzt, wo wir darüber sprechen. Habt Ihr einmal überlegt, wer den größten Nutzen von dem Raub hätte?«

»Jemand, der Geld benötigt. Aber das tut heutzutage fast jeder«, antwortete Ulrich vorsichtig.

»Gewiss«, sagte Idik lächelnd. »Aber Zirro von Hohlenstein benötigte es mehr als jeder andere. Er war stark verschuldet, und seine Ländereien brachten ihm offenbar nicht genügend Erträge, um alles abbezahlen zu können. Vom Abt des Klosters Tischnowitz weiß ich, dass Zirro im vergangenen Jahr die Ratenzahlung an das Kloster aussetzte und um Aufschub bat. Und nun hat er auf einen Schlag gleich alle Schulden bezahlt, die Teilzahlungen von mehreren Jahren, und das noch vor der Ernte! Wo hat er das Geld hergenommen? Meines Wissens war das außerdem nur kurze Zeit nach dem Raubüberfall.«

»Ich sehe, dass Ihr das Tun und Lassen Eures Nachbarn sehr genau beobachtet«, bemerkte Ulrich etwas spöttisch.

»Das gehört zu meinen Verpflichtungen«, erwiderte Idik von Schwabenitz freundlich. »Zirro ist bei meinem Herrn nicht sehr beliebt, und ich habe die ausdrückliche Order, das Hohlensteiner Territorium im Auge zu behalten.«

X. KAPITEL

Vor Otto tauchten die ersten Hütten von Slaup auf. Mehrere Männer mit Stöcken kamen ihm entgegen, die aufgeregt auf ihn zeigten und riefen: »Das ist er!«

Otto blieb vorsichtshalber stehen und rief: »Ihr verwechselt mich mit jemandem.«

Auch die Dörfler blieben stehen. »Wir verwechseln dich nicht. Dippold hat dich genau beschrieben. Verschwinde von hier!«

»Was habe ich denn getan?«, protestierte Otto. Und er fragte sich, was der Schulze von Schoschuwka wohl zu verbergen hatte, wenn er sogar die Bewohner der Nachbardörfer gegen ihn aufhetzte.

»Wir wollen hier keinen weiteren Werwolf!«, schrie ein hoch aufgeschossener Mann mit krausem Haar und wild wucherndem Bart. Und er hob drohend seinen Stock in die Luft.

»Ich bin kein Werwolf! Ganz im Gegenteil – ich will euch vor ihm beschützen!«

»Dippold hat uns darauf vorbereitet, dass du genau dies behaupten wirst. Ich sage es nur noch ein Mal: Verschwinde, und zwar sofort!«, schrie der Bärtige, hob einen Stein vom Boden auf und warf ihn nach Otto.

Hier war mit vernünftigen Worten nichts auszurichten, also gab Otto auf und kehrte schnell in den Wald zurück, aus dem er gekommen war. »Wenn du dich noch einmal hier blicken lässt, machen wir kurzen Prozess mit dir!«, hörte er sie hinter sich rufen, und als er sich umblickte, sah er, dass die aufgebrachten Männer auf dem Weg verharrten und darauf warteten, dass er verschwand.

Er überlegte, ob er es mit einem anderen Dorf versuchen sollte, hielt es aber letztlich für sinnlos. Dippold hatte bestimmt dafür gesorgt, dass die Warnung vor Otto in der ganzen näheren Umgebung verbreitet wurde. Verärgert, weil er nicht das Geringste in Erfahrung gebracht hatte, bog der Knappe von dem breiteren Weg auf den kleinen Pfad ab, der zu dem Opferstein unter der großen Eiche führte, denn er hoffte, noch einmal der hübschen Schwarzgelockten zu begegnen. Zu seiner Enttäuschung war sie jedoch nirgends zu sehen, und in Schoschuwka nach ihr zu suchen, wagte er nicht.

Verstimmt stieg er den kleinen Hügel hinauf, um nach Burg Hohlenstein zurückzukehren. Als er die Vorburg erreichte, sah er den alten Bauern, der ihm am Morgen den Weg gewiesen hatte, auf einem Holzklotz im Schatten einer mehreckigen Scheune mit spitzem Strohdach sitzen. Otto ging zu ihm, grüßte und fragte ihn rundheraus, ob er etwas über die Bluttaten des Werwolfes in Schoschuwka wisse.

Der Alte nickte erfreut. »Oh ja, das hier ist eine gefährliche Gegend, junger Mann«, lispelte er, weil er nur noch wenige Zähne hatte. »Als ich noch besser zu Fuß war, bin ich im Wald manchmal Nymphen begegnet. Und du hast vielleicht schon gehört, dass jemand die Kuh des Schmieds verhext hat?«

»Und was ist mit dem Werwolf?«, versuchte Otto den Greis wieder auf sein Thema zurückzubringen.

»Nun ja, der Müller Heralt war eben ein merkwürdiger Geselle. Aber eine ehrliche Haut, das muss ich sagen. Als ich noch meinen Hof hatte, hat er mich beim Mahlen nie auch nur um ein Quäntchen Mehl beschummelt, oh nein, der nicht. Und seine Mischka, das war vielleicht ein Goldstück, und bildhübsch obendrein. Was für ein Jammer.«

»Was ist denn mit ihr passiert? Ich habe nur von ihrem Onkel gehört. Es heißt, er soll gefangen genommen und auf dem Scheiterhaufen verbrannt worden sein.«

»Ja, so erzählt man sich. Und seine Nichte haben sie in die Mühle eingeschlossen und ebenfalls verbrannt.«

»Das wusste ich nicht«, sagte Otto betroffen. Er blieb eine Weile nachdenklich stehen und fragte dann: »Die Frauen, die der Werwolf getötet hat, stammten die alle aus Schoschuwka?«

»Freilich«, sagte der Alte. »Es war ja der Müller. Er wurde zum Werwolf, folgte ihnen vom Dorf in den Wald und biss ihnen dort die Kehle durch.«

»Das habe ich verstanden, aber warum nur aus Schoschuwka? Warum brachte er nicht ein Mädchen aus einem anderen Dorf um? Oder von Burg Hohlenstein? Andere Frauen gehen doch auch in den Wald.«

»Wie soll ich das wissen?«, brummte der Alte. »Vielleicht hatten die Bewohner von Schoschuwka dem Müller etwas angetan. Mir ist so etwas zu Ohren gekommen.«

»Was genau?«, fragte Otto neugierig.

Doch der alte Bauer zuckte nur mit den Schultern und begann unzusammenhängend davon zu reden, was für schwierige Zeiten es gewesen seien, als er in diese Gegend kam und es hier nichts gab als Wälder. »Damals lebten hier Bären und Wölfe«, erzählte er mit einem abwesenden Lächeln. »Und die haben viel mehr Menschen angefallen als der Werwolf. Es gibt ja immer noch welche. Es war noch nie sicher im Wald.«

»Aber was hat das mit dem Müller Heralt zu tun?«, hakte Otto nach.

»Das weiß ich auch nicht«, nuschelte der Alte. »Das hier

ist eine gefährliche Gegend, junger Mann. Früher sind mir im Wald die Nymphen begegnet. Und die Kuh vom Schmied wurde verhext!«

Otto bedankte sich und machte sich resigniert auf zur Burg. Er folgte dem Weg entlang der Felshänge, durchquerte die Schlucht, in der sich hoch über ihm die hölzerne Brücke befand, und stieg langsam den steilen Hang zwischen den Bäumen hinauf. Er hatte die Burg schon fast erreicht, als er im Wald den Schrei einer Frau hörte und gleich darauf zwei streitende Männerstimmen. Es war kein Zweifel möglich: Eine der Stimmen gehörte dem Schreiber Wolfgang.

Ein nur undeutlich zu erkennender Trampelpfad führte in das Dickicht hinein, und Otto folgte ihm und den Stimmen, kam an blühenden Wildrosen vorbei und gelangte zu einer kleinen Lichtung, die von den zarten Ranken frischgrüner junger Sträucher umgeben war. Im Gras stand, nur spärlich bekleidet und mit erschrockenen Augen, Šonka, die Hand vor den Mund geschlagen. Hinter ihr stand heftig atmend Wolfgang, mit zerrissenem Hemd und blutender Hand, und zu seinen Füßen lag bewusstlos ein Mann der Burgbesatzung, der noch einen Dolch in seinen schlaffen Fingern hielt.

»Was ist denn hier passiert?«, rief Otto bei diesem Anblick.

»Ich ... er ...«, stammelte Šonka. Dann fing sie an zu weinen und umschlang Wolfgang mit ihren Armen, was Otto etwas überraschte.

Der bucklige kleine Mann war völlig außer Atem, stand jedoch so stolz aufgerichtet, wie es ihm möglich war. Als er Otto erblickte, erklärte er leichthin, der Halunke habe sie beide belästigt, weshalb er ihm eine Lektion erteilt habe.

»Du hast dich geschlagen?«, fragte Otto ungläubig und brach in irres Gelächter aus.

»Was ist daran so lustig?«, fragte Wolfgang unwirsch. Er

wand sich aus der Umarmung der schluchzenden Šonka, kniete sich auf den Boden und tastete nach dem Puls des ausgestreckt daliegenden Mannes. Zufrieden nickend erklärte er, der Rüpel werde bald wieder zu sich kommen. Er stand auf, und als sein Blick auf Šonka fiel, drängte er sie hastig dazu, sich zu bedecken. Die Magd gehorchte sogleich und fasste wieder nach seiner Hand, um den Knappen nicht im Zweifel darüber zu lassen, zu wem sie gehörte.

»Was ist denn nun eigentlich passiert?«, fragte Otto amüsiert.

»Wir haben uns ein wenig hier in den Wald zurückgezogen …«, begann Wolfgang, der Ottos ironisches Lächeln sehr wohl bemerkte, sich aber gerne ein bisschen wichtigtun wollte.

»Zusammen mit diesem Mann?«, fragte Otto, der sich nur schwer das Lachen verkneifen konnte, und deutete auf den am Boden liegenden Kerl, der gerade die Augen aufschlug.

»Aber nein, nur er und ich!«, mischte Šonka sich ein und warf ihm einen entrüsteten Blick zu.

»Schon gut, schon gut«, sagte Otto. »Der Kerl dort hat euch also hier überrascht und war darüber nicht erfreut, so weit ist es mir klar. Und auch, dass er unserem Schreiber eine Abreibung verpassen wollte. Aber was ich nicht verstehe, ist, warum er auf dem Boden liegt und nicht Wolfgang?«

»Wer Werwölfe besiegen kann, weiß sich ja wohl erst recht bei so einem Flegel zu helfen«, bemerkte Šonka von oben herab.

Wolfgang lächelte bescheiden und erklärte, es gebe am menschlichen Körper etliche Stellen, auf die man nur zu drücken brauche, damit derjenige ohnmächtig werde. »Im Kampf muss nicht immer der Stärkste siegen«, belehrte er die beiden wie Schüler, »denn Schläue wiegt mehr als Muskeln.«

Otto grinste. »Ach, du meinst, so wie bei den Frauen? Wenn man weiß, an welcher Stelle man drücken muss, kann man nur gewinnen ...«

»Ich möchte dich ermahnen, vor einer Dame mit Anstand zu sprechen«, knurrte Wolfgang.

Otto hob überrascht die Augenbrauen, blickte um sich und fragte, wo er denn eine Dame sehe. Zum Glück regte sich in diesem Moment der Burgwächter auf der Erde, weshalb Wolfgang nicht mehr auf Ottos Bemerkung eingehen konnte. Der bullige Kerl setzte sich fluchend auf und brüllte Wolfgang an: »Ich hau dich zu Brei, du Winzling!«

Und im nächsten Moment sprang er auch schon auf, den Dolch in seiner Hand. Wolfgang duckte sich und ging in Abwehrposition, als Otto sich mit gezücktem Dolch vor ihn stellte und den Burgwächter anschrie, er solle sich schleunigst davonmachen.

»Hör auf ihn, Erhard«, wimmerte Šonka, die etwas abseits stand und erschrocken vom einen zum anderen blickte. Sie hatte sich immer etwas darauf eingebildet, jeden Mann verführen zu können, doch jetzt wurde ihr klar, dass dies auch Verwicklungen mit sich bringen konnte, und das machte ihr Angst.

»Halt's Maul, du Dirne!«, fuhr Erhard sie an. »Du gehörst mir und wirst dich nicht mit diesem buckligen Bastard einlassen!«

»Sie gehört mir!«, widersprach ihm Wolfgang und versuchte, Otto beiseitezuschieben. Doch in diesem Moment stürzte Erhard sich auf ihn, und wenn Otto ihm nicht den Dolch aus der Hand geschlagen hätte, wäre der Schreiber wohl erstochen worden. Wolfgang stieß einen erschrockenen Schrei aus, während Otto den groß gewachsenen Kerl zu Boden warf, und brachte sich schnell hinter den breiten Schultern des Knappen in Sicherheit. Mit seinem Selbstbewusstsein war es nicht mehr weit her.

Erhard rappelte sich gleich wieder auf und ging wütend auf Otto los. »Wenn du das Flittchen ebenfalls haben willst, musst du zuerst mich töten!«, zischte er.

»Nun ja, ich hatte sie schon«, antwortete Otto freundlich grinsend. »Und ich weiß gar nicht, warum du dich ihretwegen so aufregst. Wenn du nett bist, kommst du sicher auch bald wieder an die Reihe. Deswegen wollen wir uns doch nicht gegenseitig umbringen!«

Das konnte den Mann der Burgbesatzung nicht wirklich besänftigen. Er schnaubte etwas Unverständliches und stürzte sich auf den Knappen. Doch Otto war nicht nur in Turnierkämpfen geübt, sondern auch in Raufereien wie dieser. Schon oft hatte er sich aus Wirtshausschlägereien herauslavieren müssen.

Er sprang also zur Seite, um dem anstürmenden Erhard auszuweichen, warf blitzschnell den Dolch in seiner Hand in die Luft, fasste ihn bei der Spitze und schlug ihn mit der stumpfen Seite gegen seine Schläfe. Der Burgwächter machte noch zwei torkelnde Schritte und sackte dann im Moos zusammen, wobei ihm der Dolch aus der Hand fiel. Aus seiner Nase rann ein wenig Blut.

Otto bückte sich rasch und nahm Erhard die Waffe ab, dann löste er den Lederriemen von seiner eigenen Taille und fesselte ihm damit die Hände. Der bullige Kerl kam wieder zu sich und wollte sich aufrichten, doch Otto kniete sich auf seine Brust und hielt ihm seine eigene Dolchspitze an die Kehle.

»Ich rate dir, dich zu beruhigen. Wenn du zum dritten Mal die Augen schließt, wird es das letzte Mal sein!«, sagte er kalt.

»Was erlaubst du dir? Ich bin ein Diener von Herrn Zirro!«, brauste Erhard auf.

»Und ich bin der Knappe des königlichen Prokurators«, antwortete Otto ungerührt. »Wie du siehst, verstehen wir am Königshof mehr von Keilereien als ihr Dumpfschädel vom Land. Merke dir das und verhalte dich entsprechend! Wenn du mir versprichst, dass du dich jetzt zurückhältst, binde ich dich los.«

»Pah! Ich werd's euch zeigen!«, fauchte Erhard.

Otto zog den Lederriemen fester, bis er seinem Gefangenen ins Fleisch schnitt, stand in aller Ruhe auf und sagte zu Wolfgang, am besten kehrten sie jetzt in die Burg zurück.

»Und was ist mit mir?«, schrie der Burgwächter.

»Du kannst warten, bis jemand vorbeikommt und deine Fesseln löst. Bete darum, dass es nicht der Werwolf ist!«, sagte Otto schnippisch.

In den Augen des Gefesselten blitzte Entsetzen auf. »Lasst mich nicht zurück!«, schrie er.

»Nur wenn du versprichst, dass du Ruhe gibst!«, sagte Otto.

Wolfgang fügte schnell hinzu: »Und dass du Jungfer Šonka in Frieden lässt!«

Der Gefesselte klappte verdutzt den Mund auf wie ein Fisch auf dem Trockenen. Und Otto sagte belustigt, falls Erhard nicht verstanden haben sollte, wen sein Freund mit der Jungfer Šonka meine, dann sei das dieses Mädchen hier. Im Übrigen würde er ihn am Abend zur Versöhnung zu einem Krug Bier einladen, auch wenn er ihn besiegt habe und nach den Regeln der Ritterehre eigentlich der Verlierer zahlen müsse.

Erhard hörte ihn verwirrt an und brauchte eine Weile, um zu verstehen, was der Knappe vorgeschlagen hatte. Er nickte und brummte, dass ein Krug Bier sicher mehr Freude verspreche als dieses treulose Luder. Er sei nachtragend, und falls sie irgendwann zu ihm zurückkommen wolle, werde er sie persönlich von der Burgmauer hinunterstürzen. Damit war die Versöhnung besiegelt.

Als sie die Brücke zum Burgtor überquerten, fragte der Schreiber den Knappen stirnrunzelnd: »Was meintest du damit, dass du Šonka auch schon gehabt hättest?«

»Ich wollte ihn nur provozieren«, behauptete Otto mit Unschuldsmiene. »Wut macht bekanntlich blind. Und er war so wütend, dass er sich leicht überwältigen ließ. Ich habe nun mal nur Muskeln und nicht das Wissen, auf welche Stelle ich bei ihm drücken muss.«

Aus den Augenwinkeln nahm er wahr, dass Šonka, die neben Wolfgang ging und seine Hand hielt, ihm einen dankbaren Blick zuwarf.

XI. KAPITEL

Otto hielt sein Versprechen. Er kaufte den größten Krug Bier, der sich im Keller des Burggrafen finden ließ, und ging damit zu Erhard ins Gesindehaus. Er fand ihn auf dem Boden sitzend, den Rücken an die Wand gelehnt, wie er sich einen kühlenden Umschlag aufs Auge drückte.

»Tut verdammt weh«, brummte der Schrank von einem Kerl. »Hast du wenigstens das Bier mitgebracht?«

Otto lächelte. »Ich halte mein Wort.« Er reichte ihm den Krug und setzte sich neben ihn auf den Boden.

Erhard trank lange. Erst als er Atem holen musste, setzte er den Krug ab und wischte sich mit dem Handrücken über den Mund. »Ist es wahr, dass du auch schon mit Šonka geschlafen hast?«

»Ach was … Hast du sie denn wahrhaftig dort auf der Lichtung mit meinem Freund ertappt?«

Erhard knurrte: »Ich verstehe nicht, was sie an diesem hässlichen Buckelmann findet.«

»Hast du sie so gern?«, wollte Otto wissen.

Erhard reagierte verständnislos. »Gern? Sie gehört mir!«

»Aber sie ist doch wohl ab und zu auch mal mit anderen zusammen?«

Erhard schüttelte den Kopf. »Jeder weiß, dass ich ihn grün und blau schlagen würde«, antwortete er selbstbewusst und nahm wieder einen Schluck. »Keiner der Männer würde es wagen, zumindest nicht in meinem Beisein. Aber dein schöner Freund da hat sich direkt vor meinen Augen mit ihr davongemacht. Und das Luder hat mich angefeixt, als wär ich ein dummer Hahnrei. Du musst zugeben, das würde jeden rasend machen!«

»Natürlich«, pflichtete Otto ihm schnell bei. »Zu seiner Verteidigung muss ich allerdings sagen, dass er nicht wusste, dass Šonka deine Liebste ist. Und dass du jeden grün und blau schlagen würdest, der etwas mit ihr anfängt. Hättest du uns das gestern gesagt, wäre sicher nichts passiert.«

»Bist ein feiner Kerl«, meinte Erhard anerkennend und stieß einen zufriedenen Rülpser aus. Das Bier war schön stark und bitter.

»Wo wir hier nun schon zusammensitzen, würde ich dich gerne etwas fragen«, meinte Otto beiläufig.

»Dann frag!«, sagte der Burgwächter großzügig.

»Vor einiger Zeit wurde ein Trupp königlicher Söldner hier in der Gegend von Räubern überfallen. Unter den ermordeten Söldnern befand sich ein Freund von mir, und ich frage mich: Wie konnte das überhaupt passieren, wo sie doch so erfahrene Krieger waren? Hast du dazu eine Idee?«

Erhard setzte eine wichtige Miene auf. »Ich war mit Herrn Zirro unterwegs, als er von der Sache erfuhr«, erklärte er. »Damit du's weißt, ich bin ziemlich kampferfahren, auch wenn du mich vorhin drangekriegt hast wie einen Grünschnabel. Ich habe sogar schon im Heer unseres Königs gekämpft ... Na ja, wir sind also zu der Stelle mit den Leichen geritten, und als ich die Toten gesehen habe, war mir gleich klar, dass sie nicht im Kampf gestorben sind.«

»Wie meinst du das?«, fragte Otto verblüfft.

»Wie ich es sage! Die meisten hatten ein oder zwei Stichwunden, von einem Speer oder einem Dolch, aber keiner hatte Schwertverletzungen, keiner einen abgeschlagenen Kopf, eine abgetrennte Hand oder Ähnliches. Und in keinem der Leiber steckte ein Pfeil. Hast du schon einmal Leichen nach einer Schlacht gesehen?«

Der Knappe nickte. »Habe ich.« Er wurde nachdenklich. Was Erhard erzählte, klang glaubwürdig. Dadurch geriet der Fall in ein ganz neues Licht. Offenbar war der bullige Kerl nicht ganz so dumm wie gedacht. »Hast du eine Erklärung dafür?«, fragte er ihn.

»Vielleicht wurden sie nachts überfallen, im Schlaf …«

»Möglich«, meinte Otto. Der Bierkrug war leer, und er stand auf, um zu gehen. Als er sich kurz vor der Tür noch einmal umdrehte, sah er zufällig, wie Erhard ihm finster nachblickte.

Auf dem Hof überraschte ihn die abendliche Schwüle. Es wurde schon dunkel, aber noch immer regte sich kein Lüftchen, und sobald man ein paar schnelle Schritte machte, geriet man außer Atem.

Er wollte gerade den leeren Krug zurückbringen, als er sah, wie der verschlafene Wächter das Tor öffnete. Ulrich von Kulm und die beiden Hohlensteiner Geleitsöldner kamen hereingeritten. Otto stellte den Krug auf einem Holzblock vor dem Kellereingang ab und lief zu seinem Herrn hinüber.

Ulrich war inzwischen vom Pferd abgestiegen, warf einem müßig herumstehenden Knecht die Zügel zu und sagte etwas müde lächelnd: »Nanu, was ist denn los, Otto?«

»Wieso fragt Ihr?«, antwortete der Knappe zögernd. Der Blick seines Herrn sagte ihm, dass der ihn irgendwie aufziehen wollte.

»Sonst bist du nie zugegen, wenn ich dich mal brauche. Gibt es auf Hohlenstein etwa keine hübschen Mädchen?

Nicht nur, dass ich dich nicht eigens zu suchen brauche, du erwartest mich sogar auf dem Hof!«, erklärte Ulrich amüsiert.

»Na ja, es gäbe schon eine …«, erwiderte Otto schelmisch, »aber die hat mir Wolfgang abgeluchst.«

Ulrich schüttelte tadelnd den Kopf. »Tss, tss, den hast du jetzt also auch schon verdorben? Hat dir das Beispiel von Diviš nicht genügt?«

»Wäre Diviš hier, müsste ich den Schreiber nicht verderben«, konterte Otto. Er hätte wesentlich lieber Diviš, den Kommandeur von Ulrichs Gefolge, hiergehabt, aber jemand musste sich um die Sicherheit von Burg Bösig kümmern, solange sein Herr nicht da war, und Diviš war ein ausgezeichneter Krieger, der die Burg gegen jeden Feind verteidigen konnte.

Sie blieben bei einem Wassertrog neben dem Stall stehen, wo Ulrich Umhang und Tunika auszog und sich den Schweiß von Gesicht und Körper wusch. Er seufzte: »Das tut gut nach der Reiterei … Wäre ich König, würde ich einen Erlass herausgeben, der Verbrechen bei solchen Temperaturen verbietet!«

»Vielleicht würde es schon genügen, die Aufklärungsarbeit zu verbieten«, meinte Otto lächelnd.

Ulrich schüttelte den Kopf. »Oh nein, die Gerechtigkeit kann nicht warten … Sieh einmal nach, wo Wolfgang steckt, und dann kommt beide in meine Kammer. Dort werden wir besprechen, wie es weitergeht. Und gib in der Küche Bescheid, dass man mir etwas zu essen bringen soll.«

Es dauerte eine Weile, bis Otto den Schreiber ausfindig gemacht hatte. Er steckte in einem Winkel zwischen den Ställen und der Burgmauer, wo Šonka bei ihm saß und beglückt seinem Vortrag lauschte. Wenn Otto es richtig verstand, beschrieb er ihr gerade Prag.

Wolfgang folgte Otto bereitwillig über den Burghof zum

Palas und murmelte unterwegs etwas verschämt, er solle bitte ihrem gemeinsamen Herrn nichts von Šonka erzählen.

»Zu spät, mein Lieber!«, sagte Otto munter. »Aber er hätte es auch so herausbekommen, schließlich ist er nicht umsonst der beste Ermittler des Königs. Außerdem, warum sollte immer nur ich bei ihm den Ruf des unwiderstehlichen Verführers haben?«

Wolfgang gab keinen Kommentar dazu ab. Und kurz darauf standen sie in dem kleinen Raum mit der Gewölbedecke, in dem Ulrich auf Burg Hohlenstein untergebracht war. Es war eine schlicht eingerichtete Kammer mit einer niedrigen Bettstatt, vor dem Fenster stand ein kleiner Tisch samt Bank und auf der gegenüberliegenden Seite eine Truhe, auf die Otto und Wolfgang sich nun setzten. Das Holz war so alt und trocken, dass es knackte, aber man saß dort ganz bequem. Ulrich saß am Tisch, eine Schüssel mit Erbsenmus vor sich sowie einen Brotkorb und etwas Käse. Dafür, dass es draußen so heiß war, war der Bierkrug recht klein. Aber immerhin herrschte zwischen den steinernen Mauern eine angenehme Kühle.

Nachdem Ulrich fertiggegessen hatte, erklärte er: »Es wird Zeit, dass wir einmal zusammentragen, was wir bisher wissen.« Er trank den Krug leer, dann beugte er sich aus dem Fenster und rief der Magd zu, sie möge noch einmal drei Bierkrüge bringen.

»Gleich drei Krüge wollt Ihr alleine trinken?«, fragte Otto mit Unschuldsmiene.

»Wenn meine Assistenten keinen Scharfsinn beweisen, dann ja«, antwortete Ulrich lächelnd. »Wenn ihr Bier wollt, müsst ihr es euch erst verdienen. Also, was habt ihr herausgefunden?«

»Nun ja, die Leute hier in der Gegend sprechen nicht gern über den Werwolf. Wahrscheinlich, weil sie die Reaktion der

Kirche fürchten. Sie haben nämlich einen Mann verbrannt, den sie für den Werwolf hielten, und seine Nichte gleich mit. Er hatte nicht weit von hier eine Mühle. Er starb auf dem Scheiterhaufen, seine Nichte im brennenden Mühlhaus, und angeblich spuken die beiden seither durch die Gegend.«

Ulrich verzog das Gesicht. »Dummer Geisterglauben. Und was sonst?«

»Heidnisches Gedankengut ist hier allgemein sehr lebendig. Im Wald gibt es eine große alte Eiche, bei der den Waldgöttern geopfert wird. Ich bin dort einer jungen Frau begegnet, die mich bat, dem Pfarrer nichts zu verraten. Ferner hörte ich, die Wälder hier seien gefährlich, weil einen immer noch Bären und Wölfe anfallen können. Und noch etwas: Ein alter Bauer aus der Vorburg meinte, der Müller sei vielleicht zum Werwolf geworden, weil die Dörfler von Schoschuwka ihm etwas angetan hätten. Aber der Mann war schon recht alt und verwirrt, es muss also nichts damit auf sich haben.«

»Weißt du, ob den umgekommenen Frauen ein Finger fehlte?«

»Danach habe ich nicht gefragt«, sagte Otto überrascht. »Aber dieser Dippold, der Dorfschulze von Schoschuwka, hat mich mit allen Mitteln davon abgehalten, mit den Leuten über die Toten zu sprechen. Er brachte sogar das Gerücht in Umlauf, ich sei ein Werwolf! Kurz, ich komme kaum noch an Auskünfte heran.«

»Ich werde Herrn Zirro raten, diesen Schulzen in die Schranken zu weisen«, sagte Ulrich verärgert. »Was hast du noch herausgefunden?«

»Das ist schon alles. Die Slauper wollten mich gleich mit Knüppeln vertreiben.«

»Das kann ich ihnen nicht verdenken«, frotzelte Wolfgang von der Seite.

»Aber heute Nachmittag warst du froh um meinen Beistand, was?«, zischte Otto zurück.

Ulrich sagte mit gespieltem Bedauern: »Tja, für deine Arbeit heute hast du dir kein Bier verdient, Otto ...«

»Im Falle des Werwolfs vielleicht nicht«, entgegnete sein Knappe schnell, »aber über den Raub der Geldtruhen weiß ich mehr. Einer der hiesigen Burgwächter war dabei, als die toten Söldner abtransportiert wurden, und ihm fiel etwas Interessantes auf: Nach den Wunden der Leichen zu schließen, sind die Söldner nicht im Kampf gestorben. Ihre Leiber wiesen keine Schwertverletzungen auf, auch Pfeile wurden keine auf sie geschossen. Es sieht eher danach aus, als habe sie jemand im Schlaf überrumpelt und erstochen, denn die einzigen Wunden stammten von einem Dolch oder Speer.«

»Das ist in der Tat höchst interessant«, sagte Ulrich und kraulte eine Weile seinen dunklen Bart, wie er es immer tat, wenn er angestrengt über etwas nachdachte. Dann wandte er sich an Wolfgang: »Und was ist mit dir?«

»Er hat herausgefunden, dass die Magd Šonka ein ehrbares Mädchen und dank ihres freundlichen Wesens bei jedermann beliebt ist«, platzte Otto dazwischen. »Habe ich mir nun ein Bier verdient, mein Herr?«

Ulrich nickte. Allerdings schien es noch zu dauern, bis man das Bier brachte. Inzwischen war der Schreiber aufgesprungen und verkündete, dass auch er etwas Interessantes herausgefunden habe, weshalb er ebenfalls ein Bier verdiene, vielleicht sogar noch mehr als Otto.

»Ich habe noch einmal den Toten ohne Kopf untersucht, bevor er begraben wurde«, erklärte er. »Unter seiner Haut habe ich winzige schwarze Flecken entdeckt. Der Körper ist leider schon stark verwest, dennoch würde ich sagen, das sind Spuren von Gift.«

»Jemand soll ihn erst vergiftet haben, bevor er ihn mit einem Dolch erstach und ihm, um sicherzugehen, auch noch den Kopf abschlug?«, fragte Ulrich ungläubig. »Ist das nicht ein bisschen viel für einen einzigen Mann?«

»Was weiß ich«, entgegnete Wolfgang. »Manche Menschen sind so widerwärtig, dass man sie mit allen Mitteln loswerden muss. Und für gewisse Leute«, er warf einen vernichtenden Blick auf Otto, »wäre selbst das noch zu wenig.«

»Vielleicht war der arme Teufel ja ebenfalls hinter Šonka her und …«, begann der Knappe amüsiert, doch ehe er weiterreden konnte, holte der rot angelaufene Schreiber zum Schlag aus, weshalb Otto sich schnell wegduckte und Wolfgangs Faust die Wand traf. Der bucklige Schreiber verzog das Gesicht vor Schmerz, sagte aber nichts und rieb sich nur die aufgeschürften Fingerknöchel.

Dafür stand Ulrich jetzt auf und sprach ein Machtwort: »Jetzt reicht es aber! Ich habe nichts dagegen, wenn ihr miteinander scherzt. Aber wenn deine Scherze unseren Schreiber kränken, so hast du sie zu unterlassen, Otto. Denn dann ist es nicht mehr lustig. Und du, Wolfgang, hörst auf, dich so kindisch zu verhalten, verstanden?«

Der Schreiber senkte peinlich berührt den Kopf und murmelte irgendetwas zur Entschuldigung. Und Otto legte ihm den Arm um die Schultern und bat ihn rasch um Verzeihung. Ulrich musterte die beiden noch einmal streng, dann setzte er sich zufrieden wieder hin. In diesem Moment ging die Tür auf und herein kam Šonka mit den drei Bierkrügen. Sie ging geradewegs zur Truhe, reichte Wolfgang den Krug, der am vollsten war, und bediente erst anschließend den königlichen Prokurator und seinen Knappen, bevor sie mit einer Verbeugung wieder verschwand.

Otto sah seinem Herrn an, dass dieser sich sehr zusammenreißen musste, um keinen ironischen Kommentar abzugeben, aber er konnte ja schlecht seiner eigenen Anweisung zuwiderhandeln, mit der er eben noch seinen Kappen ermahnt hatte. Stattdessen trank er genießerisch sein Bier und begann, von seiner Unterhaltung mit Idik von Schwabenitz auf Burg Blanseck zu erzählen.

Er schloss mit den Worten: »Auch wenn sein Bericht glaubwürdig klingt, müssen wir die Möglichkeit in Betracht ziehen, dass er alles erfunden hat, um mich auf eine falsche Fährte zu locken. Er ist ein kluger und wohl auch listiger Mann. Bei solchen Menschen sollte man immer die Beweggründe hinterfragen.«

»Suchen wir also außer nach dem geraubten Silber nun auch nach dem vermeintlichen Werwolf, der Frau Katharina ermordet hat?«, wollte Otto wissen.

»Und was ist mit dem kopflosen Mann, der vergiftet wurde?«, fragte Wolfgang schnell, um seine Entdeckung wieder in Erinnerung zu rufen.

»Der kopflose Tote aus Laurenz hat vermutlich nichts mit unserem Fall zu tun«, meinte Ulrich, »aber wir sollten ihn dennoch nicht ganz außer Acht lassen. Immerhin ist er um die fragliche Zeit gestorben. Wir müssen weiter nachforschen, und am besten teilen wir uns morgen wieder auf. Ich werde nach Olmütz reiten, um mit dem dortigen Burggrafen Jan zu sprechen, denn er ist wahrscheinlich der Letzte, der die Söldner vor ihrer Abreise lebend gesehen hat. Außerdem werde ich Erkundungen über Herrn Idiks Schwägerin Katharina einziehen. Und du, Otto, tust hier das Gleiche. Finde heraus, wo die Witwe auf der Strecke von Olmütz nach Burg Blanseck übernachtet hat. Vielleicht gibt es ja einen Zusammenhang zwischen ihrem Tod und der Ermordung des jungen Mädchens aus Raitz, den dieser irrsinnige Pfarrer uns anhängen wollte. Beide Frauen wurden von dem sogenannten Werwolf ja erst umgebracht, nachdem man den unglückseligen Müller aus Schoschuwka und seine Nichte verbrannt hatte. Vielleicht wollte Katharinas Mörder seine Spur verwischen, indem er das blutrünstige Morden des Hohlensteiner Werwolfs nachahmte, auch wenn das absurd erscheint. Wir sollten uns jedenfalls genauer über die Leichen der ermordeten Frauen aus Schoschuwka informieren. Mich interessiert vor allem, ob ihnen auch ein Finger fehlte.«

»Und was ist meine Aufgabe?«, wollte Wolfgang wissen.

»Du bleibst auf der Burg und ruhst dich aus«, sagte Ulrich freundlich.

»Völlig unnötig«, entgegnete Wolfgang. »Einem echten Mann machen doch ein paar Stunden im Sattel nichts aus!«

Otto hob vielsagend die Augenbrauen, um seinen Herrn darauf aufmerksam zu machen, welche Wunder ein Liebesabenteuer bewirken kann. Am liebsten hätte er den Schreiber mit der Frage geneckt, ob er Šonka etwa entfliehen wolle.

»Ich könnte zum Kloster Tischnowitz reiten, um dort Genaueres über die Geldzahlungen des Herrn Zirro zu erfahren«, fuhr Wolfgang fort. »Denn wir sollten dem Verdacht nachgehen, den Burggraf Idik geäußert hat.«

»Eine sehr gute Idee«, lobte Ulrich. »Meinst du, du kannst die Reise alleine bewältigen?«

Der Schreiber straffte stolz seine kümmerliche Brust und sagte: »Ich bin ein ebenso fähiger Mann wie Euer Knappe.«

»Denkst du das, oder hat Šonka das gesagt?«, konnte Otto sich nicht verkneifen zu bemerken, doch ehe Wolfgang sich darüber empören konnte, ging die Tür auf, und Zirro von Hohlenstein betrat den Raum.

»Verzeiht die Störung, königlicher Prokurator«, sagte er höflich, »aber soeben ist der Kanzler der Olmützer Diözese angekommen, Herr Zwoisch von Rabensberg. In Kürze wird es ein Bankett geben. Es könnte für Eure Ermittlungen nützlich sein, wenn Ihr Euch bei dieser Gelegenheit mit ihm unterhaltet, denn er ist ein sehr einflussreicher Mann. Wie denkt Ihr darüber?«

»Gerne«, entgegnete Ulrich. »Warum ist der Kanzler des Bischofs denn hier?«

»Ich habe jahrelang mit Bischof Bruno von Schauenburg einen Streit über die Grenzen unserer Ländereien geführt, und wir sind endlich zu einer Einigung gelangt. Sein Kanzler Zwoisch hat die Urkunde mitgebracht, die die Aussöhnung zwischen mir und der Diözese besiegelt.«

Ulrich lag die Bemerkung auf der Zunge, dass das ja ein sonderbarer Zufall sei, dass sie ausgerechnet jetzt zu einer Einigung gekommen seien, aber er schwieg. Letztlich erschien alles, was er in den vergangenen Tagen erlebt hatte, wie eine Verkettung höchst seltsamer Zufälle.

XII. KAPITEL

Das Bankett mit dem Kanzler der Diözese war für Ulrich eine Enttäuschung. Zwoisch von Rabensberg war ein äußerst langweiliger, geschwätziger Mann. Der feiste Kanzler hatte weinerliche graue Augen, dicke, fleischige Lippen und dabei feine, fast weibliche Hände, die gar nicht zu seinem fülligen Körper passten. Zu allem, worüber sie sprachen, hatte er zwei Ansichten parat: zum einen, dass Gott der Herr eines Tages alle Sünder für ihre schlechten Taten auf Erden zur Verantwortung ziehen werde; zum anderen, dass das Skriptorium des Bistums Olmütz der vollkommenste Ort der Christenheit sei.

Als Idik von Schwabenitz Ulrich am Morgen vom Kanzler erzählt hatte, hatte er ihn als überaus bedrohlichen und rachsüchtigen Menschen beschrieben. Zusammen mit dem bischöflichen Offizial Paul von Eulenburg sowie Leonhard von Hackenfeld, dem Beichtvater des Bischofs, gehöre er zu den mächtigsten Männern der Olmützer Diözese. Dies waren auch die drei, die Idik am verdächtigsten erschienen. Schon deshalb war Ulrich neugierig auf den Kanzler gewesen. Er wollte überprüfen, wie sehr er Idiks Äußerungen vertrauen konnte.

Doch allmählich hielt der königliche Prokurator, der sonst so beherrscht war, die Flut von Banalitäten nicht mehr aus, und so fragte er den Kanzler rundheraus, ob er Frau Katharina, die Schwägerin des Burggrafen Idik, gekannt habe. Zwoisch von Rabensberg bejahte die Frage etwas zerstreut und fügte hinzu, dass er natürlich von ihrem entsetzlichen Tod gehört habe, und es sei ein Jammer um sie, wo sie doch eine fromme Christin gewesen sei. Gewiss werde Gott den Unhold bestrafen, der sie so niederträchtig dahingemeuchelt habe. Mehr bekam Ulrich nicht aus ihm heraus.

Zirro von Hohlenstein hatte neugierig zugehört und sagte zögernd, er wisse zwar nicht, warum der erhabene König sich für den Tod einer gewöhnlichen Frau interessiere, aber zur Beruhigung seines Gewissens wolle er nicht unerwähnt lassen, dass Frau Katharina zwei Tage vor ihrem Tod auf seiner Burg übernachtet habe. Sie sei in Begleitung von ein paar Männern gereist, die ihm nicht bekannt gewesen seien und eher einfach ausgesehen hätten, vielleicht seien es Händler gewesen. Er habe sich aber nicht weiter mit ihr unterhalten, da sie seiner Meinung nach eine sehr unangenehme Person gewesen sei. Und dass sie eine Verwandte des Burggrafen von Blanseck war, habe es auch nicht gerade besser gemacht.

»Aber da Ihr mit Seiner Gnaden dem Bischof nun Frieden schließt, werdet Ihr doch sicher auch seinen Blansecker Burggrafen mit größerer Nachsicht bedenken«, sagte Ulrich leichthin. Doch Zirro schüttelte heftig den Kopf und knurrte, von einer solchen Bedingung stehe nichts in der Urkunde, die sein edler Gast, Herr Zwoisch von Rabensberg, mitgebracht habe. Und nun wolle er nicht weiter über die Angelegenheit reden.

Der bischöfliche Kanzler beteuerte daraufhin, dass die von ihm mitgebrachte Urkunde selbstverständlich in jeder Hinsicht einwandfrei sei, schließlich sei sie im Olmützer Skriptorium angefertigt worden, das für seine Qualität und Korrektheit bekannt sei. Der Wille des ehrwürdigen Bischofs sei in dem Schriftstück genau so festgeschrieben, wie es mit Herrn Zirro vereinbart worden sei.

Am Ende ließ der Gastgeber die Tafel etwas früher aufheben, als es eigentlich höflich war, denn auch er verspürte in der Gesellschaft des Kanzlers nur unendliche Langeweile.

Am nächsten Morgen brach Ulrich nach Olmütz auf. Er wählte die Wegstrecke über Proßnitz, die zwar ein wenig länger war, ihm aber Gelegenheit bot, die Stelle zu besichtigen, an der die toten Söldner aufgefunden worden waren.

Zwoisch von Rabensberg hatte noch geschlafen, als Zirro und er sich freundlich voneinander verabschiedeten, und Ulrich hatte beschlossen, ihn nicht aus Formgründen unnötig zu wecken. Außerdem verpasste er wohl nicht viel, wenn er ihn nicht noch einmal sah.

Zirro hatte ihm zwar wieder ein, zwei seiner Leute zum Geleit angeboten, aber diesmal hatte Ulrich dankend abgelehnt. Er wollte alleine reiten – nicht, weil er seine Heldenhaftigkeit beweisen wollte, sondern weil es ihm insgeheim nicht recht war, dass Zirro durch seine Leute über all sein Tun und Lassen Bescheid wusste. Der Herr über das Gebiet von Hohlenstein gehörte schließlich immer noch zu den Hauptverdächtigen. Und was Ulrich während seines kurzen Aufenthalts bisher herausgefunden hatte, hatte den Verdacht nicht wirklich entkräftet, im Gegenteil.

Ulrichs Brauner trabte gemächlich auf dem bequemen breiten Handelsweg dahin, der über Mollenburg und Drahan nach Proßnitz führte. Ulrich hoffte, er würde der Beschreibung nach den Ort finden, an dem die Leichen der königlichen Söldner entdeckt worden waren. Er hatte oft die Erfahrung gemacht, dass er mit eigenen Augen am Ort eines Verbrechens mehr sah als die meisten Augenzeugen während ihrer Anwesenheit bemerkt hatten. Jedes kleinste Detail war wichtig, und auch eine vermeintliche Belanglosigkeit konnte am Ende ausschlaggebend für die Ergreifung des Täters sein.

Der Weg durch den sonnenbeschienenen Wald verlief ruhig, nur Vogelgezwitscher, das Klopfen eines Spechts und der hartnäckige Ruf eines Kuckucks unterbrachen gelegentlich die Stille. Doch auf einmal glaubte Ulrich von fern das Klappern von Hufen hinter sich zu vernehmen. Irgendjemand ritt hinter ihm. Es konnte ein Händler sein, ein Bote oder ein anderer Durchreisender, trotzdem blieb er lieber vorsichtig. Als der Weg vor ihm zu einer mit dichten Fichten bewachsenen Anhöhe leicht anstieg, wechselte er in den Galopp und spitzte gleichzeitig die Ohren, um zu hören, was sich hinter ihm tat. An dem dumpfen Hall der Hufe erkannte er, dass auch der fremde Reiter sein Pferd beschleunigte.

Ulrich galoppierte an einigen Fichten vorbei und behielt dabei den Wegrand im Blick. Endlich entdeckte er eine Stelle mit graslosem, steinigem Gelände, auf das er sofort einbog, denn dort konnte man seine Spuren nicht so leicht verfolgen.

Er sprang aus dem Sattel, führte sein Pferd tiefer in den Wald hinein und band es an einer Birke fest. Dann kehrte er zum Weg zurück und verbarg sich zwischen den Fichten. Zum Glück trug er nicht seinen offiziellen weißen Mantel mit dem böhmischen Königswappen, sondern nur einen gewöhnlichen Umhang aus graugrünem Tuch, der nicht weiter auffiel.

Sein Atem hatte sich noch nicht wieder beruhigt, als aus der Hohlensteiner Richtung zwei Reiter angaloppiert kamen. Sie ritten an ihm vorüber, und Ulrich erkannte das Wappen des Olmützer Bischofs auf ihren Umhängen. Beide trugen ein Schwert am Gürtel, der Jüngere von ihnen hatte zudem eine Armbrust umgehängt. Nach gewöhnlichen Reisenden sahen diese beiden eindeutig nicht aus.

Sie galoppierten den Fichtenwald entlang und verschwanden auf der Anhöhe. Den Geräuschen nach hielten sie dort an. Dann kehrten sie langsam zurück, und als sie wieder in der Wegbiegung auftauchten, erschrak Ulrich. Jeder der beiden ritt jeweils auf einer Seite des Wegs und beobachtete aufmerksam den Rand. Sie suchten ganz offensichtlich nach Spuren von ihm. Wie eine Schlange kroch er durch die Büsche zurück ins Unterholz und zog sich tiefer in den Wald zurück.

Er hörte, wie ein Reiter dem anderen zurief: »Hier ist der Boden steiniger. Vielleicht ist er hier hinein«, und schloss die Hand fest um den Griff seines Schwertes. Mit angehaltenem Atem wartete er ab, was weiter geschehen würde. Zu seiner unendlichen Erleichterung antwortete der andere Mann, der deutlich älter war und offenbar das Sagen hatte, dass sie erst einmal den Weg weiter hinten kontrollieren sollten. Wenn sie dort nichts fänden, würde sie noch einmal zurückkommen und hier weitersuchen.

Sobald Ulrich sich sicher war, dass sie davongeritten waren, schlich er leise zu seinem Pferd zurück. Der Braune stand mit gespitzten Ohren abwartend da und blickte seinen Herrn mit seinen schwarzen Augen an. Er war ein gutes Tier und hatte ihm schon mehr als einmal das Leben gerettet. Ulrich wusste, dass er sich auf ihn verlassen konnte. Er nahm die Zügel und führte ihn durch den Wald, wobei er einen Bogen machte und leicht bergauf ging. Erst ganz oben auf der Anhöhe kehrten sie auf den Weg zurück, der hier schmaler verlief und sandig war. Von hier ging es steil abwärts bis zu einem nicht weit entfernten Weideland, hinter dem schon die Dächer von Mollenburg sichtbar wurden. Ulrich schwang sich in den Sattel und galoppierte los. Er hoffte, so weit entfernt zu sein, dass die beiden Reiter ihn nicht hören konnten.

Erst als er Mollenburg erreichte, fiel er zurück in den

Schritt. Es war ein kleines Dorf mit wenigen Bauernhöfen und einem Gemeindehaus, in dem Bier ausgeschenkt wurde. Rings um einen Dorfplatz mit einem kleinen schlammigen Teich standen die hölzernen Häuser mit ihren Ställen und Scheunen. Die Dächer waren mit Stroh bedeckt, das schon älter war und stellenweise hätte erneuert werden müssen. Die meisten Hoftore standen offen, da die Landwirte gerade die letzten Getreidegarben von den Feldern einbrachten.

Nach kurzer Überlegung ritt Ulrich auf das größte der Anwesen zu. Er trabte in den Hof hinein, äußerte einen frommen Gruß und erkundigte sich dann ausführlich danach, wie er nach Protiwanow komme. Es war ein Dorf, das in einer völlig anderen Richtung lag, als in die er eigentlich wollte. Er war nämlich überzeugt, dass die beiden Reiter mit dem Bischofswappen sich nicht so schnell abschütteln lassen und im Dorf nach ihm fragen würden, und dies war die Gelegenheit, sie endgültig loszuwerden. Er schenkte dem Bauern für seine Hilfsbereitschaft ein paar Kupferlinge und ritt dann in die Richtung los, die man ihm gewiesen hatte.

Sobald er aber außer Sichtweite war, bog er mitten in den Laubwald ein, ritt in einem großen Bogen um Mollenburg herum und galoppierte schon bald darauf den Weg entlang, der Richtung Drahan führte. Es war das Tal, in dem man die toten Söldner gefunden hatte.

Er fand die beschriebene Stelle sofort, denn am Wegrand stand ein markanter Felsen von gabelförmig zerklüfteter Gestalt. Hier im Herzen des Waldes befand sich eine kleine Wiese mit seidig glänzendem grünen Gras, die die Ruhe und den Frieden eines perfekten Sommervormittags ausstrahlte. Ulrich konnte sich nicht vorstellen, dass ausgerechnet hier über ein Dutzend Leichen auf einem Haufen gelegen hatten. Sowohl der Weg, der an der Stelle an dem Felsen vorbeiführte, als auch die im Wald gelegene Wiese waren von überall einsehbar. Zirro von Hohlenstein hatte recht: Dieser Wegabschnitt eignete sich nicht für einen Überfall. Woanders wäre es wesentlich leichter gewesen, die Söldner aus dem Hinterhalt zu überfallen.

Auch die Beobachtung des Burgwächters Erhard schien richtig zu sein. Zu einem Kampf war es hier bestimmt nicht gekommen. Die Söldner des Königs waren anders gestorben, und offenbar auch an einem anderen Ort. Aber wer schaffte es, so viele erfahrene Krieger zu überrumpeln und wie Schlachttiere abzustechen? Selbst wenn ihr Kommandeur mit den Räubern gemeinsame Sache machte und sich zurückgezogen hatte, blieb es doch ein Rätsel, wie ein Söldnertrupp so leicht vernichtet werden konnte. Und dieses Rätsel musste unbedingt gelöst werden, wenn sie den Drahtzieher des Ganzen sowie das geraubte Silbergeld finden wollten.

Wenn Ulrich sonst am Ort eines Verbrechens stand, flüsterte ihm nicht selten eine innere Stimme ein, was als Nächstes zu tun sei. Doch dieser Ort hier war nicht nur völlig friedlich, sondern auch verschwiegen. Ulrich fand nichts, was ihm weitergeholfen hätte. Also stieg er wieder auf sein Pferd und ritt davon.

Noch vor Mittag erreichte er Drahan und beschloss, dort ein wenig zu rasten. Drahan war ein größeres Dorf mit einer eigenen Kirche und einer ansehnlichen Herberge. Es lag in einer Senke zwischen den bewaldeten Hügeln des Drahaner Berglands. Hinter den Häusern und Bauernhöfen erstreckten sich Felder, die zum Schutz vor den Wildtieren des Waldes von niedrigen Steinmauern umgeben waren. Hier endete das Herrschaftsgebiet des Zirro von Hohlenstein. Die Dörfer hinter dem Hügel gehörten bereits dem Bischof von Olmütz.

Als Ulrich an der kleinen steinernen Kirche mit dem gedrungenen Turm vorbeitrabte, bemerkte er den alten Pfarrer, der in der Tür stand und ihn neugierig beobachtete. Ulrich hielt sein Pferd an und sprang ab. Er band den Braunen an einem Baum fest und ging zum Eingang der Kirche.

»Gelobt sei Jesus Christus«, grüßte er den Priester im schlichten Gewand.

»Von nun an bis in Ewigkeit«, sagte der Alte mit einem fast zahnlosen Lächeln. Er stand etwas gekrümmt und stützte sich auf einen Stock. »Was führt Euch in unsere Kirche, mein Sohn?«

Der Pfarrer war ein Geistlicher der alten Schule, wie Ulrich sie mochte: einer, dem der Gehorsam gegenüber dem Grundbesitzer und die Sorge um das Seelenheil der Gläubigen wichtiger waren als das Einschmeicheln bei hohen kirchlichen Würdenträgern. Auf so jemanden konnte man sich in der Regel verlassen.

Ulrich bekreuzigte sich, um dem alten Pfarrer eine Freude zu machen, und sagte: »Ich würde gerne in Ruhe beten. Aber um ehrlich zu sein, Vater, ist dies nicht der einzige Grund meines Besuchs.«

»Das habe ich mir schon gedacht«, erwiderte der Pfarrer ruhig, trat einen Schritt beiseite, um den Besucher eintreten zu lassen, und humpelte langsam hinter ihm her. Vor dem Altar, über dem ein Bild des gekreuzigten Christus hing, blieben sie stehen und sprachen leise ihre Gebete. Dann deutete der Alte auf die Tür zur Sakristei.

Nachdem sie sich dort auf einer Bank unter dem kleinen Fenster niedergelassen hatten, forderte er Ulrich auf: »Erzählt mir, was Euch quält.«

»Ich bin bei Herrn Zirro auf Burg Hohlenstein zu Gast«, erklärte Ulrich, denn er vermutete, dass er den alten Priester mit der Autorität des Herrschers von Hohlenstein mehr beeindrucken konnte als mit seinem eigenen königlichen Amt. »Es geht um die ermordeten Söldner des Königs. Ich habe gehört, dass sie hier beerdigt wurden.«

»Das stimmt. Ihre armen Leiber ruhen in der geweihten Erde unseres Friedhofs, auch wenn sie vor ihrem Tod keine Absolution mehr bekommen konnten. Aber ich bin fest überzeugt, dass ihren Seelen die Gnade unseres Herrn im Himmel zuteilwird.«

»Dürfte ich ihr Grab besichtigen?«

»Deshalb seid Ihr hierhergekommen?«, fragte der greise Pfarrer erstaunt und griff schon nach seinem Stock, um den Besucher zum Friedhof zu begleiten.

»Wartet einen Moment«, hielt Ulrich ihn zurück. »Ich habe noch eine Frage, und Herrn Zirros Ehre steht dabei auf dem Spiel. Angeblich hat niemand die Männer durch Euer Dorf ziehen sehen. Kann das sein?«

Der Pfarrer nickte. »Sie sind nicht hier durchgeritten«, bekräftigte er. »Aber man kann Drahan leicht über die Äcker umgehen. Es führen allerlei Wege durch die Felder.«

»Warum hätten die Söldner das tun sollen?«

»Ich maße mir nicht an, die Absichten des Herrn zu durchschauen. Ich kann nur beten, dass sie gut sind.« Er griff in eine Nische in der Steinmauer, zog einen braunen Tonkrug mit Milch hervor und reichte ihn Ulrich zur Erfrischung. Er fügte hinzu, dass er die Milch erst vorhin gemolken habe.

Ulrich bedankte sich und trank begierig, dann nahm er das Gespräch wieder auf: »Die Söldner haben ein Fuhrwerk begleitet, das wahrscheinlich von einer Plane bedeckt war. Auch dieses hat angeblich niemand gesehen. Aber es kann doch wohl nicht ebenfalls die Ortschaft umfahren haben?«

»Oh doch«, beteuerte der Alte lebhaft. Er war sichtlich bemüht zu helfen. »Das hat es wohl getan. Ich erinnere mich nämlich, dass mir just zu der Zeit, in der man die beklagenswerten Söldner fand, einer unserer Dörfler erzählte, er habe auf seinem Feld Wagenradspuren gefunden. Es hatte vorher geregnet, der Boden war ganz durchweicht, und er war verärgert, dass ihm der Wagen die Ähren vernichtet hatte. Aber er war ganz sicher, nur die Spuren von Rädern gesehen zu haben. Der Reitertrupp muss woanders entlanggezogen sein.«

»Habt Ihr Herrn Zirro davon berichtet?«

»Ich habe es ihm über seinen Sohn Hartman ausrichten lassen.«

Ulrich war sich sicher, dass der junge Hartman diese Botschaft vergessen hatte, denn sonst hätte Zirro ihm doch bestimmt von der Sache erzählt. Die Aussage des Pfarrers untermauerte die Unschuldsbeteuerungen des Burgherrn, aber natürlich konnte es sich auch um einen Zufall handeln.

»Kommt es öfter vor, dass Fuhrwerke die Ortschaft umfahren?«, wollte Ulrich wissen.

Der alte Pfarrer zuckte mit den Schultern. »Eigentlich führt ein bequemer Weg durch Drahan hindurch. Aber wie ich schon sagte, hinter allem mag eine höhere Absicht liegen...«

Der königliche Prokurator seufzte leise. Sicher lag dahinter eine höhere Absicht, wenn sie auch nicht ganz so hoch reichte, wie der alte Mann dachte. Ulrich war felsenfest davon überzeugt, dass es sich nicht um göttliche Absicht handelte, sondern um die schändlichen Schliche irgendeines Klerikers. Er stand auf, um mit dem alten Pfarrer zu dem kleinen Friedhof zu gehen, der sich auf einer flachen Anhöhe hinter dem Dorf befand.

Der Alte führte ihn zu einem niedrigen Grabhügel unter einer weit ausladenden Linde, der anders als die meisten umliegenden Gräber noch nicht von Gras überwachsen war. Der Pfarrer bekreuzigte sich und sagte leise, dass er jeden Tag für das Seelenheil dieser Unglücklichen bete.

Ulrich bedankte sich bei ihm und kehrte anschließend zum Dorfplatz zurück, wo er sein Pferd losband und wieder in den Sattel stieg. Er überlegte kurz, ob er noch die Gaststube der Herberge aufsuchen sollte, verwarf dann aber den Gedanken, denn es war nicht sehr wahrscheinlich, dass er dort etwas erfahren würde, was nicht schon der Pfarrer ihm gesagt hatte. Hier in Drahan würde er wohl nicht mehr herausfinden. Er führte sein Pferd zu der Tränke auf dem Platz und brach anschließend in Richtung der nahe gelegenen Hügel auf. Er ritt zwischen den kleinen Steinmauern hindurch, die die abgeernteten, stoppeligen Felder säumten, und fand sich bald darauf im Wald wieder, wo es angenehm kühl und schattig war. Ihm stand ein langer Ritt bevor, denn das nächste Dorf auf dem bischöflichen Territorium lag mehrere Stunden entfernt.

Nach etwa einer halben Stunde gelangte er zu einer Weggabelung, wo sich ein kleiner Brunnen befand: Durch ein Rohr in einem Felsspalt floss frisches kaltes Wasser in einen hölzernen Trog. Das Pferd trabte ganz von selbst freudig wiehernd auf das plätschernde Wasser zu, und Ulrich sprang ab, um ebenfalls etwas zu trinken. In diesem Moment hörte er hinter sich das Knacken von Zweigen.

Schnell zog er sein Schwert und drehte sich um. Ihm gegenüber standen vier grobschlächtige Männer in einfachen Landkitteln, die Beile und dicke Holzknüppel in den Händen hielten.

»Gib uns Geld, dann passiert dir nichts!«, raunte einer von ihnen und hob drohend sein Beil.

»Verschwindet!«, sagte Ulrich ungehalten.

Da zog einer der Männer einen Stein aus einem Leinenbeutel an seiner Hüfte, zielte geschickt und traf den königlichen Prokurator heftig an der Schulter.

Ulrich taumelte. Er wusste, er musste sofort angreifen, sonst hatte er keine Chance. Er kannte die Taktik, das Opfer zu zermürben. So griffen Wolfsrudel ihre Beute an. Und diese vier hier sahen nicht nach Anfängern aus, sondern hatten sichtlich Erfahrung mit Überfällen.

Ulrich tat deshalb, als würde er auf ein Knie niedersinken, wodurch er zwei der Räuber dazu brachte, auf ihn loszustürmen. Das hatte er beabsichtigt. Sobald sie sich ihm näherten, sprang er, das Schwert schwingend, auf und hieb dem einen beinahe die ganze Hand ab. Blut schoss aus der Wunde, und der Räuber sank vor Schmerz wimmernd ins grüne Moos. Der andere stieß einen wütenden Schrei aus und rannte zu seinen Kumpanen zurück. Den Verletzten, der auf dem Boden mit dem Tode rang, beachteten sie nicht weiter. Stattdessen verteilten sie sich schnell und ließen eine Kaskade von Steinen auf Ulrich einprasseln.

Sobald dieser einen von ihnen anzugreifen versuchte, zog derjenige sich schnell zurück, aber nur gerade so weit, bis er in Sicherheit war, während seine Kumpane weiter ihre Steine schleuderten. Ein Stein traf Ulrichs Pferd, das erschrocken in den Wald davonstürmte. Ulrich stand jetzt mit seinem Schwert in der Hand ganz alleine da, und Blut rann von seiner Stirn, während ein weiterer Stein seine Rippen traf, sodass ihm fast die Luft wegblieb. Er biss die Zähne zusammen und überlegte fieberhaft, welchen der drei Männer er als Nächstes angreifen sollte, machte sich jedoch keine Illusionen. Die Räuber zielten gut und waren in ihren leichten Leinenkitteln beweglicher als Ulrich in seinem festen Tuch und Panzerhemd. Was ihm im Sattel Schutz geboten hätte, wog ihm nun schwer am Leib. Die behände umherspringenden Räuber hingegen waren kaum zu fassen.

Plötzlich war vom Weg her das Klappern von Pferdehufen zu hören, und im nächsten Moment tauchten zwei Reiter um die Wegbiegung auf. Ulrich erkannte sie. Es waren die beiden Männer mit dem Bischofswappen, die ihm von Hohlenstein aus gefolgt waren. Der eine von ihnen, der vorausritt, hob die Hand und rief seinem Gefährten triumphierend zu: »Wir haben ihn!«

XIII. KAPITEL

Otto wusste, dass es keinen Sinn hatte, in der Gegend herumzulaufen und die Leute auszufragen. Dieser Dippold hatte längst überall vor ihm gewarnt, und Zirro von Hohlenstein war noch nicht dazu gekommen, dem Schulzen von Schoschuwka die Leviten zu lesen. Er beschloss, sich an die alte Weisheit zu halten: »Wenn du etwas erfahren willst, geh in die Kneipe«, ein Grundsatz, der sich bei seinen Nachforschungen schon oft bewährt hatte.

Von den Söldnern auf Burg Hohlenstein wusste er, dass man auf dem Weg nach Blanseck an einem berühmten Gasthaus vorbeikam, in dem offenbar jeder Händler haltmachte, der auf der Durchreise war. Es befand sich im Dorf Suchdol, das bereits zum Territorium des Bischofs gehörte. Und da man auch die Leiche von Idiks Schwägerin Katharina in der Nähe gefunden hatte, beschloss Otto, dort mit seinen Nachforschungen zu beginnen. Er sattelte sein Pferd und brach auf.

Das Gasthaus *Zu den drei Jungfrauen* sah aus wie eine Räuberspelunke. Als Otto die schummrige Schankstube betrat, kam ihm gleich der Wirt entgegen, der eine schwarze Binde über einem Auge trug und dessen Kinn von Bartstoppeln bedeckt war. Unter dem rußigen Rauchfang im hinteren Teil des Raums stand eine dünne Frau mit Warze auf der Wange an der Feuerstelle und rührte mit verkniffener Miene etwas im Kessel um. Sonst war niemand in der Gaststube.

»Wo hast du die anderen beiden Jungfrauen?«, fragte Otto schmunzelnd.

Der einäugige Wirt sah ihn einen Moment verständnislos an, dann blickte er zu seiner Frau hinüber und brummte, dass ihm eine fürs Erste genüge. Freundlich grinsend fügte er hinzu, falls der verehrte Gast aber welche kenne, dann tausche er seine gerne gegen sie aus.

»Kann sie denn wenigstens kochen?«, fragte Otto zum Scherz, während er sich an dem Tisch neben der Tür niederließ.

»Und ob! Probiert, und Ihr werdet sehen. Wer einmal vom Essen meiner Frau gekostet hat, dem schmeckt's woanders nicht mehr.«

»Dann will ich einmal kosten, was dort im Kessel köchelt«, meinte Otto etwas argwöhnisch. »Und dazu nehme ich ein Bier.«

Der einäugige Wirt verbeugte sich und eilte zu einem Bottich in der Ecke, aus dem er ein dickflüssiges, sämiges Bier in einen Krug schöpfte. Er raunzte seiner Frau zu, sie solle eine Suppe bringen, und kam zum Tisch zurück, wo er den Bierkrug vor Otto hinstellte und die Hand ausstreckte. Bei ihm zahle man im Voraus, murmelte er, und alles zusammen mache einen Silberling.

Otto band den Beutel an seinem Gürtel auf und holte zehn Kupferlinge heraus, die er dem Wirt mit der Bemerkung reichte, das sei mehr als genug, und wenn er sich damit nicht zufriedengebe, dann würde er eben wieder gehen. Für einen Silberling müsse ihm schon ein königliches Festmahl serviert werden, und wenn der Wirt ihn bestehlen wolle, solle er das lieber wie ein richtiger Kerl tun und ihm im Wald mit einer

Axt auflauern. Der Wirt mit der schwarzen Augenbinde brach in dröhnendes Gelächter aus, raffte die Kupfermünzen zusammen und gab seiner Frau einen Wink. Die brachte eilfertig eine große Schüssel mit einer dicken, dampfenden Suppe herbei, die nach Gewürzen und Rauchfleisch duftete.

Otto nahm einen Löffel voll, blies eine Weile darauf und probierte dann. Ein Lächeln breitete sich auf seinem Gesicht aus, und er nickte der Wirtin zufrieden zu. »Dein Mann hat nicht gelogen, du kochst wirklich ausgezeichnet.«

Auch sie nickte, als verstünde sich das von selbst, und schlurfte zurück zur Feuerstelle. Otto wandte sich an den Wirt: »Ich hätte noch eine Frage.«

Der Wirt setzte sich zu ihm und erwiderte gutmütig: »Ich erkläre Euch gerne den Weg.«

»Es geht mir nicht um den Weg, sondern um eine Edeldame, die hier in der Nähe von einem Werwolf getötet wurde.«

»Sicher meint Ihr die Schwägerin unseres Burggrafen«, erwiderte der Wirt prompt, dann rief er seiner Frau zu, auch ihm ein Bier zu bringen. »Was ist mit ihr?«

»Das würde ich selbst gerne wissen. Nach Aussagen von Herrn Zirro hat sie auf Burg Hohlenstein übernachtet, wo sie mit ein paar unbekannten Männern eintraf. Zwei Tage später wurde sie von dem Werwolf überfallen. Dabei dauert der Weg von Hohlenstein nach Blanseck nicht einmal eine halbe Tagesreise. Wo kann sie in der Zwischenzeit gewesen sein?«

»Was fragt Ihr mich?«, antwortete der Wirt mehr erstaunt als empört.

»Ich dachte, sie könnte vielleicht bei dir Station gemacht haben«, meinte Otto vorsichtig.

Der Wirt zuckte mit den Schultern. »Und wenn schon. Mit einem, der knausert und die Zeche nicht anständig zahlen will, unterhalte ich mich nicht über solche Dinge.«

»Und wenn ich nicht knausere?«

»Dann fällt mir vielleicht das eine oder andere wieder ein.«

Otto öffnete noch einmal seinen Beutel und warf eine Handvoll Kupferlinge auf den Tisch.

Der Wirt sammelte die Münzen in seine schmutzige Hand und sagte zufrieden: »Nun, mein Herr, das war so: An dem Tag, als Frau Katharina von Burg Hohlenstein aufbrach, gab es ein schreckliches Gewitter. Es goss in Strömen, und es stürmte so, dass es Bäume umwarf. Hier im Bergland sind die ersten Sommergewitter besonders heftig. Also hat Frau Katharina in meinem Gasthaus Rast eingelegt. Sie war völlig durchnässt und verfroren.«

»Ist sie denn alleine geritten?«

»Nein, Ihr wisst ja, dass sie von ein paar Männern begleitet wurde. Drei waren es, und zufällig kenne ich sie. Es sind Tuchmacher aus Iglau, ein Vater und seine Söhne.«

»Und als das Unwetter vorbei war, sind sie zusammen weitergereist?«

Der Wirt schüttelte den Kopf. »Seltsamerweise nicht. Sie hatten erzählt, sie seien schon seit Olmütz zusammen unterwegs, aber bei mir haben sich ihre Wege getrennt. Ein Fremder kam zu Frau Katharina und redete lange mit ihr. Da ist der Iglauer Tuchmacher mit seinen Söhnen alleine aufgebrochen.«

»Und Katharina?«

»Sie wartete ab, bis ihre Kleider getrocknet waren, und brach gegen Abend zusammen mit dem Fremden auf. Nach Burg Blanseck ist es von hier eine gute Stunde zu Fuß, aber dorthin begab sie sich gar nicht. Die Leute aus dem Dorf haben erzählt, sie hätten sie mit dem Fremden in die Hohlensteiner Richtung zurückreisen sehen.«

»Wie sah der Mann aus?«, wollte Otto wissen. Seine Schüssel war leer, und weil die Suppe so gut geschmeckt hatte, leckte er den Löffel gründlich ab.

»Er trug einen langen grauen Mantel mit einer Kapuze«, erinnerte sich der einäugige Wirt. »Aber sonst war er nicht besonders auffällig. Eher dünn als dick. Ehrlich gesagt, habe ich ihn nicht weiter beachtet. Ich erinnere mich nur, dass er ohne Protest einen Silberling für die Bewirtung gezahlt hat«, fügte er noch in vorwurfsvollem Ton hinzu.

Seine Frau erschien am Tisch, nahm etwas Unverständliches murmelnd die leere Schüssel mit und ging damit zur Feuerstelle, wo sie mit hölzernem Schöpflöffel eine weitere Portion hineingoss. Als sie damit zurückkam, sagte sie: »Der Mann muss ein Edelherr gewesen sein, denn er hatte so feine Hände. Und gebildet hat er gesprochen. Nur seine Augen waren mir nicht geheuer. Mit dem würde ich nicht allein in den Wald gehen.«

»Als wenn ihm daran gelegen wäre!«, schnauzte der Wirt seine Frau an und befahl ihr, zu ihrem Kessel zurückzukehren.

Doch sie hörte nicht auf ihn und fuhr in aller Ruhe fort: »Ich habe ein bisschen von ihrem Gespräch mitbekommen. Sie haben über Geld geredet. Ich erinnere mich ziemlich sicher, dass der Fremde sie gefragt hat, warum er teilen sollte.«

»Teilen mit wem?«

»Woher soll ich das wissen«, entgegnete sie schroff. »Ich koche hier nur.« Und damit wandte sie sich ab und kehrte zur Feuerstelle zurück.

Otto stellte noch verschiedene Fragen, konnte aber nicht mehr in Erfahrung bringen. Schließlich stand er auf und verabschiedete sich. Während er über den Dorfplatz schlenderte, dachte er darüber nach, was Frau Katharina dazu gebracht haben mochte, wieder umzukehren, wo sie doch Burg Blanseck schon so nah gewesen war, wo ihr Schwager, der Burggraf, sie erwartete. Noch dazu, wenn es geregnet hatte. Sie musste den Fremden gekannt haben, sonst hätte sie ihm nicht vertraut und wäre auch sicher nicht mit ihm in den Wald gegangen. Was hatte sie dort gesucht? Ihre Vertrauensseligkeit hatte sie das Leben gekostet.

Der Knappe führte sein Pferd am Zügel, während er den sandigen Weg zurück nach Slaup zu Fuß ging. In Suchdol hatten die Leute sich auf seine Fragen an nichts weiter erinnert, als dass die arme Frau von dem Werwolf getötet worden war. Weil es noch nicht einmal Mittag war und Otto keine Eile hatte, kam er auf die Idee, nach der schwarzlockigen Marei Ausschau zu halten, die er gestern bei dem Opferstein im Wald getroffen hatte. Etwas Geheimnisvolles war von ihr ausgegangen, das ihm keine Ruhe ließ. Er zögerte noch, ob es zu waghalsig wäre, aber dann beschloss er, es zu riskieren, nach Schoschuwka zu reiten. Er stieg auf sein Pferd und trabte los.

Kurz vor Slaup erblickte er etwas entfernt eine Schar von Dörflern und dazu einige Reiter mit dem Wappen des Olmützer Bischofs. Was sie wohl auf dem Hohlensteiner Gebiet zu suchen hatten? Er zerbrach sich nicht weiter den Kopf darüber, denn er konnte es kaum erwarten, das Mädchen wiederzusehen, und wollte einfach nur an ihnen vorbeireiten.

Doch die Menschen bemerkten ihn, zwei der berittenen Söldner galoppierten auf ihn zu, und hinter ihnen kamen die Dörfler mit Stöcken in der Hand. Otto zügelte sein Pferd und fragte empört, was das zu bedeuten habe.

»Das ist er!«, rief einer der Männer. Noch hätte Otto sein Pferd wenden, ihm die Sporen geben und davongaloppieren können, aber es kam ihm albern vor, schließlich hatte er nichts verbrochen. Sicher handelte es sich um ein Missverständnis, und sobald sich alles aufgeklärt hätte, würde er von den Leuten vielleicht etwas erfahren können, was für seine Ermittlungen nützlich war.

Die bischöflichen Söldner umringten ihn schweigend auf ihren Pferden. Als die aufgebrachten Slauper bei ihnen anlangten, schwang einer der Dörfler seinen Knüppel so hart, dass er Otto aus dem Sattel schlug und der Knappe zu Boden stürzte. Wahrscheinlich hätten die Dörfler ihn gleich totgeschlagen, wenn die Söldner sie nicht mit dem Schwert vertrieben hätten.

Als sich die Lage ein wenig beruhigt hatte, rappelte Otto sich auf und fragte wütend, was denn eigentlich los sei. Die Söldner sagten jedoch weiterhin nichts, stattdessen packte einer von ihnen seine Arme, zwang sie hinter seinen Rücken und begann ihn zu fesseln. Eigentlich hätte Otto sich wehren können, immerhin trug er ein Schwert am Gürtel und hatte gute Aussichten, sich bis in die Freiheit durchzuschlagen. Doch dann hätte er als Geächteter gegolten, und auch wenn er hier in Mähren ein Fremder war, glaubte er immer noch, dass sich alles aufklären würde.

Der Söldner hievte ihn hoch und warf ihn wie einen Sack auf den Rücken seines Pferdes, worauf der Reitertrupp sich in Bewegung setzte und nach Slaup preschte. Im Hof der örtlichen Schenke stand ein Karren bereit, dessen Boden dünn mit Stroh bedeckt war, auf den warfen sie den Knappen nun. Den aufgeregten Gesprächen der Leute entnahm Otto, dass kurz zuvor wieder eine Frau vom Werwolf überfallen worden war und alle ihn für das Ungeheuer hielten.

Er versuchte, ruhig zu bleiben, schließlich konnte er leicht beweisen, dass er sich die ganze Zeit über im Gasthaus von Suchdol aufgehalten hatte, und damit den Irrtum aus der Welt schaffen. Der Karren setzte sich in Bewegung, und die Söldner ritten neben ihm her, um ihn vor der Meute zu beschützen. Die Dörfler riefen Otto wüste Beschimpfungen nach, wagten jedoch nicht, ihn anzugreifen. Nachdem der Wagen die Ortschaft durchquert hatte, bogen sie auf einen Seitenweg ab. Otto wurde bewusst, dass man ihn weder nach Burg Hohlenstein noch nach Blanseck brachte, und erst jetzt bekam er es mit der Angst zu tun.

Sowohl Zirro von Hohlenstein als auch Idik von Schwabenitz hätten ihn als Gefangenen anständig behandelt, weil sie wussten, dass er zum königlichen Prokurator gehörte, und sicher hätten sie ihn gleich freigelassen, sobald sich das Missverständnis aufgeklärt hätte. Doch die Söldner brachten ihn an einen anderen Ort, was seine Aussichten auf eine Freilassung minderte, außerdem bestand die Gefahr, dass sein Herr Ulrich von Kulm nichts von seiner Gefangennahme erfuhr. Das bedeutete, dass Otto einfach so verschwinden konnte, wie in den Wäldern der Gegend schon so viele Menschen verschwunden waren. Allenfalls fand man eines Tages in der Nähe irgendeines Weges ihre Leiche. So wie man den armen Kerl ohne Kopf gefunden hatte.

Otto probierte unauffällig aus, ob er seine zusammengebundenen Hände vielleicht freibekam, aber vergeblich, sie hatten ihn gut gefesselt. Inzwischen brannte die Mittagssonne unerbittlich auf den Karren herab, weshalb Otto bald schweißüberströmt war und seine Kehle sich immer trockener anfühlte. Panik befiel ihn.

»Lasst mich frei!«, schrie er. Doch die Söldner verharrten in ihrem unheilvollen Schweigen; ihr Anführer hob nur kurz die Hand, um den Trupp zum Stehen zu bringen, und einer der Männer drehte aus einem schmutzigen Stück Leinen einen Knebel, den er dem Knappen in den Mund stopfte.

Nach einer zermürbenden Fahrt, während der Otto jedes Zeitgefühl verlor, tauchte vor ihnen auf einer Anhöhe ein Erdwall mit einer Palisade auf. Dieser Ort kam Otto bekannt vor, und im nächsten Moment begriff er, dass er in Raitz war. Nur kamen sie diesmal aus der entgegengesetzten Richtung, nicht von der Zwitta her. Der Weg führte bis zu dem Hügel hinauf, auf dem die kleine bischöfliche Feste stand.

Dort hielt der Trupp schließlich im Hof. Einer der Söldner löste die Fesseln an Ottos Füßen und zog ihm den Knebel aus dem Mund, seine Hände ließ er jedoch gefesselt. Zwei andere packten den Knappen unter den Achseln und zerrten ihn durch den Eingang des Gebäudes in einen Saal im Erdgeschoss. Dort saßen zwei Männer an einem Tisch. Der eine war militärisch gekleidet und trug ein Panzerhemd, der andere ein violettes Klerikergewand, eine goldene Kette mit einem Kreuz und auf dem Kopf eine kleine Kappe. Eine markante Nase ragte aus dem dünnen Gesicht wie der Schnabel eines Raubvogels, und seine Lippen waren streng zusammengekniffen, während seine grauen Augen ins Leere zu blicken schienen. Neben einer Säule standen weitere Leute, unter denen Otto Dippold, den Dorfschulzen von Schoschuwka, erkannte. Und weiter hinten entdeckte er in einem dunklen Winkel Hartman von Hohlenstein, Zirros Sohn, was Otto unendlich erleichterte. Wenigstens jemand, der ihn kannte!

Der Mann im Panzerhemd, der Ottos Vermutung nach der Burggraf von Raitz war, erhob sich, um die Verhandlung zu eröffnen. Offenbar war er mit den Gepflogenheiten eines offiziellen Verfahrens nicht sehr vertraut, denn er redete munter drauflos: »Dieses Gerichtstribunal leitet der ehrwürdige Pater Leonhard, der als Beichtvater Seiner Gnaden des Bischofs das volle Vertrauen der Kirche genießt. Darüber hinaus ist er mit der inquisitorischen Aufsicht über die Olmützer Diözese betraut, und es ist ein glücklicher Zufall, dass er itzo hier in Raitz weilt. So können wir diesen vom Teufel besessenen Unhold schnell seiner gerechten Strafe zuführen.« Er bekreuzigte sich fromm und setzte sich erleichtert hin.

Schweigen machte sich im Saal breit. Erst als Pater Leonhard leise hüstelte, trat Hartman von Hohlenstein nach vorne, um eilig die Anklage vorzutragen. Er beschuldigte Otto, heute Morgen auf seinem Herrschaftsgebiet als Werwolf gewütet und eine Untertanin getötet zu haben.

»Das ist eine Lüge!«, schrie Otto erbost. Aber bevor er noch mehr sagen konnte, warf ihn der Söldner, der hinter ihm stand, zu Boden und zwang ihm wieder den Knebel in den Mund.

»Freilich muss jede Schuld nachgewiesen werden«, erwiderte der Beichtvater des Bischofs freundlich. »Hast du, edler Hartman, einen Beweis für deine Behauptung?«

»Gewiss«, antwortete der junge Mann ehrerbietig. »Ein Bediensteter meiner Burgbesatzung hat diesen Mann gesehen. Er hat ihn gleich erkannt, da er sich schon öfter mit ihm unterhalten hatte.«

»Diesen Zeugen würde ich gerne anhören«, sagte Pater Leonhard und seufzte tief, um allen deutlich zu machen, was für eine schwere Entscheidung er treffen musste.

Jetzt trat Erhard hinter der Säule hervor. Der bullige Burgwächter, dem Otto erst am Vortag im Beisein von Šonka und Wolfgang eine Abreibung verpasst hatte, warf keinen Blick auf den gefesselten Knappen. Er ging zu seinem Herrn, kniete nieder und leierte, während er angestrengt auf den Boden blickte, seine Zeugenaussage herunter, mit der er das Gesagte bestätigte.

Pater Leonhard, der dem Burgwächter aufmerksam zugehört hatte, faltete die Hände und sprach ein leises Gebet. Dann verkündete er, die Beweise lägen klar auf der Hand und er sehe kaum noch eine Möglichkeit, wenigstens die Seele des vom Weg abgekommenen jungen Mannes zu retten, selbst wenn es ihm unendliche Pein bereite. Er gab dem Söldner neben Otto ein Zeichen, dem Gefangenen den Knebel zu entfernen, dann wandte er sich direkt an ihn: »Gestehe, mein Sohn. Nur dann erlangst du Erlösung trotz all der Grausamkeiten, die du unter dem Einfluss des Teufels begangen hast.«

»Es ist alles eine Lüge! Ich schwöre, ich habe nichts getan. Und ich kann es beweisen! Zu der Zeit, in der dieser elende Lügner mich angeblich dabei beobachtet hat, wie ich eine Frau umbringe, war ich ganz woanders. Bezeugen kann dies …«

Auf einen Wink Pater Leonhards brachte der Söldner den Knappen erneut zum Schweigen, indem er ihm rücksichtslos den Knebel in den Mund stopfte.

»Er hat schon einmal hier in Raitz gemordet«, brachte der Burggraf in Erinnerung. »Da hat er ein Mädchen aus dem Ort getötet. Und in jener Nacht war er hier, das kann er nicht leugnen!«

»Mir bleibt nichts anderes übrig, meine Brüder in Christo, als eine Entscheidung zu treffen, wie sie mir der Herr, mein Gewissen und das kanonische Gesetz auferlegen«, verkündete Beichtvater Leonhard mit trauriger Miene. »Morgen bei Sonnenaufgang wird der Delinquent auf dem Scheiterhaufen verbrannt. Gott sei seiner Seele gnädig. Amen!«

Da die Raitzer Festung nicht sehr groß war und keinen eigenen Kerker besaß, brachte man Otto zum Torhaus, wo man ihn in einer kleinen Kammer hinter der Wachstube einschloss. Es war ein fensterloser Raum, der vor Dreck starrte und stank. Otto setzte sich auf den kalten Boden und wurde furchtbar wütend auf sich selbst. Er hätte sich denken können, dass unter dem Bischof von Olmütz Gerechtigkeit nicht das Gleiche bedeutete wie unter der Fürsorge seines Herrn Ulrich von Kulm.

XIV. KAPITEL

Ulrich wich bis zum Stamm einer mächtigen Buche zurück, um wenigstens von hinten Deckung zu haben. Er war entschlossen, seine Haut teuer zu verkaufen. Zu seiner Verwunderung wirkten die Räuber, die ihn eben noch überfallen hatten, erschrocken. Wenigstens ein Gutes, dachte er, denn das hieß, dass sie nicht mit den Reitern unter einer Decke steckten, die ihn seit dem Morgen verfolgten. Was würde als Nächstes passieren?

Der Jüngere der beiden Reiter griff blitzschnell zu seiner Armbrust. Da die Sehne schon gespannt war, brauchte er nur einen Pfeil einzulegen, zielte und schoss. Einer der Räuber schrie vor Schmerz auf und sackte zu Boden. Der Pfeil hatte ihn unterhalb der Schulter in die Brust getroffen. Seine verbliebenen beiden Kumpane warteten gar nicht erst ab, sondern rannten davon, tiefer in den Wald hinein.

Ulrich griff erneut nach seinem Schwert, um die feindlichen Reiter abzuwehren. Diese beiden waren entschieden gefährlicher als die Räuberbande, und er fixierte sie grimmig, um abzuschätzen, welcher der beiden ihn zuerst angreifen würde.

Doch der Reiter mit der Armbrust senkte seine Waffe und sagte zufrieden: »Jetzt geben sie wohl Ruhe. Wo habt Ihr Euer Pferd, edler Herr?«

Das klang kein bisschen feindlich.

»Wer seid Ihr?«, knurrte Ulrich, ohne das Schwert zu senken. »Warum seid Ihr mir gefolgt?«

»Mir scheint doch, wir sind gerade rechtzeitig gekommen«, entgegnete der ältere Reiter, sprang von seinem Pferd und warf die Zügel über den Ast eines Baumes. Ohne sein Schwert zu ziehen, eilte er zu dem verletzten Räuber. Er kniete sich neben ihm ins Gras, riss sein Hemd auf und zog geschickt den Pfeil aus der Wunde. Dann stillte er mit einem Stück Stoff die Blutung und verband die Wunde. Als der Verletzte aufhörte zu jammern, fragte er ihn barsch, warum seine Bande den königlichen Prokurator überfallen habe.

Der Räuber verzog das Gesicht. »Warum überfällt man wohl Leute?«, krächzte er. Trotz seiner Schmerzen und des Bewusstseins, dass ihn der Tod erwartete, gab er sich unerschrocken. Er war ein harter Kerl, und das Verlieren gehörte nun mal zum Handwerk.

»Du willst mir doch nicht weismachen, dass das eine zufällige Begegnung war! Wenn du uns alles erzählst, ersparst du dir unnötiges Leiden. Wir hängen dich rasch auf, und du hast es hinter dir. Wenn du uns aber Lügen auftischst, übergeben wir dich einem Henker, und unter der Folter wird dir sicher alles wieder einfallen, selbst das, was du nicht weißt!«

Ulrich lauschte gespannt. Offensichtlich hegten diese beiden, die seit dem Morgen hinter ihm her waren, keine feindlichen Absichten gegen ihn – was alles nur noch rätselhafter machte. Der jüngere Reiter mit der Armbrust war im Wald verschwunden und tauchte einige Minuten später wieder auf, Ulrichs Braunen an den Zügeln hinter sich herführend. Das Tier hatte sich wieder beruhigt und ging mit gesenktem Kopf, als würde es sich schämen. Ulrich übernahm die Zügel, tätschelte seinem Pferd den Hals und redete besänftigend auf es ein. Der Braune schnaubte ihn an und begann dann friedlich zu grasen.

Der verwundete Räuber war inzwischen zur Vernunft gekommen. Seine Situation war ohnehin aussichtslos, und ein schneller Tod war immer noch besser, als einem Henker in die Hände zu fallen. Also gestand er ihnen mürrisch, dass seine Bande im Auftrag eines Mannes gehandelt habe. Ein wohlhabend aussehender Fremder sei am Morgen in ihr Lager gekommen. Er schien den Räuberhauptmann gut zu kennen, denn er habe ihm vertraulich etwas zugeflüstert und ihm ein Geldsäckel in die Hand gedrückt. Daraufhin habe dieser ihnen befohlen, sich hier bei der Weggabelung auf die Lauer zu legen und einen groß gewachsenen Reiter mit dunklem Bart auf einem braunen Pferd abzupassen, den sie überfallen und töten sollten. So sei es ja dann auch fast gekommen, nur hätten sie eben das Pech gehabt, dass zufällig die beiden bewaffneten Reiter des Weges gekommen seien.

»Pech für euch war es in der Tat«, sagte der ältere der beiden Männer. »Aber ein Zufall war es nicht. Der Herrgott hat unsere Schritte gelenkt. Dieser fremde Mann, der zu euch kam, wer war das?«

»Ich sagte doch, dass ich ihn nicht kenne. Er trug einen Mantel und eine Maske.«

»Und wo liegt euer Lager?«

»Jeden Tag woanders«, brummte der Räuber müde. »Die Zeiten sind schlecht. Heutzutage sind im Wald mehr Soldaten als Kaufleute unterwegs. Vermaledeites Leben!«

»Wie konnte euch dieser Fremde dann finden?«

»Es gibt ein Gasthaus in der Nähe von Proßnitz. Unser Hauptmann schickt dort gelegentlich seinen Adjutanten hin. Wenn einer was von uns will, gibt er ihm eine Nachricht mit. Und Očko hat diesen Mann mitgebracht.«

»Ist Očko die rechte Hand des Hauptmanns?«
»Jawoll! Und jetzt lasst mich in Frieden!«
»Noch eine letzte Frage: Wo befindet sich dieses Gasthaus?«
»Ich bin nur ein kleines Licht. Das wissen nur unser Hauptmann und Očko.«
Der Mann mit dem Bischofswappen auf dem Umhang nickte, stand auf und ging zu seinem Pferd, aus dessen Satteltasche er ein Seil herausnahm. Er knüpfte das Ende zu einer Schlinge und warf sie über den dicken Ast einer Eiche.
»Ihr wollt ihn doch nicht ohne gerichtliches Urteil hängen?«, fragte Ulrich überrascht.
»Was braucht es ein Gericht? Er hat gestanden und sich letztlich selbst für das Hängen entschieden«, entgegnete der Fremde ungerührt. Mit der Hilfe seines jüngeren Gefährten hievte er den gefesselten Räuber auf eines der Pferde, ohne den Protest des königlichen Prokurators zu beachten, dann sprach er ein kurzes Gebet, legte dem Räuber die Schlinge um den Hals und patschte dem Pferd auf den Hintern. Das erschrockene Tier machte einen Satz, der Räuber glitt von seinem Rücken und blieb an dem schwingenden Seil hängen. Ganz offensichtlich waren die beiden Männer in derlei Dingen erfahren. Der Räuber war augenblicklich tot.
»Lassen wir ihn zur Abschreckung der anderen hier hängen«, sagte der ältere Reiter. Dann wandte er sich Ulrich zu und stellte sich mit einer kleinen Verbeugung vor: »Mein Name ist Militsch. Mein Begleiter hier ist Sigismund, der Anführer meines Gefolges. Ich befinde mich auf dem Rückweg von Kloster Tischnowitz und habe gestern bei meinem Sohn, dem Burggrafen Idik, auf Burg Blanseck Station gemacht …«
»Ihr seid der Vater Idiks von Schwabenitz?«, unterbrach Ulrich ihn verblüfft.

Militsch nickte freundlich. »Er hat mir von Euch erzählt und bat mich, ein Auge auf Euch zu haben, denn er befürchtete genau so etwas, wie es nun auch eingetreten ist. Allerdings habt Ihr Eure Spuren gründlich verwischt, und ich muss zugeben, es hat uns einige Mühe gekostet, Euch auf der Fährte zu bleiben. Warum seid Ihr vor uns geflohen?«

»Vielleicht, weil Euer Sohn mir zu sagen vergaß, dass er mir einen Geleitschutz schickt«, knurrte Ulrich. »Da ich mich verfolgt fühlte, habe ich mich so verhalten, wie es jeder vernünftige Mensch getan hätte.«

»Ich kam erst nach Eurer Abreise auf Burg Blanseck an«, erklärte Militsch von Schwabenitz zu seiner Entschuldigung. »Und heute Morgen seid Ihr von Hohlenstein schon aufgebrochen, bevor wir dort ankamen. Wir haben uns knapp verpasst, und so dachte ich mir, wir holen Euch ein und reiten dann zusammen weiter.«

Ulrich lächelte. »Tja, es war ein amüsantes Fangenspiel«, sagte er freundlich. »Ich bin dankbar, dass Ihr meine Fährte wieder aufgenommen habt. Ihr seid wirklich im rechten Moment gekommen.«

»Nun ja«, erwiderte Militsch höflich, »sicher hättet Ihr Euch auch ohne uns verteidigt.«

»Warum tragt Ihr das Wappen des Olmützer Bischofs auf Euren Umhängen?«, wollte Ulrich wissen. »Dient Ihr ihm denn auch?«

»Mein Sohn hat uns diese Umhänge gegeben. Er meinte, es sei sicherer. So fallen wir in den Ländereien der Diözese weniger auf. Und wir sollten uns am ehesten vor den Klerikerkreisen um Bruno von Schauenburg in Acht nehmen. Idik hat mir von seinen Vermutungen erzählt, und falls er recht hat, seid sowohl Ihr als auch er in Gefahr! Übrigens habe ich in der Satteltasche auch für Euch so einen Umhang. Wir werden

Euch bis nach Olmütz begleiten, denn dorthin seid Ihr doch unterwegs, nicht wahr?«

»Ich möchte Euch nicht zur Last fallen«, murmelte Ulrich verlegen. Er war alleine losgeritten, damit Zirro von Hohlenstein nicht über jeden seiner Schritte informiert war, und nun sollte er unter der Aufsicht von Idiks Vater weiterreiten! Aber er wusste, dass es keinen Sinn hatte zu protestieren.

»Ihr fallt uns kein bisschen zur Last«, beteuerte der Ältere lächelnd. Trotz seiner Falten um Augen und Mund wirkte er jünger, als er eigentlich sein konnte. Seine große schlanke Gestalt, die edlen Züge und das längere dunkle Haar, das nur von wenigen Silberfäden durchzogen war, verliehen ihm eine jugendliche Erscheinung. In seinen jungen Jahren musste er ein schöner Mann gewesen sein, und etwas von dieser Eleganz hatte auch sein Sohn Idik geerbt. »Wie gesagt, es ist keine Frage von Geselligkeit oder Höflichkeit«, beharrte er, »sondern es geht hier um die Sicherheit meines Sohnes und, wie wir vorhin gesehen haben, auch um Eure.«

»Wie konnte der Unbekannte mit der Maske denn wissen, dass ich hier entlangreiten würde?«, fragte Ulrich nachdenklich.

»Offenbar wisst Ihr nicht, dass Ihr gegenwärtig die größte Attraktion dieser Gegend seid, Herr Prokurator! Euer Besuch ist in aller Munde. Von Eurem Ritt nach Olmütz wurde schon während des Abendessens auf Burg Blanseck gesprochen. Und auf Burg Hohlenstein war davon ebenfalls die Rede. Fast jeder wusste davon. Und denkt daran, dass der Olmützer Bischof über den Großteil der Gegend herrscht und fast alle hier in seinen Diensten stehen. Ihr solltet vorsichtiger sein. Mähren ist nicht Böhmen!«

Ohne weitere Zwischenfälle erreichte Ulrich in Begleitung von Militsch und Sigismund noch am selben Abend die Stadt Olmütz. Die Olmützer Burg war eine überwältigende Anlage, die einst von den Přemyslidenfürsten erbaut, mit der Zeit aber vom Olmützer Bischof dominiert wurde. Schon zu Zeiten von König Ottokars Vater Wenzel hatte man die Burg in einen kirchlichen und einen königlichen Palast aufgeteilt. Während Bruno von Schauenburg den bischöflichen Teil noch erweiterte, verkam der monarchische Teil. Man hatte den ursprünglichen Přemyslidenpalast zwar vor einigen Jahren erneuert, aber nur in bescheidenem Umfang, denn auch wenn der König formal den Titel des Markgrafen von Mähren trug, besuchte er Olmütz nur selten. Der Einfluss des Bischofs auf die Olmützer Region war also größer als der des Monarchen. Und im ehemaligen Königspalast saß fast immer nur der Burggraf Jan.

Dieser kam Ulrich in einem langen Brokatmantel und einer Silberkette um den kurzen Hals entgegen und begrüßte ihn außergewöhnlich herzlich, obwohl er ihn kaum kannte. Offenbar freute er sich über jeden Besucher, der aus Prag kam.

Nachdem sie das Begrüßungszeremoniell hinter sich gebracht hatten, sagte Burggraf Jan, dessen große blaue Augen besorgt blickten: »Ich ahne, was Euch hierherführt, und Ihr wisst gar nicht, wie sehr mich die Sache selbst umtreibt! Ich habe versucht, etwas über den Verbleib des Beutesilbers herauszufinden, allerdings erfolglos. Es ist, als hätte der Erdboden die Truhen verschluckt. Wie gut, dass Ihr gekommen seid!«

»Nun, ich bin nicht allwissend, und meine Möglichkeiten sind begrenzt ...«, sagte Ulrich bescheiden. Dennoch freute er sich über die freundlichen Worte des Burggrafen und musterte interessiert dessen rundes, hellhäutiges Gesicht, das von schütterem blonden Haar umgeben war. Burggraf Jan sah aus wie die Güte in Person. Allerdings musste er auch ihn zu den Verdächtigen zählen, schließlich war er einer der wenigen, die von dem geplanten Transport der Geldtruhen gewusst hatten. Wenn er auch vielleicht nicht selbst hinter dem Überfall steckte, so konnte er doch jemandem unbedacht die geheime Information verraten haben. Es fragte sich also, ob sein Ausdruck naiver Gutmütigkeit echt war oder Tarnung.

Der Blick des Burggrafen ruhte erwartungsvoll auf dem königlichen Prokurator, als hoffte er, dass dieser den Täter nun sofort überführen würde. »Womit wollt Ihr beginnen, edler Herr?«

»Nun, ich werde erst einmal mein Gepäck unterbringen und dann Olmütz besichtigen«, entgegnete Ulrich ruhig. »Immerhin bin ich zum ersten Mal in dieser prächtigen Stadt.«

»Gewiss, gewiss«, sagte Burggraf Jan mit einer Verneigung. »Wenn Ihr möchtet, kann Euch mein Knappe begleiten. Er ist hier geboren und kennt jeden Winkel.«

Doch da meldete sich Militsch von Schwabenitz zu Wort, der bisher schweigend beiseite gestanden hatte: »Ich werde den Herrn Prokurator begleiten, denn ich kenne die Stadt ebenso gut!« Ihm war anzusehen, dass er den Burggrafen nicht besonders mochte, und er gab sich auch keine Mühe, es zu verbergen.

XV. KAPITEL

Otto saß in der dunklen Kammer hinter der Wachstube und überlegte verzweifelt, wie er aus seiner fatalen Lage wieder herauskommen sollte, in die er durch eigene Dummheit hineingeraten war. Denn was war es anderes als törichte Arglosigkeit gewesen, sich auf die Justiz zu verlassen, solange sie nicht von seinem Herrn vertreten wurde?

Sein fensterloses Gefängnis bestand aus dicken Steinwänden, und hinter der Tür saß ein Söldner, der das Tor bewachte. Sie wirkte zwar nicht besonders stabil und ließe sich wahrscheinlich sogar aufbrechen, aber was nützte ihm das, solange er nur seine zwei Hände hatte und der andere bewaffnet war? Seine Lage war hoffnungslos, dennoch versuchte er sich der Verzweiflung nicht zu ergeben.

Zum Abendessen bekam er eine Schüssel mit Erbsenbrei, der nicht einmal schlecht schmeckte, dazu ein Stück Brot. Als er aufgegessen hatte, tauchte der Pfarrer von Raitz bei ihm auf, mit dem er ja bereits das Vergnügen gehabt hatte.

»Ich komme, dir letzten Trost zu bringen«, erklärte Pfarrer Peter, der sich trotz des traurigen Anlasses ein triumphierendes Lächeln nicht verkneifen konnte, war doch fast alles so gekommen, wie er gesagt hatte.

Otto spuckte verächtlich auf den Boden. »Ich habe kein Bedürfnis danach«, brummte er.

»Du wirst in der Hölle schmoren, wenn ich dir keine Absolution erteile!«, stieß Pfarrer Peter wütend aus.

»Wenn jemand in der Hölle schmoren wird, dann solche Leute wie du!«, erwiderte Otto und drehte ihm den Rücken zu, um kundzutun, dass er nicht weiter mit ihm zu diskutieren beabsichtigte. Er hörte den Pfarrer hinter sich zetern, dann die Türe zuknallen, anschließend senkte sich wieder Stille über den dunklen Raum. Der Besuch des Pfarrers hatte ihm endgültig die Stimmung verdorben, denn er hatte ihn an die unerfreuliche Tatsache erinnert, dass er am nächsten Morgen auf dem Scheiterhaufen sterben würde.

Otto setzte sich wieder auf den Boden, den Rücken gegen die Wand gelehnt, und nickte schließlich ein. Als er aufwachte, wusste er nicht, wie lange er geschlafen hatte, doch durch die verschlossene Tür hörte er gedämpftes Frauenkichern. Neugierig stand er auf und drückte sein Ohr an das Holz. In der Wachstube forderte eine melodische Mädchenstimme den Wächter dazu auf, noch einen Schluck Wein zu trinken, es gebe ja genug. Otto war sich nicht ganz sicher, glaubte aber, die Stimme der Kaufmannstochter Radana zu erkennen.

Aufgeregt blieb er an der Tür stehen und lauschte. Tatsächlich, das war sie! Es passte ihm nicht, dass sie mit dem Kerl dort draußen herumtändelte. Natürlich wusste er, dass sie nicht wegen des trinkfreudigen Wächters hier war, aber er stellte sich trotzdem nicht gerne vor, wie sie den ungewaschenen bärtigen Kerl anlachte, sich von ihm streicheln und vielleicht sogar küssen ließ. Die Stimmen hinter der Tür wurden leiser, und er konnte kaum noch verstehen, was sie sagten. Er hörte nur, dass der schon lallende Wächter Radana zu überreden versuchte, ihre Kleider auszuziehen, und sie ihm lachend versprach, es zu tun, sobald er ausgetrunken habe.

Dann ertönte ein Knarren, gleich darauf ein dumpfes Poltern, grobes Fluchen und Türenknallen. Otto bekam Angst, dass der betrunkene Wächter Radana etwas angetan haben könnte, und stemmte sich gegen die Tür, um sie aufzubrechen. Da hörte er den Riegel scharren, und im nächsten Moment ging die Tür seiner Gefängniszelle auf, und Radana stand vor ihm.

Sie hatte ein vom Wein erhitztes Gesicht und leuchtende Augen, bedeckte sich mit der einen Hand züchtig die Brust, wo die Schnüre der Tunika aufgebunden waren, und legte mit der anderen einen Finger an den Mund, damit Otto keinen Laut von sich gab. Unter ihrem Rock holte sie einen kurzen Dolch hervor, den sie dort versteckt hatte. Sie reichte ihn dem Knappen und flüsterte: »Er ist hinausgegangen, um sich zu erleichtern. Ich lasse die Tür unverriegelt. Wenn er zurück ist, versuche ich ihn irgendwie abzulenken. Und sobald ich dir ein Zeichen gebe, kommst du heraus und tötest ihn. Aber es muss leise vor sich gehen!«

Damit zog sie die Tür wieder zu, ohne jedoch den Riegel ins Schloss zu schieben.

Otto nahm den Dolch fest in die Hand, und die Berührung des kalten Metalls brachte ihn wieder zur Vernunft. Die Zudringlichkeiten des betrunkenen Wächters machten ihn zwar furchtbar wütend, doch er wollte nicht sein Blut an den Händen haben. Um zu fliehen, würde es genügen, ihn bewusstlos zu schlagen.

Erneut drückte er sein Ohr an das Holz und horchte. Er hörte das Knarren der äußeren Tür der Wachstube und gleich darauf ein kehliges, raues Männerlachen. Der Wächter brabbelte verworren, wie schön Radana sei, dann befahl er ihr schroff, das Kleid auszuziehen. Otto hatte große Lust, gleich in die Stube hineinzustürmen, doch er hörte, wie Radana den Wächter kichernd umschmeichelte, das habe doch keine Eile, er solle sie erst einmal küssen und liebkosen, und darauf blieb es eine Weile still.

Dann wieder Radanas Stimme: Sie bat den Wächter, sich umzudrehen, da sie sich schäme. Der Betrunkene lallte etwas Unverständliches, wollte ihr aber offenbar nicht gehorchen. Sie diskutierten eine Weile hin und her, bis Radana sich etwas lauter äußerte: »Also gut, mein Lieber. Sollst was Hübsches sehen! Komm hierher, von hier kannst du besser gucken. Gleich fange ich nämlich an … Jetzt!«

Otto zögerte noch eine Sekunde, dann stieß er die Tür auf und stürmte mit dem Dolch in der Hand in die Wachstube, wo der Wächter gerade mit dem Rücken zu ihm die halb entkleidete Radana anstarrte. Hätte er Zeit gehabt, hätte Otto sie liebend gern ebenfalls betrachtet, so aber stürzte er sich auf den betrunkenen Söldner, umfasste von hinten seinen Hals und schlug ihm mit aller Kraft den Griff des Dolchs gegen die Schläfe. Ohne einen Laut von sich zu geben, ging der Mann zu Boden.

Radana zog sich rasch wieder an, etwas schwankend, weil sie es nicht gewohnt war, so viel zu trinken, wie sie es mit dem Wächter hatte tun müssen. Sie hickste und fragte Otto verärgert, warum er den widerlichen Trunkenbold nicht umgebracht habe.

»Er ist doch bewusstlos«, warf er ein. »Warum unnötig Blut vergießen? Ich fessele ihn, und bevor der Tag anbricht, werde ich über alle Berge sein.«

»Du wirst vielleicht über alle Berge sein, aber ich muss in Raitz bleiben! Sobald er wieder zu sich kommt, wird er sich an das Vorgefallene erinnern. Willst du, dass ich statt deiner hingerichtet werde?«

Daran hatte Otto nicht gedacht. Das änderte natürlich die Lage, und er sah nun auch keine andere Lösung. Er benutzte jedoch nicht den Dolch, den Radana mitgebracht hatte, sondern nahm das Kurzschwert, das dem Wächter gehörte, von der Bank und erstach ihn damit. So konnte es danach aussehen, als wäre Otto alleine aus seiner Gefängniszelle entkommen und hätte den Söldner im Gerangel getötet. Wohl war ihm bei der Sache jedoch nicht, und er bekreuzigte sich, während er ein schnelles Gebet für das Seelenheil des Toten sprach, dessen Namen er nicht einmal kannte.

Dann schlich er als Erster vorsichtig durch die Tür nach draußen, wo noch tiefe Nacht herrschte. So behutsam wie möglich öffnete er einen der Torflügel der Feste und ließ erst Radana hindurchschlüpfen, bevor er ihr folgte. Zügig schlichen sie von der kleinen bischöflichen Feste bis zu dem Ringwall der Ansiedlung. Es war keine weite Strecke, und da die Raitzer nachts nur am Tor Wachen postierten, würden sie wohl auch ungestört über die Palisade kommen.

»Am besten, ich verschwinde sofort von hier«, flüsterte Otto, während er Radana über die Holzpfähle half. Als sie hinunterspringen wollte, blieb sie mit dem Rock hängen und wäre unglücklich gefallen, wenn Otto sie nicht aufgefangen hätte. Wie von selbst schlangen sich ihre Arme um seinen Hals. Darauf wusste Otto nicht anders zu antworten als mit einem langen Kuss.

Nachdem Radana sich aus Ottos Umarmung gelöst hatte, verschwand ihr Lächeln schnell. »Ich habe Angst«, sagte sie.

»Es wird schon alles gut ... Woher wusstest du überhaupt, dass ich in der Feste gefangen saß?«

»Pfarrer Peter hat in der Schenke groß herumposaunt, dass man den Ketzer – damit meinte er dich – endlich gefasst hätte. Und er beschimpfte die anderen Kneipengäste, wenn sie damals schon auf ihn gehört hätten, als du und dein Herr hier durchgereist wärt, hätte nicht erst eine weitere junge Christin sterben müssen. Er hätte es ja gleich gesagt, dass einer von euch der Werwolf sei. Und dann hat er sich noch darüber ereifert, dass du die Beichte verweigert hättest. Das würde nur beweisen, was für ein ruchloser Unhold du seist. Dabei hat er erwähnt, wo du festgehalten wirst.«

»Wie gut, dass dieser Dummkopf so geschwätzig ist«, meinte Otto. Dann verfiel er in nachdenkliches Schweigen. Schließlich fragte er: »Willst du nicht zusammen mit mir fliehen?«

Radana verzog das Gesicht. »Wie stellst du dir das vor? Das würde doch einem Geständnis gleichkommen!«, sagte sie. Die Sorgen, die auf ihr lasteten, hatten sie schnell wieder nüchtern gemacht. »Lass uns lieber schnell weitergehen, damit uns niemand zusammen sieht.«

Sie erreichten das Anwesen ihres Vaters, des Kaufmanns Michael, wo noch tiefe Stille herrschte, huschten von hinten durch ein kleines Gatter und schlichen an der Scheune entlang über den Hof. Otto folgte Radana bis in ihre Kammer, wo sie vorsichtig die Tür schloss und ihre Truhe öffnete. Sie holte ein schlichtes Männergewand aus ungefärbtem grauen Leinen heraus, wie die Dörfler es zu tragen pflegten.

»Zieh das hier über, damit fällst du weniger auf. Vielleicht sollten wir auch deine Haare schneiden. Du trägst sie so lang wie eine Edelfrau. So laufen die Männer hier bei uns nicht herum …«

»Das ist die neueste deutsche Mode!«, protestierte Otto. Er war empfindlich, wenn jemand etwas an seinem Aussehen auszusetzen hatte, auf das er so viel gab.

»Du kannst sie ja so tragen, wenn du in Deutschland bist, aber jetzt bist du in Mähren«, sagte Radana unnachgiebig. Sie zog eine Schafschere aus der Truhe, griff in Ottos dichte blonde Mähne, und bevor er auch nur einen Mucks sagen konnte, hatte sie ihm schon eine Strähne abgeschnitten und nahm gleich darauf die nächste in Angriff.

»Bist du von Sinnen?« Der Knappe versuchte sich ihr zu entwinden, aber sie hielt ihn fest am Schopf gepackt. »Da hätte man mich doch lieber verbrennen sollen, als mich so zu verunstalten«, jammerte er leise, und Radana fragte sich, ob er das am Ende ernst meinte.

Sie arbeitete schnell und geschickt, und als sie fertig war, fegte sie das abgeschnittene blonde Haar in ein Tuch, um es am Vormittag unbeobachtet zu verbrennen.

»Sieh mal einer an, wie dir das steht«, sagte sie und konnte sich trotz der angespannten Situation ein ironisches Lächeln nicht verkneifen. »Wohin wirst du jetzt gehen?«

»Irgendwohin, wo es keine Menschen gibt«, brummte Otto. »Ich verstecke mich im Wald und warte einen Monat ab, bis mir das Haar nachgewachsen ist ...«

»Glaubst du wirklich, dass es bei einem Mann so sehr aufs Haar ankommt?«, fragte sie belustigt. Sie holte noch einen kleinen Lederbeutel aus der Truhe. »Hier drin sind vier Silberlinge. Mehr habe ich leider nicht. Nimm sie, denn ohne Geld wirst du nicht weit kommen.«

Otto lächelte sie dankbar an. Radana schien genau zu wissen, was sie tat, und wenn sie sich einmal zu etwas entschlossen hatte, konnte sie offenbar nichts aufhalten. Das war das Schwierige bei klugen Frauen: Er mochte es nicht, wenn sie Entscheidungen für ihn trafen, fühlte sich aber durch ihre Intelligenz angezogen. Auch jetzt konnte er nicht widerstehen, deshalb fasste er Radana um die Taille und blickte ihr einen Moment tief in die Augen. Er spürte ihren Atem und die festen Rundungen ihres jungen Körpers. Dann, nachdem er ihr über die Wange gestrichen und sie zart auf die Stirn geküsst hatte, ließ er sie los.

»Ich gefalle dir wohl nicht?«, sagte sie leise.

Er schüttelte verlegen den Kopf. »Darum geht es nicht. Du bist kein Mädchen, das sich nur schnell amüsieren will. Und ich bin auf der Flucht. Glaube mir, einen Freund kannst du leichter vergessen als einen Liebhaber. Du gefällst mir sehr, aber Gott hat uns den Verstand gegeben, damit wir erkennen, was in welchem Moment das Richtige ist. Sei mir nicht böse, Radana, aber jetzt ist nicht der Augenblick für ein Schäferstündchen. Vielleicht ein anderes Mal ...«

»Du weißt ja, wo meine Kammer ist«, flüsterte sie und senkte den Blick. »Gott möge dich begleiten. Und denke zwischendurch einmal an mich.«

Otto hätte am liebsten laut geflucht. Wie war das Leben doch verfuchst! Aber so war es nun einmal ... Wenig später kletterte er bereits über die Holzpfähle der Raitzer Palisade, rannte zum nahe gelegenen Waldrand und tauchte ins Unterholz ein. Erst jetzt hielt er schwer atmend inne. Er war in Sicherheit, und Radana ebenfalls, denn niemand würde auf die Idee kommen, seine Flucht mit ihr in Verbindung zu bringen.

Im Weitergehen grübelte er über alles nach, was passiert war. Noch nie zuvor hatte er jemanden getötet, der wehrlos war, und als Ritter musste er sich für seine Tat schämen. Aber es war auch eine Frage der Ritterehre, die Frau seines Herzens zu beschützen. War Radana die Frau seines Herzens? Wie auch immer: Sie hatte sich eigens in Gefahr begeben, um ihn zu befreien, deshalb war es seine Pflicht, alles für ihre Sicherheit zu tun – und sei es zu töten. Außerdem war das vergossene Blut des Wächters die Folge einer Situation, die nicht ihm anzulasten war, schließlich hatten andere ihn in diese bedrohliche Lage gebracht.

Was sollte er aber als Nächstes tun? Sein Herr Ulrich von

Kulm war nach Olmütz gereist, und es war ungewiss, wann er nach Hohlenstein zurückkehren würde. Auch der Schreiber Wolfgang war unterwegs. Also hatte Otto eigentlich nur zwei Möglichkeiten: Entweder begab er sich ebenfalls nach Olmütz, um dort nach seinem Herrn zu suchen – was freilich sehr riskant war, denn dann musste er durch bischöfliches Territorium wandern, und er hatte ja gerade erst festgestellt, wie rasch und rabiat die Beamten der Diözese agierten. Und am Ende verpasste er seinen Herrn womöglich noch.

Oder aber er harrte im Hohlensteiner Gebiet aus und wartete ab. Vermutlich wusste Zirro nichts von den Machenschaften seines Sohnes, würde er sich vor dem König doch damit höchst unbeliebt machen. Sicher hatte der junge Hartman auf eigene Faust gehandelt, um sich wegen des Mädchens an Otto zu rächen, das dieser ihm auf dem Frühlingsturnier abspenstig gemacht hatte. Hartman hatte wohl gehofft, bis sein Vater von der Sache erführe, wäre der Knappe bereits tot. Otto musste unbedingt zu Zirro von Hohlenstein gelangen, denn gewiss würde der ihm Zuflucht gewähren, wenn er ihm alles erklärte. Schon allein, um sich dem König gegenüber loyal zu zeigen und zu beweisen, dass er den Olmützer Bischof nicht fürchtete, würde der Burgherr sich für ihn einsetzen.

Otto wanderte unermüdlich die ganze Nacht hindurch und machte immer nur kurze Pausen. Am Himmel hatten sich dunkle Wolken zusammengezogen, und weder Mond noch Sterne waren zu sehen. Manchmal zog jäh ein kühler Wind auf. Für den Fußmarsch war das nach den stickig heißen Nächten eher angenehm, nur konnte er beinahe nicht sehen, wohin er trat. Einmal verlief er sich und fürchtete, zu tief in den Wald hineinzugeraten, weshalb er ein großes Stück der Strecke wieder zurückging.

Im Morgengrauen fing es leicht zu regnen an. Otto machte

einen Bogen um die Dörfer Slaup und Schoschuwka, und noch ehe die Menschen aufgestanden waren und aus ihren Häusern kamen, hatte er die Hohlensteiner Vorburg erreicht. Vorsichtig eilte er an den niedrigen Holzhäuschen vorbei zu dem Weg, der um den Fuß des Burgfelsens und durch die Schlucht bis hinauf zum Burgtor führte. An einer Stelle am Waldrand, wo er die Brücke im Blick hatte, versteckte er sich zwischen den Büschen und wartete darauf, dass das Tor geöffnet wurde.

Plötzlich überkam ihn nach der langen Nacht eine so große Müdigkeit, dass er sich an einen Baum lehnte, die Augen schloss und auf der Stelle einschlief. Als er wieder zu sich kam, war das Tor bereits geöffnet, und den lebhaften Geräuschen nach, die vom Burghof herüberdrangen, musste er eine ganze Weile geschlafen haben. Er sprang auf, klopfte sich ein paar Grashalme ab und wollte sich schon durchs Haar fahren, als ihm wieder einfiel, dass da ja fast nichts mehr war – sehr zu seinem Verdruss.

Mit eiligen Schritten überquerte Otto die Brücke. Vor dem Tor bellte ihn der Wächter an, was er hier zu suchen habe und wer er überhaupt sei. Im selben Moment sah Otto Šonka mit einem Milchkübel vorübergehen. Sie warf nur einen kurzen Blick auf ihn und ging weiter, bevor sie zwei Schritte später noch einmal innehielt, sich nach ihm umdrehte und ihn ungläubig anstarrte. Dann fing sie laut zu lachen an.

»Kennst du den?«, fragte der Torwächter und senkte die Speerspitze zu Boden.

»Und ob«, sagte Šonka lachend. »Lass ihn ein!«

»Wenn du meinst«, murrte der Wächter, aber es war ihm nicht unrecht, denn es bedeutete, dass er keine weitere Arbeit hatte.

Otto nahm Šonka hilfsbereit den Kübel ab und flüsterte

ihr gleichzeitig zu, dass er dringend mit Herrn Zirro sprechen müsse.

Sie kräuselte ihre kleine Nase. »Das wird nicht möglich sein«, erwiderte sie. »Er ist gestern Nachmittag abgereist und kommt wohl erst in einer Woche zurück. Aber sein Sohn ist hier und herrscht so lange über die Burg. Wenn du ein Anliegen hast, wende dich doch an ihn.«

»Das hat mir gerade noch gefehlt«, murmelte Otto. Und plötzlich konnte er sich des Eindrucks nicht erwehren, dass ihn jemand beobachtete. Nervös blickte er sich um.

Neben dem Stalltor stand Erhard und starrte ihn mit offenem Mund an. Sobald ihm klar wurde, dass auch Otto ihn bemerkt hatte, schrie er los: »Haltet ihn fest! Er ist ein Mörder!«

Otto wartete gar nicht erst ab, sondern rannte so schnell er konnte auf das Tor zu. Der Wächter versuchte ihm mit dem Speer den Weg zu versperren, war aber zu langsam, Otto schlug einen Haken, verpasste dem Wächter einen Fußtritt, sodass dieser hinfiel, und rannte auf die Brücke. Dumpf knarrten die Bretter über dem tiefen Abgrund, als er hinüberlief, während auf dem Hof noch weitere Männer zusammenkamen. Doch zum Glück hatte die Besatzung von Burg Hohlenstein keinerlei militärische Ausbildung, und ehe die Männer sich einen Überblick verschafft und eine Entscheidung getroffen hatten, eilte Otto auch schon den Weg unterhalb des Felsens entlang.

»Was für ein Reinfall!«, brummte er wütend vor sich hin. Jetzt blieb ihm nur noch eins: Er musste sich auf die Suche nach seinem Herrn machen, der sich entweder noch in Olmütz oder irgendwo auf dem Rückweg befand. Rasch eilte er durch eine kleine Gasse der Vorburg und lief dann hangaufwärts in Richtung Wald, während sich über ihm dunkle Wolken zusammenballten. Als er sich umblickte, stellte er erschrocken fest, dass eine Reiterschaft mit Hartman von Hohlenstein an der Spitze soeben die Burg verlassen hatte und über die Brücke galoppierte.

Es war zu riskant, hier oben durch den Wald zu irren, wo er sich zu wenig auskannte. Also lief er in Richtung Schoschuwka, weil es der einzige Ort war, den er bereits besucht hatte. Vielleicht konnte er sich irgendwo in der Nähe des Opfersteins verbergen, wo der Wald besonders dicht verwuchert und von kleineren Felsen durchsetzt war. Dort konnte man ihn nicht zu Pferd, sondern nur zu Fuß verfolgen.

Er lief so schnell es seine Kräfte zuließen. Dann fing es an, heftig zu regnen. Falls seine Verfolger noch hinter ihm her waren, konnten sie seine Spuren im feuchten Gras nun noch deutlicher erkennen.

Völlig außer Atem erreichte er die Lichtung mit der großen alten Eiche. Dort blieb er stehen und horchte. Von seinen Verfolgern war nichts zu hören, allerdings war da auch das Rauschen des Regens, und nicht weit entfernt donnerte es. Diese Sommergewitter kamen schnell und gewaltig. Auf dem Opferstein unter der Eiche standen ein paar Schüsseln, und in einer von ihnen konnte er zwei Fladen erkennen. Er hatte so schrecklichen Hunger, dass er hinging und sie sich nahm. Sie waren trocken geblieben, weil das Blätterdach der Eiche so dicht war, und er biss herzhaft hinein. Es waren aus Gerstenmehl gebackene Fladen, die mit Talg gefettet waren.

Plötzlich hörte er durch den Regen das Wiehern und Schnauben von Pferden. Otto fluchte und blickte sich suchend um, wohin er so schnell verschwinden konnte. Er hatte sich zu Unrecht in Sicherheit gewiegt, und jetzt musste er wieder wie ein aufgeschreckter Hase davonhetzen. Er wollte gerade losrennen, als er über sich eine helle Stimme hörte: »Schnell, steig zu mir hoch!«

Er blickte auf und erkannte zwischen den Zweigen einen Mädchenkopf mit schwarzen Haaren. Otto sprang in die Höhe, hielt sich an einem Ast fest und schwang seine Beine nach oben. Nachdem er auf dem Ast sein Gleichgewicht gefunden hatte, folgte er dem Mädchen, das keinen sehr ängstlichen Eindruck machte, kraxelnd den Stamm hinauf in die dichte Baumkrone. Es war Marei.

»Sie werden uns nicht finden«, flüsterte sie ihm zu, als wollte sie ein kleines Kind beruhigen. »Und falls sie Hunde dabeihaben, können die uns bei dem Regen nicht riechen.«

»Was machst du hier, Marei?«, fragte Otto, immer noch völlig überrascht.

»Und du?«

»Ich suche nach dir«, antwortete er grinsend.

»Und was ist mit den Männern auf den Pferden?«

»Die suchen wiederum mich«, murmelte er und blickte etwas besorgt durch die Zweige auf die Lichtung. Am Waldrand war Hartman von Hohlenstein aufgetaucht, dem drei bewaffnete Männer folgten. Einer von ihnen war Erhard.

Die Reiter näherten sich im Trab und ritten bis direkt unter die Eiche, wo sie offenbar Schutz vor dem Regen suchten.

»Was machen wir jetzt?«, fragte einer der Männer.

»Er kann doch nicht weit sein!«, stieß Hartman wütend aus. »Wir teilen uns auf: Ich warte hier, und ihr durchkämmt die Gegend. Sobald ihr auf eine Spur stoßt, pfeift ihr!«

Die Männer nickten gehorsam und ritten sofort in den Regen hinaus. Schnell stellten sie jedoch fest, dass sie mit den Pferden nicht durch das Dickicht des Waldes drangen, weshalb sie noch einmal zurückkehrten, die Tiere am Stamm der Eiche festbanden und dann erneut loszogen. Marei drückte Otto die Hand, als wollte sie ihm sagen, dass er nichts zu befürchten habe.

Unter ihnen stand Hartman und rührte sich nicht von der Stelle. Es dauerte eine ganze Weile, bis die anderen Männer zurückkamen. Man sah schon von fern ihr Kopfschütteln, mit dem sie zu verstehen gaben, dass sie keine Spur von dem Knappen gefunden hatten.

»Das ist doch nicht möglich!«, schimpfte Hartman. »Irgendwo hier muss er sein!«

»Vorhin sind wir doch an einer Weggabelung vorbeigekommen«, bemerkte Erhard. »Vielleicht hat er den anderen Abzweig genommen und ist schon meilenweit entfernt!«

»Aber das Gras war in dieser Richtung niedergetreten!«

»Zu diesem Baum hier kommen oft Leute aus dem Dorf«, meinte ein anderer Mann nachdenklich. »Jeder könnte das gewesen sein.« Dann fügte er nervös hinzu, dass hier die Götter des Waldes zu erscheinen pflegten, und bekreuzigte sich.

Hartman schien einen Moment zu überlegen, dann sagte er mit grimmiger Entschlossenheit, während er nach oben in die Baumkrone deutete: »Schaut einmal dort oben nach, nur zur Sicherheit. Wenn der Kerl da nicht ist, gehen wir wieder!«

Erhard begann gehorsam den Baum hinaufzuklettern, und Otto stellte sich auf den kommenden Kampf ein, doch Marei bedeutete ihm mit einer Geste, noch ein Stück höher zu steigen, während sie selbst sich nach unten bewegte.

Stück für Stück kletterte sie den Baumstamm hinab.

Erhard war erst wenige Klafter über dem Boden, als er sie erblickte. Erschrocken stieß er einen Schrei aus, ließ den Ast los, an dem er sich festgehalten hatte, und fiel hinunter ins Gras. Er stieß sich den Rücken an einem Stein, kam aber sofort wieder auf die Beine, deutete in die Höhe und schrie: »Der Werwolf! Der Spuk der toten Müllernichte!«

Panisch band er sein Pferd los, schwang sich in den Sattel und galoppierte davon, die anderen beiden hinter ihm her.

Hartman von Hohlenstein schrie wütend, dass sie augenblicklich zurückkommen sollten, doch als er das schwarzhaarige Mädchen nun selbst durch das Blattwerk erblickte, gab er seinem Pferd ebenfalls die Sporen. Das Tier bäumte sich kurz auf und galoppierte dann hinter den anderen her.

Marei ließ sich auf die Erde hinab und rief Otto zu, er solle sich beeilen, er müsse rasch verschwinden, ehe die vier Männer es sich anders überlegten.

»Warum sind sie denn vor dir geflohen?«, fragte Otto, als er unten angekommen war.

»Weil ich eine Werwölfin bin«, antwortete das Mädchen bitter. »Ich heiße nicht wirklich Marei, sondern Mischka, und ich lebe nicht in Schoschuwka. Sie haben mich in der Mühle meines Onkels verbrannt.«

»Da passen wir ja bestens zueinander«, meinte Otto lächelnd. »Ich bin ebenfalls ein Werwolf, und heute Morgen hat man mich in Raitz auf dem Scheiterhaufen verbrannt.«

»Was redest du für einen Unsinn?«, reagierte sie verärgert. Dann musterte sie Otto genauer. »Fürchtest du dich nicht vor mir?«

Er schüttelte den Kopf. Ohne ein Wort zu sagen und ohne lange darüber nachzudenken, näherte er sich ihr, nahm sie in seine Arme und küsste sie. Er hatte es sich schon länger gewünscht. Aber jetzt tat er es vor allem, um sie zu trösten und zu ermutigen, da sie so niedergeschlagen war.

Einen Moment blieb sie wie versteinert stehen, dann versuchte sie sich aus seinen Armen zu befreien. Doch der Knappe ließ sie nicht einfach so los, so sehr sie sich auch bemühte. Da fing sie plötzlich an zu weinen.

Das hatte Otto nicht erwartet. Verlegen lockerte er seinen Griff und sagte: »Hab keine Angst, ich tu dir nichts.«

Marei oder nun Mischka wischte sich die Tränen aus dem

Gesicht und blickte zu Boden. »Ich bin verdammt und verstoßen ... Und dabei würde ich so gerne leben! Kannst du dir vorstellen, wie schrecklich es ist, ständig auf der Flucht zu sein und jedem aus dem Weg gehen zu müssen?« Sie sah Otto einen Moment lang prüfend an und fragte dann misstrauisch: »Wollten sie dich wirklich verbrennen?«

Er nickte. »Ich bin in der gleichen Lage wie du. Ich muss mich irgendwo verstecken. Vielleicht können wir gemeinsam einen Unterschlupf suchen?«

Mischka zögerte. Dann sagte sie hastig: »Schwöre mir, dass du niemandem verraten wirst, was ich dir gleich zeige.« Sie zog aus ihrem Ausschnitt ein kleines, aus Holz geschnitztes Kreuz hervor, das an einer Hanfschnur um ihren Hals hing.

Otto legte zwei Finger darauf und sprach mit ernster Miene einen schnellen Schwur. Darauf lief Mischka los und winkte Otto mit sich. Er folgte ihr den kleinen Pfad entlang, der bis zur ehemaligen Mühle hinabführte.

Als sie die Brandstätte erreichten, sah Mischka sich vorsichtig um, dann ging sie durch die Ruine zu der rußgeschwärzten Treppe, die in den Keller hinunterführte. Dieser war das Einzige, was von dem Gebäude übrig geblieben war. Der feuchte, kühle Raum war aus grauem Kalkstein gehauen, und am hinteren Ende lagen Bruchstücke von Mühlsteinen und allerlei Gerümpel. Mischka wälzte einen der schweren Steine beiseite, und darunter tauchte eine schmale Öffnung auf, die senkrecht ins Felseninnere führte.

»Geh du zuerst«, sagte sie. »Hab keine Angst, da ist eine Leiter.«

Sie wartete, bis Otto durch die Öffnung verschwunden war, dann kletterte sie ihm hinterher und schob den Stein über sich geschickt wieder zurück. Kaum war das Loch verschlossen, herrschte tiefstes, undurchdringliches Dunkel. Otto stieg vorsichtig die Leiter hinab, wobei er im Stillen die Sprossen zählte. Ein kalter, feuchter Luftzug umwehte ihn, und von irgendwoher hörte er Wasser rauschen. Dann loderte am Fuß der Leiter jäh eine Flamme auf, und er erblickte undeutlich die dunkle Gestalt eines Menschen mit einer Fackel in der Hand.

XVI. KAPITEL

»Sicher seid Ihr von Prag Besseres gewohnt, königlicher Prokurator«, sagte Burggraf Jan und spielte nervös mit der Silberkette um seinen Hals. Sie hatten gerade an der abendlichen Festtafel im Rittersaal der Olmützer Burg Platz genommen, und er blickte Ulrich unsicher an. »Mein Koch hat zubereitet, wofür meine bescheidenen Mittel reichten ...«

Dabei bog sich die Tafel unter etlichen Schüsseln mit ausgesuchten Köstlichkeiten, die einem das Wasser im Munde zusammenlaufen ließen. Ulrich erwiderte, er habe lange kein so prächtiges Bankett gesehen, diese Speisen wären selbst der Tafel des Königs würdig.

Der Burggraf strahlte. »Ich hatte großes Glück«, erklärte er mit vollem Mund. »Diesen Koch habe ich erst seit wenigen Wochen, aber er ist ein Meister seines Fachs.«

Ulrich lächelte. »Und wie gelangt man an so einen Meister?«

»Wie gesagt, es war reines Glück. Ich habe ihn beim Würfelspiel mit dem Burggrafen von Znaim gewonnen. Wisst Ihr, alle, die wir hier in Mähren die Interessen unseres gnädigen Königs vertreten, treffen uns ab und zu, um uns über Neuigkeiten auszutauschen. Das hat die erfreuliche Nebenwirkung, dass man zum Beispiel einen ausgezeichneten Koch gewinnen kann!«

»Und was ist mit Eurem früheren Koch? Habt Ihr den im Gegenzug an jemanden verloren?«

»Es wäre zumindest nicht schade um ihn gewesen, denn er konnte längst nicht so gut kochen. Er ist in einer Kneipe in eine Prügelei geraten, und irgendein Halunke hat ihn erschlagen. Aber wie ich schon sagte, dieser neue ist viel besser. Langt zu!«

»Bei einer so üppigen Auswahl kann ich schwerlich von allem kosten. Was würdet Ihr mir empfehlen?«, fragte Ulrich freundlich.

Burggraf Jan wischte sich die fettige Hand an seinem Gewand ab, dann reichte er ihm eine Schüssel mit gebratenem Fleisch und setzte eine gewichtige Miene auf. »Habt Ihr schon einmal Rebhuhn mit Pilzfarce probiert? Dazu muss man die Pilze erst fein schneiden und leicht anbraten, dann mischt man sie mit Bröseln und Ei und ...«

Ulrich lächelte höflich, hörte aber dem weitschweifigen Vortrag nicht weiter zu. Er versuchte im Stillen, sein Gegenüber genauer einzuschätzen. Was war der Burggraf von Olmütz für ein Mensch? Hier bei Tisch sprach er mit naivem Überschwang, aber als Ulrich ihn kurz zuvor zu den Silbertruhen befragt hatte, hatte er sehr sachlich geantwortet und sich als bedachtsamer, kluger Mann gezeigt. Waren seine kulinarischen Schwärmereien nur eine Tarnung? Ulrich glaubte es eigentlich nicht. Er wusste, dass sich manche Leute beim Anblick köstlicher Speisen völlig verändern, als würde vorübergehend ihr Verstand aussetzen. Manchmal hatte er seinen Knappen Otto im Verdacht, angesichts schöner Frauen ähnlich zu reagieren.

Falls Burggraf Jan nicht gelogen hatte, verhielt sich die Sache mit dem Silbertransport anders, als man am Königshof glaubte: Bereits einige Tage bevor die königlichen Söldner in Olmütz eintrafen, hatte Jan festgestellt, dass am Hof des Bischofs Gerüchte über den geplanten Transport kursierten. Deshalb hatte er kurzfristig beschlossen, die Reiseroute zu ändern. Als der Söldnertrupp am fraglichen Morgen mit dem besagten Fuhrwerk von Olmütz aufbrechen wollte, befahl er dem Kommandeur, die nördliche Strecke über Müglitz zu nehmen. Auch warnte er ihn vor möglichen Gefahren, da bereits Gerüchte über ihre wertvolle Fracht im Umlauf seien. Der Kommandeur winkte ab und meinte, er habe mit seinen Männern schon weit gefährlichere Situationen gemeistert, dann brach er mit dem Trupp auf. Zwei Tage später überbrachte ihm dann sein Bote die beunruhigende Nachricht aus Littau, dass der Söldnertrupp samt dem königlichen Beuteschatz verschwunden sei. Soweit der Bericht des Burggrafen.

Ulrich grübelte. Erst die Stimme des Burggrafen, der ihn schon zum dritten Mal fragte, ob es ihm schmecke, riss ihn aus seinen Gedanken.

»Oh ja«, antwortete Ulrich eilig. »Eure köstlichen Speisen haben mich so abgelenkt, dass ich nur noch ans Essen dachte und Euch gar nicht mehr gehört habe ...«

»Ich muss zugeben, dass es mir auch vortrefflich mundet«, meldete sich Militsch von Schwabenitz zu Wort, der Ulrich gegenübersaß und bisher geschwiegen hatte.

»Eure Worte weiß ich besonders zu schätzen«, sagte Burggraf Jan mit unergründlichem Gesichtsausdruck. Ulrich begriff, dass zwischen den beiden in der Vergangenheit etwas vorgefallen sein musste, was sie sich noch nicht verziehen hatten. Wäre nicht er der Gast des Banketts gewesen, hätten die zwei sicher nicht zusammen gespeist.

Am Ende des Saals öffnete sich die Tür, und der Anführer der Wachmannschaft, ein älterer dicker Mann mit einem roten

Zinken im Gesicht, trat herein. Er verbeugte sich würdevoll und erklärte, dass er nur ungern das Festbankett störe, aber Markus vom Goldenen Blatt sei soeben gekommen und habe behauptet, er müsse dringend mit dem Herrn Burggrafen sprechen.

Jan seufzte, wischte sich mit dem Handrücken den Mund ab und stand auf. »Ich bin gleich zurück«, sagte er zu Ulrich und blickte bedauernd auf die verbleibenden Speisen. »Kaufmann Markus ist mein wichtigster Lieferant für Wein und orientalische Gewürze. Ich bin ihm einen Gefallen schuldig und habe ihm versprochen, dass er bei mir jederzeit eine offene Tür findet. Es muss etwas passiert sein, also habt Ihr sicher Verständnis, dass ich ihn anhöre, auch wenn es gerade ein ungünstiger Moment ist. Lasst Euch dadurch nur nicht stören...« Und er eilte davon.

»Ein unangenehmer Mensch«, murmelte Militsch von Schwabenitz. »Wer weiß, was er mit diesem Kaufmann zusammen ausheckt.«

Ulrich musterte schweigend das faltige Gesicht seines Begleiters, dann fragte er ihn neugierig: »Was hat Euch Burggraf Jan getan?«

Militsch rieb sich das Kinn, dann senkte er den Blick und antwortete leise: »Zwischen uns steht eine Frau. Heute ist sie Jans Gemahlin. Es ist schon lange her und ...«

Er brachte seinen Satz nicht zu Ende, denn Burggraf Jan betrat schon wieder den Saal, gefolgt von einem sehnigen dünnen Mann mit dunklem Haar, der prunkvolle, fremdländisch aussehende Kleider trug.

»Ich habe Kaufmann Markus gleich mitgebracht«, erklärte Jan mit entschuldigender Geste. »Es ist etwas geschehen, das uns in unserer Sache vielleicht weiterhelfen kann. Auch wenn es sich weiß Gott um eine traurige Angelegenheit handelt.

Nur der Vater im Himmel weiß, weshalb er solche Dinge zulässt...«

»Ich dachte, das Predigen über die menschlichen Sünden sei den Beamten Seiner bischöflichen Gnaden vorbehalten«, mokierte sich Ulrich. Ihm schwante, dass neuerliche Arbeit auf ihn wartete.

»Vor wenigen Stunden ist seine Schwester gestorben«, erklärte Jan mit Blick auf den Kaufmann und ließ sich in den Sessel sinken, dass das Holz knackte. Er langte nach seinem Weinkelch, trank einen Schluck und fuhr fort: »Mechthild hat vor einigen Jahren den Krämer Walther geheiratet, einen der reichsten Olmützer Geschäftsleute. Es war kein glücklicher Bund. Und mein Freund Markus glaubt, dass seine Schwester keines natürlichen Todes gestorben ist...«

»Und was hat ihr Tod mit dem Fall des Silberraubs zu tun?«, fragte Ulrich missmutig, denn er hatte allmählich genug von den ständigen Meldungen neuer Verbrechen.

»Wahrscheinlich nichts«, räumte Jan kleinlaut ein. »Es handelt sich wohl eher um einen ganz simplen Mord – falls es denn einer war. Aber mir ist ein Gedanke gekommen: In meiner Amtsfunktion als Vertreter unseres hochgnädigen Königs in Olmütz muss ich mich dieser Sache annehmen – oder aber jemand, den ich damit betraue. Und ich dachte, wenn ich nun Euch diese Aufgabe anvertraue, königlicher Prokurator, dann hättet Ihr einen ganz legalen Grund, in Olmütz Nachforschungen zu betreiben – und Euch letztlich sogar am Hof des Bischofs zu bewegen. Versteht Ihr? Es bietet Euch die Gelegenheit, Euch im gleichen Zuge unauffällig Eurem eigenen Fall zu widmen.«

Ulrich nickte nachdenklich. Was der Burggraf sagte, war nicht dumm. Er hätte tatsächlich freie Hand, auch dort zu ermitteln, wo ihm die Türen sonst verschlossen blieben. Freilich war das nur die eine Seite der Medaille. Gleichzeitig gab der Burggraf damit die Verantwortung für einen Fall ab, der äußerst delikat sein konnte, ging es hier doch offensichtlich darum, einen reichen Mann des Mordes zu beschuldigen, der in Olmütz einigen Einfluss besaß. Burggraf Jan verstand es offenbar, sich aus unangenehmen Dingen herauszuhalten.

Dennoch ging Ulrich nach kurzem Zögern auf seinen Vorschlag ein. Er erhob sich von der Tafel, um sich mit Kaufmann Markus in eine ruhige Ecke zurückzuziehen, denn er wollte ihn über die genaueren Umstände des Todes seiner Schwester Mechthild befragen.

Jan protestierte, das sei unhöflich, wo das Festmahl doch noch gar nicht zu Ende sei, und wie der königliche Prokurator denn darauf komme, schon aufzustehen. Doch Ulrich antwortete recht barsch, da es nun sein Fall sei, lasse er ihn am besten seine Arbeit machen, wie er es gewohnt sei. Dann beachtete er den Burggrafen nicht weiter und nahm den dünnen Kaufmann mit zu einer Fensternische, wo er sich mit ihm auf der Steinbank niederließ.

»Warum nennt man dich ›Markus vom Goldenen Blatt‹?«, fragte er ihn ohne Umschweife.

»Weil es in der Stadt noch einen anderen Kaufmann namens Markus gibt. Mein Haus heißt *Zum Goldenen Blatt* und seines *Zum Blauen Rad*. Markus vom Blauen Rad handelt allerdings mit Stoffen …«

»Ich verstehe. Und wie ist nun deine Schwester gestorben?«

»Das weiß ich nicht genau. Heute Nachmittag wurde mir einfach nur die Nachricht überbracht, sie sei plötzlich verstorben. Aber gestern war sie noch gesund und munter!«

»Der Tod kann plötzlich kommen«, wandte Ulrich ein. »Das bedeutet noch nicht, dass es ein Mord war.«

Kaufmann Markus seufzte. »Ich habe zuletzt vor drei Tagen mit ihr gesprochen. Da sagte sie mir, dass sie um ihr Leben fürchte. Ihr Mann war immer schon ein Schürzenjäger, wahrscheinlich hat er jede Dirne dieser Stadt gehabt. Meine Schwester erzählte mir, er habe kürzlich eine gefunden, mit der er offenbar ernste Absichten hege, und Mechthild fürchtete, dass er sie loswerden wollte.«

Ulrich nickte. »Nehmen wir einmal an, dass sie recht hatte. Trotzdem kann ich ihren Mann nicht einfach so beschuldigen.«

»Als ich heute von Mechthilds Tod hörte, lief ich gleich zu Walthers Haus, um sie noch einmal zu sehen, aber er wollte mich nicht zu ihr lassen. Vor dem Haus traf ich auf den Apotheker Ordonatus, der zur Untersuchung der Leiche gekommen war. Er meinte, er habe nichts Merkwürdiges entdeckt, ihr Herz habe einfach aufgehört zu schlagen.«

»Und sein Wort genügt dir nicht?«

»Nein!«, rief Markus wütend. »Damit Ihr versteht: Ordonatus hat keinen sehr guten Ruf in der Stadt, dafür besitzt er gute Beziehungen. Es heißt, er helfe gelegentlich dem einen oder anderen in Schwierigkeiten geratenen Mädchen, das sich mit einem der Kleriker des Bischofs eingelassen hat ... Ihr versteht, was ich meine?«

Ulrich strich sich nachdenklich mit den Fingern durch sein dunkles Barthaar. Was Markus ihm erzählte, ließ eine Überprüfung der Angelegenheit sinnvoll erscheinen. Vor allem aber würde ihm dieser Fall den Weg zum Hof des Bischofs ebnen – vorausgesetzt, dass Mechthild wirklich von ihrem Mann ermordet worden war. Wenn nicht, so würde er zumindest ihren Bruder in dieser Hinsicht beruhigen können.

»Gut, ich werde der Sache nachgehen«, verkündete er. Er stand auf und kehrte zur Festtafel zurück, während Markus zur Tür ging und sich zum Abschied noch einmal verbeugte.

Er sah ziemlich zufrieden aus, denn offenbar hatte der Burggraf ihm erklärt, was für eine wichtige Persönlichkeit sein Gast war.

Als Ulrich wieder an seinem Platz saß, bemerkte Militsch von Schwabenitz: »Bevor Ihr Euch an Eure Nachforschungen macht, solltet Ihr noch etwas wissen. Das Haus des Krämers Walther, wo sich die traurige Begebenheit zugetragen hat, steht genau neben jenem, in dem meine ermordete Schwiegertochter Katharina lebte.«

XVII. KAPITEL

Am nächsten Morgen verzichtete Ulrich auf Begleitung und brach alleine in die Stadt auf. Militsch hatte ihn am Vortag durch Olmütz geführt, daher wusste er, wie man auf dem schnellsten Wege zum großen Marktplatz gelangte, wo sich das Haus des Krämers befand. Über eine Seitengasse erreichte man gleich dahinter das Haus Katharinas, die das Opfer des mutmaßlichen Werwolfs geworden war. Es war wieder einmal ein sonderbarer Zufall: Zwei Frauen aus direkt benachbarten Häusern starben kurz nacheinander, und offenbar beide eines gewaltsamen Todes.

Die Stadt erwachte gerade erst zum Leben. Handwerker öffneten ihre Werkstätten, Mägde eilten mit Kübeln voll Wasser, die sie am Marktplatzbrunnen gefüllt hatten, durch die Gassen nach Hause, und vom Stadttor rumpelten Bauernwagen durch die verwinkelten Straßen, um Lebensmittel zum Bischofspalast zu bringen.

Mit einem Mal hatte Ulrich das unbestimmte Gefühl, dass ihm jemand folgte. Er blieb stehen und tat, als wolle er sich einen Mantel anschauen, den ein Schneider auf die Stange vor seinem Laden hängte, dabei blickte er sich vorsichtig um. Die Straße war schon recht belebt, doch jedermann war in Eile, und niemand achtete auf ihn, jedenfalls nicht auf eine verdächtige Weise. Was noch nichts heißen musste: Taschendiebe waren geschickt darin, sich unauffällig durch eine Stadt zu bewegen.

Er ging etwas zügiger weiter, bog an der nächsten Häuserecke jäh in eine schmuddelige enge Gasse ein, von der er keine Ahnung hatte, wohin sie führte, und drückte sich nach ein paar Schritten eng gegen die Mauer. Neugierig wartete er ab, ob ihm jemand folgte. Sehr schnell tauchte an der Ecke ein Mann mit dunklem Umhang auf. Er wollte schon in die Gasse hineineilen, doch als er bemerkte, dass Ulrich stehen geblieben war, hielt er inne und blickte um sich, als ob er jemanden suchte, zuckte dann ratlos mit den Schultern, wie um anzuzeigen, dass er sich geirrt hatte, und verfolgte weiter seinen Weg auf der größeren Straße. Der Mann hatte nicht wie ein Bösewicht ausgesehen, und Ulrich überlegte, ob es vielleicht ein Bediensteter Militschs gewesen sein könnte. Verärgert dachte er, dass Idiks Vater es mit der Sorge um ihn wirklich übertreibe, und er nahm sich vor, es ihm bei seiner Rückkehr zu sagen.

Er wartete noch einen Moment in der Gasse ab, kehrte dann wieder auf die größere Straße zurück und setzte seinen Weg zum Marktplatz fort. Er ging langsam und sah sich weiterhin aufmerksam um. Nur einmal glaubte er unter einem Bogengang eine verdächtige Bewegung zu bemerken, aber als er nachschaute, war niemand zu sehen. Schließlich erreichte er den großen Platz, wo gerade eine Schar Gläubiger aus der Kirche strömte, die dort die Frühmesse besucht hatten.

Das Haus des Krämers Walther war zweistöckig und ganz aus Stein und hatte nachgerade etwas Herrschaftliches. Ulrich betrat die Eingangshalle, und im nächsten Moment stand auch schon der korpulente Verwalter neben ihm, der ihn mit schweißnasser Stirn unwirsch fragte: »Was willst du hier?«

Ulrich zog das Pergament hervor, auf dem Burggraf Jan ihn

mit der Untersuchung von Mechthilds Tod betraute, und bemerkte kühl, er sei ein Edelmann und verbitte es sich, von irgendeinem verschwitzten Diener wie von jemand seinesgleichen angesprochen zu werden.

Der Dickwanst verbeugte sich widerwillig und brummte, er verstehe nicht, was es am Tod von Frau Mechthild noch zu untersuchen gebe, aber er werde Herrn Walther holen und bitte den königlichen Prokurator freundlichst um etwas Geduld.

Als der Verwalter verschwunden war, sah Ulrich sich neugierig in der großen Halle mit dem hohen Gewölbe um, wo auf einer Seite lauter Holztruhen standen, in denen sich vermutlich Waren befanden, da der Raum gleichzeitig als Laden diente. Auf der anderen Seite führte eine Treppe ins obere Stockwerk, und gleich daneben erblickte er eine kleine Tür. Am hinteren Ende der Halle gelangte man durch ein Tor in den Hof; es war so groß und breit, dass auch ein voll beladener Wagen mühelos hindurchfahren konnte. Vom Hof her hörte man die Stimmen der Bediensteten.

Ulrich wanderte langsam durch die Halle, blieb vor der kleinen Tür neben der Treppe stehen und drückte vorsichtig dagegen. Sie war nicht verriegelt und ging mit einem leichten Knarren auf. Dahinter befand sich ein dunkler Gang, der nach wenigen Schritten vor einer anderen kleinen Holztür endete. Noch bevor Ulrich die Tür berührt hatte, sprang sie plötzlich auf, und eine hagere ältere Frau mit grauem Haar trat heraus. Damit kein Zweifel aufkommen konnte, dass sie die Köchin war, hielt sie eine hölzerne Schöpfkelle in der Hand, die sie wie eine Waffe drohend erhob, während sie mit strenger Miene fragte, wer er sei und was er hier zu suchen habe.

Ulrich stellte sich ihr vor, doch ehe er weiter mit ihr sprechen konnte, hörte er hinter sich schnelle Schritte die Treppe herunterpoltern und sagte deshalb hastig: »Ich komme nachher noch einmal zu dir«, bevor er durch den Gang zurückeilte. Gerade noch rechtzeitig, bevor ein stämmiger Mann mit gerunzelter Stirn die letzten Stufen herunterkam, war er wieder in der Eingangshalle. Der Mann trug ein Gewand aus besticktem blauen Tuch und einen mehrfach um die Taille geschlungenen Silbergürtel, an dem ein prächtiger Dolch mit einem braunen Topas im Schaft hing. Der Mann war zwar noch nicht alt, hatte aber schon etwas Verlebtes im Gesicht, wenn auch sein intensiver stechender Blick und sein großer sinnlicher Mund ihm ein gewisses Charisma verliehen.

Er machte sich gar nicht die Mühe, sich vorzustellen, sondern blieb vor Ulrich stehen und bellte ihn an: »Was ist?«

»Zunächst einmal möchte ich Euch mein aufrichtigstes Beileid aussprechen«, sagte Ulrich mit gespielter Demut und beobachtete dabei genau die Miene des Krämers.

Walther stellte sich breitbeinig vor ihm auf und brummte ohne den geringsten Anflug von Ergriffenheit: »Schön! Und weiter?«

Ulrich begriff nicht, wie der Krämer derart unverfroren auftreten konnte. Selbst wenn er seiner Frau nichts angetan hatte, musste ihm doch bewusst sein, dass sein Verhalten Verdacht erregte. »Der Tod Eurer Gemahlin scheint Euch nicht besonders erschüttert zu haben«, erwiderte er langsam.

»Das geht Euch nicht das Geringste an. Gott befohlen!«

»Ich komme von Amts wegen«, erklärte Ulrich und zog erneut das Pergament mit dem Siegel des Olmützer Burggrafen hervor.

Der Krämer warf nur einen flüchtigen Blick darauf und entgegnete verächtlich, dass er in der Stadt des Bischofs von Olmütz lebe und dessen Siegel auf der Urkunde vermisse.

Ulrich presste die Lippen zusammen. Dies war eine klare

Beleidigung König Přemysl Ottokars II., und das konnte er nur schwer ertragen. Er sagte sich zwar, dass er niemanden nur wegen seines groben Verhaltens bestrafen durfte, aber bei diesem Walther würde er keine großen Gewissensbisse haben, wenn er einmal nicht ganz im Geiste der Gesetze handelte, denn der dreiste Kerl hatte nichts Besseres verdient.

Ulrich berührte den Griff seines Schwerts und erklärte, dass sie sich zuallererst im Königreich Böhmen befänden und dies hier, soweit ihm bekannt sei, eine Königsstadt sei, auch wenn der ehrwürdige Bruno von Schauenburg hier seinen Bischofssitz habe. Und sollte der Krämer noch einmal die Hoheit des böhmischen Herrschers beleidigen, würde er ihn dem Landrecht entsprechend bestrafen lassen.

Walther grinste verächtlich, dann schrie er plötzlich hysterisch los: »Ach ja? Wisst Ihr eigentlich, mit wem ich alles Beziehungen unterhalte? Meine Kunden sind höchste Beamte des Bischofs von Olmütz! Fast alle sind meine Freunde! Sie gehen bei mir ein und aus, und ich dulde nicht, dass mir irgendein Dahergelaufener Vorträge darüber hält, was ich darf und was nicht. Verschwindet, ehe ich meine Diener bitte, Euch hinauszuwerfen!«

Ulrich nickte ruhig. »Ich gehe. Aber Ihr werdet am Galgen enden, das verspreche ich Euch.«

»Raus, Ihr … Ihr …!«, brüllte der Krämer außer sich vor Wut, und sein Gesicht war wie verwandelt. Hätte Ulrich ein Bild des Teufels zeichnen sollen, hätte er kein besseres Modell finden können, so viel Bosheit ging von ihm aus.

Während Ulrich zum Ausgang schritt, glaubte er die kleine Tür neben der Treppe sich bewegen zu sehen. Er war sich nicht sicher, hatte aber das Gefühl, dass die grauhaarige Köchin den Streit mit dem Hausherrn mitverfolgt hatte.

»Das ist ein Irrer«, meinte ein Handwerksgeselle mit Lederschürze, der vor dem Haus stand und das Geschrei gehört hatte. Die Stimme des Krämers ließ sich ja auch kaum überhören.

Ulrich hob wortlos die Arme, als wollte er sich für den Lärm entschuldigen. »Brüllt er jeden so an?«, fragte er.

»Wenn sein Gegenüber nicht gerade reicher oder mächtiger ist als er, dann ja«, sagte der Geselle grinsend. Er zeigte auf ein nahe gelegenes Haus, über dessen Eingang ein hölzernes Rad hing. »Ich arbeite da drüben beim Zimmermeister Franz, und ich sage Euch, dieser Rappelkopf schreit manchmal so laut, dass wir die Hammerschläge in unserer eigenen Werkstatt nicht hören. Mein Meister meint, er sei von einem Dämon besessen, denn so würde sich kein anständiger Christ verhalten.«

»Und Walthers Gemahlin? Wie hat sie das ertragen?«

»Frau Mechthild? Nun ja, sie war seine Ehefrau, was sollte sie da schon sagen?«

»Was war sie für ein Mensch?«

»Wie verheiratete Bürgersfrauen eben so sind«, antwortete der Geselle etwas respektlos. »Und nun entschuldigt mich, ich habe zu tun.«

»Aber natürlich«, sagte Ulrich. »Ich danke dir, du hast mir sehr geholfen.«

Der Geselle strahlte. »Wirklich? Falls Ihr einmal etwas benötigt, kommt gern zu mir. Ich repariere alles, was Ihr wollt. Auch Möbel stelle ich her.«

Ulrich schlenderte über den Marktplatz bis zum Brunnen. Es war wieder heiß geworden, und der Himmel war wolkenlos. Er schöpfte ein bisschen Wasser in die hohle Hand und fuhr sich damit über die verschwitzte Stirn. Dabei schaute er sich unauffällig um, ob er vielleicht irgendwo den Mann sah, der ihm auf dem Hinweg gefolgt war, doch jetzt war der Platz nahezu menschenleer. Gemächlich ging er zur Kirche hinüber, umrundete sie und kam von der anderen Seite wieder zurück, dann überquerte er zügig den Platz und bog um die Ecke des Krämerhauses in das Seitensträßchen ein.

Vor dem Haus der Witwe Katharina blieb er stehen. Es war ein schmales zweistöckiges Gebäude, das allem Anschein nach noch aus der Zeit stammte, in der man festungsähnliche Stadthäuser errichtet hatte. Nach vorne hin besaß es keine Fenster, nur im oberen Stockwerk ein paar schmale Schießscharten.

Militsch von Schwabenitz hatte ihm versprochen, am Nachmittag mit ihm zusammen Katharinas Haus zu besuchen. Ursprünglich hatte er zwar Bedenken geäußert, da die Stadtbeamten noch kein Inventar ihres Eigentums aufgestellt hatten, doch er wusste auch, dass es ewig dauern konnte, bis die Beamten ihre Arbeit gemacht hätten. Beim Abendessen hatte er ihm die Geschichte eines Nachbarn erzählt, der auf das Inventar des väterlichen Nachlasses so lange gewartet hatte, dass er selbst darüber gestorben war und erst sein Sohn die Hinterlassenschaften erben konnte. Schließlich hatte Militsch sich von Ulrichs Argument überzeugen lassen, dass ein Hausbesuch für seine Nachforschungen unerlässlich sei, wenngleich er skeptisch blieb. Was sollten sie in dem Haus schon groß entdecken?

Auf einmal hatte Ulrich wieder das Gefühl, beobachtet zu werden. Schnell sah er sich um. Die Gasse lag verlassen da. Doch aus dem Fenster des gegenüberliegenden kleinen Hauses blickte das fahle Gesicht eines alten Mannes. Ulrich blickte ihn ebenfalls direkt an, doch der Mann zuckte nicht zusammen, sondern gab ihm einen Wink, hereinzukommen, bevor er die Fensterläden schloss.

Ulrich trat in einen unaufgeräumten kleinen Hof und sah die Eingangstür zu dem hölzernen Haus einladend offen stehen. Auf der Schwelle zögerte er, denn drinnen war es so finster, dass er kaum die Umrisse der Gegenstände im Raum erkennen konnte. Erst nach einer Weile gewöhnten sich seine Augen an das Dunkel. Er erkannte einige Fässer und dahinter eine Tür, die in eine etwas hellere Stube führte. Er wollte schon hineingehen, als er ein leises Flüstern hörte. Offenbar war der alte Mann nicht allein.

Schnell überlegte Ulrich, was er tun sollte. Vielleicht war das eine Falle? Zirros Worte fielen ihm wieder ein: dass er hier in Mähren auf der Hut sein müsse. Leise griff er nach seinem Dolch und verbarg die Hand mit der Waffe unter seinem Umhang. Dann riss er die Tür weit auf und trat ein.

Nur eine rußende Fackel erleuchtete die Stube, in der auf einer Bank vor dem Fenster mit den verschlossenen Läden zwei alte Männer saßen: der Mann, dessen Gesicht er von draußen gesehen hatte, und ein noch älterer, der einen Judenkaftan trug. Sonst war niemand in dem karg eingerichteten Raum. Verlegen steckte Ulrich seinen Dolch zurück in die Scheide und ging auf die beiden Alten zu.

»Ich hab dir ja gesagt, dass er kommt«, sagte der Greis im Kaftan zufrieden. Er zeigte Ulrich ein fast zahnloses Lächeln, erhob sich, machte eine leichte Verbeugung und versenkte die Hände in den weiten Ärmeln seines Gewands. »Mein Name ist Daniel«, stellte er sich vor. »Ich war Rabbiner der hiesigen jüdischen Gemeinde, bevor die meisten meiner Brüder aus Olmütz wegzogen. Es war keine leichte Zeit, und ich denke nicht gerne daran zurück. Mein Freund hier heißt Gregor und ist Christ. Er bietet mir Obdach, und so leben wir hier friedlich und ruhig zusammen, obwohl wir verschiedenen Bekenntnissen angehören.«

Ulrich betrachtete schweigend die faltigen Gesichter der beiden. Er ahnte, dass sie ihm etwas mitteilen wollten, hielt es aber für unhöflich zu fragen, deshalb nickte er nur und wartete ab. Die beiden Alten verfielen ihrerseits in Schweigen, als wollten sie prüfen, wie lange er die Stille aushielt.

Endlich ergriff der alte Rabbiner wieder das Wort. »Du scheinst ein besonnener Mann zu sein. Mit so jemandem lässt sich offen reden, was sich von den meisten Olmützern nicht behaupten lässt. Erzähle, was dich hierhergeführt hat. Du bist schon gestern um Katharinas Haus herumgeschlichen, nun bist du wieder da und beobachtest es, als würdest du etwas suchen. Dabei siehst du jedoch nicht wie ein Dieb oder ein Wucherer aus. Was steckt also dahinter?«

»Frau Katharina ist tot«, antwortete Ulrich. Er wartete ab, bis sich der alte Rabbi wieder gesetzt hatte, und blieb selber respektvoll stehen. »Ihr Schwager hat mich um einen Gefallen gebeten. Er möchte wissen, wer sie umgebracht hat. Das ist aber noch nicht alles. Gestern ist im Krämerhaus Frau Mechthild gestorben, und ihr Bruder hat sich mit der gleichen Bitte an mich gewandt.«

»Siehst du, habe ich es dir doch gesagt«, meldete sich Gregor triumphierend zu Wort, der Ulrich ins Haus gewunken hatte.

»Wie viel sind Euch Auskünfte wert, die Euch weiterhelfen könnten?«, fragte der alte Rabbiner sachlich und lehnte sich zurück.

Ulrich zuckte die Achseln. »Das kommt darauf an, wie nützlich sie mir sind«, antwortete er und tat so, als würde ihr Angebot ihn nicht sonderlich interessieren. Es wäre unhöflich gewesen, sofort darauf einzugehen, und hätte die beiden sicher enttäuscht.

Der alte Daniel nickte zufrieden. Er wusste Ulrichs höfliche Zurückhaltung zu schätzen. Viele junge Männer kannten die Tradition nicht mehr und überstürzten alles. Er erwiderte, die Auskünfte könnten in der Sache nützlich sein, die ihr Gast angesprochen habe.

Sie handelten eine Weile hin und her und einigten sich schließlich auf einen Preis von zwei Silberlingen im Voraus, und falls Ulrich die gewonnenen Informationen als wertvoll erachtete, würde er ihnen zwei weitere Silberlinge zahlen.

»Wir werden Euch nur mitteilen, was wir beobachtet haben«, begann der Rabbi, »dann könnt ihr selbst darüber urteilen. Katharina war eine seltsame Frau. Sie war ganz gewiss nicht arm, dennoch hatte sie keinerlei Bedienstete, was an sich schon sonderbar ist. Oft verließ sie das Haus und blieb den ganzen Tag weg. Manchmal brachte sie alle Arten von Kräutern in einem Korb mit nach Hause, dabei betrieb sie kein Apothekerhandwerk, und meines Wissens verkaufte sie auch keine Kräuteramulette oder andere Wundermittel.«

»Was habt ihr für eine Erklärung dafür?«, wollte Ulrich wissen.

Doch der alte Rabbiner erwiderte mit zusammengezogenen Brauen, er werde selbst keine Schlüsse ziehen, und fuhr stattdessen fort: »Ab und zu erhielt sie Besuch. Es waren meist gut gekleidete Männer, junge wie alte, und sie kamen fast alle nachts. Manche schienen nicht aus Olmütz zu sein, und keinen von ihnen sah man ein zweites Mal.«

»Der Einzige, der regelmäßiger bei ihr auftauchte, war der Gehilfe des Stadthenkers«, ergänzte Gregor. »Meistens schleppte er einen Sack auf seinem Rücken, in dem sich eingefangene Streuner befanden. Ihr werdet auf ihrem Hof ein paar Käfige sehen, in denen sie die Hunde einschloss. Als sich die Nachricht von Katharinas Tod herumsprach, bin ich hinübergegangen und habe die armen Tiere freigelassen, sonst wären sie verhungert.«

Ulrich rieb sich nachdenklich das Kinn. Ihm war plötzlich

ein Gedanke gekommen. Es war zwar nicht sehr wahrscheinlich, dennoch erkundigte er sich zur Sicherheit: »Hat zufällig auch ihr Nachbar sie einmal aufgesucht? Ich meine den Krämer Walther.«

»Hat er«, bestätigte der alte Rabbiner, und in seinem Blick lag Anerkennung, denn er verstand, welcher Gedanke hinter der Frage steckte. »Allerdings ist das schon länger her.«

Ulrich öffnete seinen Geldbeutel und legte zwei weitere Silberlinge auf den Tisch. Die Hinweise der beiden Alten waren im Grunde noch mehr wert, denn er wusste nun, auf welche Weise Mechthild, die Frau des Krämers, gestorben war. Es musste ihm nur noch gelingen, ihren Mann zu überführen. Und da dieser Walther ihm unendlich unsympathisch war, würde er alles dafür tun.

XVIII. KAPITEL

Langsam schlenderte Ulrich durch die große, breite Straße, die vom Marktplatz bis zur Olmützer Burg führte. Da er ganz in Gedanken versunken war, bemerkte er nicht, dass wieder der Mann mit dem dunklen Umhang ihm folgte, der sich diesmal geschickter anstellte als am Morgen. Hatte er zunächst die Gewieftheit des königlichen Prokurators unterschätzt, so versteckte er sich jetzt vorsorglich in einem Bogengang hinter den ausgestellten Waren einiger Handwerker.

Ulrich erreichte das Allerheiligentor und überquerte die neue Holzbrücke über dem breiten Graben. Das Wasser darin stammte aus der March, deren drei Flussarme die Stadtbefestigung umflossen. Auf dem Hof der Olmützer Burg blieb er zögernd stehen. Zum Essen war es noch zu früh, und da er jetzt zufällig den bischöflichen Offizial Paul von Eulenburg in den Turm hineingehen sah, in dem sich auch die Kapelle der heiligen Barbara befand, beschloss er, die Gelegenheit zu nutzen, sich ein wenig mit ihm zu unterhalten. Er war dem Offizial, den Idik von Schwabenitz zu den Verdächtigen im Fall des Silberraubs zählte, bisher nur einmal kurz vor seiner Abreise aus Blanseck begegnet, und es konnte ja nicht schaden, wenn er den Beamten, der für die Rechtsprechung in der Diözese zuständig war, einmal ausführlicher sprach und um Rat bat.

Er holte den Offizial auf der Wendeltreppe ein, die zu dessen Amtsstube im Stockwerk über der Kapelle führte. Paul von Eulenburg nickte, als er Ulrich erkannte, und bat ihn herein. Er trug ein einfaches Priestergewand, obwohl er, wie Ulrich von Idik wusste, nicht die Weihe besaß. Etwa im selben Alter wie Ulrich, war er eine strenge Erscheinung und trug als einer, der über Tod und Leben entschied, seinen Kopf sehr hoch.

»Ich hörte schon, dass Ihr in Olmütz seid«, sagte er und bot Ulrich einen Stuhl an, während er sich selbst an den Tisch setzte, der fast vollständig mit Pergamentrollen bedeckt war. Ansonsten war sein Arbeitszimmer eher spärlich eingerichtet. Unter einem hölzernen Kruzifix an der Wand standen lediglich ein Knieschemel zum Beten und daneben ein Regal mit Büchern.

»Ich erlaube mir, Euren Rat einzuholen«, sagte Ulrich höflich, »seid Ihr doch Richter wie ich und könnt die Situation in Mähren gewiss besonders gut einschätzen.«

»Ich befasse mich nur mit kirchlichen Angelegenheiten«, erwiderte Paul von Eulenburg knapp.

»Auch ich diene unserem Herrgott, so gut ich kann«, sagte Ulrich ruhig. »Und als Burggraf Jan mich gestern um Hilfe bat, konnte ich nicht ablehnen, denn ich sagte mir, es sei vielleicht der Wille des Herrn, dass ich meine bescheidenen Kenntnisse der Wahrheitsfindung zur Verfügung stelle.«

»Was ist denn Euer konkretes Anliegen?«, unterbrach ihn der Offizial so zugeknöpft wie jemand, der nicht viel Zeit hat.

»Gestern hat Gott Mechthild, die Gemahlin des Krämers Walther, zu sich gerufen. Bestimmt habt Ihr schon von ihrem Tod gehört …«

»Um sie geht es Euch also?«, brummte der Offizial und

musterte den ungebetenen Gast misstrauisch. »Man hat mir anderes zugetragen. Und auch Eure Nachforschungen in Hohlenstein sowie den Ländereien Seiner bischöflichen Gnaden zeugen von anderen Interessen.«

»Ich bin grundsätzlich in die Gegend gekommen, um die Nachrichten zu verifizieren, die unserem König mitgeteilt wurden, das ist richtig. Aber da der Zufall es wollte, habe ich mich auch des Todes von Mechthild angenommen.«

»Was gibt es da zu untersuchen? Es war Gottes Wille, dass ihr Herz zu schlagen aufhörte. Habt Ihr nicht den Bericht gelesen, den Apotheker Ordonatus geschrieben hat?«

»Leider hatte ich noch nicht die Gelegenheit, da mich der Ehemann der Verstorbenen seines Hauses verwiesen hat.«

»Nun ja, er hat ein hitziges Gemüt«, meinte Paul von Eulenburg und faltete die Hände vor sich auf dem Tisch.

»Es gibt jedoch Hinweise darauf, dass Krämer Walther nicht die ganze Wahrheit sagt. Im Namen des böhmischen Königs und Markgrafen von Mähren muss ich daher eine gründliche Untersuchung vornehmen.«

»Dann tut Eure Pflicht«, sagte Paul von Eulenburg achselzuckend und griff nach einer Schriftrolle, um deutlich zu machen, dass er selber viel zu tun habe.

Doch Ulrich sprach unbeirrt weiter: »In diesem Zusammenhang muss ich auch Euch befragen. Ihr kennt doch den Krämer Walther?«

»Ich kenne viele Leute – warum kommt Ihr ausgerechnet zu mir?«

»Ich sah Euch vorhin zufällig vorübergehen und dachte mir, wer, wenn nicht mein verehrter Kollege, könnte mir helfen?«

Paul von Eulenburg sah Ulrich prüfend an. Dann begann er etwas steif darzulegen, dass er selbstverständlich den Krämer

Walther kenne, das tue doch jeder hier in Olmütz. Wie die meisten höheren Beamten kaufe er bei ihm ein, da kein anderer Händler im Umkreis so gute Waren anbiete wie er. Wenn er überhaupt etwas über Walther sagen könne, dann nur, dass er ein ausgezeichneter Geschäftsmann sei.

»Und Mechthild? Habt Ihr sie gekannt?«

»Nun, sie war eine verheiratete Frau, und ich hatte keinen Umgang mit ihr«, entgegnete er reserviert. »Ich habe mir jedoch sagen lassen, sie sei eine eifrige Christin.«

»Ihr Mann beweist in dieser Hinsicht wohl weniger Eifer«, bemerkte Ulrich ruhig. »Es heißt, er habe die eheliche Treue nicht heiliggehalten.«

»Wenn jemand sündigt, so straft ihn Gott.«

»Wusstet Ihr, dass er Freudenmädchen aufsucht? Angeblich hält er sich sogar eine Konkubine.«

»Als Diener Gottes beschäftige ich mich nicht mit Schlüpfrigkeiten! Natürlich heißt unser Herr diese Dinge nicht gut, und dennoch tun Menschen sie. Was soll ich Euch weiter dazu sagen?«

»Ihr leugnet es also nicht?«

»Ich bestätige es auch nicht«, erwiderte der bischöfliche Offizial und stand auf. »Es wird nun Zeit, sich zu verabschieden.«

Ulrich setzte ein schüchternes Lächeln auf. »Ich habe nur noch eine Frage. Eigentlich bin ich ja nach Mähren gekommen, um etwas über den Raub des königlichen Silberschatzes zu erfahren. Wisst Ihr zufällig etwas darüber?«

»Warum sollte ich?«, entgegnete Paul von Eulenburg empört. »Der Überfall hat sich auf Hohlensteiner Territorium ereignet. Fragt doch lieber Herrn Zirro!«

Ehe Ulrich etwas darauf erwidern konnte, ging die Tür auf, und ein großer dünner Mann mit scharfen Zügen und markanter Adlernase betrat den Raum. Er trug eine violette Soutane und eine goldene Kette um den Hals.

Mit immer noch grimmiger Miene wies Paul von Eulenburg auf den Besucher und stellte ihn Ulrich vor: »Dies ist der ehrwürdige Leonhard von Hackenfeld, Beichtvater Seiner Gnaden des Bischofs.«

Der Kleriker nickte unmerklich und erklärte dann, Seine bischöfliche Gnaden wünsche auf der Stelle mit dem königlichen Prokurator zu sprechen. Paul von Eulenburg war über die Unterbrechung des Gesprächs sichtlich erleichtert und gab mit einem vornehmen Wink zu verstehen, dass er seinen Gast entlasse, ehe er sich beflissen irgendeinem Schriftstück zuwandte.

Ulrich hätte zu gerne gewusst, warum die Audienz so dringlich war, aber die Miene des bischöflichen Beichtvaters war so verschlossen, dass er ihm keine Fragen stellte und ihm nur folgte. Bruno von Schauenburg wirkte schon viele Jahre als Bischof von Olmütz, trotzdem hatten sie während dieser ganzen Zeit nur einmal miteinander gesprochen und waren sich danach aus dem Weg gegangen.

Zu ihrer Begegnung war es kurz nach Brunos Amtsantritt im böhmischen Reich gekommen, und zwar am Königshof in Prag. Bruno von Schauenburg hatte gestutzt und Ulrich einen Moment schweigend gemustert, bevor er ihn unfreundlich gefragt hatte, ob er in seinen jungen Jahren zufällig die Klosterschule in Magdeburg besucht habe. Ulrich hatte nur genickt, denn er dachte nicht gerne an die Zeit dort zurück.

Damals war er Zeuge eines Mädchenmords im Kreuzgang des Mauritiusklosters geworden und wäre bei seinen Nachforschungen fast selbst ums Leben gekommen. Was er dort im Kloster der Benediktiner erlebt hatte, hatte ihm endgültig alle Illusionen geraubt und ihn dazu gebracht, die Schule zu verlassen, die ihm eine Laufbahn als Geistlicher gesichert hätte. Zum ersten Mal nahm er die Gerechtigkeit in die eigenen Hände, indem er aufdeckte, dass hinter den Mädchenmorden Bischof Eusebius steckte. Wie später so oft hatte er sich entschlossen, selbst zu handeln, statt sich auf Gottes Gerechtigkeit zu verlassen, geschweige denn auf die der Menschen, denn diese war blind, wenn nicht jemand sich ihrer annahm, der ausschließlich sein Herz und sein Gewissen befragte, statt auf die Interessen der Mächtigen Rücksicht zu nehmen.

Damals in Prag hatte Bruno von Schauenburg zu ihm gesagt: »Ich wusste doch, dass du es bist. Eusebius, der Bischof von Magdeburg, war mein Lehrer!«

»Er war ein Verbrecher«, hatte Ulrich unbeirrt geantwortet.

»Zuallererst war er Bischof. Und niemand hatte dir das Recht gegeben, zu strafen!«

»Vielleicht geschah es ja durch Gottes Wille, weil der Herrgott seine Sünden nicht mehr ertrug!«

»Sollten wir uns noch einmal begegnen, wird es vielleicht durch Gottes Willen geschehen, dass ich derjenige bin, der straft!«, hatte Bruno drohend gesagt. Das waren die einzigen Worte, die über die Jahre zwischen ihnen gefallen waren. Und nun befand sich Ulrich auf dem Weg zu einer Audienz bei ihm. Schon als König Ottokar ihm den Auftrag gab, nach Mähren zu reisen, hatte er geahnt, dass es unausweichlich zu einer neuerlichen Begegnung mit Bruno kommen würde. Ihm war nicht wohl dabei, doch es ließ sich nun einmal nicht vermeiden.

Bruno von Schauenburg erwartete Ulrich in seinem privaten Arbeitszimmer. Er war wie ein Ritter gekleidet, trug dunkles Tuch und ein Panzerhemd sowie über den Schultern einen langen Umhang mit seinem Familienwappen, den eine silberne Spange zusammenhielt. Er war mittleren Alters, hatte ein ausdrucksvolles Gesicht, stahlblaue Augen und einen leicht ironischen Zug um den Mund. Im Kontrast zu seiner markanten männlichen Erscheinung besaß er feine weiße Hände, an denen ein dicker Goldring mit einem herrlichen blauen Saphir ins Auge stach.

Als Leonhard von Hackenfeld und Ulrich in die Stube traten, kniete der Beichtvater des Bischofs sich ehrfürchtig nieder. Ulrich dagegen blieb stehen, grüßte den Bischof nur mit einer leichten Neigung des Kopfs und sah ihm fest in die Augen.

Brunos zusammengepresste Lippen verrieten seine innere Anspannung. Er ergriff das Wort und erklärte ohne besondere Überzeugungskraft, wie sehr er es bedauere, dass der Silberschatz aus der Preußenbeute verloren gegangen sei. »Als Ratgeber unseres erhabenen Herrschers und treuer Diener der Kirche bete ich täglich dafür, dass der ruchlose Räuber bestraft werden und das Silbergeld in die Schatzkammer unseres hochgnädigen Königs zurückkehren möge. Mehr kann ich jedoch beim besten Willen nicht tun, da der Überfall nicht auf meinem Herrschaftsgebiet stattfand.« Dann änderte sich plötzlich sein Tonfall, und er fuhr mit scharfem Blick auf den königlichen Prokurator fort: »Schon einmal habt Ihr Euch erdreistet, an Orten herumzuforschen, an denen es zu keinem Fehl gekommen ist. Ich habe Magdeburg nicht vergessen! Wenn Ihr es hier erneut wagt, Eure Kompetenzen zu überschreiten, werde ich weniger nachsichtig sein. Solltet Ihr einem meiner Diener eine Schuld anhängen, werte ich es so, als würdet Ihr mich selbst beschuldigen!«

»Gott allein kennt die Wahrheit, und es liegt an ihm, seinen Getreuen eine Eingebung zur Aufklärung der Dinge zu schenken«, erwiderte Ulrich ungerührt. »Ich werde weiterhin nichts anderes tun, als mit dem Finger auf den Menschen zu zeigen, der die Tat begangen hat. Zu diesem Zeitpunkt wage ich jedoch noch nicht zu sagen, wer es gewesen sein könnte. Und ebenso wenig wage ich, wen auch immer voreilig von dem Verdacht freizusprechen – das betrifft auch Eure Diener.«

Bruno von Schauenburg nickte nur, dann wandte er sich an seinen Beichtvater: »Bruder Leonhard, bringe deine Anklage vor!«

Der dürre Kleriker kniete immer noch auf dem Boden. Mit fromm gefalteten Händen begann er in bedauerndem Tonfall zu berichten, was für ein schändliches Verbrechen der Knappe Otto von Zastrizl begangen habe und wie heimtückisch er dem Gefängnis entflohen sei. Er schloss mit den Worten, dass nach Ansicht der Inquisition, deren Wahrheit er in Mähren vertrete, der Herr eines jeden Dieners einen Teil der Schuld trage, sei es doch schlechterdings nicht möglich, dass er nichts davon gewusst habe, dass sein Knappe vom Teufel besessen sei.

Zuerst bekam Ulrich einen gewaltigen Schreck, als ihm aber klar wurde, dass Otto geflohen war, atmete er auf. Die Erleichterung musste ihm im Gesicht gestanden haben, denn Bischof Bruno von Schauenburg verzog wütend das Gesicht und fragte ihn mit schneidender Stimme, was er zu seiner Verteidigung vorzubringen habe.

Ulrich antwortete: »Ich werde mich nicht selbst verteidigen, da ich mir gemäß dem Landrecht und übrigens auch nach kanonischem Recht nichts habe zuschulden kommen lassen, was ich vor irgendjemandem rechtfertigen müsste. Wenn, dann allenfalls vor unserem König, dem ich ebenso gehorsam ergeben bin wie Ihr, edler Bischof. Verteidigen werde ich jedoch meinen Knappen, dem ganz offensichtlich ein Unrecht widerfahren ist.«

»Ihr wagt es, einen Beschluss des Inquisitionstribunals anzuzweifeln?«, rief Bruder Leonhard und stand eilig vom Boden auf, da es ihm nun doch unangemessen erschien, einen stehenden Sünder von den Knien aus zu beschuldigen.

»Ich würde es nicht wagen, wenn bei den genannten Verbrechen der Teufel am Werk wäre. Ich habe jedoch Beweise dafür, dass ein Mensch die Morde begangen hat, der weder vom Teufel besessen noch mein Knappe ist!«

»Das Inquisitionstribunal hat die Schuld des Otto von Zastrizl eindeutig nachgewiesen«, widersprach Leonhard von Hackenfeld kalt.

»Das Inquisitionstribunal hat lediglich die Aussage eines Mannes angehört«, hielt Ulrich dagegen. »Wenn ich recht verstanden habe, hat mein Knappe jedoch kein Geständnis abgelegt, und Ihr wisst sicherlich, dass sich ohne Schuldgeständnis kein Urteil sprechen lässt.« Er sah den Bischof an, damit dieser seine Aussage bestätige, und Bruno von Schauenburg nickte, wenn auch widerwillig, und warf diesmal seinem Beichtvater einen tadelnden Blick zu.

So schnell jedoch gab Bruder Leonhard nicht auf. Er hatte als Inquisitor immer schon so gehandelt und begriff nicht, warum er sich um irgendwelche Vorschriften scheren sollte, wenn er doch für Gottes Wahrheit kämpfte. Trotzig rief er: »Und wenn schon – er hat den Wächter vor seiner Gefängniszelle getötet! Allein das ist ein Grund, ihn zu hängen!«

»Hat ihn jemand dabei gesehen?«, fragte Ulrich mit sanfter Stimme. »Ihr habt erzählt, der Wächter sei mit einem Kurzschwert getötet worden. Erklärt mir bitte, wie mein Knappe als unbewaffneter Mann dem Gefängnis entkommen konnte. Hat ihm jemand die Tür geöffnet? Und wie soll er an die Waffe gekommen sein? Nein, Bruder Leonhard, Euer Schuldspruch ist falsch! Den Wächter kann sonstwer im Streit erstochen haben, der anschließend die Gefängniskammer öffnete, um die Schuld auf meinen Knappen abzuwälzen.«

»Otto von Zastrizl ist der Werwolf, und beim Ausbrechen hat ihm der Teufel geholfen!«, wiederholte Bruder Leonhard stur.

»Dann habt Ihr sicherlich auch eine Erklärung dafür, wie der Teufel so schreckliche Dinge in einer Feste begehen kann, die der Kirche gehört?«, warf Ulrich seelenruhig ein.

Jetzt hatte Bruno von Schauenburg genug. Er lief rot an vor Wut, dass sein Beichtvater sich so ungeschickt verhielt, denn die Argumente des königlichen Prokurators ließen sich zugegebenermaßen nicht einfach so abtun. Er schlug mit der Faust auf den Tisch und erklärte: »Die Beschreibung Eures Knappen wurde an allen Toren der Stadt und auf meinem ganzen Territorium bekannt gegeben, Herr von Kulm. Sobald er gefasst wird, werde ich eine Entscheidung darüber treffen, ob er schuldig ist oder nicht. Auch wenn er bisher nicht gestanden hat, erachte ich ihn einstweilen als Verdächtigen. Und ich warne Euch! Ich werde nicht dulden, dass Ihr auf irgendeine Weise erneut die Autorität der Kirche untergrabt. Wenn Ihr die Stadt verlassen wollt, dann nur mit meiner Zustimmung. Und auf meinen Ländereien werdet Ihr Euch nur unter der Aufsicht meiner Männer bewegen!«

XIX. KAPITEL

Die Audienz beim Bischof war beendet, und Ulrich war froh, dass er diese unangenehme Begegnung hinter sich hatte. Er begann sogar, vor sich hinzupfeifen, was Bruder Leonhard, der mit ihm gemeinsam fortging, in der Überzeugung bestärkte, dass der Prokurator des böhmischen Königs nicht nur ein unverbesserlicher Ketzer, sondern mit großer Wahrscheinlichkeit auch noch verrückt war. Er verabschiedete sich äußerst reserviert von ihm.

Ulrich wanderte eine Weile über den Burghof und dachte mit Schaudern daran, was Otto Furchtbares hätte zustoßen können. Zwar gingen sie grundsätzlich einer gefährlichen Arbeit nach – sie konnten jederzeit von einem heimtückischen Gauner hinterrücks erstochen oder von einem Pfeil getroffen werden, gegen derlei war man machtlos –, aber durch die Hand der Inquisition umzukommen, erschien ihm doch allzu absurd. Er ahnte natürlich, dass es tatsächlich sein Knappe gewesen war, der den Wächter getötet hatte, doch sah er es nicht als Verbrechen an, denn wenn einem aus unrechten Gründen die Hinrichtung drohte, hatte man das Recht, sich zu wehren. Am Ende fiel alle Schuld auf Leonhard von Hackenfeld zurück.

In diesem Moment sah er Militsch von Schwabenitz aus der Wenzelskirche kommen und ging zu ihm hinüber. »Es ist zwar schon bald Mittag, aber wie wäre es, wenn wir dem Haus Eurer Schwiegertochter Katharina einen Besuch abstatteten?«, schlug er vor. Er wusste jetzt, was er dort suchte, und wollte keine Zeit verlieren.

Der alte Edelmann war einverstanden. »Es macht nichts, wenn wir das Mittagessen in der Burg verpassen. Dann essen wir eben in der Stadt«, meinte er. »Aber erzählt einmal, was Ihr herausgefunden habt.«

»Vor allem habe ich herausgefunden, dass Ihr schon wieder jemanden auf mich aufpassen lasst«, knurrte Ulrich.

»Wie bitte?« Militsch blieb verblüfft stehen. »Das würde ich mir nie erlauben, ich weiß doch, dass Ihr es nicht wünscht.«

»Es war ein Mann mit einem schwarzen Umhang ... ein blasser, dünner Mann«, versuchte Ulrich sich an die Begegnung am Morgen zu erinnern.

Militsch schüttelte den Kopf. »Dieser Mann gehört nicht zu mir! Offenbar interessiert sich noch jemand anderes für Euch«, erklärte er mit besorgter Miene.

Ulrich grübelte, wer den Mann sonst geschickt haben könnte. Es musste dabei ja nicht unbedingt um den Fall des Silberraubs gehen. Es konnte auch ein gewöhnlicher Dieb sein. Aber wahrscheinlich interessierte sich auch der Bischof persönlich dafür, was der königliche Prokurator in Olmütz trieb. Nach der soeben erlebten Audienz konnte er ihn ebenso wenig aus dem Kreis der Verdächtigen ausschließen wie seine Beamten, und von denen musste es nicht einmal ein hoher sein. Auch der Burggraf von Proßnitz konnte hinter dem Überfall stecken, schließlich war es von seinem Verwaltungsgebiet aus kein weiter Weg über den Hügelkamm bis zum Wald hinter Drahan, wo die toten Soldaten gefunden worden waren.

Letztlich konnte aber nach wie vor auch Zirro von Hohlenstein den Beuteschatz geraubt haben, genauso wie der Olmützer Burggraf Jan, und nicht einmal Militsch von Schwabenitz und seinen Sohn Idik konnte er ausschließen, denn wer sagte, dass sie die Wahrheit sprachen? Diesen Kreis der Verdächtigen noch zu erweitern ergab wenig Sinn, denn niemand sonst besaß Macht und Mittel, so viele Söldner auf einmal niederzuschlagen und dann noch unbeobachtet mehrere Geldtruhen abzutransportieren. Der Kreis war auch so schon groß genug, und schlimmer noch, es waren alles einflussreiche Leute – und den Mächtigen beizukommen, damit hatte Ulrich schon daheim in Böhmen seine liebe Mühe, das würde hier in Mähren noch schwieriger werden.

Militsch bedachte ihn mit einem väterlichen Blick. »Vor mir seid Ihr im Wald flink wie ein Hase ausgerissen«, sagte er, »und nun verhaltet Ihr Euch, als wüsstet Ihr Euch nicht zu helfen? Glaubt Ihr mir immer noch nicht?«

Ulrich hob die Schultern. »Glauben ist die Sache eines Geistlichen, nicht die eines Richters.«

»Ihr ahnt ja nicht, wie es hier in Mähren zugeht. Der König ist hier allzu fern. Und alleine könnt Ihr nichts ausrichten. Macht Euch bewusst, dass Ihr einen Verbündeten braucht! Also, lasst uns gehen.«

Auf dem Weg vom Allerheiligentor zum Marktplatz hielten beide misstrauisch die Augen offen, bemerkten aber nichts Verdächtiges. Sie passierten den Brunnen und bogen in die kleine Seitenstraße ein, wo Militsch einen großen Schlüssel aus seinem Lederbeutel zog und das Tor zum Haus seiner toten Schwiegertochter aufschloss. Er ließ Ulrich den Vortritt und wollte ihm dann folgen, doch Ulrich hielt ihn mit einer Geste zurück.

»Wenn Ihr erlaubt, würde ich mich gerne alleine umsehen.«

»Nun, dann warte ich in der Schenke am Marktplatz auf Euch«, murmelte Militsch gekränkt. Er reichte Ulrich den

Schlüssel, kehrte in die Gasse zurück und ging langsam davon. Ulrich schloss das Tor hinter sich und sicherte es mit dem Riegel. Er stand in der Eingangshalle. Linkerhand befand sich eine Küche und rechts ein kleiner Raum mit einer Treppe, die ins obere Stockwerk führte. Ganz offensichtlich war schon jemand vor ihm hier gewesen. Alle Truhen waren geöffnet und der Inhalt lag zum Teil über den Boden verstreut. Es musste aber schon etwas länger her sein, denn Ulrich entdeckte eine dünne Staubschicht auf den Sachen.

Er lief die Treppe hinauf. Dort befand sich ein rechteckiger Raum, den Katharina sich als Schlafkammer eingerichtet hatte. Von den Fenstern, die zur Hofseite gingen, war eines zerschlagen. Offenbar war der Eindringling so ins Haus gelangt. Ein Dieb konnte es aber nicht gewesen sein, denn Ulrich entdeckte unter den herumliegenden Dingen auch wertvollen Schmuck, den ein gewöhnlicher Einbrecher sich nicht hätte entgehen lassen. Der Unbekannte hatte anscheinend das Gleiche gesucht wie Ulrich.

Katharinas Schlafkammer war überraschend prunkvoll ausgestattet. Ulrich wusste, dass die Witwe von Idik eine Rente erhalten hatte, doch war diese gewiss nicht so hoch, dass sie sich damit solchen Luxus hätte leisten können: ein Himmelbett mit Brokatvorhängen, ein Wandteppich mit einer Szene aus der Äneas-Legende – Äneas flieht aus dem brennenden Troia –, Holztruhen mit aufwendig geschnitzten Verzierungen und ein Schmuckkästchen mit Elfenbein-Intarsien. Er besah sich alles gründlich, schaute, um auch ja nichts zu übersehen, in die Truhen hinein und klopfte sie ab, ob sie nicht vielleicht ein Geheimfach enthielten. Auch die Bettstatt tastete er von unten ab, doch nirgendwo fand er etwas, das seinen Verdacht bestätigt hätte. Vielleicht hatte der Unbekannte, der vor ihm hier gewesen war, die nötigen Beweise schon entwendet. Sehr wahrscheinlich schien es Ulrich indessen nicht, denn wenn der andere erfolgreich gewesen wäre, hätte er wohl nicht noch das ganze Haus auf den Kopf gestellt.

Ulrich ließ sich für einen Moment in einem Sessel nieder und versuchte sich vorzustellen, was für eine Frau Katharina gewesen war. Ganz offensichtlich hatte sie eine Vorliebe für Prunk. Auch wenn er sich in der Mode nicht auskannte, konnte er doch erkennen, dass ihre Kleider viel gekostet haben mussten. Und in dem Schmuckkästchen befanden sich einige herrliche Stücke, die gewiss nicht aus heimischen Goldschmieden stammten. Am meisten überraschten ihn aber die fünf Bücher, die auf einem Regalbrett zwischen den Fenstern standen. Außer einer prächtig illustrierten Handschrift mit Heiligenlegenden fanden sich dort eine Abhandlung über Astrologie, ein Herbarium und zwei Abschriften mährischer Chroniken, deren Autoren er nicht kannte. Diese Bücher mussten so viel gekostet haben wie ein ganzer Bauernhof!

Gleichzeitig fand er aber auch ein schlichtes dunkles Gewand, ein Holzkreuz an einer groben Schnur zum Umhängen, einfache Schnürsandalen und andere billige Sachen. Wahrscheinlich pflegte Katharina in diesen schlichten Kleidern aus dem Haus zu gehen, um keinen Verdacht zu erregen, schließlich hatte sie den Ruf einer frommen Witwe. Die kostbaren Dinge trug sie dann zu Hause. Aber für wen? Zu ihrem eigenen Vergnügen, oder um jemand anderen zu erfreuen? Er konnte sich nicht vorstellen, dass eine Frau sich nur für sich selbst herausputzte, ohne sich anderen zeigen zu können.

Ulrich hatte zwar nicht gefunden, wonach er suchte, dennoch war sein Hausrundgang nicht vergeblich gewesen, da er dabei einiges über Katharina erfahren hatte. Und die Tatsache, dass ihm jemand zuvorgekommen war, erhärtete seine Vermutung. Fragte sich nur, ob er überhaupt noch Beweise für seine These finden würde. Er ging die Treppe hinunter, verließ das Haus und schloss das Tor sorgfältig ab. Dann wanderte er nachdenklich zum Marktplatz zurück.

Er würde alles, was er bisher sowohl über Katharinas als auch über Mechthilds Tod herausgefunden hatte, noch einmal sorgfältig prüfen müssen. Wenn seine Ermittlungsergebnisse sich nicht mit seinen Hypothesen deckten, musste es irgendwo einen Denkfehler geben. Nichts war törichter, als sich an einem einzigen Verdacht festzubeißen und nur nach solchen Hinweisen zu suchen, die ihn bestätigten. Er konnte sich täuschen, aber er hatte immer stärker das Gefühl, dass Katharina auch für die anderen Verbrechen eine Schlüsselfigur darstellte. Es war nur eine Ahnung, doch bisher hatte seine Intuition ihn fast nie getrogen.

Mechthilds Tod war ein vergleichsweise einfacher Fall. Ulrich war fest davon überzeugt, dass ihr Mann sie vergiftet hatte. Als der alte Rabbiner erwähnt hatte, dass Katharina oft allerlei Kräuter mit nach Hause brachte, war ihm der Gedanke gekommen, dass womöglich sie das Gift hergestellt hatte. Und der Fund des Pflanzenbuchs in ihrer Schlafkammer erhärtete diesen Verdacht. Vielleicht hatte sie auch noch anderen Mördern Giftmischungen verkauft – was erklären würde, wie sie sich ein so luxuriöses Heim hatte leisten können. Und nach ihrem Tod hatte vermutlich jemand ihre Zimmer durchsucht, um mögliche Beweise zu vernichten. Das konnte aber nur jemand getan haben, der von ihrer Ermordung nahe Blanseck wusste, was bedeutete, dass diese beiden Ereignisse irgendwie zusammenhängen mussten. Alles andere war bisher reine Spekulation, etwa, ob auch die Tatsache, dass Wolfgang an der Leiche des kopflosen Mannes Giftspuren entdeckt hatte, mit Katharina in Verbindung stand. Konnte das wirklich ein Zufall sein? Ulrich glaubte nicht an solche Zufälle.

Sollte aber die Witwe tatsächlich eine Giftmischerin gewesen sein, musste doch irgendetwas in ihrem Haus davon zeugen! Solange er keine Beweise für Katharinas Tätigkeit besaß, würde er auch den Krämer Walther nicht überführen können, denn dann hatte er keinen stichhaltigen Grund, die Exhumierung seiner verstorbenen Frau anzuordnen. Niedergeschlagen erreichte Ulrich die Schenke am Marktplatz, wo er einen Moment unschlüssig stehen blieb. Er hatte keinen Appetit, andererseits wollte er Militsch gegenüber nicht unhöflich sein, also trat er mit eingezogenem Kopf durch die niedrige Tür ins Innere.

Militsch saß mit ein paar Händlern am Tisch, in ein lebhaftes Gespräch vertieft. Er schien den königlichen Prokurator nicht sonderlich zu vermissen, weshalb Ulrich sich schon beruhigt umdrehen und wieder gehen wollte, aber da bemerkte der alte Edelmann ihn und winkte ihm freundlich, sich zu ihnen zu gesellen.

»Was hat Euer Besuch ergeben?«, fragte er neugierig.

»Es war schon jemand vor mir im Haus«, erklärte Ulrich, während er sich zwischen zwei kräftigen Mannsbildern niederließ, die auf der Bank für ihn zur Seite rückten. »Alles ist durchwühlt.«

»Ein Dieb?«

»Wohl kaum. Er hat die Schmuckstücke liegen lassen.«

Militsch von Schwabenitz nickte etwas zerstreut und murmelte, dass er etwas Ähnliches erwartet habe. Wenn sich jemand schon die Mühe gemacht habe, Katharina zu ermorden, dann sei es nur konsequent, dass er auch ihr Haus durchsuche.

Ulrich schnipste mit den Fingern, um den rotwangigen Wirt auf sich aufmerksam zu machen, doch noch vor dem Wirt trat ein schmächtiges Männchen in einem abgetragenen grünen Mantel an ihren Tisch und zog seinen großen schwarzen, mit drei Federn besetzten Hut. In gebrochenem Tschechisch erklärte er, er heiße Maestro Signoretti und werde den edlen Herren seine sprechende Puppe vorführen. Er wartete gar nicht ab, ob sie Interesse bekundeten, sondern fischte unter seinem Mantel ein Lumpenpüppchen hervor, das wie ein struppiger kleiner Junge aussah. Als einer der Händler schon knurrte, dass sie sich nicht für Komödianten interessierten und er sich davonmachen solle, redete die Puppe plötzlich drauflos: »Ihr habt gut reden, Ihr edlen Leute, die Ihr den Bauch voll mit gutem Essen habt, aber stellt Euch einmal vor, wie es mir geht, der ich nur Sägespäne in mir habe!«

Der Händler schluckte und starrte die Puppe ungläubig an. Maestro Signoretti hielt die Lippen geschlossen, doch seine Puppe redete weiter: »Damit Ihr's wisst, edler Herr, auch eine Puppe braucht etwas zu essen. Bekäme ich ein paar Kupferlinge, müsste ich mich nicht mit Sägespänen begnügen, sondern könnte vielleicht ein gebratenes Hühnchen essen. Ei, wie köstlich das wäre!«

Alle Männer am Tisch fingen amüsiert an zu lachen. Ulrich hatte so etwas schon einmal erlebt und begriff, dass der kleine Mann mit der Puppe ein hervorragender Bauchredner war. Er winkte ihn zu sich, griff in seinen Beutel, reichte ihm einen Silberling und sagte: »Wenn deine Puppe gegessen hat, soll sie wiederkommen und erzählen, wie es ihr geschmeckt hat!«

Maestro Signoretti machte eine tiefe Verbeugung und streckte seinen Hut den Händlern hin, damit sie ebenfalls ihr Scherflein beisteuerten. Er erhielt eine Handvoll Kupfermünzen und kehrte hochzufrieden an seinen kleinen Tisch im Hintergrund zurück, nicht ohne sich zuvor rasch etwas zu essen bestellt zu haben.

Militsch von Schwabenitz hatte den Auftritt mit zusammengekniffenen Augen verfolgt, und nachdem Maestro Signoretti verschwunden war, schüttelte er belustigt den Kopf und sagte: »Mir ist klar, dass das eine Gaukelei ist. Aber wie er das macht, ist mir ein Rätsel.«

»Wenn er noch mal kommt, verbinden wir ihm den Mund mit einem Tuch«, schlug einer der Händler vor. »Dann werden wir ja sehen ...«

»Ihr solltet eher seiner Puppe den Mund verbinden«, meinte Ulrich geheimnisvoll, »vielleicht spricht sie ja wirklich selbst?«

»Sapperment, das stimmt!«, stieß der Händler aus. »Am besten, wir verbinden beiden den Mund!«

Erst am späten Nachmittag verließen Ulrich und Militsch die Schenke am Marktplatz. Sie hatten gut gegessen und zugehört, was die Händler, die gerade aus Polen zurückgekehrt waren, von ihrer Reise zu berichten hatten.

»Wisst Ihr, was mich nicht loslässt?«, sagte Militsch, als sie den Platz überqueren. »Was kann meine Schwiegertochter so Wichtiges gewusst haben, dass jemand sie deswegen ermordet und anschließend ihr Haus durchsucht hat? Wäre es dem Täter um etwas gegangen, was sie bei sich zu Hause versteckte, hätte er es auch in ihrer Abwesenheit stehlen können und keinen Mord begehen müssen. Und andersherum, falls sie etwas gewusst hat, was sie nicht hätte wissen dürfen, hätte es genügt, sie umzubringen, ohne auch noch ihr Haus auf den Kopf zu stellen.«

»Vielleicht dachte der Täter, dass sie die Beweise, die sie gegen ihn in der Hand hatte, auf ihre Reise nach Burg Blanseck mitgenommen hatte«, wandte Ulrich ein. »Und als er sie nach dem Mord nicht bei ihr fand, hat er ihr Haus durchsucht. Wie auch immer, er fand offenbar nicht, wonach er suchte.«

Militsch blieb stehen. »Wie wollt Ihr das wissen?«, fragte er und musterte Ulrich skeptisch.

Ulrich zögerte. »Üblicherweise berichte ich von meinen Ermittlungen erst, wenn ich den Täter gefasst und ein Urteil gesprochen habe. Aber da ich in Olmütz nicht offiziell unterwegs und wegen meiner mangelnden Ortskenntnisse auf Eure Hilfe angewiesen bin, mache ich eine Ausnahme. Also: Wusstet Ihr, dass Katharina eine Giftmischerin war?«

Militsch von Schwabenitz bekreuzigte sich entsetzt. »Eine Giftmischerin?«

»So ist es. Und offenbar hatte sie vor, einen ihrer Kunden zu erpressen, wie ja auch der Brief andeutet, den mir Euer Sohn Idik gezeigt hat. Wie der Unbekannte allerdings von dem Brief erfuhr, weiß ich nicht, jedenfalls hat er sie auf radikale Weise zum Schweigen gebracht und anschließend ihr Haus durchsucht.«

»Ihr habt doch den Krämer Walther in Verdacht, seine Frau Mechthild ermordet zu haben«, stieß Militsch aufgeregt aus. »Er ist reich – vielleicht wollte Katharina ihn erpressen!«

»Aber nein.« Ulrich winkte ab. »Sie kann ihn doch nicht schon erpresst haben, bevor er das Gift anwendete. Und das geschah erst nach ihrem Tod. Außerdem schreibt sie in ihrem Brief ausdrücklich, es handele sich um eine sowohl reiche als auch mächtige Person. Und so mächtig ist der Krämer nun auch wieder nicht.«

»Da habt Ihr recht«, räumte Militsch ein. »Was sollen wir also tun?«

»Gehen wir einmal davon aus, dass Katharina mehreren Interessenten Gift verkauft hat und einige von ihnen es auch eingesetzt haben – darunter der Unbekannte, den sie in ihrem Brief erwähnt. Ihr kennt Euch hier in der Gegend besser aus als ich. Versucht, eine Liste der reichen Familien aufzustellen, in denen in letzter Zeit jemand unerwartet verstorben ist.«

Militsch nickte eifrig. »Eine gute Idee«, sagte er. »Heute Abend sollt Ihr die Liste haben. Aber was ist mit Euch? Falls Euch wirklich jemand verfolgt ...«

»Ich passe schon auf mich auf«, sagte Ulrich unbekümmert. »In den letzten Stunden ist uns ja niemand Verdächtiges aufgefallen. Ich muss nur noch etwas überprüfen, dann komme ich zurück zum Markgrafenpalast.«

Der alte Edelmann seufzte, um seinen Kummer darüber auszudrücken, dass die Jungen so selten auf die Älteren, Erfahreneren hören wollen, dann machte er sich auf den Weg zur Burg. Ulrich blickte ihm lächelnd nach. Er war ziemlich sicher, dass Militsch nicht viel Nützliches herausfinden würde, aber erstens war er ihn so für eine Weile los, und zweitens würde Katharinas Mörder auf diese Weise von ihren Nachforschungen Wind bekommen – und entsprechend reagieren. Ein nervös gewordener Täter aber beging in der Regel Fehler.

Ulrich schlenderte zum Brunnen auf dem Marktplatz zurück. Allmählich wurde es Abend, und es herrschte ein reges Kommen und Gehen. Die Mägde der reichen Bürgerhäuser und die ärmeren Frauen aus den kleinen Häusern entlang der Stadtmauer kamen mit Kübeln, um Wasser zu holen. Ulrich blieb ein wenig abseits stehen und behielt unauffällig den Eingang von Krämer Walthers Haus im Auge.

Er musste nicht lange warten. Bald trat aus dem großen Holztor die alte Köchin, die nachlässig ein Tuch um ihr graues Haar gebunden hatte und in beiden Händen große Blecheimer trug. Sie gesellte sich zu den anderen Frauen, stellte einen Eimer auf den Boden und ließ den anderen in den Brunnen hinab. Als sie sich damit abmühte, den vollen Eimer wieder hochzuziehen, kam Ulrich ihr zu Hilfe und hob ihn über den steinernen Brunnenrand. Dann füllte er rasch den zweiten Eimer mit Wasser.

»Danke Euch, Herr«, murmelte sie verlegen. »Ihr seid heute Morgen bei uns im Haus gewesen. Ihr untersucht den Tod meiner Herrin, nicht wahr?«

»Ganz richtig. Als Prokurator des Königs bin ich dazu verpflichtet. Nur spricht Krämer Walther offenbar nicht gerne über seine Privatangelegenheiten.«

»Herr Walther ist ein Grobian«, stieß die Köchin grimmig aus. »Heute Mittag hat er mich geschlagen, weil er die kleine Tür zur Küche quietschen hörte, als Ihr in der Eingangshalle auf ihn gewartet habt.«

»Das tut mir sehr leid!«

»Ich bin dran gewöhnt. So hat er auch seine Frau behandelt. Gott vergebe mir meine Worte, mein Herr, aber wenn jemand einen Grund zum Töten gehabt hätte, dann sie. Eine verheiratete Frau hat oft ein ähnliches Los wie eine Dienerin. Sie hat zu schweigen, so sieht's aus.«

»Mechthild starb mitten in der Nacht. Wenn jemand sie vergiften wollte, hätte er es am Abend tun müssen. Ich nehme an, dass du das Abendessen zubereitet hast?«

»Natürlich. Und ich hab's auch zu Tisch gebracht. An dem Abend hatte der Herr ausnahmsweise keine Gäste, er und seine Gemahlin haben alleine gespeist, und beide das Gleiche.«

»Was haben sie getrunken?«

»Der Herr hat Wein getrunken, die Herrin nur Wasser. Und das hat sie selbst hereingebracht!«

Ulrich überdachte schnell, was sie gesagt hatte. Dass die alte Köchin schlecht über den Krämer sprach, musste noch nichts bedeuten; vielleicht täuschte sie ihren Groll auch nur vor, um Ulrichs Vertrauen zu gewinnen. Denn trotz ihrer offensichtlichen Abneigung schien sie nicht die leiseste Andeutung zuzulassen, dass der Krämer seine Frau vergiftet haben könnte; dabei machte sie keinen dummen Eindruck, und der Verdacht musste ihr selbst schon gekommen sein.

»Haben die beiden deine Gerichte ganz aufgegessen?«, fragte Ulrich.

Die grauhaarige Köchin bückte sich, um die beiden Eimer hochzuheben, und brummte, es gebe keinen Grund, etwas übrig zu lassen, schließlich verstehe sie etwas vom Kochen. Sie wandte sich schon zum Gehen, als ihr noch etwas einfiel: Manchmal sei Frau Mechthild etwas heikel mit dem Essen gewesen, dann habe sie ihrer Katze etwas abgegeben – was für eine Verschwendung von Gottes Gaben!

»Wer kümmert sich jetzt um die Katze?«, wollte Ulrich wissen.

»Das ist ja das Merkwürdige«, murmelte die Alte. »Seit gestern habe ich sie nicht mehr gesehen. Ihr Schälchen steht auf dem Hof, und sie hat es nicht mal angerührt.« Dann schlurfte sie weiter in Richtung des Krämerhauses. Ulrich hätte sie gerne noch ein paar Dinge gefragt, doch er wollte sie nicht länger aufhalten, sonst würde der Krämer sie noch bestrafen, wenn sie zu spät nach Hause kam. Ulrich hatte auch so genug erfahren.

Als die Köchin das Eingangstor erreichte, drehte sie sich noch einmal um und machte eine Geste in seine Richtung, als sei ihr noch etwas eingefallen, bevor sie im Haus verschwand.

XX. KAPITEL

Otto hatte wieder Boden unter den Füßen. Er stand in einer Höhle. Vor ihm in der Dämmerung zeichnete sich eine Gestalt mit Fackel in der Hand ab. Er versuchte, seine Augen an das Licht zu gewöhnen, als er an seinem Rücken Mischkas Füße spürte, die hinter ihm heruntergeklettert kam. Schnell machte er Platz, und im nächsten Moment stand sie neben ihm.

»Wer ist das?«, knurrte der Mann mit der Fackel.

»Sie sind hinter ihm her, Onkel«, erklärte Mischka.

»Das ist kein Grund, ihn hierherzubringen. Hast du vergessen, wie die Menschen sind?«

»Dieser ist anders!«, beeilte sie sich zu sagen, während sie nach Ottos Hand tastete.

»Ist er nicht!«, brauste der Mann auf. »Wir müssen ihn töten!«

»Onkel, nein, ich bitte dich!«

Doch der Mann, den Mischka Onkel nannte, stürzte sich bereits auf Otto. Er war im Vorteil, weil Otto vom Licht der Fackel geblendet war und nur einen undeutlichen Schatten wahrnahm. Im letzten Moment erkannte er jedoch den Dolch in der Hand des Mannes, sprang zur Seite und riss Mischka zu Boden, denn er fürchtete, der wütende Angreifer könnte sie ebenfalls verletzen. Mischka schrie auf und rollte weiter, da der Boden der Höhle hier abschüssig war.

»Halt sie fest!«, brüllte der Mann und riss die Fackel hoch, um besser sehen zu können. Da erkannte Otto, dass der Boden steil abfiel, sprang hinter Mischka her und bekam sie zu fassen, ehe sie in den schwarzen Abgrund stürzte. Mischka klammerte sich an ihn, und er hob sie vorsichtig hoch.

Der Mann mit der Fackel ließ den Dolch sinken und betrachtete die beiden unschlüssig. Dann gab er Otto ein Zeichen, ihm zu folgen, und wandte sich in eine andere Richtung der Höhle, wo sich ein dunkler Gang auftat. Otto trug Mischka immer noch auf seinen Armen und betrachtete neugierig, was der Schein der Fackel beleuchtete. Die Wände um sie herum bestanden teils aus grauem Felsgestein, teils aus feuchtem Lehm. Was ihn allerdings am meisten faszinierte, waren die langen hellen Tropfsteine, die an Eiszapfen erinnerten. In Bündeln hingen sie von der Decke herab, während andere wie Säulen vom Boden aufragten. Ihre blanken Spitzen glänzten vor Nässe, und überall hörte man es im Dunkeln leise tropfen. Der Mann mit der Fackel schritt zügig voran wie einer, der es gewohnt ist, sich untertage zu bewegen. Manchmal gab er ein paar murmelnde Worte von sich, um Otto vor niedrigen Deckenwulsten oder plötzlichen Vertiefungen im Boden zu warnen. Sie kamen durch mehrere größere Höhlen, bis der Mann auf einmal stehen blieb.

Sie befanden sich in einem unterirdischen Dom, einer Höhle, die noch größer war als die anderen. Als Ottos Augen sich an das Dunkel gewöhnt hatten, erkannte er im Hintergrund eine nischenartige Ausbuchtung und darin ein Schlaflager, das mit Farn und trockenen Gräsern bedeckt war. Ein Stück weiter weg stand ein Kessel auf einem verrußten flachen Stein. Auf der anderen Seite befanden sich eine grob gezimmerte Holztruhe, ein kleiner Tisch und eine Bank, über die ein Schaffell gebreitet war.

Erst jetzt ließ sich Mischka von Ottos Arm heruntergleiten und stellte sich sogleich vor dem Knappen auf, als wollte sie ihn vor ihrem Onkel beschützen. Doch der ließ sich ruhig auf der Sitzbank nieder, legte seinen Dolch neben sich und bat, der ungeladene Gast möge doch einmal erklären, wer er sei.

Otto nannte eilig seinen Namen und fuhr fort: »Ich wurde von Zirros Sohn zu Unrecht bezichtigt, ein Werwolf zu sein, und der Inquisitor des Bischofs hat mich in Raitz zum Tode auf dem Scheiterhaufen verurteilt. Zum Glück konnte ich jedoch fliehen. Die Tochter eines Kaufmanns hat mir geholfen. Sie sieht übrigens deiner Nichte sehr ähnlich.«

»Heißt dieser Kaufmann zufällig Michael?«, fragte der Mann auf der Bank mit schiefem Grinsen.

»Woher wisst Ihr das?«, fragte Otto überrascht. »Kennt Ihr ihn?«

»Radana ist meine Cousine«, erklärte Mischka lachend. »Wir sehen uns wirklich ähnlich. Aber ich bin noch hübscher, nicht wahr?«

»Na und?«, fuhr ihr Onkel sie an. »Was hast du schon davon?« Dann wandte er sich wieder an Otto. »Erzähle weiter.«

»Jetzt erinnere ich mich wieder, dass ich bei Michael hörte, dass seine Schwägerin von einem Wolf getötet wurde ... War das deine Mutter, Mischka?«

Mischka nickte. Sie bekreuzigte sich und sagte leise, es sei schon lange her.

»Im Dorf sagen sie, du wärst in der brennenden Mühle umgekommen. Und dein Onkel auf einem Scheiterhaufen«, wiederholte Otto, was er in den vergangenen Tagen gehört hatte. »Und doch seid ihr beide am Leben. Wie ist das möglich?«

»Da du offenbar nichts von dir erzählen willst«, sagte der Onkel und stand von der Bank auf, »kann ich ebenso gut eine kleine Runde drehen. Mischka kann dir die ganze Geschichte erzählen. Mir ist nicht nach Plaudereien zumute.« Er griff nach einem an der Wand lehnenden Stock und begab sich quer durch die Höhle zu einem langen, kegelförmigen Tropfstein, neben dem sich ein schmaler Spalt im Fels befand. Dort zwängte er sich hindurch und verschwand.

»Achte nicht auf ihn. Mein Onkel ist ein Murrkopf, aber kein schlechter Mensch«, sagte Mischka, bevor sie mit gesenktem Blick fortfuhr: »Der Mann, den die Leute von Schoschuwka auf dem Scheiterhaufen verbrannt haben, war mein Vater.« Sie nahm Otto bei der Hand und führte ihn zu der Bank, wo eben noch ihr Onkel gesessen hatte. Sie nahmen Platz, und Mischka erzählte leise weiter:

»Im Winter vor drei Jahren ging meine Mutter zusammen mit ein paar anderen Frauen aus dem Dorf im Wald Reisig sammeln. Da wurden sie von Wölfen angefallen, die meine Mutter totbissen. Als mein Vater davon erfuhr, irrte er einige Tage wie benommen um die Mühle herum, und auf einmal war er verschwunden. Und bevor wir meine Mutter beerdigen konnten, stahl jemand ihren Leichnam. Lange begriffen wir nicht, was geschehen war. Dann fing es an, dass der Werwolf Frauen überfiel. Vielleicht kannst du dir schon denken, dass es dieselben Frauen waren, die meine Mutter in den Wald begleitet hatten und die weggerannt waren und sie alleine zurückgelassen hatten, während sie von den Wölfen getötet wurde. Auch verschwanden bei uns zu Hause hin und wieder Lebensmittel, und mein Onkel äußerte die Vermutung, dass mein Vater wahnsinnig geworden sei und sich irgendwo in der Umgebung verstecke. Es gelang uns jedoch nicht, ihn zu finden. Erst an jenem unglückseligen Tag, an dem man Hubatschs Frau tot auffand, tauchte er wieder auf. Die Dörfler jagten ihn, und er versteckte sich in unserer Mühle. Alle dachten, es sei Onkel Heralt, denn die beiden sahen sich schon immer recht ähnlich Mein Onkel befand sich gerade im Mühlhaus und erschrak, als er seinen Bruder sah, denn er war in seiner langen Abwesenheit ziemlich verwildert. Doch mein Vater redete beruhigend auf ihn ein, es gebe keinen Grund, sich zu fürchten. Er erzählte ihm von dem Höhlensystem unterhalb der Mühle und zeigte ihm auch den geheimen Zugang im Keller. Sie wollten schon hinunterflüchten, als ich draußen bei der Mühle auftauchte und die Dörfler mich festhielten. Mein Vater begriff, dass ich in Gefahr war, und kam deshalb heraus. Da fassten ihn die Leute, fesselten ihn und verbrannten ihn auf einem Holzstoß im Wald. Sie dachten wie gesagt, es sei Onkel Heralt. Mich fesselten sie ebenfalls und schlossen mich in der Mühle ein, doch noch bevor das Gebäude zu brennen begann, löste Onkel Heralt die Stricke um meine Hände und Füße, und wir flohen zusammen durch die Öffnung im Keller. Seitdem verstecken wir uns hier unten in den Höhlen ...«

»Und worauf wartet ihr?«

»Wohin sollen wir denn gehen? Mein Onkel ist ein geschickter Fallensteller. Außerdem holen wir uns die Lebensmittel, die die Dörfler unter der Eiche den Waldgöttern opfern. Manchmal stehlen wir auch etwas, wenn es sich ergibt. Wir sind verloren und verdammt, begreifst du das nicht?« Sie umklammerte Ottos Arm, presste sich verzweifelt an ihn und brach in Tränen aus. Otto strich ihr über den Kopf und sagte nichts mehr, weil er sie gut verstand. Es gab menschlichen Kummer, den man nicht mit gutem Zureden lindern konnte, denn keine Worte der Welt konnten an dem grenzenlosen Unrecht etwas ändern.

Mischka kniete vor der Feuerstelle und blies auf die glühenden Kohlen. Vorsichtig legte sie etwas trockene Rinde dazu, dann ein paar dünne Zweige. Als die ersten Flammen auflroderten, legte sie nach, und kurz darauf brannte das Feuer unter dem Kessel mit voller Kraft. Die Birkenholzscheite knisterten und knackten, und die Flammen erleuchteten die Höhlenwände.

»Wann kommt dein Onkel zurück?«, fragte Otto, der hinter Mischka auf einem Stein saß und sie interessiert musterte. Sie erschien ihm sehr begehrenswert, aber er empfand auch eine gewisse Scheu, nach allem, was sie durchgemacht hatte, und wollte sie nicht verletzen. Am liebsten hätte er sie beschützt und behütet, damit sie wieder so lachen konnte wie die anderen jungen Frauen dort oben.

Er übernahm im Geiste unwillkürlich die Zweiteilung der Welt in »die oben« und »die unten«, die Mischka und Heralt verinnerlicht hatten. Jetzt gehörte auch er zu denen »unten«, doch wusste er, dass es nicht für immer war. Mischka dagegen hatte diese Aussicht nicht, jedenfalls gab es nichts, was ihr Hoffnung auf eine Rückkehr zu einem normalen Leben machte.

»Manchmal bleibt Onkel Heralt einen ganzen Tag weg, manchmal sogar zwei oder drei. Meistens kommt er dann mit einer Jagdbeute zurück … Ich frage ihn nie, wo er war; er würde es mir ohnehin nicht sagen«, erklärte Mischka gleichmütig und warf eine Handvoll Grünzeug in den Kessel. Dann stand sie auf, ging auf die Zehenspitzen und tastete nach etwas in dem schmalen Felsrauchfang. Otto kam nicht umhin, im schummrigen Licht die anziehenden Rundungen ihres Körpers zu bewundern.

Mischka bekam zu fassen, wonach sie sich gereckt hatte – eine geräucherte Fleischkeule –, schnitt mit einem Messer ein großes Stück ab und warf es in das kochende Wasser. »Bald ist das Essen fertig«, erklärte sie, und wohl zum ersten Mal, seit sie hier unten waren, lächelte sie. »Wir haben allerdings kein Brot oder Ähnliches. Die Fladen, die auf dem Opferstein lagen, hast du ja gegessen, erinnerst du dich? Jetzt weißt du, weshalb ich dort gewesen bin! Ich wollte sie gerade holen ...«

»Das tut mir leid.«

»Mir nicht. Du bist es allemal wert.«

»Wie viele Fladen bin ich denn genau wert?«, fragte Otto frech. Mischka errötete und antwortete mit fast kindlichem Trotz, so viele, wie in der christlichen Welt gebacken würden.

Otto ging zu ihr, nahm sie in die Arme und küsste sie sanft. Sie wehrte sich nicht, kam ihm aber auch nicht entgegen, sondern blieb steif sitzen, so als fürchtete sie, dies alles sei nur ein Traum, hatte sich doch ihr ödes und eintöniges Leben mit einem Schlag völlig gewandelt.

Otto ließ sie wieder los und kehrte zu seinem Stein neben der Feuerstelle zurück. Aus der köchelnden Brühe stieg der Duft des Fleisches auf, und er spürte, wie sein Magen knurrte. Um die verbleibende Zeit bis zum Essen zu überbrücken, streckte er bequem die Beine aus und begann zu erzählen, wieso er nach Mähren gekommen war. Schließlich gab es nichts anderes zu tun, und er fürchtete nicht, dass er etwas verraten könnte, was er nicht sollte. Dies hier unten war eine andere Welt als der Trubel über ihren Köpfen. Voller Ingrimm erzählte er auch von dem jungen Hartman von Hohlenstein, dessen Ruchlosigkeit er ihm noch heimzahlen werde.

»Moment«, unterbrach ihn Mischka, die konzentriert zugehört hatte. »Nachdem mein Vater den Feuertod gestorben ist, hat das Morden hier in Schoschuwka aufgehört. Aber wer hat dann die anderen Frauen getötet? Mein Vater hatte den Verstand verloren, und vielleicht glaubte er wirklich, ein Wolf zu sein, weshalb er seinen Opfern die Kehle durchbiss. Aber es kann doch nicht sein, dass auf dem Nachbarterritorium jemand lebt, der ebenso verwirrt ist wie mein unglückseliger Vater!«

»Womöglich ist er sogar noch verwirrter. Er hat seinen Opfern die Kehle zerfleischt und ihnen außerdem einen Finger abgetrennt.«

»Das hat mein Vater nicht getan! Er hat keine Finger abgetrennt«, sagte Mischka aufgeregt. »Eigentlich war er ein guter Mensch! Als meine Mutter gestorben war, stahl er ihren Leichnam und behielt ihn die ganzen drei Jahre lang bei sich. Wir haben ihre Gebeine dort hinten in dem Felsspalt gefunden.« Sie zeigte in Richtung des Schlaflagers. »Offenbar hat er dort neben ihr geschlafen … Inzwischen haben wir sie beerdigt, damit ihre Seele Ruhe findet.«

»Jemand muss die Bluttaten deines Vaters ausgenutzt haben, um seinerseits Morde zu begehen. Und dieser Jemand war bestimmt nicht wahnsinnig, er wollte nur seine Spuren verwischen«, versuchte Otto sie zu beruhigen. Seine Erklärung klang zwar logisch, hatte aber einen Haken. Sie passte nur für den Fall der Witwe Katharina, die zum ersten Opfer außerhalb Hohlensteins wurde. Die Morde an den zwei anderen Frauen aber blieben rätselhaft, denn der unbekannte Täter hatte zwar der einen wie schon zuvor der Witwe Katharina einen Finger abgehackt, nicht aber der zweiten, für deren Tod Hartman von Hohlenstein Otto verantwortlich gemacht hatte. Nun, es hatte keinen Sinn, sich weiter darüber den Kopf zu zerbrechen, lieber erzählte Otto weiter von seinen mährischen Erlebnissen.

Der Geruch der Suppe wurde immer intensiver, sodass Otto es kaum noch aushielt und immer wieder in den Kessel hineinschielte, bis Mischka herzhaft lachen musste. Sie rührte die Suppe ein letztes Mal um, dann ging sie zu der Truhe und holte zwei Holzlöffel und eine Schüssel aus gebranntem Lehm heraus. Vorsichtig hob sie den Kessel vom Feuer und goss von der heißen Suppe in die Schüssel.

Otto legte unterdessen noch ein Scheit aufs Feuer, doch Mischka ermahnte ihn, das Holz nicht zu verschwenden, da die Suppe doch schon fertig und es in der Höhle nicht sehr kalt sei. »Kannst du dir vorstellen, was für ein Aufwand es ist, das Holz heimlich aus dem Wald zu holen und bis hierher zu tragen?«

»Ich werde euch helfen«, versprach Otto. »Aber ich heize nicht ein, weil mir kalt ist, sondern weil ich dich gerne noch besser sehen möchte!«

»Nun ... guten Appetit«, erwiderte sie verlegen, stellte die Schüssel zwischen sie beide und reichte ihm einen der Holzlöffel. Dann setzte sie sich und blies vorsichtig auf die Suppe. Otto entging nicht, dass sie sein Gesicht immer wieder neugierig musterte, und er freute sich zu sehen, wie sehr sie in der kurzen Zeit aufgeblüht war.

Er selbst betrachtete nur allzu gerne weibliche Schönheit und hatte deshalb nichts dagegen, wenn er ebenfalls gefiel. Als er noch etwas jünger war, hatte er geglaubt, es genüge, einen schönen Körper zu besitzen, doch mit der Zeit hatte er verstanden, dass die jungen Frauen oft anderes suchten. Manchmal garantierten weder das Antlitz eines Adonis noch die Muskeln eines Herkules den Erfolg. Während ein Mann sich allein von den körperlichen Reizen einer Frau bestricken ließ, war es umgekehrt komplizierter. Auch aus diesem Grund wurde der Knappe es nie müde, die Frauen zu verführen, denn es war jedes Mal anders, und immer wieder überraschte ihn, wie unterschiedlich sich die Frauen verhielten und welche Kleinigkeiten es manchmal waren, die den Widerstand brachen.

Für die hübsche Mischka mit ihren schwarzen Locken hatte er anfänglich vor allem Mitleid empfunden und sie deswegen aufmuntern wollen. Doch je fraulicher sie sich verhielt, desto weniger Mitleid und umso mehr Leidenschaft empfand er für sie. Er sah ihr Haar im Licht der Flammen glänzen, sah das leichte Wogen ihrer Brust, wenn sie sich über die Schüssel beugte, den reizvollen Schwung ihrer Lippen, wenn sie auf die heiße Suppe blies.

Otto legte den Löffel auf den Boden, streckte die Hand aus und berührte Mischkas Hals. Fast verschämt gestand er ihr, dass er gerne auf der Stelle mit ihr schlafen würde.

Mischkas Antwort kam schnell: »Was ist, wenn mein Onkel zurückkommt?«

Otto überraschte dieser Einwand nicht. Junge Frauen gaben nie sofort ihre Zustimmung. Immer antworteten sie mit einer Frage, die weder Ja noch Nein besagte. Sie wollten von den Männern überredet werden, denn je länger sie den entscheidenden Moment, in dem sie nachgaben, hinauszögern konnten, desto mehr hatten sie das Gefühl, dass es sich um keine wirkliche Sünde handelte.

»Du hast doch selbst gesagt, dass er manchmal bis zu zwei oder drei Tagen wegbleibt«, erwiderte Otto.

»Gut!«, sagte Mischka kurz entschlossen. »Aber nicht hier. Ich hasse diese kalte, feuchte Höhle. Hier fühle ich mich wie im Gefängnis. Ich möchte draußen Liebe machen, im feinen, duftigen Gras und mit dem blauen Himmel darüber. Ich will die Vögel singen hören. Ich möchte es einfach so, wie die Leute es normalerweise tun.«

Otto sprang auf und hielt ihr die Hand hin. Aber Mischka schüttelte den Kopf und sagte: »Soll ich die Suppe umsonst gekocht haben? Eben noch hast du so verträumt in den Kessel geblickt, als wäre ich gar nicht da. Lass uns zuerst essen!«

Otto protestierte zwar, aber nur so viel, wie es der Anstand gebot. Im Grunde hatte sie ja recht, und er begann eilig zu löffeln. Mischka bemerkte belustigt, sie werde schon nicht abhauen, er brauche also nicht so zu schlingen. Worauf Otto antwortete, er schlinge nur deshalb, weil er noch nie eine so gute Suppe gegessen habe.

»Natürlich«, entgegnete sie spöttisch. »Das mit dem Liebesstündchen hast du ja schnell vergessen. Sobald ich auch nur die Suppe erwähnte, hast du den Löffel gepackt und ...«

Otto griff sich an den Kopf. »Verflixtes Weib!«, sagte er freundlich. Er aß zu Ende, dann stand er wieder auf, ergriff entschlossen Mischkas Hand und zog sie in Richtung des Gangs, durch den sie hergekommen waren.

Mischka entwand sich ihm kichernd. »Warte, wir nehmen einen anderen Ausgang.«

»Das ist ja ein wahres Labyrinth ... Wie viele Ausgänge gibt es denn?«

»Bisher haben wir fünf gefunden. Komm«, sagte sie. Sie zündete eine Fackel an und ging ihm voraus bis zu einem kleinen See, dessen Oberfläche schon von Weitem schimmerte. Sie trat ins Wasser hinein und watete vorsichtig bis zu einer nicht weit entfernten Öffnung im Felsen. Dort wartete sie auf Otto, stemmte sich dann hoch und kroch in einen schmalen Tunnel, durch den der Knappe ihr folgte. Schon bald wurde es vor ihnen heller. Als sie ins Tageslicht hinauskletterten, fanden sie sich in einer Schlucht mit steilen Felshängen wieder. Auf dem Grunde der Schlucht wuchsen Sträucher und weiches grünes Gras. Jetzt kicherte Mischka nicht mehr. Mit schüchternem Gesichtsausdruck setzte sie sich auf die Erde und wartete ab.

XXI. KAPITEL

Bis zum Abendläuten blieb noch Zeit, deshalb hatte Ulrich keine Eile, zur Olmützer Burg zurückzukehren. Weil er in der Schenke so viel gegessen hatte, verspürte er auch noch keinen Hunger und beschloss, seine Erkundungen fortzusetzen. Von Burggraf Jan wusste er, dass sich die meisten Schmieden vor den Toren der Stadt befanden, denn innerhalb der Stadt waren keine Werkstätten mit offener Esse erlaubt, fürchteten die Bürger doch Feuersbrünste noch mehr als Pest und Kriege.

Ulrich hatte nicht vergessen, was Wolfgang über das tote Mädchen aus Raitz gesagt hatte: dass die Wunden an ihrer Kehle seiner Meinung nach von irgendeiner großzinkigen Zange stammten. Solche Zangen gab es eigentlich gar nicht, sie wurden zu nichts benötigt. Es war aber denkbar, dass der Täter sich eigens eine hatte anfertigen lassen, um das blutige Wüten eines Werwolfs vorzutäuschen.

Die Leiche der Witwe Katharina hatten sie zwar nicht gesehen, aber Ulrich vermutete, dass sie ähnlich zugerichtet war wie das Opfer von Raitz, denn die beiden verband bereits ein wichtiges Detail: Beiden Toten fehlte ein Finger. Wenn der Mann, den Katharina hatte erpressen wollen, eine wichtige Persönlichkeit aus Olmütz war, dann lag nahe, dass er die Zange hier vor Ort hatte herstellen lassen, und es schadete sicher nicht, sich einmal unter den Schmieden umzuhören. Normalerweise hätte Ulrich diese Aufgabe seinem Knappen anvertraut, der mit einfachen Leuten besser umzugehen verstand als er, aber diesmal war er auf sich selbst angewiesen. Militsch von Schwabenitz hatte zwar eifriges Interesse an seinen Recherchen bekundet, aber mit einem derartigen Auftrag hätte Ulrich ihn sicher tödlich beleidigt.

In den Straßen wurde es allmählich ruhiger, die meisten Bürger kehrten heim, und die Hausfrauen bereiteten das Abendessen zu. Nur in den Schenken ging es weiter lebhaft zu, wenn auch die meisten Gäste erst später eintreffen würden. Vor dem Kirchenportal fegte ein Küster den Boden, damit es rechtzeitig zur Abendmesse ordentlich aussah, und am Stadttor stützten sich die Wächter gelangweilt auf ihre Speere, denn die Marktleute hatten die Befestigung bereits verlassen, und bis auf ein paar Nachzügler gab es wenig zu kontrollieren.

Ulrich wanderte durch das Tor, um in die Vorstadt zu gelangen, wo in kleinen geduckten Holzhäuschen die armen Familien lebten. Kaum hatte er das Tor passiert, öffnete sich die Tür der Wachstube, und hinaus schlüpfte ein hagerer Mann in einem dunklen Umhang, der dem Wächter einen Blick zuwarf. Dieser nickte, um zu bestätigen, dass der fragliche Herr gerade hindurchgegangen sei, worauf der Mann ihm eine Handvoll Kupfermünzen gab. Der Wächter nahm sie und steckte sie schnell ein, während der Hagere sich hinter dem steinernen Torpfosten verbarg und von dort hervorspähte. Als er sah, dass der königliche Prokurator in eine Seitengasse einbog, folgte er ihm.

Die Schmieden der Vorstadt waren nicht schwer zu finden. Ulrich klapperte eine nach der anderen ab, aber keiner der Meister konnte sich daran erinnern, einen so seltsamen Auftrag ausgeführt zu haben. Ulrich wollte schon aufgeben, als er eine kleine, sehr aufgeräumte Werkstatt entdeckte, in der ein Mann mit einem groben, braun gebrannten Gesicht konzentriert an der Esse arbeitete. Statt eines Lehrlings half ihm seine Frau, und ein kleiner Junge bediente den Blasebalg. Mit seinen muskulösen Armen hielt der Schmied eine Pflugschar in seiner Zange und schmiedete unter Hammerschlägen eine neue Schneide daran.

»Was wollt Ihr?«, fragte er neugierig, während er sein Werk in einen Wasserkübel tauchte, um das angeschmiedete Stück zu härten. Es zischte heftig, und die Arbeit war vollbracht. Er legte die Pflugschar auf den Boden neben dem Holzklotz, auf dem der Amboss stand, und wischte sich den Schweiß von der Stirn. »Wir stellen allerlei Dinge her, edler Herr«, warb er für seine Werkstatt.

»Wie heißt du?«, fragte Ulrich.

»Meister Rumpling, zu Euren Diensten!«

»Ich bräuchte eine besondere Zange. Mit mehreren langen Zinken nebeneinander. Hast du so etwas Ähnliches schon einmal gemacht?«

Der Schmied sah überrascht auf. »Und ob! Es ist gar nicht so lange her. Vielleicht zwei Monate.«

»Das interessiert mich sehr«, sagte Ulrich gespannt und holte einen Silberling aus seinem Beutel, den er auf den Amboss legte. »Ich werde dir noch mehr geben, wenn du mir einen Gefallen tust – oder besser gesagt zwei.«

Die Frau des Schmieds nahm rasch die Silbermünze an sich und biss hinein, um ihre Echtheit zu überprüfen. Dann nickte sie und sagte: »Mein Mann wird alles tun, was Ihr verlangt.« An Meister Rumpling gewandt murmelte sie, er solle daran denken, dass er Frau und Kinder habe. »Nicht, dass du wieder eine andere Arbeit vorschiebst. So viel hast du nicht zu tun!« Dann erklärte sie, sie gehe das Abendessen vorbereiten, und verschwand. Der kleine Junge, der den Blasebalg bedient hatte, lief hinter ihr her.

Meister Rumpling legte den Hammer beiseite und setzte sich auf eine Bank an der Wand. Müde legte er die Hände in den Schoß und streckte seine Beine aus. »Also, was soll ich tun?«

»Du machst mir eine Zange, die haargenau so aussieht wie diese andere. Und sie muss morgen früh fertig sein!«

»Aber da müsste ich sie ja heute Abend noch machen!«, wandte Rumpling schwerfällig ein. »Und dazu bräuchte ich einen Helfer. Meine Frau ist mit dem Essen beschäftigt, und alleine kann ich die Zange nicht schmieden … Ich würde ja gerne, aber Ihr seht selbst, dass es nicht geht.«

Ulrich hatte nicht die Absicht, lange zu diskutieren. Er kannte diese Art von Menschen. Sie arbeiteten langsam und dachten noch langsamer. Wenn er etwas erreichen wollte, musste er die Dinge selbst in die Hand nehmen. Er öffnete die Tür, die in den hinteren Teil des Hauses führte, und rief nach der Frau des Schmieds, sie solle das Kochen sein lassen und zurückkommen.

Meister Rumpling saß apathisch auf der Bank, und seinem verdutzten Gesichtsausdruck nach wusste er nicht, wie er reagieren sollte. Er hatte keine Lust weiterzuarbeiten, wagte aber keine Entscheidung zu treffen und wartete lieber ab, was seine Frau sagen würde.

Ulrich nannte ihm seine zweite Forderung. Der Schmied sollte ihm sagen, für wen er die erste Zange gemacht habe.

»Leider weiß ich nicht, wie er heißt«, antwortete Meister Rumpling. Wenigstens diesen Teil hatte er schnell erledigt. Doch Ulrich gab sich nicht damit zufrieden.

»Wenn du auch seinen Namen nicht weißt, wirst du ihn

doch sicher wiedererkennen. Morgen früh hole ich dich ab, um dich zur Burg mitzunehmen, und sobald du den fraglichen Mann dort erkennst, gibst du mir Bescheid!«

»Mein Mann hat keine Zeit, durch die Stadt zu streunen«, sagte die Schmiedin, die wieder in der Werkstatt erschienen war. »Worum geht es denn?«

»Er will, dass ich ihm noch heute Abend eine Zange mache«, jammerte der Schmied.

»Für wie viel?«, fragte die Schmiedin sachlich.

»Vier Silberlinge?«, schlug Ulrich vor. Das war ein fürstliches Angebot.

»Fünf!«, erwiderte sie prompt. »Da ist der morgige Tag schon einberechnet. Soll mein Mann meinetwegen zur Burg gehen, aber zum Mittagessen muss er zurück sein! Und Ihr müsst gleich zahlen.«

Ulrich strich sich amüsiert über den struppigen Bart. Ihm lag auf der Zunge zu fragen, wer in diesem Haus eigentlich der Meister sei, aber es war wohl nicht der Moment für Scherze. Er griff in den Beutel an seinem Gürtel, legte die Münzen auf die glatte Oberfläche des Ambosses, und dann bekräftigten der Schmied und er die Abmachung mit einem Handschlag.

Die Schmiedin bot Ulrich an, er könne bei ihnen im Haus warten, es werde allenfalls zwei Stunden dauern, dann könne er die Zange gleich mitnehmen. Aber Ulrich wollte keine weitere Zeit vergeuden. Er bekam nun allmählich doch Hunger, und auf der Burg gab es bestimmt etwas Gutes zu essen. Also sagte er dem Schmied, es genüge ihm, die Zange am nächsten Morgen zu bekommen.

Als Ulrich in den Markgrafenpalast kam, war das Abendessen schon vorüber, und die Dienerschaft der Burg zog sich bereits zum Schlafen zurück. Deshalb ging Ulrich in die Küche, wo er den Koch noch antraf. Der gut aussehende junge Mann saß auf einem niedrigen hölzernen Dreibein und rieb einen vom Ruß schwarz gewordenen Eisenkessel mit Sand ab. Als er den königlichen Prokurator erblickte, ließ er von seiner Arbeit ab, stand höflich auf und verneigte sich. Er entschuldigte sich verlegen, dass er leider nichts mehr anzubieten habe, da Burggraf Jan ihn angewiesen habe, die Reste des herrschaftlichen Mahls an das Gesinde zu verteilen.

Ulrich lächelte. »Mir genügen ein Fladen und ein Stück Käse«, beruhigte er ihn, setzte sich auf die Bank unter dem Fenster und wartete, bis der Koch ihn bedient hatte. Der Fladen war kalt und etwas altbacken, aber der Käse war schön reif und roch herrlich. Ulrich biss mit Appetit hinein und fragte den jungen Mann mit vollem Mund, was er von der Köchin des Krämers Walther halte. Er ging davon aus, dass sich die Köche der besseren Haushalte untereinander kannten, denn es war unter den Herrschaften üblich, sie sich auszuleihen, wenn einer eine Festtafel ausrichtete und sein Koch allein nicht alles bewältigen konnte.

»Ihr meint Dorothea?«, fragte der junge Koch freundlich. »Das ist eine gute Frau. Sie murrt zwar immer und schaut finster drein, aber sie hat das Herz am rechten Fleck. Und sie versteht sich wunderbar aufs Kochen. Ich habe einige hervorragende Rezepte von ihr.«

»Mit ihrem Herrn scheint sie aber nicht gut auszukommen ...«

»Mit Herrn Walther kann man nicht gut auskommen«, meinte der junge Mann düster. »Seht her, ich habe immer noch Striemen auf dem Rücken, wo er mich auspeitschen ließ.«

»So? Was hast du denn mit ihm zu schaffen?«, fragte Ulrich überrascht. Er hatte aufgegessen, stellte die Holzschale neben sich auf die Bank und wischte sich die Finger am Saum seines Hemdes ab. »Ich dachte, Burggraf Jan hätte dich beim Würfeln von einem Bekannten aus Znaim gewonnen. Jedenfalls hat er das erzählt.«

Der junge Koch nickte. »Es ist kompliziert, edler Herr«, erklärte er. »Jetzt habe ich Gott sei Dank nichts mehr mit Krämer Walther zu tun. Aber ich habe ihm fast ein halbes Jahr lang gedient und in seiner Küche ausgeholfen, bevor er mich dem Burggrafen von Znaim überließ. Der wiederum verlor mich noch am gleichen Tag im Würfelspiel, und so bin ich hier gelandet. Hier habe ich zwar mehr zu tun, aber alle verhalten sich anständig, und ich kann mich nicht beklagen.«

»Die Striemen auf deinem Rücken sind noch immer gerötet … Wie lange arbeitest du jetzt schon für Burggraf Jan?«

»Seit drei Wochen, mein Herr. Und bisher hat sich keiner über meine Kochkünste beschwert«, erklärte der junge Mann stolz.

»Und dein Vorgänger? Hat er die Burg verlassen?«

»Er war ein Säufer und ist in der Stadt bei irgendeiner Schlägerei umgekommen. Ich habe ihn gar nicht gekannt.«

»Weißt du, wer ihn getötet hat?«

»Laut dem Schultheiß hat man den Täter nicht erwischt. Anscheinend war es ein Fremder, der gleich nach der Keilerei die Stadt verließ.«

Ulrich nickte nachdenklich. Wieder einmal ein ungeklärter Mord. Es mochte ein Zufall sein, vielleicht aber auch nicht. Er konnte sich kaum an einen Fall erinnern, bei dem sich so viele Todesfälle gehäuft hatten, die scheinbar nichts miteinander zu tun hatten.

Er bedankte sich bei dem jungen Koch und ging auf den Burghof. Draußen war es inzwischen dunkel geworden. Es war eine warme Sommernacht, und die Luft roch nach Getreide, Heu und reifendem Obst. Der Himmel war von Sternen übersät, die wie die Funken einer erlöschenden Feuerstelle aufblinkten.

Ulrich passierte das Allerheiligentor und folgte der breiten Straße Richtung Marktplatz. Er musste unbedingt mit Dorothea, der alten Köchin, reden. Vorsichtig schlich er am Haus des Krämers vorbei, bog um die Ecke in die Gasse ein und schloss das Tor von Katharinas Haus auf. Durch die dunkle Eingangshalle eilte er auf den kleinen Hinterhof hinaus, der an den Hof des Krämerhauses grenzte. Dort kletterte er über den niedrigen Holzzaun, der die beiden Höfe voneinander trennte, und schlich entlang der Wirtschaftsgebäude zum Haupthaus. Wenn er sich nicht getäuscht hatte, befand sich hinter einem kleinen Erdgeschossfenster, in dem noch Licht brannte, die Küche.

Er näherte sich vorsichtig und spähte hinein. Die grauhaarige Köchin stand an einem Tisch und knetete einen Teig, der vermutlich am nächsten Tag zu Brot verbacken werden sollte. »Dorothea«, flüsterte er. »Ich bin es, der königliche Prokurator.«

Die Köchin hob den Kopf und kniff die Augen zusammen, um zu sehen, wer dort draußen mit ihr sprach. Sie nickte, wischte sich die Hände am Kleid ab und trat ans Fenster. »Gebt acht, dass man Euch nicht entdeckt!«

Ulrich presste sich gegen die Mauer, und sein dunkler Umhang verschmolz mit der schwarzen Nacht. »Nachdem wir vorhin auseinandergegangen waren, hatte ich das Gefühl, dass du mir noch etwas sagen wolltest«, flüsterte er.

»Das stimmt. Es ist wegen der Katze, die verschwunden ist. Ich muss dauernd an sie denken, mir ist nämlich etwas eingefallen. Sie ist nachts gerne herumgestreunt, und wenn sie so spät zurückkam, dass die Haustür verschlossen war, hat sie sich zum Schlafen oben in den Holzschuppen gelegt. Und Ihr wisst ja, wie es heißt: Wenn ein Tier spürt, dass es ans Sterben geht, dann zieht es sich irgendwohin allein zurück. Vielleicht ist sie also im Holzschuppen gestorben. Denn falls Herr Walther meine arme Herrin wirklich vergiftet hat, dann ist nun auch die Katze bei unserem Herrgott ...«

»Hast du einmal nachgesehen?«

»Ich?«, fragte Dorothea entrüstet. »Gott bewahre, da müsste ich ja die Leiter hochklettern. Das ist ganz schön hoch, junger Mann. Ich sag nicht, dass ich es nicht schaffen würde, aber weshalb sollte ich wegen einer Katze meine alten Knochen riskieren?«

»Dann werde ich einmal nachschauen. Wo ist es?«

»Seht Ihr dort das Vordach neben der Scheune? Das ist der Holzschuppen. Und die Leiter lehnt an der Seite. In der Scheune daneben schläft zwar ein Knecht, aber der hat ziemlich viel Bier intus, vor dem braucht Ihr keine Angst zu haben.«

Ulrich zögerte. »Ich bräuchte eine kleine Lampe«, meinte er. »Ohne Licht hat es wohl keinen Sinn.«

»Wenn's weiter nichts ist«, sagte die alte Köchin, nahm ein Tonlämpchen vom Regal, füllte es mit Öl und zündete den Docht an einer Fackel an. Dann holte sie noch eine Schüssel, um das Lämpchen darin zu verbergen. »Damit das Licht nicht zu sehen ist, wenn Ihr über den Hof geht«, flüsterte sie.

»Einen Moment noch«, sagte Ulrich leise. »Kennst du den Koch, der jetzt für den Burggrafen Jan arbeitet?«

»Ob ich ihn kenne? Ich hab ihm alles beigebracht, was er kann! Er ist durchaus begabt, es fehlt ihm nur ein bisschen an Fantasie. Kochen ist, wie ein Bild zu malen. Es genügt nicht, mit dem Pinsel hin- und herzufahren, man muss auch eine Vorstellung davon haben, was man erschaffen will ...«

»Du scheinst dich mit der Malerei auszukennen«, sagte Ulrich freundlich.

»Ich habe früher für einen sehr geachteten Maler gekocht«, flüsterte sie, und ihre Augen leuchteten auf, als sie sich an ihre jungen Jahre zurückerinnerte. Dann verscheuchte sie den Gedanken wieder und fügte sachlich hinzu: »Nun, seine Gerichte könnt Ihr unbesorgt essen.«

»Deshalb habe ich nicht gefragt. Mich würde etwas anderes interessieren: Es heißt, dein Herr, Krämer Walther, habe ihn dem Burggrafen von Znaim überlassen. Du weißt nicht zufällig, warum?«

Dorothea überlegte kurz. »Wenn ich meine Herrin – Gott habe sie selig – richtig verstanden habe, hat er ihn gegen den Verwalter seines Gutshofs in Littau eingetauscht«, meinte sie.

»Ich verstehe. Und am Ende ist er bei Burggraf Jan gelandet. Was ist mit dessen früherem Koch passiert?«

»Ach, der ... Der hat nicht lange auf der Burg gedient, ein halbes Jahr, vielleicht auch ein ganzes. Ich weiß nicht, wo er herkam, wir haben uns nie unterhalten. Er war so ein grimmiger Kerl, der den Menschen eher aus dem Weg ging. Jemand hat ihn erschlagen, das ist das Einzige, was ich weiß ... Geht Ihr nun nach der Katze schauen, oder werden wir hier noch die ganze Nacht plaudern?«

Ulrich streckte die Hand durch das schmale Fenster und nahm der Köchin die Schüssel ab, in der sich das Öllämpchen befand. Er verbarg sie unter seinem Umhang und eilte damit über den Hof. Behutsam schlich er an der Scheunenwand entlang zu dem großen Unterstand, der ein Fuhrwerk und allerlei Gerümpel beherbergte. Dahinter waren schwach die Umrisse des Holzbodens zu erkennen, und an der Seite befand sich eine Leiter. Ulrich lehnte sie an und kletterte vorsichtig hinauf. Erst, als er oben auf dem Boden ankam, wagte er es, das

Öllämpchen hervorzuholen, denn hier konnte man ihn wegen des Vordachs nicht sehen.

Er blickte sich um. Auf der einen Seite lagen Dreschflegel, eine Heugabel und andere Gerätschaften herum, auf der anderen standen mehrere Körbe. Dahinter machte er einen alten Strohhaufen, zerbrochene Holzstiele und ein kaputtes Fass aus. Er spitzte die Ohren. Ganz leise war ein Fliegensummen zu hören. Er folgte dem Geräusch und fand, was er gesucht hatte: Ganz hinten neben einem Balken lag zusammengerollt die schwarze Katze. Ulrich berührte sie vorsichtig. Ihr Leib war starr und kalt.

Unter dem herumliegenden Gerümpel fand er die Reste eines alten Sacks. Er nahm die tote Katze und wickelte sie in den groben Stoff. Dann tappte er auf Zehenspitzen zurück zur Leiter. Doch als er gerade hinuntersteigen wollte, ging gegenüber im Krämerhaus die Tür auf, und heraus stürmte Walther mit einer Fackel in der Hand, gefolgt vom Hausverwalter und zwei anderen Bediensteten, die alle mit Stöcken und Dolchen bewaffnet waren.

»Sucht überall!«, schrie der Krämer. »Er muss irgendwo sein! Und habt kein Erbarmen. Zwanzig Silberlinge für jeden von euch, wenn ihr ihn erledigt!«

XXII. KAPITEL

Otto war sich bewusst, dass ein in Höhlen verborgenes Leben nichts Erstrebenswertes war, und doch gefiel es ihm recht gut. Er konnte machen, was er wollte, hatte nicht viel zu tun und lag die meiste Zeit auf der faulen Haut. Vor allem aber war die wunderbare Mischka bei ihm, und er konnte sich nicht erinnern, wann er zuletzt mit einem Mädchen Tage und Nächte zusammen gewesen war. Wenn er sonst irgendwo eine Liebesnacht verbracht hatte, musste er tags darauf schon wieder seinen Pflichten nachkommen. Aber hier war es anders. Wohl nie zuvor hatte er so viele verliebte Blicke, flüchtige Berührungen und zärtliche Küsse ausgetauscht wie in der dunklen Unterwelt des Mährischen Karsts.

Manchmal war es ihm selbst nicht ganz geheuer. Die schwarzlockige Mischka wirkte so glücklich, und er fragte sich besorgt, wie es weitergehen würde. Sobald sein Herr aus Olmütz zurückkam, würde Ulrich von Kulm sich bestimmt darum kümmern, dass nicht nur sein Knappe, sondern auch der Müller Heralt und seine Nichte hinaus in die Freiheit konnten, waren sie doch alle unschuldig am Tod der ermordeten Frauen. Darum machte Otto sich also keine Sorgen. Aber wie würde sein Herr reagieren, wenn er ihn um die Erlaubnis bat, zu heiraten?

Seit der königliche Prokurator es seinem Kommandeur Diviš gestattet hatte, jammerte er – wenn auch mit einem Augenzwinkern –, dass er es nie hätte zulassen sollen. Zwar konnte man sich auf Diviš auch weiterhin verlassen, aber nun hatte er eben außer seinen militärischen auch die familiären Verpflichtungen im Kopf, und Diviš' Kopf war nicht so groß, dass alle Sorgen gleichzeitig darin Platz hätten.

Diese Gedanken suchten Otto immer wieder heim, doch dann versuchte er sie zu verdrängen, da er im Moment ohnehin nichts ausrichten konnte. Hier und heute hauste er mit einem schönen schwarzhaarigen Mädchen unter der Erde, und er wollte jede Minute auskosten, die Gott ihm schenkte.

»Woran denkst du?«, fragte Mischka träge. Sie lagen unter dem Nachthimmel im duftenden Gras, nicht weit von der Ruine der verbrannten Mühle. Hierhin gingen sie nach dem Einfall der Dämmerung am liebsten.

»An uns«, antwortete er wahrheitsgemäß.

»Warum runzelst du dann die Stirn? Haben wir es denn nicht schön zusammen?«

»Manchmal fast zu schön«, entfuhr es ihm.

Doch sie legte seine Antwort anders aus, als er befürchtet hatte. Sie lachte auf, schubste ihn, sodass er auf den Rücken rollte, und schmiegte sich an ihn. Ihre Müdigkeit war verflogen, und ihre Augen funkelten. Verliebt musterte sie sein Gesicht und fragte leise: »Wollen wir noch einmal?«

Erst im Morgengrauen kehrten sie zur Höhle zurück, denn es fing an zu nieseln. In dem unterirdischen Dom fanden sie Heralt wach am Feuer sitzend. Er legte Holz nach, und als er ihre Schritte hinter sich hörte, blickte er sich nicht um, sondern knurrte nur: »Was kommt ihr erst jetzt?!«

Mischka wollte schon empört antworten, aber Otto legte ihr die Hand auf den Mund, denn er hielt es für sinnlos zu streiten. So mürrisch und unleidlich der Müller auch die ganze Zeit über war, schien er doch ein guter Kerl zu sein, der einfach nur unglücklich und einsam war.

Otto setzte sich zu Heralt ans Feuer und nahm die Schuld für ihre Abwesenheit auf sich, indem er erklärte, auch wenn er ein Gefangener dieser Höhle sei, könne er doch seine Erkundungen nicht gänzlich aufgeben.

»Und was hast du in dieser langen Nacht erkundet?«, erwiderte Heralt sarkastisch. Trotz seiner finsteren Miene zuckte es leicht um seine Mundwinkel, was dem Knappen nicht entging.

Otto zögerte kurz, dann schlug er einen leichteren Ton an: »Vor allem habe ich herausgefunden, dass du eine sehr hübsche Nichte hast.«

»Dafür hättest du nicht die ganze Nacht gebraucht, das sieht man auf den ersten Blick«, sagte der Müller. »Für die Ermittlungen deines Herrn wird das allerdings nicht viel wert sein.«

»Das macht nichts, er kennt mich«, erwiderte Otto unbedacht. Im nächsten Moment bemerkte er den erst erstaunten, dann entrüsteten Gesichtsausdruck seiner schwarzlockigen Geliebten und fügte hastig hinzu: »Er weiß, dass er sich auch dann auf mich verlassen kann, wenn ich mich anderen Dingen widme. Und in diesem Fall besonders schönen …« Er griff nach Mischkas Hand. Sie wollte sie empört wegziehen, doch er hielt sie fest, worauf sie trotzig den Kopf zurückwarf.

»Na, dann widme dich mal weiter deinen schönen Dingen«, sagte Heralt mit rätselhafter Miene, »ich kümmere mich solange um deine anderen Aufgaben!«

»Sprecht Ihr von den Nachforschungen?«, fragte Otto, plötzlich hellwach.

»Offenbar macht deine Beschäftigung mit Mischka dich

etwas langsam im Kopf«, brummte Heralt. »Falls es noch schlimmer werden sollte, halte dich lieber von ihr fern.«

»Onkel!«, rief Mischka aufgebracht. »Wovon redest du da?«

»Ich musste daran denken, dass uns unser junger Freund hier von einer kopflosen Leiche erzählt hat, die er mit seinem Herrn bei Laurenz gesehen hat. Und da habe ich mich an etwas erinnert«, erklärte der Müller, stand auf und ging weiter in die Höhle hinein. Kurz darauf kehrte er mit einem schäbigen Weidenkorb zurück, aus dem er einen Mantel mit böhmischem Königswappen sowie Beinkleider und eine zerrissene Tunika hervorzog. Vorsichtig legte er alles auf den Stein neben der Feuerstelle. Dann langte er noch einmal in den Korb hinein und holte etwas Rundes hervor, das in einen schmutzigen Lumpen eingewickelt war. Er löste den Knoten und öffnete das Bündel. Zum Vorschein kam ein menschlicher Kopf. Er war stark verwest, und augenblicklich breitete sich ein beißender Gestank aus. »Wenn mich nicht alles täuscht, ist dies hier der Kopf des erwähnten Toten«, erklärte Heralt betont bescheiden, bevor er sich die Finger an den Beinen abrieb und wieder am Feuer niederließ.

»Iiiih!«, schrie Mischka, aber sie konnte den Blick nicht von dem Menschenkopf wenden.

Und Otto fragte aufgeregt: »Wo habt Ihr ihn her? Die Dörfler von Laurenz haben alles im Umkreis abgesucht und nichts gefunden.«

»Dort war der Kopf ja auch nicht versteckt«, erwiderte Heralt. »Ich habe ihn rein zufällig gefunden. Vor einiger Zeit habe ich nämlich einen Reiter beobachtet, wie er dieses Bündel in die Mazocha warf ...«

»In den Höllenschlund?«, stieß Mischka aus und bekreuzigte sich.

Auf Ottos neugierige Frage, was er dort gemacht habe, zuckte der Müller nur die Achseln und murmelte: »Ich ahnte ja nicht, dass es wichtig sein könnte. Erst gestern habe ich mich wieder daran erinnert. Also bin ich dorthin gegangen und habe das Gelände durchkämmt ...«

»Aber wie bist du dort hinuntergekommen?«, unterbrach seine Nichte ihn entsetzt. »Es heißt, es sei ein bodenloser Abgrund, und wer sich an einem Seil hinablässt, ist des Wahnsinns!«

Heralt nickte. »Das sehe ich auch so. Zumindest, dass es Wahnsinn wäre, sich an einem Seil hinabzulassen. Aber einen Boden hat die Schlucht sehr wohl. Die Höhlen unter Schoschuwka sind ja nicht die einzigen hier in der Gegend. Ich bin schon durch viele unterirdische Gänge gewandert. Und durch einen von ihnen gelangt man zum Grund der Mazocha-Schlucht.«

Otto musste den grausigen Fund des Müllers nicht eigens untersuchen, um zu begreifen, dass der Ermordete, dessen kopflosen Leichnam sie in einer Felsspalte hinter Laurenz entdeckt hatten, niemand anderes als der Kommandeur des königlichen Trupps war, den man überfallen und der Silbertruhen beraubt hatte. Schon das Wappen wies darauf hin. Dass der Kommandeur selbst mit den Räubern unter einer Decke steckte, schien nach diesem Fund nicht mehr sehr wahrscheinlich; klar war jetzt jedenfalls, dass er nicht mehr unter den Lebenden weilte.

Der Müller lächelte seine Nichte an. »Und jetzt würde ich gerne etwas essen. Ich finde, dass ich mir etwas Gutes verdient habe!«

»Solange dieser stinkende Kopf hier liegt, werde ich nicht kochen!«, antwortete Mischka beklommen.

»Wenn's weiter nichts ist«, sagte ihr Onkel. Er hob den abgetrennten Kopf am Haarschopf hoch und warf ihn zurück in den Korb, wo er ihn mit dem Lumpen bedeckte. Dann brachte er den Korb in einen der Nebengänge, wo er ihn in einer Felsmulde abstellte.

Otto zog vorsichtig seine Hand unter Mischkas schwarzen Locken hervor. Die Müllersnichte murmelte etwas, wachte aber nicht auf.

»Wo gehst du hin?«, brummte Heralt verschlafen, der nicht weit von ihnen in ein Fell gewickelt dalag. »Es ist noch tiefe Nacht.«

»Ich muss draußen etwas erledigen«, antwortete Otto leise.

»Das kannst du in dem Winkel dahinten tun«, meinte der Müller. »Falls du so eilig musst …«

»Das meinte ich nicht«, erklärte der Knappe. »Ich muss mit jemandem reden.«

Heralt fragte nicht weiter. Er drehte sich auf die andere Seite und schloss die Augen. Gerne wäre er in einen traumlosen Schlaf versunken. In letzter Zeit suchten ihn immer wieder die Bilder von jenem furchtbaren Tag heim, als die Dörfler seine Mühle in Brand gesetzt hatten. Manchmal fühlte es sich an, als würde alles noch einmal geschehen. Er hörte die wütenden Stimmen seiner Nachbarn, das laute Prasseln der Flammen, sah die schreckgeweiteten Augen seiner Nichte. Er selbst war nicht wichtig, aber sie. Sie war der einzige Mensch, der ihm in seiner Verdammnis geblieben war.

Otto kannte sich in dem Höhlensystem inzwischen recht gut aus und musste nicht einmal eine Fackel anzünden, um den Weg zu finden. Wenige Minuten später stand er im Freien unter dem weiten Himmel und atmete tief die Luft ein. So viele Düfte waren hier wahrzunehmen im Vergleich zu der feuchtkalten Höhlenluft, und wie gerne würde er Mischka dies alles zurückschenken! Doch zuerst musste er sich um sich selbst kümmern. Er machte einen Bogen um das nächtliche Schoschuwka, stieg die Anhöhe hinauf und auf der anderen Seite wieder hinunter und stand bald unterhalb der großen Felsklippe, auf der sich Burg Hohlenstein erhob. Ringsum war alles still, bis zum Morgengrauen blieben noch ein paar Stunden, und es war nicht sehr wahrscheinlich, dass er jemandem begegnen würde. Dennoch ging er zur Sicherheit lieber durch den Wald. Er passierte die Schlucht unterhalb der Burgbrücke und folgte dann dem Weg, der bis zum Tor hinaufführte. Hinter den Burgmauern schien sich nichts zu regen, und Otto ging davon aus, dass auch der Wächter schlief. Er schlich äußerst behutsam vorwärts und gab acht, dass er nicht auf einen trockenen Zweig trat.

Vor dem Burgtor blieb er stehen. Die Mauer war zwar nicht hoch, aber direkt vor ihr fiel der Fels, auf dem die Festung errichtet war, steil ab, und wenn Otto beim Klettern abrutschte, würde er sich auf dem Grund der Schlucht das Genick brechen. Vorsichtig hakte er seine Finger in die Fugen zwischen den Mauersteinen. Da die Quader nicht sehr glatt waren, fand er schnell Halt für seine Füße und gelangte leichter hinauf, als er gedacht hatte.

Dann spähte er vorsichtig über den Rand. Der Burghof lag still und verlassen im Dunkeln. Otto konnte gerade noch den Wächter erkennen, der neben dem Tor an die Mauer gelehnt dasaß und laut schnarchte. Genau so hatte er sich das vorgestellt. Er schwang seine Beine auf die andere Seite und ließ sich vorsichtig herab. Auf dem Hof angekommen, schlich er leise weiter. Soviel er wusste, schlief Šonka nicht mit den anderen Bediensteten im Gesindehaus, sondern in der Häckselkammer neben dem Stall. Sie hatte erwähnt, dass die Männer ihr sonst keine Ruhe ließen und sie nicht genug Schlaf fand.

Ungestört erreichte er den schäbigen kleinen Holzbau mit dem Bretterdach und ging hinein. Drinnen stand eine Bank mit einer Hippe zum Zerkleinern von Viehfutter, auf der anderen Seite erkannte er im Dunkeln einen Strohhaufen und darauf die Umrisse der schlafenden jungen Frau. Auf Zehenspitzen ging er zu ihr, kniete sich neben sie und rüttelte sie sanft an der Schulter.

»Verschwinde!«, murmelte Šonka verschlafen.

»Šonka, ich möchte dich um etwas bitten«, flüsterte Otto.

»Ich will aber nicht«, sagte sie unwirsch und drehte sich auf die andere Seite.

Behutsam schob er seine Hand unter ihren Kopf und strich ihr über die Wange. Dann legte er sich neben sie, schmiegte sich an sie und streichelte zart ihren Körper.

Šonka schien kurz zu erstarren, dann murmelte sie überrascht, ohne sich umzudrehen: »So hat mich bisher nur einer gestreichelt. Bist du das, du Gauner?«

»Falls du mich meinst, dann ja«, antwortete Otto keck.

Schläfrig blinzelnd drehte Šonka sich zu ihm um, und im nächsten Moment drängte sie sich in seine Arme und begann ihn leidenschaftlich zu küssen. Aber nur solange sie noch nicht ganz wach war. Dann stieß sie ihn plötzlich von sich und fragte schroff: »Was tust du denn hier? Man sagt, du wärst ein Werwolf und aus dem Gefängnis ausgebrochen!«

»Glaubst du wirklich, ich wäre mit einem Werwolfjäger befreundet, wenn ich selbst ein Werwolf wäre?«, erwiderte er beschwichtigend. »Das Ganze war eine dreiste Lüge, und ich wurde zu Unrecht beschuldigt! Deshalb bin ich auch zu dir gekommen. Damit du mir hilfst.«

»Und ich dachte, du wärst wegen etwas anderem gekommen«, entgegnete sie frech und begann ihr Gewand zu lüpfen.

Otto hielt sie zurück: »Aber, aber. Was würde mein Freund Wolfgang dazu sagen?«

Eifrig versicherte Šonka: »Ich hab versprochen, ihm treu zu sein, und das bin ich wahrhaftig, Gott ist mein Zeuge! Auch wenn es nicht einfach ist ... Aber du bist ja sein Freund, also gilt das Versprechen in deinem Fall nicht.«

»Im Gegenteil, in meinem Fall sollte es doppelt gelten«, widersprach Otto und versuchte sich ihr zu entwinden, doch die Magd hielt ihn mit erstaunlicher Kraft fest.

»Was stellst du dir vor?«, sagte sie streng. »Erst weckst du mich, und dann willst du mich schon wieder loswerden? So nicht, mein Lieber!«

»Aber ich habe wirklich eine dringende Bitte an dich!«

»Ich auch«, kicherte sie und schlang ihre Arme um ihn.

Otto dachte im Stillen, dass er im Gegenzug für eine Hilfeleistung ja schon oft Opfer gebracht hatte und dieses Opfer hier nicht einmal allzu unangenehm wäre. Bevor er Šonkas Lockungen also nachgab, sagte er nur noch: »Aber unter der Bedingung, dass Wolfgang es nicht erfährt und wir ihn zum letzten Mal hintergehen.«

Šonka gluckste: »Ersteres kann ich dir schon mal versprechen ...«

Einen kurzen Moment erschien das Bild der schwarzlockigen Mischka vor Ottos Augen, aber er musste wieder einmal feststellen, dass jegliche guten Vorsätze in den Armen einer anderen Frau schnell verflogen. Und im nächsten Moment gab er sich auch schon voll und ganz diesem neuen Liebesabenteuer hin.

Hinterher fragte Šonka ganz sachlich: »Und nun sag, was wolltest du eigentlich?« Züchtig brachte sie ihr Gewand in Ordnung, als wäre sie die Tugend selbst und nur versehentlich den Verführungskünsten eines fremden Mannes erlegen.

Otto schlüpfte schnell in seine Beinkleider und erklärte, da man nach ihm fahnde, habe er nicht tagsüber kommen können, aber er müsse unbedingt mit Erhard sprechen. Genau dieser habe allerdings falsch gegen ihn ausgesagt, weshalb er ihn sicher nicht treffen wolle. Šonka müsse ihn darum herlocken, ohne dass er etwas ahne.

»Das wird nicht besonders schwer«, sagte sie selbstsicher. »Warte einen Moment, gleich wird er hier sein.«

Otto verbarg sich in einer dunklen Ecke und wartete ab, während ihm von ihrem Schäferstündchen noch das Blut in den Adern pochte. Da tauchten in der Tür der Häckselkammer zwei dunkle Silhouetten auf und bewegten sich auf den Strohhaufen zu. Dort schubste Erhard Šonka zu Boden, warf sich schnaufend vor Erregung auf sie und zog sich eilig die Beinlinge aus. In diesem Moment huschte Otto zu ihnen und schlug Erhard von hinten mit einem Stück Holz bewusstlos.

»Ich dachte, du wolltest mit ihm reden, nicht ihn umbringen«, murmelte Šonka und rieb sich ihr vom Aufprall auf den harten Boden schmerzendes Hinterteil. »Na ja, dieser Hornochse hat nichts Besseres verdient.«

»Er hätte mir aus freien Stücken nichts erzählt. Und womöglich hätte er noch laut geschrien, und man hätte mich hier entdeckt«, erklärte Otto, während er Erhard mit einem Seil fesselte und ihm ein Stück Stoff als Knebel in den Mund schob. »Ich muss ihn irgendwie aus der Burg hinausbekommen. Über die Mauer kriege ich ihn nicht, und das Tor ist verschlossen und wird noch bewacht ...«

»Ich verstehe schon«, seufzte Šonka ergeben. »Ich soll noch den Wächter vom Tor weglocken und hierherbringen.«

»Du bist ein kluges Mädchen«, erwiderte Otto und gab ihr einen Kuss auf die Wange.

»Willst du ihn auch niederschlagen?«

»Das wäre nicht gut, denn dann würde morgen früh der Verdacht auf dich fallen«, antwortete Otto. »Es genügt, wenn du ihn eine Weile ablenkst, sodass ich das Tor einen Spalt öffnen und hinausschlüpfen kann.«

»Aber ich habe Wolfgang doch versprochen, treu zu sein«, wandte Šonka ein.

»Nun ja, es dient der Aufklärung eines Verbrechens«, versuchte Otto sie zu überzeugen. »In dem Fall handelt es sich nicht um eine Sünde.«

Šonka nickte. »Damit hast du wohl recht«, sagte sie arglos. Sie stand auf und ging mit wiegenden Hüften aus der Hütte, über den Burghof, bis zu dem dösenden Wächter.

Sie erledigte ihre Aufgabe so perfekt, dass Otto schon nach wenigen Minuten mit dem bewusstlosen Erhard über der Schulter die Burgbrücke überqueren konnte. Der bullige Kerl war verdammt schwer, und Otto musste achtgeben, um nicht im Dunkeln zu stolpern und samt seiner Fracht hinzufallen.

Kurz darauf kam der Gefesselte zu sich und begann herumzuzappeln. Otto stellte ihn auf die Füße und löste ihm den Strick von den Knöcheln.

»Was soll ich mich mit dir abmühen, Halunke, kannst schließlich selber gehen!«, sagte er. »Wenn du aber Sperenzchen machst, schneide ich dir die Kehle durch. Oder nein, besser noch, ich beiße sie dir durch«, fügte er spöttisch hinzu, als er Erhards Erschrecken bemerkte. Er knüpfte das Seil zu einer Schlinge, streifte sie seinem grobschlächtigen Widersacher über den Kopf und zog ihn dann hinter sich her wie ein widerspenstiges Rind.

So überquerten sie zügig die felsige Anhöhe in Richtung Schoschuwka und hatten, noch ehe es tagte, die unterirdische Höhle erreicht.

XXIII. KAPITEL

Ulrich fühlte sich wie eine in die Falle gegangene Ratte. Aber anders als eine Ratte geriet er nicht in Panik und rannte kopflos über den Holzboden, sondern zog so schnell und geräuschlos wie möglich die Leiter zu sich nach oben und blies das Öllämpchen aus. Vorsichtig, um ja kein Brett unter seinem Gewicht zum Knarren zu bringen, tappte er wieder nach hinten. Solange ihn niemand bemerkte, hatte er vielleicht noch Zeit, sich in Sicherheit zu bringen.

Wenn ihn seine Orientierung nicht trog, schloss sich unmittelbar an das Gebäude, in dem er sich befand, der Hof des Nachbargrundstücks an. Und die Rückwand des Holzschuppens bestand lediglich aus schwachen Brettern. Es genügte dagegenzudrücken, und zwei davon gaben nach. Ulrich machte weiter, und schnell hatte er eine Öffnung, die groß genug war, um die Leiter hindurchzuschieben. Nachdem er sie herabgelassen hatte, schaute er vorsichtig hinaus, um sich zu vergewissern, dass er sich nicht getäuscht hatte. Und tatsächlich: In der Dunkelheit vor sich erkannte er die Umrisse von Katharinas Haus. Schnell packte er das Bündel mit dem Katzenkadaver und zwängte sich nach draußen. Gerade als er die ersten Sprossen hinabstieg, hörte er vom Hof des Krämers her aufgeregtes Rufen. Einer der Knechte hatte bemerkt, dass die Leiter fehlte.

Ulrich kletterte rasch die restlichen Sprossen hinunter, rannte über den kleinen Hof und durch die dunkle Eingangshalle, öffnete das Tor und fand sich in der kleinen Gasse wieder. Er überlegte, auf welchem Weg er am besten zur Burg zurückgelangte. Den großen Marktplatz zu überqueren, erschien ihm unter den gegebenen Umständen zu riskant. Also lief er in der Gegenrichtung durch die schmale Gasse. In diesem Teil der Stadt war er noch nie gewesen, und er war nicht sicher, wohin es ihn verschlagen würde. Hauptsache, er entkam dem Umkreis des Krämerhauses.

Eine Weile irrte er durch das dunkle Gassengewirr. Die meisten Fensterläden waren geschlossen, die Menschen schliefen. Nur in einer Spelunke brannte noch Licht, und der laute Gesang von ein paar Männern und Frauen drang bis auf die Straße hinaus. Ulrich kam an einer kleinen Kirche vorbei und erkannte in der Ferne vage die schwarze Silhouette der Burgtürme. An der nächsten Hausecke hielt er inne, weil er aufgeregte Stimmen hörte, darunter das tiefe Timbre eines Mannes, der Befehle erteilte. In der Seitenstraße erblickte er lauter Fackeln und Menschen, darunter einen Stadtbüttel mit einer großen Lampe. Hinter Ulrich hallten plötzlich eilige Schritte, und im nächsten Moment rannte ein junger Mann an ihm vorbei, der den anderen atemlos zurief, er habe niemanden gefunden.

Neugierig ging Ulrich auf die Menschenansammlung zu. Als er näher kam, sah er auf dem Boden einen reglosen Mann in einer Blutlache liegen. Seine Kleidung kam ihm bekannt vor, und so drängte er sich hastig an den Leuten vorbei, um im Lichtschein der Fackeln das Gesicht des Toten zu sehen. Es war Meister Rumpling. Man hatte dem Schmied den Schädel eingeschlagen und ihm mehrere Stichwunden zugefügt.

»Wer hat das getan?«, fragte Ulrich eine dicke Frau neben sich.

»Wenn das der Schultheiß wüsste, hätte er ihn längst eingelocht!«, erwiderte die Frau unfreundlich. »Steht hier doch nicht hinderlich rum!«

Ein Bärtiger, der auf seinem Umhang das Bischofswappen trug, meldete sich zu Wort: »Er muss eine Auseinandersetzung mit jemandem gehabt haben«, meinte er mit Blick auf den Toten. »Das liegt alles am Schultheiß! Er kontrolliert die Schenken nicht und lässt manche noch nach dem Abendläuten ihre Wirtschaft betreiben, obwohl es verboten ist. Das zieht Strolche an, die bis spät in die Nacht picheln, und das kommt dann dabei heraus!«

»Schiebt nicht alles auf den Schultheiß«, mischte sich der Büttel ein, der mit kritischer Miene zugehört hatte. »Das hier war keine normale Rauferei, sondern ein abscheulicher Mord.«

»Wie wollt Ihr das wissen? Habt Ihr die Kerle etwa beobachtet?«, fragte der Bärtige spöttisch.

»Ich nicht, aber ein anderer sehr wohl. Der Augenzeuge berichtet, ein Mann mit einem schwarzen Umhang, der sich zuvor im Laubengang verborgen hatte, sei auf den armen Teufel losgegangen, habe ihm mir nichts, dir nichts einen Stein auf den Kopf gehauen und dann mit dem Dolch auf ihn eingestochen, bevor er ihm irgendetwas wegriss und davonrannte. Ihr seht also, es handelt sich um Raubmord.«

»Wer weiß schon, wie es wirklich war«, widersprach die dicke Frau störrisch. »Sobald einmal etwas passiert, ist von den Vertretern der Stadtjustiz weit und breit nichts zu sehen …«

Ulrich entfernte sich still von der Ansammlung und eilte in Richtung Vorstadt. Das Stadttor war zwar verschlossen, doch er brauchte dem Wächter nur einen Silberling zuzustecken, damit dieser es für ihn öffnete und sich dazu noch ehrerbietig verbeugte.

Im Haus von Meister Rumpling brannte noch Licht. Ulrich klopfte ans Fenster und trat ein. Die Frau des Schmieds saß vor einer kleinen Lampe und flickte ein Leinenhemd. Als sie den königlichen Prokurator erblickte, legte sie die Näharbeit beiseite, wischte sich die Hände an ihrem Kleid ab und stand respektvoll auf.

»Was ist los, edler Herr?«, fragte sie beunruhigt. »Mein Mann ist losgegangen, um Euch die Zange zu bringen, wie Ihr es gewünscht habt. Habt Ihr ihn nicht getroffen?«

»Ich sagte doch, es reicht bis morgen früh! Dann hätte ich sie abgeholt«, erwiderte Ulrich.

Die Schmiedin schüttelte verständnislos den Kopf. »Das stimmt. Aber dann ist ja Euer Diener vorbeigekommen und hat ausgerichtet, dass mein Mann sie schon heute Nacht abliefern soll. Habt Ihr das etwa vergessen? ... Was ist mit meinem Mann?«

»Er ist tot«, sagte Ulrich leise. »Jemand hat ihn ermordet.« Die Überbringung solcher Nachrichten war mit das Schlimmste an seinem Amt. Gleichzeitig stachelte es ihn aber auch an, alles Menschenmögliche dafür zu tun, dass der Täter seine gerechte Strafe erhielt. Natürlich war es unmöglich, alle Morde zu verhindern, aber wenn die königlichen Gerichte Verbrecher hart bestraften, dachten die Menschen zweimal darüber nach, ehe sie sich zu einer bösen Tat hinreißen ließen. Die Angst war der Gerechtigkeit beste Gehilfin.

Die Frau des Schmieds blickte Ulrich an, ließ den Kopf sinken und schwieg. Doch auch ohne dass sie etwas sagte, sprach der Vorwurf aus jeder ihrer Regungen. Denn hätte der königliche Prokurator nicht vor einigen Stunden ihre Schmiede aufgesucht, könnte ihr Mann noch leben. Ulrich hätte gerne etwas zu seiner Verteidigung vorgebracht, aber letztlich gab es nichts, was er hätte sagen können. Wortlos drehte er sich um und ging auf die Straße hinaus.

Am nächsten Morgen begab Ulrich sich erneut in die Stadt, um sich ein wenig umzuhören, was man sich über den nächtlichen Mord erzählte. Er wollte sich auch mit dem Schultheiß persönlich unterhalten. Zunächst aber ging er zum Brunnen auf dem großen Platz, da es der Ort war, wo die Mägde und Diener jeden Morgen Klatsch und Tratsch austauschten.

Auf dem Boden neben dem Brunnen saß ein Junge, der mit Holzwürfeln spielte. Er blickte auf und rief Ulrich zu: »Heda, edler Herr, wollt Ihr Euch einen Kupferling verdienen?«

»Ich?« Ulrich blieb verblüfft stehen. Gewöhnlich wollten die Leute Geld von ihm, aber dass ihm ein Kind welches anbot, war ihm noch nicht untergekommen. Belustigt fragte er: »Was muss ich denn dafür tun?«

»Ihr müsst nur einen Einsatz wagen«, sagte der Junge mit schmeichelnder Stimme und stand vom Boden auf.

»Ich wette nie«, erwiderte Ulrich kategorisch. Doch der Knirps ließ nicht locker. Er griff nach der Hand des königlichen Prokurators und erklärte, es handele sich nicht um Trickserei, sondern alles gehe mit rechten Dingen zu. Er habe sechs Holzstückchen, und wenn es dem Herrn gelinge, einen Würfel daraus zu bilden, so gewinne er einen Kupferling. Schaffe er es nicht, müsse er den Kupferling zahlen.

Ulrich lächelte. »Na, das ist doch nicht schwer. Du wirst verlieren!«

»Dann versucht es einmal!«, forderte der Junge ihn wichtigtuerisch auf. Er zog die sechs Holzstückchen hervor und legte sie auf die Erde. Dann setzte er sich auf den Brunnenrand und wartete neugierig ab. Ulrich ging in die Hocke und begann, die Stücke hin und her zu schieben. Aber wie er es auch anfing, es gelang ihm nicht, einen Würfel zu bilden. Die Holzstücke waren verschieden groß und hatten unterschiedlich gesägte Seiten. Schließlich gab er es auf. Er zog eine Münze aus seinem Beutel und zeigte sie dem Jungen.

»Meiner Meinung nach lässt sich kein Würfel aus den Stücken bilden«, sagte er. »Aber wenn du es kannst, gehört der Kupferling dir!«

Der Junge nahm die Hölzchen vom Boden und setzte sie, ohne sie auch nur genauer anzusehen, flugs zu einem Würfel zusammen. »Seht Ihr, wie leicht es ist?«, sagte er stolz. »Der Kniff liegt darin, dass Ihr diesen beiden hier noch das kleinste Stückchen beifügen müsst. Die andere Hälfte ist dann leicht. In die Mitte den größten, und zwei kleinere an die Seiten. Wollt Ihr es ausprobieren?«

Ulrich gab dem Jungen zunächst die Münze, dann setzte er den Würfel noch einmal so zusammen, wie der Bengel es ihm gezeigt hatte. Es war wirklich einfach. Als er schon aufstehen wollte, stutzte er. Dieser Würfel stellte im Grunde Katharinas Haus dar – mit einem Unterschied: Im oberen Stockwerk des Witwenhauses hatte er lediglich zwei Räume vorgefunden, während die obere Hälfte des Würfels aus drei Stücken bestand. Doch als er genauer über die Form der Zimmer nachdachte, ging ihm auf, dass es im oberen Stock nicht nur zwei Räume geben konnte, da sie zusammen kein Quadrat bildeten, wie es aber im Erdgeschoss der Fall war. Wie hatte er nur so dumm sein können! Statt Katharinas Truhen zu durchsuchen, hätte er sich lieber nach einer verborgenen dritten Kammer umsehen sollen!

Er sprang auf und lief los. Schnell hatte er die Gasse hinter Walthers Haus erreicht. Atemlos schloss er das Tor auf und rannte die Treppe hinauf. In Katharinas Schlafkammer hielt er inne und versuchte sich noch einmal den Grundriss des Hauses zu vergegenwärtigen. Er kam zu dem Schluss, dass der fehlende dritte Raum hinter der Wand liegen musste, neben der das Himmelbett stand.

Als er den dort hängenden vergilbten Wandteppich zur Seite schob, tauchte dahinter eine kleine Tür auf. Sie war verschlossen. Ulrich nahm Anlauf und brach sie auf. Dann stand er in einem schummrigen kleinen Raum, der kein Fenster besaß. Auf einem Tischchen lagen getrocknete Kräuter mit Schneidemessern bereit, ein Tiegel und ein Öllämpchen, ein paar kleine Schüsseln und ein Mörser. In einem Wandregal befanden sich mehrere Flaschen und gefüllte Leinensäckchen, auf der anderen Seite des Raumes eine Truhe. Ulrich ging hin und öffnete sie. Sein Blick fiel auf eine Pergamentrolle sowie zwei gläserne Phiolen. Er nahm eine davon in die Hand, zog den Stopfen heraus und roch vorsichtig daran. Dann nickte er zufrieden. Es gab keinen Zweifel, diese Phiole enthielt eine giftige Substanz. Er hatte richtig vermutet, und dies war der Beweis.

Hier in dieser geheimen Kammer hatte die Witwe Katharina Gift hergestellt, das sie anschließend verkaufte. Neugierig entrollte Ulrich das Pergament. Auf der einen Seite des Schriftstücks befand sich die Rezeptur für ein Toxikum auf der Basis von Eibennadeln, auf der anderen waren zehn Namen und dazugehörige Geldbeträge aufgelistet. Offensichtlich hatte die ermordete Giftmischerin sich die Namen ihrer Käufer notiert. Als Vorletzter in der Liste war der Krämer Walther aufgeführt. Von dem letzten Käufer aber war kein Name verzeichnet, dort stand lediglich eine Notiz, die besagte, dass sie »Hochwürden« für das Entgelt von fünfzig Schock Denar beliefert habe.

Ulrich steckte sowohl das Pergament als auch die Phiole mit

dem tödlichen Gift in seine Ledertasche und verließ anschließend das Haus. Er wollte so schnell wie möglich zur Burg zurück, um die Anklage gegen den Krämer vorzubereiten. Dass dieser seine Frau mit dem Gift ermordet hatte, konnte er freilich trotz all der vielen Hinweise noch nicht endgültig beweisen. Walther besaß viele einflussreiche Freunde, und die Autorität des königlichen Prokurators galt ja leider in Mähren nicht viel. Es würde also nicht einfach werden. Trotzdem war Ulrich zuversichtlich. Er brauchte nur noch ein wenig Zeit, um den skrupellosen Ehemann zweifelsfrei zu überführen.

Auf dem Burghof vor dem Markgrafenpalast hatte sich ein Grüppchen von Leuten versammelt. Wenn Ulrich auch vor lauter Männern den Schreiber Wolfgang nicht sehen konnte, so erkannte er doch klar dessen empörte Stimme: »Das interessiert mich nicht. Ich wiederhole zum letzten Mal, ihr sollt mich auf der Stelle zu Herrn von Kulm bringen. Andernfalls könnt ihr was erleben!«

»Was willst du uns schon antun, Winzling?«, höhnte ein stämmiger Wächter. Doch im nächsten Moment heulte er vor Schmerz auf, weil ihm der Schreiber mit aller Kraft auf den Fuß getreten hatte. Bevor sich daraus noch ein ernsthaftes Gerangel entwickeln konnte, rief Ulrich gebieterisch dazwischen, sie sollten augenblicklich voneinander ablassen und ein jeder zu seiner Arbeit zurückkehren.

»Diese Hammelköpfe«, schnaubte Wolfgang, als er seinen Herrn erblickte. Schnell kam er zu ihm gelaufen, doch unterwegs stolperte er über einen Stein und wäre fast lang hingeschlagen, hätte Ulrich ihn nicht aufgefangen.

»So unterwürfig musst du dich auch wieder nicht vor mir verbeugen«, sagte der Prokurator grinsend. »Du bist also wieder zurück?«

Der bucklige Schreiber war von seinem langen Ritt völlig

verstaubt und verschwitzt und sah müde aus; dennoch machte er einen zufriedenen Eindruck. Triumphierend erklärte er: »Ich habe die Lösung. Ich weiß jetzt, wer den Beuteschatz des Königs geraubt hat!«

»Dann komm schnell mit in meine Kammer«, sagte Ulrich und zog ihn zum Eingang des Markgrafenpalasts. »Dort kannst du mir alles erzählen.«

XXIV. KAPITEL

»Wie Ihr wisst, mein Herr, bin ich zum Kloster Tischnowitz gereist, um mit dem dortigen Abt zu sprechen«, begann Wolfgang sogleich, nachdem Ulrich ihm einen Platz angeboten hatte und noch bevor ihm die Magd einen Krug Bier zur Erfrischung brachte. Er konnte es gar nicht erwarten, seinen Bericht loszuwerden. »Ursprünglich wollte ich ja nur Genaueres über die Schulden wissen, die Zirro von Hohlenstein den Mönchen zurückgezahlt hat. Aber dann erfuhr ich noch ganz anderes. Das war vielleicht eine Überraschung!«

»Spannst du mich absichtlich auf die Folter, oder erzählst du immer so umständlich?«, fragte Ulrich, während er amüsiert das gerötete Gesicht des Schreibers musterte.

»Herr Zirro hat das Silber geraubt! Es ist ganz sicher!«, stieß Wolfgang aus. Und jetzt nahm er doch einen gierigen Schluck aus dem Krug.

»Wie kommst du zu diesem Ergebnis? Von allen Verdächtigen schien mir gerade er am wenigsten in Frage zu kommen. Nun, vielleicht habe ich ja einen Denkfehler gemacht. Also, was hast du herausgefunden?«

»Zunächst einmal hat Burggraf Idik von Schwabenitz die Wahrheit gesprochen. Tatsächlich konnte Zirro im letzten Jahr seine Schulden nicht begleichen, und auch heuer bat er Abt Anselm noch an Ostern, ihm einen Aufschub zu gewähren. Dann aber tauchte er plötzlich mit einer Truhe voller Silberlinge im Tischnowitzer Kloster auf und zahlte bis auf die letzte Münze seine Schulden zurück. Und dies nur wenige Tage nach dem Raubüberfall!«

Ulrich nickte. »Das weiß ich alles schon. Aber das beweist noch nichts.«

»Nun, Abt Anselm hat mir noch etwas erzählt. In der Truhe seien etliche preußische Münzen gewesen. Seht her, eine hat er mir mitgegeben.« Und mit großer Geste legte Wolfgang eine verwitterte Silbermünze auf den Tisch. »Solche sind hier schließlich nicht üblich. Ein paar davon könnten vielleicht Händler ins Land gebracht haben ... aber gleich so viele? Sie müssen aus der Preußenbeute stammen – es kann nicht anders sein!«

Ulrich nahm das Geldstück und drehte es nachdenklich zwischen den Fingern. Sollte es wirklich so sein, wie Wolfgang sagte, wäre die Aufklärung des Falles geradezu banal einfach. Und ebendies war ihm suspekt. Seiner langjährigen Erfahrung nach gab es keine einfachen Lösungen. Dafür war das Leben selbst viel zu kompliziert.

Wolfgang bemerkte die zweifelnde Miene seines Herrn und war enttäuscht, sagte jedoch nichts, sondern wartete schweigend ab. Erst als der königliche Prokurator die Münze wieder auf den Tisch legte, fuhr Wolfgang fort: »Das ist aber noch nicht alles! Šonka hat sich an ein höchst interessantes Detail erinnert. In der gleichen Woche nämlich, in der die Preußenbeute geraubt wurde, erschienen mitten in der Nacht einige Reiter auf Burg Hohlenstein. Sie trugen wappenlose dunkle Umhänge und brachten zwei Truhen mit. Was darin war, wusste Šonka nicht zu sagen, aber sie seien so schwer gewesen, dass gleich vier Männer sie schleppen mussten. Nachdem sie die Truhen in den Palas gebracht hätten, seien sie auch schon wieder abgereist. Und noch eine letzte Sache, die mir verdächtig erscheint: Herr Zirro ist verschwunden! Vielleicht ahnt er ja, dass wir ihn entlarvt haben.«

Ulrich strich sich durch den Bart. »Du hast gute Arbeit geleistet«, sagte er anerkennend. »Aber ich glaube nicht, dass Zirro wegen unserer Enthüllungen geflohen ist. Er wusste schließlich nichts von deinen Erkundungen in Tischnowitz. Und etwas anderes haben wir nicht gegen ihn in der Hand – warum sollte er da untertauchen? Und was würde es ihm nützen?«

»Das weiß ich auch nicht«, räumte Wolfgang ein. »Aber seltsam ist es doch, findet Ihr nicht?«

»Falls er die Preußenbeute wirklich geraubt haben sollte, dann wäre sein Verschwinden in der Tat gleichbedeutend mit einem Geständnis«, meinte Ulrich. »Doch wie soll er den Überfall bewerkstelligt haben? Einen ganzen Militärtrupp zu überwältigen und zu massakrieren ist nicht einfach, das haben wir ja schon öfter festgestellt. Außerdem sind insgesamt fünf Truhen verschwunden, aber laut deinem Bericht hat Šonka nur von zwei Truhen gesprochen, die jene geheimnisvollen Reiter mitgebracht haben sollen. Auch hier ist also etwas nicht stimmig.«

»Verzeiht, mein Herr«, sagte Wolfgang pikiert, »aber wenn Euer Knappe Otto Ähnliches herausgefunden hätte, würdet Ihr ihm dann eher glauben als mir?«

Ulrich lächelte. »Seit du nicht mehr wegen jeder Kleinigkeit herumjammerst, gebärdest du dich wie eine Jungfer, die von keinem Jüngling hofiert wird.« Dann wurde er wieder ernst. »Es spielt keine Rolle, wer die Fakten ermittelt, sondern ob sie zueinander passen.«

»Aber diese hier passen zueinander!«

»Mag sein, aber wir sollten dennoch keine voreiligen

Schlüsse ziehen. Es gibt noch etliche Dinge, die aufgeklärt werden müssen ... Was ist eigentlich mit Otto?«

»Er ist in Raitz aus der Haft geflohen. Sie wollten ihn als Werwolf hinrichten. Seither versteckt er sich irgendwo in den Hohlensteiner Wäldern. Eines Nachts kam er sogar meine Šonka belästigen. Sie hat sich vorhin bei mir darüber beklagt«, beschwerte sich der Schreiber. »Außerdem hat er einen Burgwächter verschleppt und hält ihn irgendwo fest. Der junge Hartman von Hohlenstein ist fuchsteufelswild. Er durchkämmt unablässig die Wälder im Umkreis der Burg, hat aber noch keine Spur von ihm entdeckt. Was merkwürdig ist ... Wer weiß, vielleicht hat Otto ja Angst bekommen und ist weiter weg geflohen.«

»Ich denke, du täuschst dich. Er ist der Burg vermutlich näher, als Hartman glaubt«, sagte Ulrich mit einem rätselhaften Lächeln. »Und ich gehe einmal davon aus, dass es ihm nicht allzu schlecht geht. Otto würde es nicht lange alleine aushalten, und ich vermute, dass er sich angenehme Gesellschaft gesucht hat.«

»Aber meine Šonka würde mir nie untreu werden!«, meinte Wolfgang entrüstet.

Ulrich schüttelte den Kopf. »Wer spricht denn von ihr? Sie ist ja nicht das einzige Mädchen auf der Welt.«

»Das meine ich aber auch!«, sagte Wolfgang mit Nachdruck. Dann besann er sich und fragte etwas verlegen: »Aber wie könnt Ihr wissen, wo sich Euer Knappe aufhält?«

Ulrich antwortete: »Ich werde dir ein paar Hinweise geben, dann kommst du vielleicht selbst darauf. Nicht weit von Burg Hohlenstein haben törichte Dörfler einen Müller verbrannt, den sie für einen Werwolf hielten. Außerdem steckten sie das Mühlhaus an, in dem sich seine Nichte befand. Und doch sind diese beiden in der Folge immer wieder in Erscheinung getreten. Bei Kaufmann Michael in Raitz stand im Haus eine kleine Statuette der heiligen Katharina, die die Schutzpatronin der Müller ist. Ferner war davon die Rede, dass die Schwester seiner Frau von einem Wolf zerrissen wurde, worauf sein Schwager den Verstand verloren haben soll. Und Otto fiel später auf, dass Michaels Tochter große Ähnlichkeit mit einer jungen Frau hat, der er im Wald bei Schoschuwka begegnet ist. Mir scheint, da gibt es einen Zusammenhang, denkst du nicht?«

»Wollt Ihr damit sagen, Otto versteckt sich in Schoschuwka? Das kann nicht sein. Hartman von Hohlenstein hat das ganze Dorf auf den Kopf gestellt«, wandte Wolfgang ein, »und seine Suche war völlig ergebnislos.«

»Trotzdem bin ich überzeugt, dass Otto sich dort aufhält. Übrigens hätte ich gern, dass du dir, bevor du dich ausruhen gehst, eine tote Katze ansiehst.«

»Eine tote Katze?«

»Früher warst du etwas schneller von Begriff. Hast du das von Šonka, dass du alles erst noch einmal wiederholst?«, neckte Ulrich ihn.

Wolfgang schwieg betroffen, dachte aber bei sich, dass der königliche Prokurator sich genauso verhalte wie sein unerträglicher Knappe. Nun, *wie der Herr, so's Gescherr...* Schließlich fragte er knapp: »Wo habt Ihr die Katze, edler Herr?«, und stand auf, denn nach den Stunden im Sattel fühlten sich seine Beine ganz steif an, und er musste sich strecken. Auch Ulrich erhob sich. Er ging zu der Truhe und holte ein sorgfältig verpacktes Bündel heraus. Es war in mehrere Schichten aus altem Leinen gewickelt, dennoch drang der süßliche Verwesungsgeruch hindurch.

Er reichte Wolfgang das Bündel und bat ihn, damit hinauszugehen und das tote Tier irgendwo im Hof zu untersuchen. Anschließend solle er zurückkommen und ihm von den Ergebnissen berichten. Der Schreiber verbeugte sich und eilte nach draußen, wobei er fast mit Militsch von Schwabenitz zusammenstieß, der mit großen Schritten hereinstürmte. Er beachtete den Buckligen nicht weiter und verkündete, dass soeben Blahuta, der Burggraf von Proßnitz, in Olmütz eingetroffen sei. Er sei gekommen, um dem königlichen Prokurator bei der Aufklärung des Falles behilflich zu sein.

Das Gespräch mit Blahuta aber brachte Ulrich nicht wirklich weiter, sondern machte alles nur noch komplizierter. Der Burggraf von Proßnitz behauptete nämlich, der Trupp der königlichen Söldner sei ganz sicher nicht durch sein Herrschaftsgebiet gezogen, das habe er gleich, nachdem er von dem Überfall gehört hatte, überprüfen lassen. Mit einem so schwer beladenen Wagen müssten die Söldner den Handelsweg genommen haben, auf dem aber befinde sich eine Zollstelle, und dort seien weder die Söldner noch ein mit Truhen beladenes Fuhrwerk vorübergekommen. Die Söldner hätten die Stelle auch nicht umgehen können – wofür es im Übrigen keinen Grund gab, da sie für den Silberschatz des Königs keinen Wegzoll hätten bezahlen müssen –, denn die Zollstelle befinde sich an einer Furt, und es gebe keine andere Passiermöglichkeit. Blahuta meinte, der Trupp müsse durch ein anderes Gebiet geritten sein, und er könne sich nicht erklären, wie die Söldner auf den Weg nach Hohlenstein gelangt seien.

Im Übrigen überschlug der Besucher sich beinahe vor Hilfsbereitschaft und beteuerte, sein guter Freund und Kollege Idik von Schwabenitz habe ihn gebeten, dem königlichen Prokurator Auskunft zu geben. Er war so übereifrig, dass Ulrich ihn insgeheim unter die Verdächtigen einreihte. Denn es war nicht ausgeschlossen, dass die Söldner des Königs auf dem Proßnitzer Territorium ermordet und anschließend im benachbarten Wald von Zirro abgeladen worden waren.

Ulrich bedankte sich freundlich und äußerte die Hoffnung, dass sie während des abendlichen Banketts noch Gelegenheit hätten, miteinander zu plaudern, doch jetzt müsse er sich leider entschuldigen, da er etwas Unaufschiebbares zu erledigen habe.

Als er in seine Kammer zurückkehrte, wartete dort Wolfgang auf ihn, der im Sessel eingenickt war. Er zuckte zusammen, schlug die Augen auf und tat so, als wäre er nur gerade in tiefe Gedanken versunken gewesen.

Ulrich lächelte. »Bist du schon fertig mit deiner Untersuchung?«

Wolfgang murmelte: »Eine Katze ist ja kein Mensch und macht nicht so viel Arbeit. Allerdings muss ich erwähnen, dass ich auf der Hochschule in Bologna vor allem die menschliche Anatomie studiert habe, weshalb mir womöglich ein paar Einzelheiten entgangen sind. Aber eines ist sicher. Diese Katze ist durch Gift gestorben. Und das Gift stammt fast sicher von einer Eibe.«

Ulrich ging erneut zu seiner Truhe und holte diesmal die Phiole heraus, die er in Katharinas geheimer Kammer gefunden hatte. Er reichte sie Wolfgang, dieser zog den Stopfen heraus und schnupperte an der karminroten, öligen Substanz. Er nickte, verschloss die Phiole wieder und gab sie Ulrich zurück.

»Ja, mein Herr, es handelt sich um das gleiche Gift.«

»Kein Irrtum möglich?«

»Es gibt auf der Welt mehr Giftstoffe als menschliche Schlechtigkeiten«, erwiderte Wolfgang, »und ich wüsste niemanden, der sie alle erkennen könnte. Doch in aller Bescheidenheit wage ich zu behaupten, dass ich einen Großteil dieser Gifte kenne. Und davon kommt keines dem Eibengift gleich.«

»Dann erübrigt sich wohl die Frage, ob du eine Vergiftung durch Eibe auch an einem Menschen nachweisen könntest«, meinte Ulrich.

»Gewiss könnte ich das«, antwortete Wolfgang. »Allerdings nur, wenn der Leichnam des Toten noch vollständig ist. Es ist unter anderem wichtig, die Zunge zu untersuchen. Erinnert Ihr Euch an die kopflose Leiche, die wir auf dem Herweg gesehen haben? Damals sagte ich, dass ich ein gewisses Gift in Verdacht hätte. Ich glaube nämlich, dass jener Unglückselige mit Eibengift getötet wurde, bevor man ihm den Kopf abtrennte. Aber ohne seine Zunge lässt sich das nicht mehr mit Sicherheit feststellen.«

»Du glaubst also, er wurde mit dem gleichen Gift ermordet wie das, das sich hier in dieser Phiole befindet?«, fragte Ulrich erregt.

»Es ist sehr wahrscheinlich. Freilich ist Eibengift auch wieder nichts so Ungewöhnliches. Allerdings sind diese Bäume nicht immer leicht zu finden.«

Ulrich stand auf und wanderte mit den Händen auf dem Rücken durch den Raum. Noch wusste er diese neuen Informationen nicht richtig einzuordnen, aber sein Instinkt sagte ihm, dass sie von Bedeutung waren, vielleicht von größerer Bedeutung, als es auf den ersten Blick den Anschein hatte. Ein Gift, das ganz verschiedene Morde an unterschiedlichen Orten miteinander in Verbindung brachte ... Plötzlich fiel ihm etwas ein. Fast flehentlich fragte er Wolfgang: »Meinst du, du könntest noch einen weiteren Ritt ertragen?«

»Nun, es macht mich nicht jubeln vor Begeisterung«, murmelte der Schreiber.

»Ich möchte, dass du ins Hohlensteiner Gebiet zurückreitest«, erklärte Ulrich.

Wolfgang sah seinen Herrn erst etwas misstrauisch an, aber

da dieser nicht zu scherzen schien, sagte er erleichtert: »Aber gerne reite ich dorthin!«

»Dann reite also nach Drahan und lass dir das Grab öffnen, in dem die ermordeten Söldner liegen. Es wird sicher kein schöner Anblick sein, aber es ist sehr wichtig.«

»Immer noch besser, als dem eitlen Gerede Eures Knappen zuhören zu müssen«, bemerkte Wolfgang.

Ulrich wusste, dass er es nicht böse meinte, und solche Frotzeleien waren ihm allemal lieber als ständiges Jammern.

»Ich möchte, dass du ihre Leichen auf ihre Todesursache hin untersuchst. Anschließend kommst du wieder nach Olmütz zurück. Verstanden?«

»Wollt Ihr denn nicht, dass ich bei der Gelegenheit noch eine Nachricht nach Burg Hohlenstein bringe?«, fragte Wolfgang ungewöhnlich diensteifrig.

»Vielleicht«, antwortete Ulrich knapp. »Ich gebe dir noch Bescheid.« Der Schreiber nickte, erhob sich und ging schwerfällig zur Tür.

»Warte!«, hielt Ulrich ihn zurück. »Du reist erst morgen ab. Vorher sollst du dir noch die Leiche eines Toten hier in Olmütz anschauen.«

»Eigentlich habt Ihr mich als Schreiber eingestellt …«, murrte Wolfgang.

»Das stimmt. Aber die Verpflichtungen meiner Schreiber gehen nun mal weit über das hinaus, was in anderen Ämtern üblich ist. Dafür drücke ich in manchen Dingen beide Augen zu, für die andere Herren ihre Diener bestrafen würden. Zum Beispiel sehe ich einfach darüber hinweg, wenn meine Schreiber auf Burgen, die uns Obdach gewähren, die Mägde verführen …«

Wolfgang räusperte sich. »Sobald Ihr mich braucht, stehe ich zu Eurer Verfügung«, erklärte er hastig, verließ die Kammer und schloss sorgfältig die Tür. Draußen auf dem Gang breitete sich ein Lächeln in seinem Gesicht aus. Er konnte es kaum erwarten, all seine Aufgaben zu erledigen, um so bald wie möglich seine Šonka wiederzusehen.

XXV. KAPITEL

»So weit meine neuesten Enthüllungen«, schloss Ulrich seinen Bericht. Burggraf Jan nickte und spielte nachdenklich mit der dicken Silberkette um seinen Hals. Seine klaren blauen Augen blickten den königlichen Prokurator freundlich an, doch Ulrich ließ sich dadurch nicht täuschen, denn die Stimme und die Gesten des Burggrafen verrieten seine innere Anspannung.

»Frau Katharina war also eine Giftmischerin«, murmelte Jan und schüttelte ungläubig den Kopf. »Wer hätte das gedacht? Habt Ihr Herrn Militsch schon darüber unterrichtet? Er stand seiner Schwiegertochter zwar nicht besonders nahe, aber diese Nachricht wird ihn doch erschüttern!«

»Lasst Katharina nun erst einmal beiseite«, drängte Ulrich. »Alles deutet ja darauf hin, dass der Krämer tatsächlich seine Frau Mechthild vergiftet hat. Der Verdacht Eures Freundes Markus, dass seine Schwester keines natürlichen Todes gestorben ist, ist also mehr als begründet.«

Burggraf Jan zuckte mit den Schultern und schwieg verlegen. Er druckste eine Weile herum und meinte dann, er sei ratlos, was er tun solle, habe er doch mit solcherlei Verbrechensfällen keine Erfahrung. Bei Walther handele es sich um eine einflussreiche Olmützer Persönlichkeit, und wenn er, der Burggraf, sich in dieser Sache ungeschickt anstelle, ziehe er den Unmut des Bischofs und seiner Beamten auf sich, worauf er nicht im Mindesten erpicht sei. Ganz sicher habe der königliche Prokurator recht, schließlich genieße er einen ausgezeichneten Ruf als Ermittler, doch was er ihm bisher erzählt habe, seien bloße Mutmaßungen, und wenngleich er in ihnen allerlei plausible Argumente erkenne, erscheine ihm das zu wenig, um den Krämer Walther damit vor Gericht zu bringen. In Prag ginge so etwas vielleicht, doch hier in Olmütz fürchte er, das Amt zu beschädigen, das er im Namen des hochgnädigen Königs versehe.

Während Jans Rede verfinsterte sich Ulrichs Miene immer weiter, und als der Burggraf endete, schlug er wütend mit der Faust auf den Tisch, dass das dunkle Holz knackte. »Herr Burggraf«, sagte er eisig, »Ihr könnt wählen, wie Ihr vorgehen wollt, schließlich fällt die Bestrafung des Verbrechers in Eure Zuständigkeit. Entweder stellt Ihr Euch auf die Seite des Rechts oder auf die des Unrechts. Beide Seiten sind so weit voneinander entfernt, dass Ihr klar erkennen könnt, welche die richtige ist. Und ob Ihr in Prag darüber nachdenkt oder in Olmütz, ist völlig einerlei, denn es gibt in der ganzen christlichen Welt nur eine einzige Gerechtigkeit!«

»Oh, ich wollte Euch nicht erzürnen«, beteuerte Burggraf Jan hastig. Er blinzelte erschrocken wie ein Kind, das etwas angestellt hat und Strafe erwartet. »Es geht mir nur darum, dass ich den Krämer nicht aufgrund von Mutmaßungen anklagen kann, auch wenn ich natürlich weiß, dass er seine Frau vergiftet hat.«

»Was werden wir also tun?«, fragte Ulrich hartnäckig und beugte sich in seinem Sessel vor. Wäre es nicht um eine so ernste Sache gegangen, hätte er sich königlich amüsiert. Burggraf Jan war ein hochintelligenter Mann, und es galt, sich nicht von ihm einwickeln zu lassen.

»Wenn ich das wüsste«, seufzte Jan niedergeschlagen.

»Man müsste vielleicht noch einen anderen Beweis vorlegen«, meinte Ulrich.

»Wenn Euch das gelänge, wäre ich gewiss in einer leichteren Lage«, erwiderte der Burggraf schnell.

»Nicht mir muss es gelingen«, entgegnete Ulrich ärgerlich. »Diesen Beweis benötigt zuallererst Ihr. Ihr könntet zum Beispiel überprüfen, ob Frau Mechthild wirklich vergiftet wurde.«

»Aber das hieße ja, man müsste ihr Grab öffnen!«, sagte Jan entsetzt und griff sich an den Kopf, als würde ihm allein der ketzerische Gedanke Schmerzen bereiten.

»So ist es«, pflichtete Ulrich ihm bei. »Ich bin froh, dass Ihr das ebenso seht. Wann wollen wir die Sache durchführen?«

Burggraf Jan schwieg. Er konnte nicht verbergen, dass sich alles in ihm gegen den Vorschlag sträubte. Gleichzeitig wusste er, dass er sich dieser unangenehmen Pflicht nicht entziehen konnte, denn wenn er ablehnte, würde Ulrich von Kulm ihn nach seiner Rückkehr nach Prag bei König Ottokar anschwärzen, und dann wäre es wohl vorbei mit seinem einträglichen Amt. Richtete Jan sich hingegen nach dem Prokurator, würde er den Zorn Brunos von Schauenburg auf sich ziehen, und der ließ sich ebenfalls nicht einfach so abtun. Jan grübelte eine Weile hin und her, bis er zu dem Schluss gelangte, dass er sich letztlich besser auf die Seite des Königs stellte.

Tief seufzend nickte er und räumte ein, dass es in dem Fall wohl keinen Sinn habe, die Sache länger aufzuschieben. Er werde alles Nötige veranlassen, damit man gleich am nächsten Morgen Frau Mechthilds Grab öffnen könne. Voller Unbehagen stand er auf und verabschiedete sich von Ulrich, um die zuständigen Kirchenbeamten zu unterrichten. Die Totenruhe zu stören war keine geringe Angelegenheit.

Kurz nach dem Morgengrauen fand sich vor dem Friedhof hinter der Peterskirche ein Grüppchen Männer zusammen. Ernst und schweigend traten sie durch das Tor, wobei in einigen Mienen deutliche Missbilligung zu lesen war. Auch der Krämer Walther war gekommen. Ulrich stellte verwundert fest, dass er keinen besorgten Eindruck machte, sondern sogar einen ironischen Zug um den Mund hatte.

Zuletzt traf Leonhard von Hackenfeld ein, der vom Offizial Paul von Eulenburg und einigen Söldnern begleitet wurde. Mit würdevoller Miene hörte er sich die Anklage an, die Burggraf Jan im Namen des Königs gegen den Krämer Walther vortrug, dann sprach er ein leises Gebet und verkündete, dass er, wenngleich sein Herz angesichts dieser Entweihung blute, die Exhumierung des Grabes genehmige, in dem die verblichene Mechthild erst vor zwei Tagen beerdigt worden sei. Obwohl ihr Leichnam schon vom Apotheker Ordonatus begutachtet worden sei, der als ausgezeichneter Wundheiler und aufrechter Christ bekannt sei und keine Anzeichen eines gewaltsamen Todes gefunden habe, sei die heilige Kirche, um jegliche Zweifel zu zerstreuen, ausnahmsweise bereit, den Leichnam noch einmal von dem Schreiber Wolfgang untersuchen zu lassen, der laut dem königlichen Prokurator ein erfahrener Medikus sei. Dann bedeutete Leonhard seinen Männern mit einer feierlichen Geste, dass sie anfangen konnten.

Zwei der Söldner spuckten sich in die Hände, griffen nach den eisenverstärkten Holzspaten und machten sich an die Arbeit. Die Erde war noch recht locker und weich, sodass sie schnell vorankamen. Schon bald stieß einer der Spaten auf den hölzernen Deckel einer Kiste. Vorsichtig fegten die Männer die Erde weg, führten Seile darunter hindurch und zogen sie nach oben. Leonhard von Hackenfeld machte andächtig das

Kreuzzeichen und gab seinen Dienern einen Wink, den Deckel aufzustemmen.

»Er ist nicht vernagelt, edler Herr!«, stellte einer der Söldner fest. Vorsichtig hob er den Deckel und blickte hinein. Mit überraschtem Aufschrei ließ er ihn zufallen.

»Was ist denn los?«

»Sie … sie ist nicht da drin«, stammelte der Söldner.

Ulrich stürzte sich auf die Holzkiste und riss den Deckel auf. Tatsächlich, sie war leer. Nur ein paar große Steine lagen darin.

Da ertönte die dröhnende Stimme des Krämers Walther: »Wie? Man hat den Leichnam meiner armen Frau gestohlen, um mich zu Unrecht beschuldigen zu können? Wann wird in dieser Stadt endlich Ordnung herrschen? Das kann doch nicht wahr sein! Ich …«

»Haltet Euer Maul!«, brüllte Leonhard von Hackenfeld. Zitternd vor Wut stand er da, und seine Augen irrten umher, als hätte er vergessen, dass er sich an einem heiligen Ort der Totenruhe befand. »Was für eine Profanierung! Dafür wird jemand teuer bezahlen müssen!«

»Und zwar er!«, fiel der Krämer ihm ins Wort und zeigte auf den königlichen Prokurator. »Diesen Frevel hat er begangen, weil sich sonst seine Lüge offenbart hätte. Ich werde bei der heiligen Inquisition Klage einreichen!«

»Und ich verlange, dass dieser Verbrecher gehängt wird«, entgegnete Ulrich seelenruhig. »Warum lassen wir nicht das Gottesgericht über seine Schuld entscheiden?«

Der Beichtvater des Bischofs rang in einer ohnmächtigen Geste die Hände und flüsterte leise vor sich hin. Einen Moment später nickte er. Er befahl seinen Söldnern, den Krämer zu fesseln und abzuführen, und dabei drückte sein Gesicht unermessliche Abscheu aus.

»Und was ist mit dem Lump aus Prag?«, schnaubte der Krämer, der sich wütend wand und sträubte und nun nichts Überlegenes mehr in der Miene hatte.

»Nicht er wird des Mordes an der armen Mechthild bezichtigt, sondern du«, versetzte Leonhard knapp. Und damit drehte er sich um und verließ mit raschen Schritten den Friedhof. Der bischöfliche Offizial Paul von Eulenburg eilte hinter ihm her und redete leise auf ihn ein, er möge sich dem Krämer gegenüber doch etwas milder zeigen, schließlich habe man noch keinen Beweis für seine Schuld. Aber Leonhard von Hackenfeld wedelte ihn ungeduldig mit der Hand weg, denn er wollte jetzt nicht weiter belästigt werden. Paul von Eulenburg blieb verärgert stehen. Er wartete auf die Söldner, die den Krämer abführten, und fuhr sie an, mit dem Gefangenen gefälligst anständig umzugehen, bevor auch er sich umdrehte und verschwand.

»Lasst das Grab einstweilen offen«, befahl Burggraf Jan den Männern. Dann fragte er Ulrich müde, wie es nun weitergehe. Er habe schon mehrere Gottesgerichte miterlebt, und ohne lästerlich erscheinen zu wollen, müsse er doch sagen, dass er in den meisten Fällen den Eindruck gehabt habe, dass Gott in derlei Dingen blind sei, denn fast immer sei der Verbrecher daraufhin freigelassen worden.

»Hilfst du dir selbst, so hilft dir Gott«, antwortete Ulrich darauf mit unergründlicher Miene.

Gottesgerichte, Ordalien, wie sie genannt wurden, waren seit je eine Methode, die Wahrheit zu erfahren, wenn sie sich nicht anders ermitteln ließ. Als etwa die heilige Kunigunde, Gemahlin des römischen Kaisers Heinrich II., der Untreue bezichtigt wurde, willigte sie in ein Gottesgericht ein, um dem Gatten ihre Unschuld zu beweisen. Zuerst nahm sie in der

Kirche das Abendmahl ein, dann lief sie mit bloßen Füßen über glühende Pflugscharen, ohne sich zu verletzen. Nach diesem göttlichen Zeichen fiel Kaiser Heinrich II. auf die Knie und bat sie weinend um Vergebung. Es gab freilich verschiedene Ordalien, und es war Sache des Anklägers, ein passendes Verfahren vorzuschlagen.

In einer dunklen Kerkerzelle des Bischofspalastes traf noch am gleichen Tag das Inquisitionstribunal zusammen, um das Gottesgericht zu beaufsichtigen, das über die Schuld des Krämers Walther befinden sollte. Ulrich kam in Begleitung von Burggraf Jan, seinem Schreiber Wolfgang, der ein in Leinen gewickeltes Bündel bei sich trug, und einem schmächtigen kleinen Mann mit dem Königswappen auf dem Umhang. Ein Scherge führte den Krämer herbei.

Leonhard von Hackenfeld saß hinter einem Tisch, links und rechts neben sich zwei weitere Geistliche, und musterte beide Parteien mit prüfendem Blick. Er erhob sich und betete laut, Gott möge ihrer Versammlung die Kraft schenken, die Wahrheit herauszufinden, dann forderte er Burggraf Jan auf, dem Inquisitionstribunal eine Ordalmethode vorzuschlagen.

Jan nickte Wolfgang zu, damit dieser das mitgebrachte Bündel auswickelte. Der bucklige Schreiber verbeugte sich und legte mit ernster Miene den Kadaver der schwarzen Katze auf den Tisch. Dazu erklärte der Burggraf, diese Katze sei durch das gleiche Gift gestorben wie ihre Herrin, und es gebe einen glaubwürdigen Zeugen, der beobachtet habe, wie Mechthild dem Tier etwas von der Speise auf ihrem Teller abgegeben habe. Wenn also jemand den wahren Täter überführen könne, dann diese Katze, nachdem der Mörder ja Mechthilds Leichnam habe verschwinden lassen, um die Spuren seiner schändlichen Tat zu tilgen.

»Jedermann kann diese Katze vergiftet haben«, beeilte sich

Paul von Eulenburg zu Walthers Verteidigung zu sagen. »Falls es überhaupt Gift war ... Wer weiß schon, warum das Tier verendet ist!«

»Nun«, erwiderte Ulrich, »wenn Euch die Aussage meines Dieners Wolfgang nicht genügt, der an der Katze untrügliche Vergiftungsanzeichen festgestellt hat, dann wird das Gottesgericht die Wahrheit offenbaren.«

Bruder Leonhard dachte über den Vorschlag nach. Die Inquisition ließ durchaus Ordalien zu, bei denen Tote befragt wurden. Üblicherweise musste der Verdächtige zwei Finger auf die Wunde eines Ermordeten legen und seine Unschuld beschwören. Wenn er die Unwahrheit sprach, begann die Wunde von selbst zu bluten. Aber Leonhard war unsicher, wie nun im Fall der toten Katze zu verfahren sei. Deshalb fragte er den königlichen Prokurator, wie er sich den Vorgang genau vorstelle.

»So wie in vergleichbaren Fällen«, erklärte Ulrich. »Walther wird seinen Schwur leisten, dann findet Gott sicher einen Weg, um uns mitzuteilen, ob er lügt oder nicht.«

»Also schnell, lasst uns diese Komödie hinter uns bringen!«, bellte der Krämer. »Ich habe nichts zu befürchten!«

»Gut, dann lasst uns beginnen«, sagte Leonhard. Etwas Drohendes lag in seiner Stimme, während er die Männer vor sich forschend musterte.

Der Scherge führte den Krämer an den Tisch und zwang ihn, zwei Finger auf die starre Katze zu legen. Leonhard beugte sich vor, um genau zu überprüfen, ob die Finger des Angeklagten auch wirklich den Tierkadaver berührten. Dann hob Walther zu seinem Schwur an. Sobald er aber damit begonnen hatte, war ein leises Murren und Fauchen zu hören.

Der Krämer erbleichte, wich zurück und presste seine zur Faust geballte Hand an sich, als fürchtete er, sie zu verlieren.

Schweißtropfen traten ihm auf die Stirn, während er stammelte, das Ganze sei ein übler Betrug, mit dem man ihm zu Unrecht etwas anhängen wolle.

»Das ist kein Betrug«, widersprach Ulrich. »Aber um dir entgegenzukommen, schlage ich vor, dass der ehrwürdige Beichtvater des Bischofs allen Anwesenden hier im Raum den Mund mit einem Tuch verbindet, um sicherzugehen, dass wir schweigen. Sei dir jedoch bewusst, du Sünder, dass du Gottes Stimme nicht zum Schweigen bringen wirst!«

Leonhard von Hackenfeld hielt das für ein anständiges Angebot und bat den rotwangigen Dekan, der neben ihm dem Inquisitionstribunal vorsaß, die Sache für ihn zu erledigen. Die Neugier stand ihm ins Gesicht geschrieben.

Sobald der Dekan mit dem Verbinden fertig war, näherte sich der Krämer wieder dem Kadaver der toten Katze. Langsam streckte er seine Hand aus. Vorsichtig, als müsste er ein glühendes Eisen anfassen, legte er seine zwei zitternden Finger auf den mageren Tierleib und begann mit unsicherer Stimme, seinen Schwur zu wiederholen. Und im nächsten Moment ertönte wieder die Stimme der Katze.

»Du hast meine Herrin getötet! Du Mörder! Mörder!«, maunzte es durch die unterirdische Zelle, und zwischen den steinernen Mauern und dem Deckengewölbe wurde die tierische Klage zum Hall. »Du Mörder! Mörder!«

Walther ließ sich auf den Boden fallen und presste seine Hände auf die Ohren. Doch die tote Katze schrie weiter: »Du Mörder! Mörder! Wo ist der Leichnam meiner Herrin?«

Da schrie der Krämer: »Ich habe die Leiche meiner Frau heute Nacht ausgegraben! Sie ist hinter der Friedhofsmauer verscharrt!« Er brach in Tränen aus. »Ich habe sie vergiftet. Aber schweig, in Gottes Namen, schweig still!« Noch einmal hörte man die Katze fauchen, dann wurde es plötzlich still.

Leonhard von Hackenfeld machte das Kreuzzeichen und verkündete mit gequälter Miene, im Namen der Inquisition bestätige er das Ergebnis des Gottesgerichts und übergebe den Delinquenten Walther hiermit in die Hände der weltlichen Gerichtsbarkeit. Es stehe zwar der Kirche nicht zu, über das Strafmaß zu entscheiden, doch als Vertreter der Inquisition befürworte er die strengstmögliche Bestrafung, habe der Verbrecher doch die heilige Erde des Friedhofs geschändet, die deshalb neu mit Weihwasser besprengt und gereinigt werden müsse.

Die Schergen führten den gebrochenen Krämer ab, und auch die anderen Anwesenden entfernten sich einer nach dem andern. Den meisten stand der Schreck noch ins Gesicht geschrieben, und ihnen war nicht nach Reden.

Leonhard von Hackenfeld hielt Ulrich zurück und wartete ab, bis alle anderen den Raum verlassen hatten. Dann blickte er ihn scharf an: »Wäre ich nicht vorher schon davon überzeugt gewesen, dass dieser Tunichtgut seine Frau vergiftet hat, so würde ich Euch, mein Herr, der ketzerischen Missachtung der Inquisition beschuldigen.«

»So? Aus welchem Grund?«, fragte Ulrich vorsichtig, auch wenn er den Grund ahnte.

»Diesen kleinen Mann, den Ihr da mitgebracht habt, mit dem Königswappen auf dem Umhang, den habe ich unter den Männern der Burgbesatzung noch nie gesehen«, sagte Leonhard schneidend.

»Er ist neu auf der Burg«, erklärte Ulrich.

»Und er bleibt wohl auch nicht lange auf der Burg?«

»Wohl eher nicht«, räumte Ulrich ein. Es überraschte ihn, dass der Inquisitor seine List durchschaut hatte, da nicht einmal Burggraf Jan etwas gemerkt hatte.

»Und das ist auch gut so«, erwiderte Leonhard von Hackenfeld. »Denn für Bauchredner gibt es auf der Burg nicht viel zu tun. Damit Ihr Bescheid wisst, Herr von Kulm, auch ich kehre gelegentlich in den Schenken der Stadt ein. Und Maestro Signoretti und seine hungrige Puppe kenne ich. Ich weiß sogar, dass der Mann in Wirklichkeit Kleinhans heißt. Gott befohlen!« Und damit drehte er sich um und ging davon.

XXVI. KAPITEL

Es war nun nicht mehr weiter schwer, die Leiche der toten Mechthild in der Erde hinter der Friedhofsmauer zu finden, wo der Krämer sie verscharrt hatte, und Ulrich nahm nicht an der Ausgrabung teil, sondern schickte Wolfgang hin. Dieser bestätigte, was Walther selbst schon gestanden hatte: dass er seine Frau vergiftet hatte. Außerdem konnte er nachweisen, dass es sich um das gleiche Gift handelte, an dem auch die Katze gestorben war, nämlich um Eibengift.

»Offenbar war es Katharinas bevorzugtes Gift«, meinte Wolfgang. »Es wirkt, ohne dass der Sterbende viel davon mitbekommt. Ich habe sagen hören, dass der Tod erst ein paar Stunden nach der Einnahme eintritt. Der vergiftete Mensch fühlt sich plötzlich schwach und müde und hat das Bedürfnis auszuruhen. Dann legt er sich hin, schließt die Augen und wacht nie wieder auf. Übrigens hat Burggraf Jan auch den Apotheker Ordonatus festnehmen lassen. Eine Hinrichtung droht ihm nicht, aber sicher wird man ihn verprügeln und aus der Stadt jagen.«

»Ein Scharlatan wie er hat nichts Besseres verdient«, meinte Ulrich. »Du hast gute Arbeit geleistet. Hier in Olmütz sind wir nun im Grunde fertig. Heute Nachmittag reist Burggraf Blahuta nach Proßnitz ab. Am besten reitest du mit ihm, das ist sicherer. Und sobald du in Drahan die Leichen der Söldner untersucht hast, darfst du weiter nach Burg Hohlenstein reiten. Ich komme dann nach.«

Darauf erwiderte Wolfgang, so eilig sei es ihm nun auch wieder nicht und er benötige keine Sonderbehandlung. Dem königlichen Prokurator zu helfen sei schließlich wichtiger als Šonka.

Lächelnd entgegnete Ulrich: »Es ist nicht einfach mit dir. Wenn ich dich nicht nach Hohlenstein reiten lasse, wirst du verdrießlich. Wenn ich es dir aber anordne, weigerst du dich zu gehorchen. Also, was denn nun?«

»Selbstverständlich gehorche ich Euch!«, widersprach Wolfgang. »Ich möchte nur klarstellen, dass ich nicht darum gebeten habe!«

»Dann zieh schon los!«, sagte Ulrich, dem es schwerfiel, ernst zu bleiben. Erst als die Tür hinter dem Schreiber zufiel, grinste er breit. Es war schön, unterhaltsame Menschen um sich zu haben. Und wenn sie dann auch noch klug waren, was wollte man mehr?

Er goss sich etwas Wein aus einer Kanne in seinen Becher, trank einen Schluck und nahm die Pergamentrolle vom Tisch, die er in Katharinas Truhe gefunden hatte. Er entrollte das Schriftstück und betrachtete noch einmal nachdenklich die Liste der Namen. Wenn dies alles hier vorbei war, würde er das Schriftstück Bischof Bruno von Schauenburg übergeben, damit dieser alle Kunden der Giftmischerin verhören ließ – das war eine Routinesache, die ihn selbst in diesem Augenblick nicht weiter interessierte. Das Einzige, was er unbedingt noch herausfinden wollte, war, wer sich am Ende der Liste hinter der Bezeichnung »Hochwürden« verbarg. Dieser Kunde hatte der Witwe fünfzig Schock Silber bezahlt; das war eine Menge Geld. Ulrich war sich fast sicher, dass es dieselbe Person war, die auch hinter Katharinas Ermordung steckte und auf die sie in ihrem Brief an ihren Schwager Idik angespielt hatte.

Ulrich hatte an der ausführlichen Vernehmung des Krämers teilgenommen, bei der dessen ganzes Geständnis protokolliert wurde. Auf Ulrichs Frage, wann Walther das Gift von Katharina gekauft habe, hatte der Krämer überraschend geantwortet, es sei schon mindestens vier Monate her. Er habe nur auf eine passende Gelegenheit gewartet, um es anzuwenden. Da Katharina die Namen ihrer Kunden nacheinander aufgelistet hatte, konnte das bedeuten, dass der Unbekannte am Ende der Liste das Gift ebenfalls schon vor längerer Zeit erworben hatte.

Umso schwieriger würde es werden, ihn zu enttarnen, denn es war wahrscheinlich aussichtslos, alle Todesfälle der letzten Monate in und um Olmütz daraufhin zu überprüfen, ob irgendwo Gift eingesetzt worden war. Wofür der Unbekannte es benötigt hatte und warum Katharina ausgerechnet ihn hatte erpressen wollen, blieb einstweilen im Dunkeln. Auf diese Weise würde Ulrich Katharinas Mörder kaum auf die Spur kommen.

Was wusste er überhaupt über Katharinas Tod? Im Grunde nur, dass sie für ihre Habgier bezahlt hatte. So war es letztlich immer. Jeder, der auf krummen Wegen zu Geld zu kommen versuchte, musste früher oder später dafür büßen. Offenbar hatte der mysteriöse Unbekannte in Erfahrung gebracht, was Katharina gegen ihn im Schilde führte. Oder aber er hatte schon vorher geplant, sie aus dem Weg zu räumen, sobald er dazu die Gelegenheit hätte. Er oder einer seiner Handlanger war ihr gefolgt und hatte sie in dem Gasthaus aufgespürt. Dann hatte er ihr wahrscheinlich Geld angeboten, wenn sie dafür mit nach Olmütz zurückkäme. Was erklären würde, weshalb sie so kurz vor Blanseck wieder umgekehrt war. Der Mörder musste schon vorausbedacht haben, wie er seine Täterschaft verschleiern würde. Er hatte sich extra eine Zange anfertigen lassen, mit der er die Kehle der Witwe so zurichtete, dass es nach den Reißzähnen eines Werwolfs aussah. Also musste er gehört haben, dass auf dem Hohlensteiner Gebiet mehrere Menschen von einem Werwolf getötet worden waren. Was er jedoch nicht gewusst hatte, war, dass die Bewohner von Schoschuwka kurz zuvor bereits den Müller als Werwolf enttarnt und verbrannt hatten. Um zu bekräftigen, dass der Werwolf noch weiter sein Unwesen trieb, hatte der Unbekannte außerdem ein völlig zufällig ausgewähltes Mädchen ermordet, und das genau in jener Nacht, in der Ulrich bei Kaufmann Michael zu Gast war. Der Mörder von Raitz war der gleiche Mörder, der auch die Witwe Katharina getötet hatte. Und er hatte einen dritten Mord auf dem Gewissen, in dem Gift eine Rolle spielte.

Wer also konnte hinter all dem stecken?

Als Ulrich und seine Begleiter bei Kaufmann Michael in Raitz übernachtet hatten, war auch Idik von Schwabenitz vor Ort gewesen, mit dem es zuvor jenes unerfreuliche Zusammentreffen an der Furt gegeben hatte. Denn Ulrich erinnerte sich nun, dass Idik während ihrer Auseinandersetzung an der Zwitta etwas davon gesagt hatte, dass er auf dem Weg zu einer Zusammenkunft mit bischöflichen Beamten in der Feste von Raitz sei. Auch der Name des Offizials Paul von Eulenburg war dabei gefallen. Allerdings waren es von Burg Hohlenstein nach Raitz auch nur wenige Stunden Weg, also konnte in der Nacht ebenso gut auch Zirro heimlich angereist sein. Oder noch jemand anderes – befanden sich doch entlang der Handelsroute mehrere Gasthäuser, wo der Mörder den Abend hätte abwarten können, um schließlich eine junge Frau nach draußen zu locken und ihr die Kehle aufzureißen.

Wer immer die Morde begangen hatte – er musste sich in Raitz auskennen, denn er hatte gewusst, wer ein Auge auf die junge Velinka geworfen hatte, und hatte sie dementsprechend mit einer Nachricht aus dem Haus gelockt, die angeblich von dem Bäckergesellen stammte. Sehr verdächtig hatte sich in diesem Zusammenhang Pfarrer Peter verhalten, der nach dem Fund der Mädchenleiche auffällig schnell dem angereisten Ulrich die Schuld zugeschoben hatte. Vielleicht hatte der Pfarrer dem Mörder aber auch nur geholfen. Oder er war lediglich einer dieser fanatischen Dummköpfe, wie sie Ulrich schon oft begegnet waren.

Trotz all dieser Erwägungen hatte er das Gefühl, dass der Schlüssel für den Mord an Katharina nicht in Raitz lag, sondern hier in Olmütz, und er versuchte sich verzweifelt zu erinnern, ob er nicht irgendetwas übersehen hatte. Bei den meisten komplizierten Fällen, die er in seinem Leben untersucht hatte, fand sich irgendwo ein Muster. Und noch der gerissenste Verbrecher beging irgendwann einen Fehler, verriet sich durch ein winziges Detail. Missmutig zupfte Ulrich an seinem Bart. Er fühlte sich wie der Kapitän eines Schiffs, das auf eine Sandbank gelaufen war. Es gelang ihm einfach nicht, es freizubekommen, damit es weiterfahren konnte. Und dabei lag das offene Meer in Sichtweite vor ihm! Resigniert stand Ulrich auf und begab sich zum Mittagessen in den großen Saal, um sich dort vom Proßnitzer Burggrafen Blahuta zu verabschieden.

Am Nachmittag wanderte Ulrich ziellos durch die Straßen von Olmütz. Er sah sich immer wieder aufmerksam um, doch niemand schien ihm zu folgen. Das konnte nur zweierlei bedeuten: Entweder wiegte der Mörder sich in Sicherheit, dass man ihm in Olmütz nichts mehr nachweisen konnte, weshalb er den königlichen Prokurator in Ruhe herumforschen ließ, oder aber er hatte die Stadt verlassen. Krämer Walther, der nach seiner Festnahme all seine Überheblichkeit verloren und sich als winselnder Feigling entpuppt hatte, hatte bei seiner Vernehmung Stein und Bein geschworen, dass nicht er es gewesen sei, der Ulrich beschatten ließ.

Im Übrigen hatte er bereitwillig alle Fragen beantwortet und gestanden, dass er seine Gattin vergiftet habe, um ein junges Mädchen aus Brünn heiraten zu können, das er auf einer seiner Reisen verführt hatte. In Brünn hatte er nichts davon erzählt, dass er bereits verheiratet war, und da die Eltern des Mädchens sehr reich waren und ihm für die Hochzeit eine üppige Mitgift versprochen hatten, hatte Walther nicht widerstehen können.

Es zeigte sich, dass an seinen früheren lautstarken Drohungen, er pflege gute Beziehungen zu einflussreichen Beamten des Bischofs, nicht mehr viel dran war, denn sobald er einmal den Mord gestanden hatte, zogen sich alle von ihm zurück.

Und noch etwas Interessantes hatte der Krämer erzählt. In der Nacht, in der Ulrich sich in seinen Hof geschlichen hatte, um nach der toten Katze zu suchen, hatte Walther gar nicht ihn für den Eindringling gehalten. Er glaubte, es handele sich um einen seiner früheren Diener, dem er den Lohn verweigert hatte und der ihm gedroht hatte, sein Haus anzuzünden.

Unterdessen hatte Ulrich eine Gasse erreicht, in der sich mehrere Bäckereien befanden und wo es verführerisch nach frischem Brot roch. Er betrat den nächstliegenden Laden und kaufte sich für zehn Kupfermünzen ein paar salzige Kringel, die auf einem Holzstäbchen steckten. Wieder draußen auf der Gasse, wanderte er nachdenklich weiter, während er genüsslich an dem Gebäck knabberte.

Plötzlich bemerkte er, dass neben ihm eine dunkelhäutige

junge Frau herlief, die ein weit schwingendes buntes Kleid trug, barfuß ging und noch sehr mädchenhaft wirkte. Sie warf ihm aus betörend schwarzen Augen einen forschen Blick zu und sprach ihn in gebrochenem Tschechisch an. Ulrich vermutete, dass sie aus Ungarn stammte, und griff unwillkürlich an seinen Gürtel, um sich zu vergewissern, dass sein Geldbeutel noch da war.

»Was willst du?«, fragte er unwirsch, denn er hatte keine Lust, sich mit einer Herumtreiberin einzulassen.

Das Mädchen umtänzelte ihn und hinderte ihn so am Weitergehen. »Gib mir einen Kringel!«, sagte sie.

»Warum sollte ich?«, erwiderte er, doch sein Grimm verflog ein wenig, als er sah, wie schön die Dunkelhäutige war und mit welcher Anmut sie sich bewegte.

»Weil dich etwas umtreibt«, antwortete sie und blieb mit ernster Miene vor ihm stehen. »Ich kann dir die Zukunft vorhersagen.«

»Nur der Herr im Himmel weiß, was uns alle erwartet«, konterte er, doch etwas in ihrem Blick ließ ihn innehalten.

»Sicher, er lenkt unsere Schritte. Aber das heißt nicht, dass ich nicht voraussagen könnte, was dich erwartet. Gib mir einen Kringel!«, drängte sie und streckte die Hand aus. Wie benommen gehorchte er und reichte ihr einen. Gierig griff sie danach und biss hinein.

»Du hast wohl schon lange nichts mehr gegessen«, bemerkte Ulrich voller Mitgefühl. »Wer bist du eigentlich?«

Das Mädchen zuckte nur mit den Schultern. »Lass uns hier entlanggehen«, sagte sie und stopfte sich hastig den Rest des Kringels in den Mund. Ulrich gab ihr noch einen zweiten. Überrascht lächelte sie ihn an. »Du bist ein guter Mensch. Gib mir deine Hand!«

Ulrich kannte natürlich Gaukler, Sterndeuter und Handleser jeder Couleur. Dennoch zögerte er, denn er wusste, der Mensch sollte besser nicht danach streben, die Zukunft zu kennen. Eine alte Zigeunerin in Lemberg hatte Otto einst den Tod seiner Verlobten geweissagt, und so war es dann auch gekommen.

»Du willst nicht wissen, was dich erwartet«, sagte das braunhäutige Mädchen ruhig. Es war keine Frage, sondern eine Feststellung. Sie stand einen Schritt von ihm entfernt und starrte ihn mit ihren glühenden Augen an, drängte sich aber nicht auf.

»Ich fürchte mich ein wenig davor«, gestand er widerstrebend.

»Ich kann auch in die Vergangenheit sehen!«

»Was ich erlebt habe, weiß ich selbst«, wandte er ein. »Warum sollte mich das interessieren?« Doch gleichzeitig fiel ihm ein, dass es eine gute Möglichkeit wäre zu prüfen, was an ihren Fähigkeiten dran war.

»Das stimmt«, meinte sie. »Aber haben deine Augen alles so gesehen, wie es wirklich war?« Sie griff nach seiner Hand und zog ihn ein paar Schritte weiter zu einem steinernen Bänkchen vor einer der Bäckereien. Sie setzten sich, und das Mädchen begann aufmerksam seine Handfläche zu studieren.

»Großes Unheil umgibt dich«, begann sie mit gedämpfter Stimme. »Du bist als Fremder nach Mähren gekommen. Etwas quält dich. Du hast schon viel gesehen, aber das Gesehene lässt dich ratlos. Wenn du das Rätsel nicht löst, könntest du umkommen. Du und dein Diener. Ich sehe Dunkelheit, tiefstes Dunkel. Irgendwo dort wartet er darauf, dass du ihm zur Hilfe kommst. Bleibe den Tiefen fern! Oh …!«, schrie sie auf und ließ Ulrichs Hand abrupt los. Sie wollte schon aufspringen und weglaufen, doch Ulrich hielt sie fest und zwang sie, sich wieder zu setzen.

»Was hast du gesehen?«, drängte er. Er wusste nicht, was er von ihren Worten halten sollte. Das meiste, was sie gesagt hatte, waren eher allgemeine Dinge, die auf fast jeden passten, und trotzdem hatte er das Gefühl, dass es mit ihm zu tun hatte.

»Ich kann nicht«, flüsterte sie mit schweißbedeckter Stirn. »Lass mich los!«

»Ich gebe dir zwei Silberlinge«, redete er auf sie ein.

»Es geht mir nicht um Geld, ich werde dir nicht weiter weissagen!«

Fast grob packte er sie an der Schulter und fuhr sie an: »Wenn du nicht redest, lasse ich dich festnehmen!«

Die junge Frau schloss die Augen. Dann nahm sie erneut Ulrichs Hand und strich langsam, fast zärtlich darüber. Ohne die Lider zu öffnen, begann sie zu sprechen, doch ihre Stimme klang jetzt anders, ganz rau, und nicht mehr wie die eines jungen Mädchens.

»Ich sehe jemanden, der in eine große Tiefe stürzt. Er trägt deinen Umhang, aber vielleicht bist nicht du es, ich kann sein Gesicht nicht sehen. Und dann sehe ich denselben Menschen, wie er einem anderen ein Messer in den Leib rammt. Und in noch andere Leiber. Und dann ist da noch ein Messer. Ich … au, es tut so weh! Ich kann nicht atmen …«, wimmerte sie. Ulrich betrachtete erschrocken ihr Gesicht. Ihre braune Haut begann bleicher zu werden, um ihre Augen bildeten sich Falten, und ihre Lippen verloren ihr jugendliches Leuchten. Es war, als würde er plötzlich neben einer grimmigen Alten sitzen. Er wollte sich ihrem Griff entziehen, doch sie umklammerte seine Hand wie ein eiserner Schraubstock.

»Du wolltest alles erfahren – jetzt können wir nicht mehr zurück!«, schrie sie. »Öffnest du einmal dem Bösen die Tür, kannst du sie nicht mehr so einfach schließen! Viele Menschen sind schon gestorben, und es werden noch mehr sterben! Es liegt nur an dir, ob es Unschuldige sein werden oder jene, die Schuld auf sich geladen haben. Aber da deine Augen blind sind, gebe ich dir einen Rat. Der Schlüssel zum Tor des Bösen ist nicht aus Metall. Er ist aus Fleisch und Blut.«

»Ich verstehe dich nicht!«, rief Ulrich. In seinen Schläfen pochte es heftig, und er spürte eine tödliche Kälte in sich aufziehen, so als würde sein ganzer Körper starr werden. Vorsichtig schaute er zur Seite. Anstelle des dunkelhäutigen Mädchens erblickte er eine garstige Greisin, von der ein Verwesungsgeruch ausging.

»Wenn ich fertiggesprochen habe, ist alles vorbei ...«, winselte die Greisin und zitterte. »Wenn ich mich nicht beeile, werde ich sterben. Renne ich davon, wirst du sterben! Aber wahrscheinlich ist es mein Schicksal, dass ich bleiben muss. Du musst leben, also öffne die Augen! Merke dir, dass nur ein Finger das Böse aufhalten kann. Ein menschlicher Finger!«

Sie ließ seine Hand los und sprang auf. Mit einem Mal war sie wieder das anmutige dunkelhäutige Mädchen. Sie kehrte ihm den Rücken zu und rannte wie der Teufel davon. Ulrich wischte sich den Schweiß von der Stirn. Er ärgerte sich über sich selbst, dass er sich derart hatte erschrecken lassen. Er hatte davon gehört, dass manche Wahrsagerinnen einen für einen Moment betören und behexen konnten. Trotzdem war er sich nicht sicher, ob das, was er soeben erlebt hatte, nur eine Vision gewesen war oder eine auf merkwürdige Weise verzerrte Wirklichkeit. Er saß da und spürte, wie sein Atem und sein klopfendes Herz sich langsam beruhigten. Im nächsten Moment ertönte von der Straßenecke her ein gellender, schmerzerfüllter Schrei.

Ulrich sprang auf und rannte zum Ende der Gasse. Als er

um die Ecke bog, sah er in der menschenleeren Straße eine Gestalt auf dem Boden liegen, unter der sich eine dunkelrote Lache ausbreitete. Es war das Mädchen von eben. In ihrer reglosen Brust steckte ein Dolch. Sie war tot.

XXVII. KAPITEL

Otto schubste Erhard in den unterirdischen Dom, der vorübergehend zu seinem Refugium geworden war. »So, du Bastard, da wären wir. Und jetzt wirst du reden.«

Von dem Schlaflager im Hintergrund erklang die besorgte Stimme von Mischka, die noch nicht lange wach war: »Wo warst du so lange?«, fragte sie und strich sich ihr zerzaustes schwarzes Haar glatt. Da erst bemerkte sie den düster dreinblickenden Gefangenen und zog sich hastig ihr schmutziges Gewand über. »Warum hast du denn den hergebracht? Er dient doch auf Burg Hohlenstein?«, fragte sie ängstlich.

»Eben deshalb«, antwortete Otto. Er nahm das Ende des Stricks, mit dem Erhard gefesselt war, und befestigte es an einer stabilen Tropfsteinsäule, dann eilte er zu Mischka, um sie zu umarmen und auf beide Wangen zu küssen. »Das ist der Kerl, der falsch gegen mich ausgesagt hat. Er soll uns erklären, in wessen Auftrag er gehandelt hat, und noch ein paar andere Dinge. Wenn mein Herr Ulrich von Kulm wieder da ist, soll der ihn noch offiziell vernehmen, damit ich wieder freikomme. Du begreifst doch, wie wertvoll dieser Gefangene für mich ist?«

»Oh ja«, sagte Mischka, aber es fiel ihr schwer, sich zu freuen. Im nächsten Moment brach es aus ihr hervor: »Du hast es gut … Aber wer wird uns befreien?«

»Das kriegen wir schon hin«, beschwichtigte Otto sie voller Überzeugung. »Wenn du wüsstest, wie klug mein Herr ist! Er hat schon Menschen aus ärgeren Schlamasseln herausgeholt. Sei unbesorgt, er wird auch dir helfen. Ich verspreche es dir bei meiner Knappenehre!«

»Hättest du doch nur recht!«, seufzte sie und löste sich aus seiner Umarmung. Sie ging zur Feuerstelle und versuchte, mit einem Flint etwas Stroh anzuzünden, um auf einem kleinen Feuer einen Frühstücksbrei zu kochen. Aber es wollte nicht gelingen, weil es in der Höhle so feucht war. Otto setzte sich zu ihr und blies auf den glimmenden Zunder, bis schließlich die ersten kleinen Flammen hochzüngelten.

Zufrieden blickte Otto sich nach seinem Gefangenen um – und erschrak. Erhard war weg! Der Knappe sprang auf und versuchte fieberhaft herauszufinden, in welche Richtung er geflohen war. Da drang undefinierbarer Lärm aus dem nächsten Gang, und gleich darauf tauchte Heralt auf, mit zornrotem Gesicht und dem gefesselten Erhard im Schlepptau. Wütend brauste er auf, dass er nun genug habe. Wenn seine Nichte um jeden Preis auf dem Scheiterhaufen enden wolle, dann bitte sehr, er selbst habe aber noch kein Bedürfnis zu sterben.

»Aber Onkel«, versuchte Mischka ihn zu beruhigen. »Der Kerl hätte den Weg nach draußen sowieso nicht gefunden …«

»Da hört sich doch alles auf!«, schnaubte der Müller. Er wedelte mit der Hand in Ottos Richtung. »Wenn schon dieser feine Herr Knappe bei uns sein muss, so darf er nicht auch noch andere hierherbringen! Gott, warum bestrafst du mich so?« Doch bei den letzten Worten war seine Stimme schon leiser geworden.

»Onkel, dieser Mann hier kann Ottos Unschuld bezeugen!«, erklärte Mischka eifrig, während sie zum Kessel zurückging und den Hirsebrei umrührte, damit er nicht anbrannte.

»Wenn ihr ihn entwischen lasst, wird er gar nichts bezeugen!«, knurrte Heralt und reichte Otto das Seil mit dem Gefangenen. Allmählich beruhigte er sich wieder und sah neugierig in den Kessel. »Meine Güte«, murmelte der Müller, »ich bin hungrig wie ein ...« Er brach ab, und seine Miene verdüsterte sich. Er hatte »Wolf« sagen wollen, aber das Wort war bei ihnen tabu.

Da meldete sich Erhard zu Wort: »Schlagt mich lieber gleich tot!«, sagte er grimmig. Ein Rinnsal Blut lief über seine Stirn. »Hätte ich mir in dieser vermaledeiten Höhle nicht den Kopf gestoßen, wäre ich längst auf und davon!«

»Das wohl kaum«, erwiderte der Müller kalt. »Dieser Gang führt nicht nach draußen, sondern auf direktem Weg in die Hölle.«

Doch Erhard war ein hartgesottener Kerl. Er ließ sich nicht anmerken, dass die schrecklichsten Bilder vor seinem inneren Auge, vorüberzogen. Stattdessen brüllte er: »Aus mir bekommt ihr nichts heraus!«

»Nur ein Narr verspricht, was er nicht halten kann«, entgegnete Heralt. Wieder guckte er neugierig, wie weit das Essen war, doch Mischka vertrieb ihn mit dem Kochlöffel. Da setzte er sich mit einem resignierten Seufzer auf die Bank im Hintergrund, streckte die Beine aus und beobachtete mit halb geschlossenen Augen das Geschehen.

Otto ließ sich durch Erhards verstockte Miene nicht beirren. Solche Kerle hatte er schon viele erlebt. Am Ende war noch jeder von ihnen bereit gewesen zu reden. Ihm war nur der Gedanke unangenehm, den Gefangenen in Mischkas Beisein zu foltern. Sie hatte ohnehin schon Albträume, und er wollte sie nicht in seine Welt hineinziehen, die in mancher Hinsicht noch grausamer war als ihre.

Müller Heralt reckte und streckte sich und sagte beiläufig,

so wie es aussehe, bekomme er ja so bald noch nichts zu essen, da könne er sich ebensogut ein wenig dem Gefangenen widmen, obwohl ihm die Hohlensteiner Burgbediensteten ja nie besonders sympathisch gewesen seien.

»Du bist zu ungeduldig«, sagte Mischka. »Der Brei muss mindestens noch eine halbe Stunde kochen.«

Otto murmelte, er werde es schon selbst schaffen, ein Geständnis aus dem Gefangenen herauszupressen, aber Heralt stand einfach auf und ging zu Erhard hinüber. »Du erlaubst?«, fragte er Otto und packte den Burgwächter beim Schlafittchen. »Du kannst ja mitkommen.«

»Was wollt Ihr denn tun?«

»Du wirst schon sehen«, erwiderte der Müller geheimnisvoll. »Ich hab keine Lust, diesen Hundsfott anschauen zu müssen, während ich esse. Der stört hier nur.« Er zog den Gefangenen in den Gang zurück, durch den er gekommen war, und erklärte ihm dabei, er werde ihm die wahre Hölle schon zeigen.

Der enge Gang gabelte sich nach wenigen Schritten, und mit eingezogenen Köpfen schlüpften sie in einen weiteren Gang, der in eine kleinere, sehr feuchte Höhle mündete. In der Dunkelheit hörte man das leise Plätschern von Wasser, das verschiedentlich von der felsigen Decke herabtropfte. Heralt hob seine Fackel in die Höhe, um ihnen den Weg zu leuchten. Im Hintergrund der Höhle befand sich ein kleiner See, an dessen Ufer so etwas wie ein mit Seilen versehener Holzrahmen lag.

»Hilf mir mal«, forderte der Müller Otto auf. Er drückte den sich windenden Erhard zu Boden und fesselte ihn fest an die Bretter des Holzrahmens, bis er sich nicht mehr rühren konnte. Dann packte er den Rahmen und zog ihn mitsamt dem Gefangenen unter einen spitz von der niedrigen Felsendecke hängenden Tropfstein, der im Schein der Fackel wie ein Eiszapfen glänzte. Ein winziges Wasserrinnsal lief seine Oberfläche entlang nach unten. Der Müller richtete den Rahmen mit dem darin liegenden Gefangenen so aus, dass das Rinnsal direkt auf Erhards Kopf tropfte. Eine Weile blieb Heralt stehen und betrachtete mit Wohlgefallen, wie die Tropfen einer nach dem anderen, langsam, aber mit unerbittlicher Regelmäßigkeit auf die groben Gesichtszüge des Gefangenen fielen.

Der bullige Vierschröter stieß ein paar deftige Flüche aus, machte aber keinen sehr verängstigten Eindruck. Er hatte offenbar Schlimmeres erwartet. Man hatte ihn schon einmal auf eine Streckbank gespannt, er wusste also, was echte Folter bedeutete. Ein paar Wassertropfen waren dagegen harmlos. Das teilte er den beiden Männern auch voller Verachtung mit.

»Wenn du meinst ...«, antwortete Heralt mit einem Schulterzucken. Er wischte sich die feuchten, schlammverschmierten Hände an seinen Hosenbeinen ab und verkündete frohgemut, dass er nun aber endlich frühstücken wolle. Und damit ließen er und Otto den Gefangenen alleine.

Es war noch nicht Abend, als Erhard sein Geständnis abgab. Er war kurz davor gewesen, den Verstand zu verlieren. In tiefster Dunkelheit gefesselt, hatte er die ganze Zeit über abzuschätzen versucht, wann ihm der jeweils nächste Tropfen auf die Stirn fallen würde. Dann hatte er es gespürt, hatte das leichte Aufklatschen gefühlt und wie das Wasser ihm langsam über das Gesicht lief, zum Kinn hinunter und über den Hals. Und dann hatte sich das Gleiche wiederholt, immer und immer wieder, mit gnadenloser Regelmäßigkeit. Es war nicht auszuhalten gewesen.

Er hatte gefleht, man möge ihn irgendwohin bringen, wo

keine Wassertropfen von der Decke fielen, und im Gegenzug würde er alles erzählen, was seine Falschaussage gegen Otto betraf. Und das tat er dann auch: Der junge Hartman von Hohlenstein hatte ihn auf einen Ausritt mitgenommen. Als sie im Wald bei Slaup einem jungen Mädchen begegneten, das Walderdbeeren sammelte, habe Hartman sie plötzlich gepackt und Erhard befohlen, sie zu töten. Er sollte sie mit seinen bloßen Händen erwürgen, und anschließend sollte er ihr noch die Kehle aufreißen. Erhard habe beides nicht gewollt, aber sein Herr habe ihm angedroht, ihn wegen Ungehorsams in den Kerker zu stecken. Also habe er es getan, zumal Herr Hartman ihm außerdem fünf Silberlinge versprochen habe.

Nach der Tat hatten sie die Mädchenleiche ein Stück näher zum Dorf gebracht und dort abgelegt, dann waren sie durch Slaup geritten und hatten die Nachricht verbreitet, der Werwolf habe wieder zugeschlagen. Als Nächstes waren sie nach Raitz geritten, wo Hartman die bischöflichen Beamten bat, sich des Falles anzunehmen, obgleich er sich auf dem Territorium seines Vaters zugetragen habe. Und zum Schluss sollte Erhard als Zeuge vor Gericht gegen den Knappen Otto von Zastrizl aussagen. So weit Erhards Bericht.

Heralt regte sich furchtbar auf. »Ich kann nichts mehr von Werwölfen hören!«, schimpfte er und biss ein Stück von der gebratenen Hammelkeule ab, mit der sie um das Feuer saßen. Otto hatte das Schaf am Nachmittag aus der Herde des Schulzen von Schoschuwka gestohlen. Den Rest des Tieres hatte Mischka in große Stücke zerteilt und zu ihren Vorräten gelegt.

»Werwölfe haben nichts damit zu tun«, warf Otto ein. »Das alles ist Menschenwerk. Menschen können schlimmer sein als Ungeheuer und Dämonen.«

»Was willst du jetzt tun?«, fragte Mischka. Die gute und sättigende Mahlzeit hatte ihre Stimmung gehoben. »Heute scheint es sehr schön draußen zu sein«, fügte sie zweideutig hinzu und sah Otto herausfordernd an.

»Hört einmal zu, ihr beiden«, grantelte der Müller. »Das hier ist euer Gefangener, also werdet ihr euch auch gefälligst um ihn kümmern! Ich sehe schon, ihr wollt euch da draußen hübsch vergnügen, und ich soll hier unten versauern – aber so geht es nicht! Ich habe etwas zu erledigen.«

»Ach bitte, liebster Onkel ...«, schmeichelte Mischka, doch der Müller ließ nicht mit sich reden. Er hatte fertiggegessen und warf den Knochen hinter sich. Eine Weile stocherte er noch mit den Fingern in seinen Zähnen herum, dann stand er auf, murmelte einen Dank für das gute Essen und verschwand.

»Was sollen wir denn jetzt tun?«, fragte Mischka enttäuscht und warf einen feindseligen Blick auf den gefesselten Erhard.

»Nun ja, wir könnten ihn töten«, schlug Otto vor und streckte sich behaglich aus. Er hatte offenbar seine gute Laune wiedergefunden.

»Meinst du wirklich?«, fragte sie zögernd. Es dauerte einen Moment, bis sie begriff, dass er sie auf den Arm genommen hatte. Gekränkt verzog sie das Gesicht und erklärte, sie habe ihm ja nur eine Freude bereiten wollen, aber jetzt könne er ihr gestohlen bleiben.

»Das ist schade«, meinte Otto. »Wie wäre es, wenn wir ihn einfach richtig gut festbinden?«

Mischka antwortete nicht. Schmollend fegte sie den Boden rund um die Feuerstelle. Sie staunte darüber, was Männer beim Essen für eine Schweinigelei veranstalten konnten. Manchmal fragte sie sich, ob sie überhaupt ordentlich essen konnten, denn es machte den Eindruck, als würden sie mehr auf den Boden fallen lassen, als sie in ihren Mund hineinbekamen.

»Na, du hast wohl wichtigere Dinge zu tun ...«, sagte Otto

nach einer Weile, nachdem sie ihm nicht geantwortet hatte. »Dann gehe ich eben alleine nach draußen.«

Da hielt Mischka ihr trotziges Schweigen nicht länger durch. Sie warf sich in seine Arme und flüsterte vorwurfsvoll: »Würdest du das wirklich tun?«

»Natürlich«, antwortete er ernst.

Am nächsten Morgen rang Otto sich zu dem Entschluss durch, sein unterirdisches Versteck zu verlassen. Er hatte ein ungutes Gefühl. Er hatte zu viel Zeit dort unten verloren. Zwar war er in den Armen der schwarzlockigen Mischka sehr glücklich, aber sein Herr, der königliche Prokurator, befand sich weiß Gott wo und benötigte womöglich seine Hilfe, während er selbst sich wie ein ängstlicher Dachs in die Höhle verzogen hatte.

Was sich im Umkreis von Schoschuwka herausfinden ließ, hatte Otto herausgefunden, und ein längerer Aufenthalt hier würde nichts weiter bringen. Mischka hatte es mit ihrem weiblichen Instinkt gespürt. Er hatte ihr nichts erklären müssen. Sie hatte nur genickt und traurig gesagt, sie werde dafür beten, dass ihm nichts zustoße, und falls es irgendwie möglich sei, solle er sie da unten herausholen. Dann hatte sie sich die Tränen abgewischt und war davongeeilt. Otto wäre ihr am liebsten nachgelaufen, aber er wusste, es würde nichts besser machen, sondern beiden nur den Abschied erschweren.

Jetzt stand er seufzend draußen auf der Wiese, richtete zerstreut seinen Gürtel mit dem daran befestigten Dolch und schritt in Richtung Wald. Überrascht stellte er fest, wie sehr sich innerhalb weniger Tage das Wetter geändert hatte. Der heiße Sommer war vorbei, und in der Luft war schon etwas vom Herbst zu spüren. Die Morgen waren kühler, und an den Zweigen der Bäume glänzten Tropfen vom nächtlichen Regen. Tagsüber verbreitete die Sonne zwar noch ihre Wärme, doch es schien, als hätte sie an Kraft verloren.

In der vergangenen Nacht hatte Otto schlaflos dagelegen und über alles gründlich nachgedacht. Er war sich sicher, dass irgendetwas seinen Herrn in Olmütz zurückhielt, denn wäre er wieder auf Burg Hohlenstein oder in der Gegend von Raitz oder Blanseck, hätte er bestimmt schon nach ihm suchen lassen, und Otto hätte irgendwie davon erfahren. Nichts davon war passiert, und das bedeutete, dass der königliche Prokurator noch nicht zurückgekehrt war. Otto musste damit rechnen, dass die Inquisitionsvertreter seine Flucht aus dem Gefängnis nicht einfach vergessen hatten. Er musste sich also von Stadttoren, Zollstellen oder Furten möglichst fernhalten und ebenso von den bewaffneten Reiterschaften, die durch die Gegend zogen und die Sicherheit der Handelsrouten garantierten. Er war ein Geächteter und musste sich entsprechend verhalten. In der unterirdischen Höhlenwelt hatte er sich ausruhen können – jetzt fühlte er sich voller Kraft und Tatendrang, und ein paar Tage der Entbehrungen würden ihn schon nicht umwerfen. Fast freute er sich darauf, denn im Grunde war er für ein ruhiges Leben nicht geschaffen.

Bei diesem Gedanken verspürte er einen Stich im Herzen. War Mischka eine Frau, die ihn ändern könnte? War es denkbar, dass er an ihrer Seite ein ruhiges Dasein seinem bisherigen Abenteuerleben vorzog? Er wusste darauf keine Antwort. Gestern hatte er es auf einmal kaum erwarten können, endlich wieder mit seinem Herrn unterwegs zu sein. Aber nun war noch nicht einmal Mittag, und er sehnte sich bereits nach Mischka. Er verwünschte sich im Stillen, aber es nützte nichts. Und langsam wurde ihm bewusst, dass er diese zierliche, schwarzlockige junge Frau mit den scheuen Augen wohl wirklich liebte.

XXVIII. KAPITEL

»Wir haben ihn gefasst«, meldete der Schultheiß von Olmütz dem königlichen Prokurator noch am selben Nachmittag, nachdem das dunkelhäutige Mädchen umgebracht worden war, das ihm auf so unheimliche Weise aus der Hand gelesen hatte. »Es war ein junger Bursche aus ihrer Landstreichergruppe. Er war eifersüchtig, weil sie ihm einen anderen vorgezogen hatte. Ein banaler Vorfall. Morgen wird er hängen.«

»Aber wie ist es genau passiert? Ist er ihr gefolgt?«

»Es war reiner Zufall«, erklärte der Schultheiß gleichmütig. »Er ging die Straße entlang, und plötzlich sah er sie. Sie sei so wunderschön gewesen, dass ihn der Zorn gepackt habe. Er konnte es nicht ertragen, dass sie einem anderen gehören sollte. Da hat er den Dolch gezogen und ist auf sie zugerannt. Der Strolch behauptet, sie habe sich kein bisschen gewehrt, ja sie sei ihm geradezu in die Klinge hineingelaufen. Was für ein Unsinn!«

»Das ist es wohl«, meinte Ulrich verlegen. Ihm klang noch das Gespräch in den Ohren und wie das Mädchen ihn beschworen hatte, sie nicht zurückzuhalten. Hätte er sie vorher gehen lassen, wäre sie wohl nicht ihrem Mörder begegnet und könnte noch leben. Aber wer kann im Leben schon sagen, was gewesen wäre, wenn die Dinge anders verlaufen wären?

Der Schultheiß redete sich immer mehr in Rage. »Ich sage

ja schon immer, unser gnädiger König sollte all diese Vagabunden aus dem Land vertreiben. Sollen sie doch dahin zurückgehen, wo sie herkommen! Dieser Bursche, der sie umgebracht hat, muss ein wahrer Tunichtgut sein. An einer Hand fehlt ihm nämlich ein Finger. Er behauptet, ein Hund hätte ihn abgebissen, aber ich vermute, dass ein Henker ihn so gekennzeichnet hat, weil er etwas gestohlen hat.«

»Ihm fehlt ein Finger?«, fragte Ulrich überrascht.

Der Schultheiß blickte erstaunt auf. »So ist es. Hätte er bei uns etwas gestohlen, hätte ich ihn stracks hinrichten lassen. Was soll das denn schon bringen, einen Finger abzuhacken ... Darin liegt das ganze Übel, edler Herr. Zu viel Mitleid schadet nur! Wären seine Richter gleich strenger gewesen, als er seine erste Verfehlung beging, könnte das Mädchen noch am Leben sein.«

Ulrich hörte ihm gar nicht mehr zu. Ihm war in diesem Moment klar geworden, was das Mädchen gemeint hatte, als sie einen Finger erwähnt hatte. Wie hatte er nur so dumm sein können! Schnell verabschiedete er sich vom Schultheiß und machte sich auf den Weg zur Olmützer Burg. Er glaubte zwar nicht an Magie, aber offenbar existierten doch Dinge, die über den menschlichen Verstand hinausgingen ... Das Hellsehen gehörte dazu.

Das Skriptorium des Olmützer Bistums befand sich im Erdgeschoss des Bischofspalasts. Der Raum besaß große Fenster, durch die Strahlen von goldenem Sonnenlicht auf die Schreibpulte fielen. Eine träge Stille herrschte hier, unterbrochen nur vom schwachen Kratzen der Federkiele, die in unfehlbaren, säuberlichen Linien über die grauen Pergamente fuhren. Manche der über ihre Arbeit gebeugten Schreiber sprachen lautlos die Wörter mit, die sie gerade niederschrieben. Als Ulrich geräuschvoll in den Raum mit der Gewölbedecke stürmte, blieb er peinlich berührt stehen. Ein alter Mönch im Benediktinergewand eilte ihm entgegen.

»Sicher habt Ihr Euch in der Tür geirrt, edler Herr«, meinte er freundlich, denn Ritter sah man hier eher selten. »Dies sind das Skriptorium und die Bibliothek.«

Ulrich schloss behutsam die Tür hinter sich und erklärte mit gedämpfter Stimme, um die Schreiber nicht zu stören, er wolle einen Blick in die vorhandenen Bestiarien werfen.

»In alle?«, fragte der alte Mönch verwundert. »Wir haben fast zwanzig davon. Sucht Ihr nach etwas Bestimmtem? Ich könnte Euch vielleicht helfen.«

»Ich benötige nur die Werke, in denen etwas über Werwölfe steht«, sagte Ulrich leise.

»In fast allen steht etwas über Werwölfe«, entgegnete der Bibliothekar seufzend. »Ich mache Euch einen Vorschlag. Beginnen wir mit dem *Physiologus* des Rufinus von Aquilea. Das ist das älteste Bestiarium überhaupt, und zufällig besitzen wir hier eine seltene Abschrift mit Anmerkungen des Isidor von Sevilla. Die Geschichten, die Ihr in den meisten anderen Schriften findet, könnt Ihr auch schon bei Rufinus lesen. Von ihm haben die späteren Autoren nämlich abgeschrieben. Wartet hier, ich hole Euch das Werk.«

Ulrich ging zu einem der freien Lesepulte und sah dem davoneilenden Benediktiner nachdenklich hinterher. Das Werk des Rufinus von Aquilea kannte er eigentlich, und er war sich fast sicher, dass er das Gesuchte darin nicht finden würde. Der *Physiologus* hatte ursprünglich nur von Tieren gehandelt, und einer der ersten Päpste hatte ihn gar als ketzerisches Werk verboten. Später fügten die Kirchenväter dem Text ihre christlichen Kommentare hinzu, und schließlich hatte Papst Gregor der Große den Bann wieder aufgehoben.

Der alte Bibliothekar brachte einen dicken, in feste Holzdeckel gebundenen Faszikel, legte ihn mit stolzer Miene auf das Pult und schlug ihn selbst auf. Das Manuskript war mit vielen Illustrationen versehen, und die Seiten leuchteten in Rot, Blau, Grün und Gold. Es war eine prachtvolle Handschrift, wie man sie in der christlichen Welt nur selten sah.

»Ich habe das Werk gleich neben der Tür eingeordnet«, erklärte der Alte etwas atemlos, »da meine Brüder in Christo es sich oft ausleihen. Ist es nicht herrlich?«

Ulrich nickte höflich. Er blätterte zügig durch das Kapitel, in dem von einem Mann erzählt wurde, der sich bei klaren Mondnächten in einen Werwolf verwandelte. Er tat es immer wieder, bis seine Frau eines Nachts zufällig wach wurde und feststellte, dass die Haustür offen stand. Also verriegelte sie sie und kehrte ins Bett zurück. Als sich der Werwolf am Morgen wieder in einen Menschen zurückverwandelte und heimkehren wollte, kam er nicht mehr ins Haus hinein, und so enttarnten ihn die Leute und steinigten ihn. Wie der Werwolf seine Opfer genau getötet hatte, wurde in dem Buch allerdings nicht erläutert, so wie Ulrich es auch in Erinnerung hatte. Auch die Erwähnung des Bibliothekars, dass schon viele Leute dieses Werk ausgeliehen hatten, brachte ihn in diesem Fall nicht weiter. Er gab dem alten Mönch das Bestiarium zurück und bat um ein anderes. Erst im vierten wurde er fündig.

Der heilige Ambrosius nämlich beschrieb in seinem *Hexameron*, wie der Teufel das heilige Werk Gottes zu verderben versuche, und schilderte in dem Kapitel über Werwölfe anschaulich, wie der Wolfsmensch die Kehle seiner Opfer zerfleischte, ihnen einen Finger abbiss, den er sich an einer Kette um den Hals hängte, und schließlich mit dem Blut wilde Teufelszeichen auf den Leib der Opfer malte.

Genau so hatte es der Mörder gemacht, der sowohl Katharina als auch das Mädchen aus Raitz auf dem Gewissen hatte. Die Frauen hingegen, die man auf dem Hohlensteiner Gebiet tot aufgefunden hatte, besaßen noch all ihre Finger und hatten auch keine blutigen Zeichen auf dem Bauch – was Katharinas Mörder ganz offensichtlich nicht gewusst hatte.

Als er nämlich beschlossen hatte, die Giftmischerin aus dem Weg zu räumen, hatte er zuerst in einem Bestiarium nachgeschlagen, wie die Bluttaten eines Werwolfs aussahen, bevor er sie nachzuahmen versuchte; denn er war davon ausgegangen, dass die vorigen Opfer von einem echten Werwolf getötet worden waren. Also hatte er sich die Zange mit den Zinken beschafft, mit der er den toten Frauen die Kehlen aufriss, hatte ihnen jeweils einen Finger abgehackt und mit ihrem Blut geheimnisvolle Zeichen auf ihrem Bauch hinterlassen. Er hatte sich an jedes Detail gehalten, das der heilige Ambrosius beschrieben hatte. Demnach musste jemand aus dem Umkreis des Bischofs der Mörder sein, denn nur unter Klerikern war es üblich, in allen Fragen kirchliche Autoritäten zurate zu ziehen. Außerdem konnte Zirro von Hohlenstein, so wie die meisten edlen Ritter, nicht lesen.

»Ich danke Euch, Bruder«, sagte Ulrich freundlich zu dem Bibliothekar, »ich habe gefunden, wonach ich suchte.«

Der alte Benediktiner nickte zufrieden. »In Büchern findet Ihr die ganze Weisheit der Christenheit.«

»Dieses Werk ist in der Tat hochinteressant«, meinte Ulrich. »Sicher wird es sehr häufig ausgeliehen?«

»Ganz und gar nicht, edler Herr«, erwiderte der Alte bekümmert. »In dieser Schrift gibt es nun mal keine Illuminationen, und bedauerlicherweise ziehen die meisten Brüder die bunt bebilderten Werke jenen mit klar formulierten Gedanken vor. Wie ich schon sagte, das Werk des Rufinus von

Aquilea kennt hier in Olmütz jeder, dieses Bestiarium hingegen haben nur ein paar wenige gelesen. Und dabei ist es so ungemein lehrreich.«

»Hat es in letzter Zeit jemand in der Hand gehabt?«, fragte Ulrich beiläufig. Der alte Mönch liebte seine Bibliothek und hätte wohl noch stundenlang über Bücher reden können. Jetzt hielt er kurz inne und dachte nach. Dann antwortete er, er habe es in letzter Zeit nur einmal verliehen: Der bischöfliche Offizial Paul von Eulenburg habe darin nach Auskünften gesucht, für einen Fall, den er im Namen des ehrwürdigen Bischofs gerade untersuche.

Das abgeerntete Feld entlang des Weges wirkte trostlos und ungepflegt wie Bartstoppeln im Gesicht eines alten Mannes. Ulrich war mit Militsch von Schwabenitz und dessen Kommandeur Sigismund unterwegs. Sie waren gleich nach dem Frühstück von Olmütz losgeritten, denn Ulrich hatte erklärt, dass seine Ermittlungen in der Bischofsstadt nun erledigt seien. Sie trabten zügig voran und wollten bis zum Abend Burg Hohlenstein erreichen.

Militsch konnte seine Neugier nicht zügeln. »Bedeutet Eure Abreise, dass Ihr wisst, wer meine Schwiegertochter Katharina getötet hat?«, fragte er.

»Oh ja«, antwortete Ulrich. »Aber ich kann Euch noch nicht mehr dazu sagen.«

Eine Weile ritten sie schweigend weiter. Dann hielt Militsch es nicht länger aus. Er wollte wissen, ob die Sorge seines Sohns Idik denn berechtigt gewesen sei, dass er einen der mächtigen bischöflichen Beamten als Gegner fürchten müsse.

Nach kurzem Zögern nickte Ulrich. »Ja. Ich denke, er hat gut daran getan, sich an mich zu wenden.«

»Wer ist es? Vor wem muss er sich in Acht nehmen?«

»Wie ich schon sagte, ich kann den Namen noch nicht verraten.«

»Aber solange der Verbrecher nicht gefasst ist, ist mein Sohn nicht sicher! Was ist, wenn er auch ihn beiseiteschaffen will?«

»Das wird er nicht tun«, beruhigte Ulrich ihn. »Er weiß, dass wir Katharinas Geheimnis gelüftet haben, schließlich spricht man in ganz Olmütz von dem Gift, mit dem Walther seine Frau Mechthild umbrachte. Aber hätte Eure Schwiegertochter in ihrem Brief den Namen des Unbekannten genannt, hätte Euer Sohn ihn gewiss schon zu erpressen begonnen – erzählt mir nicht, dass er nicht dazu imstande wäre! Nun, da er es bislang nicht getan hat, kann der Mörder davon ausgehen, dass Idik seine Identität nicht kennt. Und so hat er auch keinen Grund, ihn umzubringen. Er wiegt sich in Sicherheit.«

»Aber warum wollt Ihr seinen Namen denn nicht nennen? Ich kann schweigen wie ein Grab!«, ließ der alte Edelmann nicht locker.

»Einen Täter zu entlarven ist eine Sache – ihn zu überführen eine andere. Denkt daran, dass es sich um einen der mächtigsten Männer im Bistum handelt – darin hat Euer Sohn sich nicht getäuscht –, und Bruno von Schauenburg wird alles dafür tun, dass nicht der leiseste Schatten auf seine Diözese fällt. Er wird als Erster meine Anklage zu dementieren versuchen. Und selbst wenn er den Täter heimlich bestrafen würde – vor dem König will er mit sauberen Händen dastehen.«

»Hm, damit mögt Ihr recht haben«, räumte Militsch ein. Aber seine Einsicht währte nicht lange. Kurz darauf drängte er Ulrich schon wieder, ihm zu sagen, wer Katharina getötet habe.

Zuerst lächelte Ulrich nur und schwieg, dann bat er seinen Begleiter nachdrücklich, von dem Thema abzulassen: »Unser

König hat mich nicht nach Mähren geschickt, um einer Giftmischerin nachzuforschen, sondern weil ich seinen geraubten Beuteschatz wieder aufspüren soll. Erst wenn ich das erledigt habe, kann ich mich der Ermordung Eurer Schwiegertochter widmen, und Gott gebe, dass ich ihren Mörder überführe. Doch bis dahin kann ich es mir nicht erlauben, Bischof Bruno von Schauenburg zu erzürnen, indem ich einen seiner Diener belaste, begreift Ihr das?«

Militsch begriff, und von nun an hielt er sich mit seinen drängenden Fragen zurück.

Da die Pferde ausgeruht und voller Energie waren, ritten sie schon durch Proßnitz, bevor die Kirchturmglocken Mittag schlugen. Erst kurz vor Drahan gönnten sie den Tieren eine Verschnaufpause und machten auf einer kleinen Lichtung Rast, wo ein Bach über ein steiniges Bett plätscherte. Sigismund führte die Pferde eine Weile im Schritt herum, bis sich ihr Blut beruhigt hatte, dann ließ er sie aus dem Bach trinken.

Ulrich setzte sich auf einen umgestürzten Baumstamm und holte aus seiner Ledertasche den Proviant, den ihm der Olmützer Burggraf Jan mit auf den Weg gegeben hatte – ein paar Fladen mit gebratenem Fleisch und eine tönerne Weinflasche –, während Militsch sich auf einen Stein ihm gegenüber setzte.

»Erlaubt mir, auf Euren Ermittlungserfolg anzustoßen«, sagte er höflich. Er zog den Stopfen aus seiner Flasche, hob sie an die Lippen und murmelte etwas leiser, wie schade es doch sei, dass der königliche Prokurator seine Entdeckung nicht mit vertrauenswürdigen Männern teilen wolle.

Ulrich lachte und biss hungrig in seine Fladen. Plötzlich drangen durch die Bäume gedämpfte Männerstimmen zu ihnen. Erst waren es nur unverständliche Laute, dann hörte Ulrich, wie einer der Männer mit schriller Stimme den anderen schalt, dass er nichts Besseres verdiene.

Es war unklar, worum es bei dem Streit ging, doch Ulrich legte schnell seinen Proviant ins Gras, stand auf, sprang über den kleinen Bach und lief an dunklen Fichten vorbei über einen Trampelpfad. Unter einer Eiche mit ausladender Krone saßen, mit dem Rücken zu ihm, sein buckliger Schreiber und sein Knappe. Wolfgang machte Otto gerade Vorhaltungen darüber, dass er auch die arme Šonka in sein zweifelhaftes Abenteuer hineingezogen habe.

»Wie gut, dass ihr immer zanken müsst«, rief Ulrich ihnen zu. »So kann man euch selbst im tiefsten Wald nicht verfehlen.«

Überrascht drehten sich beide um und sprangen sofort auf. Wolfgang öffnete den Mund, als stünde vor ihm eine Geistererscheinung, und Otto rannte auf seinen Herrn zu, als wollte er ihn vor Freude stürmisch umarmen; erst im letzten Moment hielt er verlegen inne, wich einen Schritt zurück und verbeugte sich mit den Worten, der königliche Prokurator sei gerade rechtzeitig gekommen, bevor dieser schreckliche Schreiber ihn um sein Gehör, wenn nicht um den Verstand gebracht hätte.

Ulrich lächelte. »Ihr wisst gar nicht, wie sehr ich mich freue, euch zu sehen!«, sagte er und klopfte beiden freundschaftlich auf den Rücken. »Ihr habt mir eine Menge Zeit erspart. Was macht ihr überhaupt hier?«

»Er ist schuld«, beschwerte sich Wolfgang und zeigte auf Otto. »Ich habe ihm von Euren Anweisungen erzählt, aber er wollte sich nicht daran halten und meinte, er würde nicht warten, es sei sinnlos, auf Hohlenstein Zeit zu vertun.«

»Habt ihr denn etwas herausgefunden?«, unterbrach Ulrich ihn ungeduldig.

»Oh, so mancherlei«, antwortete Otto. Doch bevor er weiterreden konnte, fiel Wolfgang ihm ins Wort:

»Vor allem ich konnte Wichtiges in Erfahrung bringen. Otto weiß gerade mal, dass in einer Höhle unter Schoschuwka irgendein Mädel lebt, das angeblich recht hübsch ist, wenn es auch natürlich nicht mit Šonka zu vergleichen ist ...«

»Woher willst du das denn wissen?«, lachte der Knappe auf. Er würde sich von dem Gegrantel des Schreibers bestimmt nicht die gute Laune verderben lassen.

»Es kann keine hübscher sein, das ist doch evident«, erklärte der Bucklige. »Hol schon einmal die Pferde, so lange erzähle ich unserem Herrn, was ich entdeckt habe.«

»Tu das, lieber Otto«, sagte Ulrich. »Aber wartet beide noch mit dem Erzählen. Wenn ihr möchtet, lade ich euch zu einem guten Mittagessen in die nächste Taverne ein. Wo mag wohl eine sein? In Drahan?«

»Dort gibt es eine, aber die ist schauderhaft«, sagte Wolfgang sofort. »Ich musste in Drahan übernachten und wundere mich, dass ich deren Kochkunst überlebt habe.«

Während sie sich so unterhielten, waren sie auf die Lichtung mit dem Bach zurückgekehrt, wo Militsch und Sigismund auf sie warteten. Militsch nannte ihnen ein bekanntes Gasthaus in Bauschin, und Ulrich war einverstanden. Er wollte auch gleich dort übernachten, weil er sich mit seinen Gefährten so viel zu erzählen hatte, und schlug Militsch deshalb vor, dass sich ihre Wege fürs Erste hier trennten. Er würde nach Bauschin reiten, während Militsch den Weg nach Blanseck fortsetzen sollte, wo sie sich am nächsten oder übernächsten Tag treffen wollten.

»Das ist aber nicht sehr höflich«, brummte der ältere Edelmann gekränkt.

»Ich bin nicht aus Höflichkeitsgründen hier«, erwiderte

Ulrich. »Wollt Ihr, dass ich einen gefährlichen Mörder dingfest mache oder dass wir uns in Höflichkeiten ergehen?«

Also ritten Militsch und Sigismund weiter, und sobald sie außer Sichtweite waren, fragte Otto spitzbübisch: »Was hättet Ihr denn getan, mein Herr, wenn er geantwortet hätte, dass er auf der Höflichkeit bestehe?«

»Unterschätze ihn mal nicht, er ist nicht dumm. Aber wenn er so geantwortet hätte, hätte ich mich am Abend mit der Ausrede zurückgezogen, dass ich von der Reise müde sei, dass aber mein Knappe mich gerne vertreten und ihm Gesellschaft leisten werde«, sagte Ulrich leichthin.

»Schade, dass es nicht so gekommen ist«, murmelte Wolfgang. »Sonst hätte ich für eine Weile meine Ruhe gehabt.«

Darauf konterte Otto fröhlich: »Vielleicht hätte ich mich ja auch mit einer Ausrede zurückgezogen. Dass ich ebenfalls müde sei und ihm stattdessen unseren lieben Wolfgang als Gesellschafter empfehle, der so unglaublich unterhaltsam und immer für einen Spaß zu haben ist!«

XXIX. KAPITEL

Während sie es sich im Gasthaus von Bauschin schmecken ließen, erzählte Ulrich seinem Knappen und dem Schreiber, was er in Olmütz erlebt hatte. Von der Giftmischerin Katharina, von den Einschüchterungsversuchen des Bruno von Schauenburg, von der besonderen Zange, die ein Schmied aus der Vorstadt angefertigt hatte, von dessen gewaltsamem Tod, von der Vergiftung der Krämersfrau Mechthild und schließlich von dem Bestiarium des heiligen Ambrosius und was die darin entdeckten Zeilen für ihren Fall bedeuteten. Ferner berichtete Ulrich, dass der königliche Trupp zwar tatsächlich mit den Silbertruhen von Olmütz aufgebrochen, dann aber wie vom Erdboden verschluckt worden sei. Nur eine Sache verschwieg er ihnen – die Weissagung des erstochenen Mädchens.

Während Otto aufmerksam zugehört hatte, war Wolfgang die ganze Zeit auf seiner Bank herumgerutscht, weil er es nicht erwarten konnte, an die Reihe zu kommen. Doch zu seiner Enttäuschung forderte der königliche Prokurator, kaum dass er fertigerzählt hatte, den Knappen auf, von seinen Erlebnissen zu berichten, und während dieser erzählte, wie er als vermeintlicher Werwolf seiner Gefängniszelle entkommen war und wo er sich die ganze Zeit über versteckt hatte, verschränkte der Schreiber demonstrativ die Arme vor der Brust und wandte mit verkniffener Miene den Kopf ab, um zu zeigen, wie sehr Ulrich von Kulm ihn gekränkt hatte. Er musste jedoch feststellen, dass keiner der beiden auf ihn achtete, also ließ er das Schmollen sein, trank sein Bier und wartete ab. Im Stillen tröstete er sich damit, dass das Beste bekanntlich immer zum Schluss kommt.

»Der Tod des Mädchens aus Slaup, den man mir angehängt hat, hat gar nichts mit unserem Fall zu tun«, erklärte Otto. »Dahinter steckt Hartman von Hohlenstein samt einem Mann aus seinem Gefolge, einem gewissen Erhard …«

»Ist das nicht der Mann, mit dem du dich in Hohlenstein geprügelt hast und den du anschließend als anständigen Kerl bezeichnet hast?«, fiel Ulrich ihm spöttisch ins Wort.

»Ja«, räumte Otto verbittert ein, »ausgerechnet dieser ›anständige Kerl‹ hat das arme Mädchen getötet. Wenn auch auf Hartmans Befehl. Er hat dafür fünf Silberlinge erhalten – weniger, als Judas für seinen Verrat an Jesus bekam. Und das Ganze hat Hartman nur deshalb ausgeheckt, weil er sich an mir wegen des Edelfräuleins rächen wollte, auf das er während des Frühlingsturniers ein Auge geworfen hatte, das ich dann aber statt seiner verführt hab.«

Ulrich schüttelte den Kopf. »Das kann ich mir nicht vorstellen«, meinte er nachdenklich. »Es muss noch mehr dahinterstecken. Wegen einem verführten Mädel begeht man doch nicht derartige Grausamkeiten.«

»Es war nicht irgendein Mädel«, erklärte Otto stolz. »Es handelte sich um Viola, die Tochter des Hroznata von Auschitz. Tja, wenn sie mich anschließend geheiratet hätte, wäre ich heute reicher als alle Herren von Hohlenstein zusammen.«

»Vielleicht hatte dieses Mädchen ihren sündigen Leib nicht im Griff, aber sie war doch wenigstens nicht dumm«, mischte Wolfgang sich ein. »Warum hätte sie dich heiraten sollen?«

Ulrich kraulte nachdenklich seinen Bart. Dann lachte er plötzlich auf: »Jetzt ist mir alles klar!«

»Ich habe ja gleich gesagt, dass Zirro von Hohlenstein die Truhen gestohlen hat«, sagte Wolfgang selbstgefällig und wandte sich mit herablassendem Blick an Otto: »So geht es eben, wenn man nur hinter Weiberröcken her ist, statt sich der Aufklärung des Falls zu widmen.«

»Du sprichst wohl von dir und Šonka?«, fragte Otto unbekümmert.

Ehe der Schreiber sich diesen Kommentar verbitten konnte, brachte Ulrich die beiden mit einer energischen Geste zum Schweigen. Dann erklärte er, dass Zirro von Hohlenstein die Truhen keinesfalls geraubt habe, sondern das Geld, mit dem er beim Kloster Tischnowitz seine Schulden abbezahlt habe, woanders herkomme. Indirekt habe er es wahrscheinlich Otto zu verdanken.

»Denn du wirst es nicht glauben, mein lieber Wolfgang«, fügte er hinzu, »aber manchmal haben die Sünden meines Knappen auch ihre nützlichen Seiten.« Darauf trank er einen Schluck Bier.

Jetzt wurde es Otto ein wenig mulmig. »Verzeiht, mein Herr«, sagte er vorsichtig, »aber ich verstehe kein Wort von dem, was Ihr sagt.«

Ulrich grinste fröhlich. »Kannst du dir vorstellen, dass du vielleicht Vater wirst?«

»Wer weiß das schon«, murmelte Otto. »Es ist noch zu früh, um das zu sagen. Ich kenne Mischka ja gerade mal zwei Wochen.«

»Ich rede nicht von Mischka, sondern von Viola von Auschitz. Schließlich hast du nicht nur eine Geliebte ... Ihr Vater hat an dem Feldzug des Königs nach Preußen teilgenommen, und weil er sich dort als Ritter verdient gemacht hat, bekam er einen Anteil von der Beute. In seinen Truhen auf Burg Talenberg hätte man deshalb sicher kürzlich noch etliche preußische Silbermünzen finden können. Jetzt sind sie nicht mehr dort. Denn sie sind über Herrn Zirro in die Truhen des Klosters Tischnowitz gewandert.«

»Oh nein, das darf nicht wahr sein«, murmelte Otto, dem allmählich etwas dämmerte.

»Oh doch«, sagte Ulrich und nickte. »Das Turnier, bei dem du den jungen Hartman so gedemütigt hast, fand drei Wochen vor Johanni statt. Das ist nun bald vier Monate her. Nicht lange danach hat Viola gewiss festgestellt, dass ihre Blutung ausblieb. Und so begann ihr Vater Hroznata zu handeln. Hartman von Hohlenstein ist schließlich noch ledig und bemüht sich schon länger um Hroznatas Tochter, nicht wahr?«

»Aber er versteht nichts von Frauen«, knurrte Otto, noch schamrot im Gesicht.

»Natürlich nicht so wie du«, bekräftigte Ulrich. »Nun hat sich Hartman aber offenbar unwillig gezeigt, weil er nach Violas Techtelmechtel mit dir das Interesse an ihr verloren hatte. Oder vielleicht hat auch sein Vater ihm zu der ablehnenden Haltung geraten. Was sollte Hroznata also tun? Er schlug Zirro einen Handel vor. Wenn Hartman in die Hochzeit mit Viola einwilligte, würde er Zirro einen Teil der Mitgift schon im Voraus zahlen, sodass dieser seine Schulden begleichen konnte. Und damit es kein Gerede gab – immerhin ging es um den Ruf eines der mächtigsten Geschlechter an der Sasau –, transportierten seine Männer das Geld heimlich von Talenberg nach Hohlenstein, nämlich mitten in der Nacht und in Umhängen, die absichtlich nicht die Farben ihres Herrn hatten. Das war die geheimnisvolle Reiterschaft, von der Šonka gesprochen hat. Und natürlich befanden sich in diesen Mitgift-Truhen auch Münzen aus der preußischen

Beute. Meiner Vermutung nach hält Zirro von Hohlenstein sich in diesem Moment auf Burg Talenberg auf und verhandelt über die letzten Einzelheiten der Hochzeit. Wetten wir, dass ich recht habe? Dazu muss man übrigens kein Hellseher sein, denn schon als wir von Prag abreisten, wurde am Königshof von einer Heirat zwischen Viola und dem jungen Hartman gemunkelt. Es hieß, man warte nur noch die Einwilligung des Königs ab.«

»Das stimmt«, sagte Otto.

»Damit könnte alles in schönster Ordnung sein – wenn nur dieser junge Hartman dich nicht so sehr hassen würde, Otto. Vielleicht hat er ja Angst, du könntest herumerzählen, von wem Violas Kind in Wahrheit ist.«

»Wer weiß schon, von wem es ist«, warf Otto ein. »Viola hat ihre Jungfräulichkeit etwas nachlässig gehütet, ich war nicht ihr erster Liebhaber. Aber was auch immer Hartman für einen Groll gegen mich hegt, er sollte das mit mir selbst austragen und nicht ein unschuldiges Dorfmädchen deswegen töten.«

»Das sehe ich genauso«, erklärte Ulrich. »Und sobald wir unsere Aufgabe erledigt haben, werde ich dafür sorgen, dass er und Erhard ihre Strafe bekommen.« Er griff energisch nach dem Krug und trank einen Schluck.

Wolfgang nutzte die kurze Pause, um das Wort zu ergreifen. »Nun, und ich bin also nach Drahan geritten ...«, begann er, doch Ulrich unterbrach ihn:

»Warte einen Moment, Otto war noch nicht fertig. Wie ist es dann weitergegangen?«

Jetzt war der Schreiber endgültig beleidigt. Himmel, dachte er, wie mich dieser verflixte Knappe zur Weißglut bringt!

»Michaels Tochter Radana hat mir geholfen, aus dem Gefängnis auszubrechen. Sie ist wirklich ein mutiges Mädchen.

Anschließend habe ich mich in der Nähe von Burg Hohlenstein versteckt. Und Ihr werdet nicht erraten, wem ich dort begegnet bin«, fügte Otto geheimnisvoll hinzu.

»Ihrer Cousine«, entgegnete Ulrich ruhig.

»Woher wisst Ihr das?«, stieß Otto überrascht aus. »Ich habe keiner Menschenseele davon erzählt.«

»Das liegt in der Natur der Dinge«, antwortete Ulrich verschmitzt. »Da du bei Radana nur ihren Mut erwähntest, nicht aber ihre Schönheit, dachte ich mir, dass du dich in ihre Cousine verliebt hast. Denn wo du gleich zwei jungen Frauen begegnet bist, wirst du bei mindestens einer von ihnen Feuer gefangen haben, sonst wärst das nicht du.«

»Ich bin aber auch Šonka begegnet, also drei jungen Frauen«, bemerkte Otto. Doch bevor Wolfgang intervenieren konnte, erzählte er lieber rasch weiter, was er noch erfahren hatte: dass die Dörfler von Schoschuwka den Müller Heralt mit seinem Bruder verwechselt hatten und Heralt während des Mühlenbrands mit seiner Nichte unter die Erde geflüchtet war. »Es gibt dort überall unterirdische Höhlen«, erklärte Otto voller Begeisterung. »Die Leute aus der Gegend wissen kaum etwas darüber oder wagen nicht hinabzusteigen. Heralt hingegen hat alles dort erkundet. Er hat sogar einen unterirdischen Zugang zum Grund dieser Teufelsschlucht gefunden.«

»Du meinst die Mazocha?«

»Ja, so wird sie genannt. Und wisst Ihr, was er dort entdeckt hat?«, fuhr Otto fort. »Einen abgeschlagenen Kopf, der in einen Umhang mit dem böhmischen Königswappen gewickelt war. Der enthauptete Tote, den wir im Wald hinter Laurenz gesehen haben, war somit der Anführer des königlichen Trupps, der die Geldtruhen transportierte. Wer weiß, womöglich ist er mit den Söldnern in Streit geraten, und diese haben ihn aus dem Weg geräumt.«

Ulrich hörte seinem Knappen schon gar nicht mehr richtig zu, sondern murmelte vor sich hin: »Aber warum haben sie ihm den Kopf abgeschlagen? Doch nur deshalb, damit man den Toten nicht identifizieren konnte! Offenbar wollten sie den Anschein erwecken, dass der Anführer in den Raubüberfall verwickelt und geflohen sei. Hmm ... Wolfgang, als du den kopflosen Leichnam untersucht hast, meintest du doch, der Mann sei möglicherweise zuerst vergiftet und dann mit einem Dolch erstochen worden, nicht wahr?«

»Ganz richtig«, antwortete Wolfgang würdevoll. »Im Übrigen habe ich auch noch ...«

»Das hat Zeit«, fiel Ulrich ihm ins Wort. »Und der Wirt in Laurenz erzählte uns, dass sie ein Pferd mit gebrochenem Bein im Wald gefunden hätten. Vielleicht war es also folgendermaßen: Unser Mörder war zu Pferd unterwegs und führte ein anderes mit sich, auf dem der Leichnam des getöteten Anführers vom Trupp des Königs lag. Wahrscheinlich wollte er die Leiche als Ganzes in die Mazocha-Schlucht werfen. Doch dann brach sich entweder sein Pferd oder das andere im Wald bei Laurenz das Bein, weshalb er sein Opfer dort liegen lassen musste. Damit niemand den Toten identifizieren konnte, trennte er ihm den Kopf ab und zog ihm die Kleider aus. Und nur diese beiden Dinge warf er schließlich in die Schlucht ...«

»Aber welchen Grund hätte er haben sollen, überhaupt so weit mit dem Toten durchs Hohlensteiner Territorium zu reiten?«, wandte Otto ein.

»Er wollte ihn möglichst weit entfernt beseitigen. Nach einem Kommandeur des Königs sucht man schließlich im ganzen Land«, entgegnete Ulrich. »Und wenn er vergiftet wurde, hätte man ihn ... Guter Gott, jetzt ist mir alles klar! Wie konnte ich nur so blind sein? Die anderen Söldner sind natürlich ebenfalls vergiftet worden. Und zwar alle mit Eibengift, habe ich nicht recht, Wolfgang?«

Der beleidigte Schreiber verzog das Gesicht und erwiderte, wenn man ihn hätte zu Wort kommen lassen, hätte er das schon längst erzählt. Er begreife wirklich nicht, weshalb er überhaupt erst all die Leichen aus der Erde scharren und den unerträglichen Gestank einatmen musste, wenn der königliche Prokurator dann doch schon alles wisse.

»Sei mir nicht böse«, sagte Ulrich beschwichtigend. »Ohne dich wäre ich nie darauf gekommen, Ehrenwort!«

Wolfgang warf Otto einen Blick zu, als wollte er sagen: Siehst du!

»Heißt das, mein Herr, Ihr wisst jetzt, wer die Geldtruhen des Königs geraubt hat?«, fragte Otto, ohne den Schreiber zu beachten.

»Ja, inzwischen weiß ich es. Der bischöfliche Offizial Paul von Eulenburg hat die Giftmischerin Katharina umgebracht. Aber was denkt ihr, wozu er das Gift benötigte, das sie ihm verkauft hatte?«

»Guter Gott«, rief Wolfgang aus. »Die königlichen Söldner!«

»Genau«, erwiderte Ulrich. »Wie Katharina herausfand, dass er die Männer umgebracht hatte, werden wir allerdings nicht mehr erfahren. Jedenfalls muss sie eine intelligente Frau gewesen sein. Und nachdem sie seine ungeheure Tat durchschaut hatte, wollte sie den Offizial erpressen. Sie schrieb ihrem Schwager Idik einen Brief und brach nach Burg Blanseck auf, wo sie mit ihm besprechen wollte, wie man bei der Sache am besten vorgehen könnte. Doch Paul von Eulenburg ahnte etwas und brachte die Witwe rechtzeitig um. Ebenso ließ er den Koch des Olmützer Burggrafen Jan ermorden, der nämlich für ihn das Gift in das Frühstück gemischt hatte, das die königlichen Söldner vor ihrer Abreise aus Olmütz einnahmen. So hat er die einzigen beiden Zeugen seines Verbrechens beseitigt.«

»Und weiter?«

»Nachdem die Söldner nichts ahnend den vergifteten Brei gegessen hatten und losgeritten waren, hatte Paul von Eulenburg leichtes Spiel. Er folgte ihnen heimlich und wartete ab, bis das Gift irgendwo unterwegs seine Wirkung zeitigte, dann stieß er jedem der Söldner noch einen Dolch in den Leib, damit es so aussah, als wären sie im Kampf umgekommen. Erhard hatte recht mit seiner Feststellung, dass die Verletzungen nicht nach einem Kampf aussahen – es hatte gar keiner stattgefunden. Schließlich lud Paul von Eulenburg die Toten auf das Fuhrwerk, das er unbemerkt ins Hohlensteiner Territorium bringen ließ, denn als Beamter des Bischofs war es selbstverständlich nicht in seinem Interesse, dass sie in den Ländereien seines Herrn aufgefunden wurden. Die wertvollen Geldtruhen hingegen muss er irgendwo im Umkreis von Olmütz versteckt haben. Vermutlich besitzt er dort einen Landsitz, und ich wette, dass die Truhen sich immer noch dort befinden.«

»Aber er muss Helfer gehabt haben!«, meinte Wolfgang aufgeregt. »Vielleicht hat sich ja doch Zirro von Hohlenstein mit ihm zusammengetan.«

»Um die Toten in sein eigenes Herrschaftsgebiet zu verfrachten?«, warf Otto spöttisch ein. »Ach was, wahrscheinlich hat er einfach ein paar treue Diener.«

»Das vermute ich auch«, meinte Ulrich. »Seine rechte Hand ist ein hagerer Mann, der einen dunklen Umhang trägt und mich ein paarmal in Olmütz beschattet hat. Sicher würde ich ihn erkennen, wenn ich ihm wiederbegegnete. Und ich werde ihm wiederbegegnen, das könnt ihr mir glauben! Denn der

Kerl hat einiges auf dem Gewissen. Unter anderem hat er mir Räuber auf den Hals geschickt, die mich im Wald ermorden sollten.«

»Aber das hieße, dass der bischöfliche Offizial Euch schon früh fürchtete«, bemerkte Otto. »Vielleicht hatte er Angst, Ihr könntet in Olmütz die Hintergründe von Katharinas Tod aufdecken.«

Ulrich nickte. »Gut möglich. Ich traf Paul von Eulenburg auf Burg Blanseck, kurz bevor ich nach Olmütz aufbrach. Vielleicht entnahm er meinen Worten oder dem, was ihm Idik von Schwabenitz erzählte, dass ich mehr wusste, als ich zu dem Zeitpunkt tatsächlich wusste, und wollte mich so schnell wie möglich loswerden. Auch später in Olmütz wollte er mich vermutlich ermorden lassen, aber da fast die ganze Zeit Militsch von Schwabenitz an meiner Seite war, ergab sich keine günstige Gelegenheit. Als ich dann den Krämer Walther beschuldigte, seine Frau vergiftet zu haben, bekam der Offizial mit, dass ich zwar das Schriftstück gefunden hatte, auf dem Katharina ihre Kunden verzeichnet hatte, sein Name dort aber nicht aufgeführt war. Nur die verklausulierte Bezeichnung ›Hochwürden‹. Er selbst hatte ihr ganzes Haus nach dem Pergament durchsucht, und nun konnte er erst einmal aufatmen und sah fürs Erste keinen Grund mehr, mich umzubringen. Er ließ mich lediglich beobachten. Und nachdem er Meister Rumpling aus dem Weg geräumt hatte, der ihm die Zange geschmiedet hatte, mit der er an den Leichen von Katharina und dem Mädchen aus Raitz die mörderischen Reißzähne eines Werwolfs nachahmte, glaubte er, nun könnte ihn endgültig kein Zeuge mehr belasten. Wohl deshalb folgte mir sein Handlanger nicht mehr, um nicht unnötig Aufmerksamkeit zu erregen.«

»Aber dann seid Ihr durch das Bestiarium des heiligen Ambrosius darauf gekommen, wer die Witwe Katharina getötet hat«, sagte Otto voller Bewunderung.

Ulrich nickte und fügte hinzu, dass der Verdienst aber auch Wolfgang gebühre. Dank ihm habe er schließlich begriffen, dass es zwischen Katharinas Tod und dem Raub der königlichen Beutetruhen einen direkten Zusammenhang gab. Otto wollte dieser Behauptung schon widersprechen, ließ es aber sein, als er den strengen Blick seines Herrn auffing, der ungefähr bedeutete, dass es keinen Grund gebe, einem anderen die Freude zu verleiden.

XXX. KAPITEL

»Seine Gnaden der Bischof wird heute Nachmittag auf Burg Blanseck eintreffen«, verkündete Idik von Schwabenitz dem königlichen Prokurator. »Ich habe alles nach Eurem Wunsch veranlasst. Leonhard von Hackenfeld, der Beichtvater des Bischofs, ist bereits angekommen, und Offizial Paul von Eulenburg sowie Kanzler Zwoisch von Rabensberg werden zum Mittagessen hier sein. Sie waren über meine Einladung zwar etwas verwundert, aber ich konnte sie davon überzeugen, dass es von hoher Wichtigkeit für das ganze Königreich sei. Mit Bruno von Schauenburg war es schon schwieriger. Er wollte sich erst auf den Weg machen, als ich ihm sagte, dass Ihr mit der Sache zu tun hättet und einem seiner Beamten ein Verbrechen anhängen wolltet. Ganz so, wie Ihr es gewünscht habt, mein Herr. Der Bischof wurde ganz bleich und sagte, jetzt habe er aber genug, und er versprach zu kommen.«

»Oh ja«, meinte Ulrich müde, »ich habe ebenfalls genug.«

»Verzeiht meine Frage«, fuhr Idik fort, »aber was wird, wenn es Euch nicht gelingt, den Täter zu überführen? Unser Bischof kommt sicherlich mit militärischem Gefolge, und wir befinden uns auf seiner Burg. Wie wollt Ihr ihn überzeugen? Selbst wenn Ihr im Recht seid – er hat bewaffnete Söldner an seiner Seite.« Idiks Stimme klang nervös. »Sagt mir doch, wer von den dreien es getan hat.«

»Von den dreien?«, fragte Ulrich verwundert. »Ihr meint wohl vier.«

»Verdächtigt Ihr etwa immer noch mich?«, stieß Idik entrüstet aus.

»Nein«, erwiderte Ulrich. »Aber es könnte doch auch Seine Gnaden der Bischof selbst gewesen sein, nicht wahr?«

Burggraf Idik bekreuzigte sich erschrocken. »Das wäre entsetzlich«, flüsterte er. »In diesem Fall würden wir nicht mehr lebend von hier wegkommen. Ihr ganz gewiss nicht, und ich vermutlich auch nicht.«

»Das ist anzunehmen«, murmelte Ulrich mit einem rätselhaften Gesichtsausdruck. »Aber wenn Ihr mir helft, wird sich alles fügen, das verspreche ich Euch bei meiner Ritterehre!«

»Dieses verflixte Weib Katharina!«, schimpfte Idik. »Das ist alles nur ihretwegen ...« Doch im nächsten Moment verstummte er, denn vom Hof her kam der Ruf, dass sich eine Reiterschaft mit bischöflichem Wappen nähere, und er eilte hinaus, um seine Gäste zu empfangen.

Am Nachmittag traf auf schaumbedecktem Pferd auch Bruno von Schauenburg mit seinen Söldnern auf der Burg ein. Statt seine Kammer aufzusuchen, um sich nach der Reise umzuziehen und zu erfrischen, stürmte er über den Blansecker Burghof und erteilte seinen Leuten Befehle, sich um die Pferde zu kümmern, das Tor zu verriegeln und sofort seine Beamten sowie Herrn Ulrich von Kulm zusammenzutrommeln.

Sein Knappe, der eifrig hinter ihm herwieselte, reichte ihm die Silberkette mit dem dicken, karneolbesetzten Kreuz, die der Bischof sich über den Kopf zog. Über einem dunklen Rock und einem Panzerhemd trug er zusätzlich einen Brokatumhang mit Silberstickereien. Er war zwar nicht von großer Gestalt, strahlte aber dennoch Autorität aus.

Mit verschwitztem Gesicht eilte er jetzt in den Rittersaal, ließ sich an der Tafel in einem Sessel mit langer, verzierter Lehne nieder, streckte seine müden Beine aus und bellte, jemand möge ihm gefälligst einen Kelch mit Wein bringen. Im nächsten Moment erschien Burggraf Idik von Schwabenitz, verbeugte sich ehrfurchtsvoll und erklärte, Seine Gnaden möchten entschuldigen, er habe ihn nicht so früh erwartet und werde sofort alles Nötige veranlassen.

Der Wein war noch nicht gebracht, da betrat Ulrich den Saal. Er trug den Umhang mit dem Wappen des böhmischen Königs und um den Hals die goldene Kette, die sein hohes Landesamt symbolisierte. Gemessenen Schritts ging er zu der großen Tafel, verneigte sich höflich und setzte sich, ohne abzuwarten, dass der Bischof ihn darum bat, in den Sessel ihm gegenüber. Bruno von Schauenburg verzog das Gesicht, sagte aber nichts. Einen Moment lang herrschte eisiges Schweigen, dann öffnete sich die Tür erneut, und eine atemlose Magd mit dem Weinkrug betrat den Saal.

»Wenn ich mich nicht täusche, ehrwürdiger Bischof, sitzen wir zum ersten Mal gemeinsam an einem Tisch«, sagte Ulrich und nickte der Magd zu, damit sie ihm ebenfalls einschenkte.

»Auf das Vergnügen hätte ich gerne verzichtet«, entgegnete Bruno von Schauenburg schroff.

»Oh, glaubt mir, ich ebenfalls«, erwiderte Ulrich kühl. »Die Wünsche unseres huldreichen Königs bringen mich gelegentlich in Situationen, die mir nicht angenehm sind, doch ich bin nun einmal sein gehorsamer Diener.«

»Als Diener Gottes geht es mir gleichermaßen«, entgegnete der Bischof knapp. Dann schlug er plötzlich mit der Faust auf den Tisch und brüllte: »Was hat das alles zu bedeuten? Mein

Burggraf hat mir anvertraut, dass Ihr einen meiner treuen Beamten beschuldigen wollt, die Geldtruhen des Königs geraubt zu haben. Was für eine unerhörte, maßlose Dreistigkeit!«

»Genau das habe ich vor«, sagte Ulrich und trank gemächlich einen Schluck von dem zart gewürzten Rotwein, der ihm an diesem milden Nachmittag ganz besonders schmeckte.

Weitere Männer betraten den Saal, an ihrer Spitze Zwoisch von Rabensberg, hinter ihm der würdevoll schreitende Bruder Leonhard von Hackenfeld, gefolgt von einem großen Mann in Militäruniform, dem Anführer des bischöflichen Söldnertrupps, sowie Burggraf Idik von Schwabenitz. Den Schluss bildete der Offizial Paul von Eulenburg. Alle blieben ein paar Schritte vor dem Bischof stehen und verneigten sich.

Bruno von Schauenburg bedachte sie nur mit einem flüchtigen Blick und streckte seine gepflegte schlanke Hand aus, an der er den großen Bischofsring mit dem herrlichen blauen Saphir trug. Er wartete ab, bis alle Männer den Ring geküsst hatten, und sprach dann einen Segen über sie.

Ulrich beobachtete das Zeremoniell zurückgelehnt in seinem Sessel und lächelte, als stünde ihm ein unterhaltsamer Nachmittag in geselliger Runde bevor. Er bemerkte den warnenden Blick des Burggrafen, der ihm offenbar etwas Wichtiges mitteilen wollte, und nickte ihm unmerklich zu, um ihm zu verstehen zu geben, dass er keine Sorge zu haben brauche, da er an alles gedacht habe.

»Nun, Herr von Kulm, ich frage Euch noch einmal: Was hat das alles zu bedeuten?«, begann Bruno von Schauenburg, dessen Stimme nun nicht mehr laut war, sondern leise drohend.

Ulrich räusperte sich. »Es ist ja sicher kein Geheimnis, dass unser gnädiger König Přemysl Ottokar mich nach Mähren gesandt hat, um Genaueres über die Umstände des Silberraubs in Erfahrung zu bringen. Und Ihr seid sicher mit mir einig, dass dieser Verlust eine höchst missliche Angelegenheit darstellt.«

»Die Geldtruhen unseres Herrschers sind auf dem Territorium des Herrn von Hohlenstein verschollen«, bemerkte der Bischof. »Dennoch habe ich den Vorfall untersuchen lassen und in diesem Sinne auch den König unterrichtet. Das Fuhrwerk mit den Truhen ist von Olmütz aufgebrochen, und es gibt keinen einzigen Augenzeugen in meinen Ländereien, der beobachtet hätte, dass dem Fuhrwerk etwas zustieß. Ich weiß nicht, was für Erkenntnisse Ihr dem noch hinzufügen wollt. Seid Ihr etwa klüger als die heilige Mutter Kirche?«

»Ganz gewiss nicht«, antwortete Ulrich mit demütiger Miene. »Interessanterweise fand sich allerdings auch kein Augenzeuge in Euren Ländereien, der das Fuhrwerk hat vorüberfahren sehen.«

Bruno presste verärgert die Lippen zusammen. Wenn er sein Gesicht so verzog, hatten seine scharf geschnittenen Züge etwas von der Fratze eines Dämons im Triforium des Doms. Er blickte in die Runde seiner Beamten und forderte sie mit schneidender Stimme auf, diesen Umstand zu erklären.

Als diese nur peinlich berührt die Augen senkten und schwiegen, verdunkelte sich die Miene des Bischofs noch mehr.

Ulrich funkelte ihn herausfordernd an. »Wenn Ihr die Wahrheit erfahren wollt, ehrwürdiger Bischof, so dürft Ihr nicht nur nach dem fragen, was Euch gefällt, sondern müsst auch nach dem fragen, was Euch womöglich missfallen wird«, erklärte er in nachsichtigem Tonfall. Er sah Idiks nervösen Blick, der zu fragen schien, warum er den Bischof auch noch provoziere, fuhr jedoch seelenruhig fort: »Hättet Ihr die

Möglichkeit zugelassen, dass der königliche Trupp schon kurz nach seiner Abreise aus Olmütz von der Bildfläche verschwand, so hättet Ihr vielleicht einmal beim Burggrafen von Proßnitz nachgefragt. Blahuta hätte Euch bestätigen können, dass niemand auf Eurem Proßnitzer Territorium den königlichen Trupp gesehen hat, weder an den Stadttoren noch an der Furt, wo der Zoll erhoben wird. Wie also soll der Trupp dann in das Hohlensteiner Gebiet gelangt sein?«

Bruno von Schauenburg bebte vor Wut und schrie seine Getreuen an, was sie zu diesen falschen Anschuldigungen zu sagen hätten. Die Beamten aber schwiegen, und Ulrich wartete geduldig ab. Er spielte auf Zeit.

Nachdem der Bischof sich wieder etwas gefasst hatte, wischte er sich einen Speichelfaden aus dem Bart und knurrte: »Ein reiner Zufall. Die Söldner wurden bei Drahan ermordet, und dort hat man sie auch gefunden. Das ist eine Tatsache, an der all Euer Gerede nichts ändern wird.«

»Sie wurden nicht bei Drahan ermordet«, widersprach Ulrich. »Der Mörder hat sie schon früher umgebracht. Es kam zu keinem Kampf. Stattdessen hat er sie zunächst vergiftet, ihnen nach ihrem Ableben dann Stichwunden zugefügt und die Leichen mit dem Fuhrwerk nach Drahan transportiert.«

»Woher wollt Ihr wissen, dass er sie vergiftet hat?«

»Mein Schreiber Wolfgang ist ein hervorragender Wundheiler und erkennt fast jedes Gift, das sich in unseren Breiten findet. Vor wenigen Tagen hat er das Grab der Söldner öffnen lassen und ihre Leichen untersucht ...«

»Wie konntet Ihr es wagen?«, explodierte Bruno von Schauenburg. »Die Totenruhe zu stören, ohne die Einwilligung der heiligen Mutter Kirche und der Inquisition!«

»Wir haben die Einwilligung des Drahaner Pfarrers bekommen«, erwiderte Ulrich. »Meines Wissens ist das nach Kirchenrecht für eine Exhumierung ausreichend.«

»Aber hier in Mähren besitzt Ihr nicht die Befugnis, Derartiges zu veranlassen! Eure Kompetenzen gelten hier nicht!«, wütete der Olmützer Bischof.

»Dann beschwert Euch darüber bei unserem König«, entgegnete Ulrich freundlich. »Unabhängig davon, ob meine Befugnisse so weit reichen oder nicht, wird niemand widerlegen können, dass die königlichen Söldner vergiftet wurden, und zwar mit dem Gift der Eibe. Es ist das gleiche Toxikum, das auch die Witwe Katharina in Olmütz verkaufte. Ihr könnt meine Behauptung übrigens gerne überprüfen, denn für Euch wird es ja sicher ein Geringes sein, eine neuerliche Exhumierung zu veranlassen.«

Bruno von Schauenburg knetete seine gepflegten Hände und schwieg. Er war so überrumpelt, dass er nicht wusste, wie er reagieren sollte. Kanzler Zwoisch von Rabensberg kam ihm zur Hilfe. Mit seinem unterwürfigsten Lächeln säuselte er, dass Gott diese Frau für ihre Sünden bestraft und ihre Seele zu ewiger Verdammnis verurteilt habe, denn bei etwas so Verwerflichem wie der Giftmischerei kenne die christliche Gerechtigkeit kein Pardon. Nichts beweise jedoch, dass das Toxikum, mit dem die königlichen Söldner vergiftet wurden, ebenfalls von der Witwe stamme. Nur der Allmächtige im Himmel wisse, wie viele andere Sünder in Mähren sich ebenfalls der verdammenswerten Herstellung von Giften widmeten. Damit bekreuzigte er sich und begann für das Heil aller ehrbaren Christen zu beten.

Ulrich wartete das Ende des scheinheiligen Theaters ab, dann zog er das Pergament hervor, das er in Katharinas Geheimkammer gefunden hatte, und legte es vor dem Bischof auf den Tisch. Er erklärte ihm, wie er an das Schriftstück gelangt war, und deutete auf die Stelle, wo der Verkauf des Gifts verzeichnet war, das die Söldner umgebracht hatte.

Der Bischof nahm das Pergament und hielt es sich dicht vor die Augen, da er schwachsichtig war und das Lesen ihm Mühe bereitete. Dann klatschte er es verächtlich auf den Tisch. »Dort steht gar kein Name!«

»In dieser Liste nicht«, räumte Ulrich ein. »Doch in einem täuscht sich Herr von Rabensberg. Nicht Gott hat die Giftmischerin Katharina bestraft, sie wurde vielmehr von demselben Mann umgebracht, der auch den Tod der königlichen Söldner verantwortet, denn er fürchtete, sie könnte als Zeugin gegen ihn aussagen.«

»Katharina wurde von einem Werwolf getötet«, meldete sich Leonhard von Hackenfeld verächtlich zu Wort. »Das hat die Untersuchung der Inquisition zweifelsfrei ergeben.«

»So wie sie auch zweifelsfrei bewiesen hat, dass mein Knappe ein Werwolf ist?«, entgegnete Ulrich spöttisch.

»Das Inquisitionstribunal hat ihn nicht von seiner Schuld losgesprochen. Das Todesurteil ist weiterhin gültig, sobald er erst einmal gefasst ist«, versetzte Leonhard kühl.

»Das Mädchen aus Slaup wurde von einem Mann namens Erhard getötet. Ich habe ihn festgenommen, und er hat gestanden. Wenn wir diesen Fall hier abgeschlossen haben, wird er bestraft – wenn auch nicht durch die Inquisition, schließlich ist er kein Werwolf und auch nicht vom Teufel besessen, sondern beging seine Tat aus anderen Gründen.«

Leonhard von Hackenfeld rang ob der gottlosen Zweifel des königlichen Prokurators drohend die Hände. »Ich beharre dennoch auf der Feststellung des Tribunals, dass die Witwe Katharina von einem Werwolf getötet wurde. Dafür gibt es unwiderlegbare Beweise!«

Ulrich unterbrach ihn: »Der Mörder hat sich in der Olmützer Vorstadt eine Zange mit großen Zinken schmieden lassen, mit der er die Kehle der Witwe blutig aufriss, um das Wüten eines Werwolfs vorzutäuschen. Das Gleiche tat er mit einem Mädchen aus Raitz. Und beiden trennte er außerdem einen Finger ab. Dabei wusste er allerdings nicht, dass die zuvor in Hohlenstein von einem Werwolf angefallenen Frauen noch all ihre Finger besessen hatten ...«

»Das ist doch kein Beweis!«, schimpfte Leonhard von Hackenfeld. »An der Inquisition zu zweifeln ist eine Todsünde!«

»Wisst Ihr, ein weltlicher Richter kann es sich nicht so leicht machen wie die kirchliche Inquisition«, sagte Ulrich. »Er muss zweifeln und Fragen stellen. Ein Inquisitor weiß schon im Voraus, was gut und böse ist, ich dagegen kann erst durch meine Nachforschungen zu der Erkenntnis gelangen, wer unter einem liebenswürdigen Antlitz ein aufrichtiges Herz besitzt und wer es nur vortäuscht. Ohne das Zweifeln gäbe es keine Gerechtigkeit. Deshalb sollte die Inquisition auch nicht weltliches Recht ersetzen.«

»Nun habe ich aber genug!«, schrie Bischof Bruno von Schauenburg rot vor Zorn und sprang mit gezogenem Dolch aus seinem Sessel auf, um sich auf Ulrich zu stürzen. Sein Beichtvater Leonhard ging jedoch dazwischen und hielt ihn fest. Er war größer und offenbar auch recht kräftig, denn er konnte dem Bischof die Waffe aus der Hand winden.

»Verzeiht, ehrwürdiger Bischof«, sagte er mit einer Stimme, als würde er ein widerspenstiges Kind beschwichtigen. »Hier auf Burg Blanseck einen Abgesandten des Königs zu töten wäre sehr unvernünftig. Seine Seele wird auch so zur Hölle fahren, warum also eine Sünde begehen, wo doch der Allmächtige ihn bestrafen wird?«

»Du hast recht«, schnaubte Bruno von Schauenburg, und nachdem sich sein Atem etwas beruhigt hatte, fragte er Ulrich mit mühsamer Beherrschung: »Habt Ihr überhaupt irgendeinen Beweis für Eure Behauptungen, Herr von Kulm?«

»Gewiss«, antwortete Ulrich.

»Dann sagt mir doch, wer hat dem König die Geldtruhen geraubt?«, brauste Bischof Bruno auf. »Bisher habt Ihr uns nur lauter Fabeln und Lügen erzählt!«

»Ich weiß es selbst noch nicht«, räumte Ulrich mit bedauernder Miene ein, doch bevor der Bischof schon wieder explodieren konnte, fügte er hinzu: »Allerdings hat Katharina vor ihrer Abreise aus Olmütz alles niedergeschrieben, was sie über den Raubüberfall wusste, und das Pergament mit ihrer Aussage im Beisein eines Notars versiegelt, sodass an seinem Inhalt nicht zu zweifeln ist. Durch einen glücklichen Zufall haben meine Diener diese Urkunde entdeckt, und einer von ihnen ist just auf dem Weg hierher nach Burg Blanseck, um uns das Schriftstück zu bringen. Spätestens heute Abend müsste er hier sein.«

»Falls sich Eure Worte als Lügen erweisen«, zischte Bruno von Schauenburg, »wird Euch nicht einmal mehr der König helfen können.« Und damit rauschte er aus dem Saal.

Die Zurückgebliebenen verharrten in beeindrucktem Schweigen, und erst nach einer Weile begannen die Getreuen des Bischofs über das Vorgefallene zu tuscheln. Keiner von ihnen wagte Ulrich von Kulm anzublicken, schien ihnen doch sein Todesurteil bereits besiegelt.

XXXI. KAPITEL

Idik von Schwabenitz sah sich vorsichtig auf dem Gang um, bevor er in die Kammer schlüpfte, in der Ulrich sich ausruhte. Kaum hatte er die Tür hinter sich geschlossen, brach es auch schon aus ihm hervor: »Seid Ihr des Wahnsinns? Ihr habt behauptet, Ihr könntet den Mörder meiner Schwägerin überführen – und dabei habt Ihr Euer Todesurteil unterschrieben! Glaubt Ihr ernsthaft, dass Euch der Bischof lebend davonkommen lässt?«

Ulrich fuhr sich müde mit der Hand über das Gesicht. »Hat Euer Vater Militsch alles erledigt, worum ich ihn bat?«, fragte er.

»Ich hoffe es«, brummte der Burggraf. »Bruno von Schauenburg hat das Tor verriegeln lassen und seine Söldner davor postiert. Niemand darf die Burg verlassen, nicht einmal ich.«

»Das heißt, nach der Ankunft des Bischofs hat niemand mehr Blanseck verlassen?«

»Niemand«, bestätigte Idik. Insgeheim bereute er, dass er sich auf den königlichen Prokurator verlassen hatte. Er hätte sich gleich denken können, dass dieser nur ein aufgeblasener Narr war, wie alle Beamten des Königs. »Außer ein paar Söldnern des Bischofs, die soeben mit irgendeiner Botschaft losgeritten sind«, fügte er zerstreut hinzu.

»Das ist ja wunderbar!«, rief Ulrich aus und rieb sich die Hände, als sei ihm ein besonderer Streich gelungen.

»Ihr solltet Euch lieber Sorgen machen, wie Ihr selbst von hier wegkommt!«, sagte Idik eindringlich, bevor er wieder durch die Tür hinaushuschte. Niemand sollte mitbekommen, dass er sich mit diesem unliebsamen Gast traf, der den Zorn des Bischofs, seines Herrn, erregt hatte. Er fragte sich sogar, ob er nicht besser den Bischof aufsuchen und ihm gestehen sollte, dass er es gewesen war, der den Prokurator ursprünglich um Hilfe gebeten hatte. Doch dann verwarf er den Gedanken wieder. Sollte Ulrich von Kulm getötet werden, würde er ihrer beider Geheimnis mit ins Grab nehmen. Wenn Idik Glück hatte, würde er aus der ganzen Sache also vielleicht doch noch heil herauskommen und könnte sein einträgliches Amt behalten. Ganz gewiss war es jedenfalls nicht ratsam, eine überstürzte Entscheidung zu treffen.

Unterdessen war Ulrich in seiner Kammer vom Sessel aufgestanden und wanderte rastlos hin und her. Im Geiste ging er noch einmal durch, was als Nächstes zu tun war, denn er durfte sich nicht den kleinsten Fehler erlauben. Nachdem er den ganzen Plan noch einmal überdacht hatte, wurde er wieder etwas ruhiger. Es müsste gelingen.

Er ging zu dem kleinen Fenster und sah auf den Burghof hinaus. Es war noch hell draußen. Noch blieb ihm etwas Zeit. Also ging er wieder zum Sessel zurück, setzte sich und schloss erschöpft die Augen. Erst nach einer ganzen Weile erhob er sich, warf sich den Umhang über und begab sich hinunter in den Rittersaal, wo der abendliche Festschmaus stattfinden sollte.

Das Essen hatte bereits begonnen. Dutzende von Fackeln beleuchteten den Raum, und ein verlockender Duft nach gebratenem Fleisch lag in der Luft. Niemand hatte auf Ulrich gewartet, obwohl das ziemlich unhöflich war, war er doch trotz allem immer noch ein Vertreter des Königs. Er setzte sich an eine Ecke der großen Tafel, noch hinter den bischöflichen Beamten, und langte zu, als wenn nichts wäre.

Langsam verebbte das Gespräch am Tisch. Bruno von Schauenburg hörte auf zu kauen und musterte nachdenklich den königlichen Prokurator, der sich gleich mehrere Bratenscheiben aus der Schüssel genommen hatte. Mitten in die entstandene Stille hinein sagte er: »Wie es aussieht, mundet es Euch?«

Ulrich nickte freundlich. »Oh ja. Ich hatte schon ordentlich Hunger.«

»Wo bleibt denn Euer Diener mit der Urkunde, die die Witwe Katharina angeblich verfasst hat?«

Ulrich zuckte gleichmütig die Schultern. »Offenbar wurde er unterwegs aufgehalten. Heutzutage passiert ja so allerlei auf Reisen.«

»Das scheint Euch nicht besonders zu bekümmern«, meinte der Bischof. Im nächsten Moment fügte er mit hämischer Miene hinzu: »Falls dieser Diener überhaupt existiert, geschweige denn die Urkunde!«

»Wollt Ihr damit etwa andeuten, dass ich lüge?«, fragte Ulrich ruhig, während er mit der Hand auf dem Schwertgriff langsam aufstand.

»Ich deute nichts an«, erwiderte Bruno. »Ich sage es in aller Klarheit und vor allen hier Anwesenden: Ihr seid ein Lügner, Herr Prokurator!«

»Wenn mir jemand Derartiges ins Gesicht sagt, bleibt mir nur eine Möglichkeit, um meine Ehre als Ritter zu verteidigen«, entgegnete Ulrich, immer noch in ruhigem Tonfall.

Offizial Paul von Eulenburg sprang vom Tisch auf. »Ihr seid ein Narr, wenn Ihr glaubt, dass Ihr Euch mit unserem Bischof schlagen werdet!«, höhnte er. »Wenn Ihr aber unbedingt wollt, so ziehe gerne ich mein Schwert!«

»Wie gesagt, als Ritter bleibt mir nur eine Möglichkeit«, wiederholte Ulrich. »Ich werde meinem Diener entgegenreiten und Euch das Dokument persönlich überbringen, ehrwürdiger Bischof. Dann werdet Ihr einsehen, dass Ihr Euch täuscht. Ich bin kein Lügner – einer Eurer Getreuen aber ist ein Mörder.«

»Ihr werdet ihm doch wohl nicht erlauben, davonzureiten!«, rief Leonhard von Hackenfeld aufgebracht.

Doch der Bischof antwortete nicht und verfiel in nachdenkliches Schweigen. Als er schließlich sprach, stand in seinen Augen ein Unheil verkündendes Leuchten, und seine strengen schmalen Lippen verzogen sich zu einem breiten Grinsen, das wohl sein Entgegenkommen unterstreichen sollte: »Gut, Herr von Kulm, das wird wohl das Beste sein. Aber lasst es Euch doch erst einmal schmecken, schließlich hat es keine Eile. Es wird ja noch nicht so schnell dunkel.«

»Tatsächlich speise ich gerne noch ein wenig weiter«, gestand Ulrich und fuhr fort zu essen, als wäre nichts geschehen. Die anderen konnten angesichts seiner Ruhe nur staunen.

Während des allgemeinen Schmausens und Schmatzens rief der Bischof den Kommandeur seines Söldnertrupps zu sich und flüsterte ihm etwas ins Ohr.

Burggraf Idik nutzte diesen Moment, um sich Ulrich unauffällig zu nähern und ihm leise zuzuraunen: »Davonzureiten ist zwar nicht allzu ehrenhaft, aber so rettet Ihr wenigstens Eure Haut.«

»Glaubt Ihr etwa, ich wollte fliehen?«

»Nur ein Irrer würde es nicht tun.«

Ulrich flüsterte zurück: »Sobald ich mich vom Tisch erhebe, müsst Ihr Kanzler Zwoisch von Rabensberg und Bruder

Leonhard hier zurückhalten, und zwar so lange wie möglich! Und sobald ich die Burg verlassen habe, geht Ihr in meine Kammer. Denkt bitte unbedingt daran!«

Idik von Schwabenitz seufzte. Und da er das Gefühl hatte, dass sie schon viel zu lange miteinander geredet hatten, ging er schnell weiter zum Aborterker neben dem Fenster, um seine Blase zu entleeren.

Nachdem der Kommandeur des bischöflichen Trupps wieder verschwunden war, stand auch Bruno von Schauenburg von der Tafel auf, bekreuzigte sich und dankte dem Schöpfer für die Gaben, die er seinen Gläubigen habe zuteilwerden lassen, dann verkündete er gähnend, dass er müde sei und schlafen gehe. Sobald der königliche Prokurator wieder mit der Urkunde zurück sei – deren Existenz er freilich bezweifle –, solle der Kanzler ihn unverzüglich wecken. Und damit schritt er energisch aus dem Saal.

Kurz darauf erhob sich auch Offizial Paul von Eulenburg, um sich zurückzuziehen. Auf diesen Moment hatte Ulrich gewartet. Er nagte noch einen Knochen ab, den er anschließend den Hunden am Ende des Tischs zuwarf, die dort die Gäste mit erhobenen Schnauzen um Reste anbettelten. Dann verließ auch er den Saal. Sobald er aus der Tür war, fasste Idik von Schwabenitz Beichtvater Leonhard und Kanzler Zwoisch vertraulich um die Schultern und fragte leise, was sie denn von alledem hielten. Es entspann sich eine lebhafte Debatte, die erst von den Geräuschen im Hof unterbrochen wurden, die vom Aufbruch des königlichen Prokurators kündeten.

Idik eilte zum Fenster, konnte aber nur noch den Rücken des Reiters mit dem Königswappen auf dem Umhang sehen, der durch das Tor hinausgaloppierte und dann aus seinem Blickfeld verschwand. Hastig verabschiedete er sich von seinen Gästen und eilte zu Ulrichs Kammer. Er war neugierig, was er dort finden würde, nachdem der Prokurator ihn so nachdrücklich gebeten hatte, dorthin zu gehen, sobald er selbst die Burg verlassen hätte.

Idik betrat die dunkle Kammer. Er zündete eine Fackel an, um besser sehen zu können. Bei einer flüchtigen Umschau fiel ihm nichts Besonderes auf. Auf dem Tisch stand ein Becher mit einem Rest Wein, die Truhe war leer und die Bettstatt ordentlich hergerichtet. Da hörte er ein Rascheln unter dem Bett. Er beugte sich hinunter und sah, dass dort jemand lag, gefesselt und mit einem Knebel im Mund. Idik zog an seinen Beinen, bis der Mann unter dem Bett hervorkam, und blickte erstaunt in das Gesicht Ulrichs von Kulm.

Schnell band er seine Fesseln los und fragte ihn, wer diese schändliche Tat begangen habe, denn Ulrich hatte eine blutige Schramme und eine Schwellung am Hinterkopf.

Doch der Prokurator lächelte zufrieden. »Katharinas Mörder, wer sonst!«, sagte er.

Idik von Schwabenitz seufzte resigniert. »Das heißt, er ist geflohen. Er hat Euren Umhang gestohlen, um die Torwächter zu täuschen. Wir müssen sofort hinter ihm her!«

»Nein!« Ulrich hielt ihn zurück. »Niemand darf etwas davon erfahren. Alles verläuft genau so, wie ich es geplant habe. Nur einen Gefallen tut mir: Ich möchte mich gerne bis zum Morgen in Eurer Kammer verstecken und dort ein wenig schlafen.«

»Soll meine Gemahlin ebenfalls dort bleiben, oder wünscht Ihr, dass ich sie zum Schlafen ins Gesindehaus schicke?«, brummte Idik ironisch, doch die Erleichterung stand ihm ins Gesicht geschrieben. Ihm war jetzt klar, dass sich hier etwas abspielte, was sein Verständnis überstieg, und dass dabei eindeutig der königliche Prokurator die Zügel in der Hand hielt, und nicht der Bischof.

»Als Ritter dürfte ich eine Dame eigentlich nicht ins Gesindehaus verbannen«, antwortete Ulrich, »aber in diesem Fall mache ich eine Ausnahme und vergesse für eine Weile mein Ritterdasein. Ich bin nämlich schrecklich müde und benötige wirklich Schlaf. Ich hoffe, Ihr findet für sie eine bequemere Unterkunft als das Gesindehaus. Es geht nur um diese eine Nacht.«

Kurz nach Sonnenaufgang kam einer der Burgwächter zu Idik geeilt und verkündete atemlos: »Euer Vater, Herr Militsch, ist gekommen, und mit ihm noch andere Edelherren sowie ein Bauer mit einem Fuhrwerk. Sie wollen in die Burg hinein. Was soll ich tun? Seine bischöfliche Gnaden hat ja verboten, das Tor zu öffnen.«

»Das stimmt so nicht. Er hat lediglich angeordnet, dass niemand die Burg verlassen darf. Davon, dass keiner hineindarf, war nicht die Rede. Lass sie also ein«, befahl Idik. Er rieb sich die verschlafenen Augen, zog schnell eine Tunika über, schlüpfte in seine Beinlinge und eilte aus der Kammer, um sich in den Hof zu begeben. Auf dem Gang wäre er fast mit Leonhard von Hackenfeld zusammengestoßen.

»Ihr habt nicht zufällig Paul von Eulenburg gesehen?«, fragte der Beichtvater des Bischofs ernst. »Seit gestern Abend ist er wie vom Erdboden verschluckt.«

»Vielleicht wollte er seiner Enttarnung entgehen und ist geflohen«, sagte Idik.

»Seid Ihr verrückt?«, entgegnete Leonhard von Hackenfeld, doch es klang nicht sehr überzeugt. Offenbar hegte er die gleiche Befürchtung.

»Soeben ist mein Vater Militsch angekommen. Vielleicht weiß er ja etwas«, meinte Idik, während er weiter zum Hof eilte. Der Inquisitor murmelte irgendetwas Unverständliches und folgte ihm mit großen Schritten. Er hatte Ringe unter den Augen, weil er kaum geschlafen hatte.

Militsch von Schwabenitz stieg gerade von seinem Pferd ab. »Ich muss sofort mit dem Bischof sprechen!«, rief er heiser. Als er seinen Sohn erblickte, nickte er ihm kurz zu, um ihm zu verstehen zu geben, dass alles geklappt hatte.

»Ich weiß nicht, ob ich Seine Gnaden aufwecken darf«, jammerte Kanzler Zwoisch von Rabensberg und rieb sich nervös sein vom Schlaf verquollenes Gesicht. »Worum geht es denn? Ich muss mir erst eine Meinung bilden, ob ich es wagen kann.«

»Es ist eine vertrauliche Angelegenheit«, sagte Militsch zugeknöpft.

»Umso mehr betrifft es mich«, erwiderte Zwoisch, dessen Interesse geweckt war. »Denn ich darf sagen, dass Seine Gnaden keinerlei Geheimnisse vor mir hegt, schließlich verlangt es mein Amt, dass ...«

Doch Militsch ließ den dickleibigen Kanzler einfach stehen und ging in den Palas hinein. Zwoisch von Rabensberg lief ihm empört hinterher. Nicht weil er so ängstlich darauf bedacht war, die Privatsphäre des Bischofs zu schützen, sondern weil ihn die Neugierde trieb. Es musste wirklich etwas Außerordentliches vorgefallen sein!

Der Söldner, der vor Brunos Schlafkammer Wache stand, war deutlich entgegenkommender. Auf Militschs Bitte ging er ohne zu zögern hinein, um den Bischof von Olmütz aufzuwecken.

Militsch streckte den Kopf durch den Türspalt und entschuldigte sich für die Störung, er müsse unverzüglich mit Seiner Gnaden sprechen, und zwar unter vier Augen, also am besten direkt hier in seiner Kammer.

»Was soll das?«, knurrte Bruno von Schauenburg. »So vertraulich wird es wohl nicht sein, dass ich Euch hier und jetzt empfangen muss! Ich bin noch im Nachtkleide, seht Ihr das nicht?«

»Für diese Unterredung braucht es kein Ornat«, erwiderte Militsch etwas respektlos. »Meine Reisegefährten und ich wurden Zeugen eines Mordes. Eure Söldner haben mit ihren Pfeilen einen Mann erschossen, der das böhmische Königswappen auf seinem Umhang trug, und ihn anschließend in die Mazocha-Schlucht geworfen!«

»Unsinn«, protestierte der Bischof, während er von seiner Bettstatt aufstand und sich seinen prächtigen Brokatumhang überwarf. Er griff nach einem Wasserkrug auf dem Tisch, nahm einen Schluck, bewegte das Wasser einen Moment lang in seinem Mund hin und her und spuckte es dann zum Fenster hinaus. Währenddessen wartete Militsch von Schwabenitz ehrerbietig auf der Türschwelle ab.

Schließlich sagte Bruno von Schauenburg: »Ich werde solchen üblen Nachreden keine Beachtung schenken. Wer weiß, wie der königliche Prokurator wirklich gestorben ist? Wahrscheinlich ist er in der nächtlichen Dunkelheit vom Weg abgekommen und von selbst in den Abgrund gestürzt. Er wäre nicht der Erste, dem das passiert. Das wird nun niemand mehr feststellen können; nur Gott kennt die Wahrheit, und wenn es sich um ein Verbrechen handelt, wird er die Sünder entsprechend bestrafen. Es ist nicht an uns Sterblichen, darüber ein Urteil zu fällen. Ihr habt Euch geirrt … und nun geht!«

»Ich habe nichts vom königlichen Prokurator gesagt«, entgegnete Militsch ruhig. »Der Mann, den Eure Söldner erschossen haben, war Offizial Paul von Eulenburg.«

Jetzt blickte der Bischof auf. Seine Miene drückte erst Erstaunen, dann Furcht aus. Wortlos winkte er den alten Edelmann zu sich herein und bat ihn dann, die Tür gut hinter sich zu schließen. Sobald sie unter sich waren, lud er ihn mit einer Geste ein, im Sessel Platz zu nehmen, während er selbst sich auf den Rand seiner Bettstatt setzte. Schließlich fragte er mit schneidender Stimme: »Was ist genau passiert?«

»Wie ich schon sagte«, erklärte Militsch geduldig, »ich bin zusammen mit mehreren Edelleuten gereist, und so viele Zeugen auf einmal lassen sich nicht zum Schweigen bringen.«

Die Augen des Bischofs verengten sich zu schmalen Schlitzen. »Soll das eine Drohung sein?«, sagte er leise. »Ich verstehe kein Wort von dem, was Ihr sagt.«

»Nun, auch ich verstehe nicht alles«, entgegnete Militsch freundlich. »Es war schon dunkel, als wir in der Nähe der Mazocha-Schlucht mehrere Söldner am Wegrand kauern sahen, die Euer Wappen trugen. Dann tauchte plötzlich ein Reiter auf, der auf seinem Umhang das Wappen des böhmischen Königs trug. Eure Söldner ergriffen ihre Bogen und begannen, ohne Vorwarnung auf ihn zu schießen. Ihr habt gute Krieger – gleich einer der ersten Pfeile traf ihn, obwohl es so dunkel war. Der Reiter fiel vom Pferd und blieb wimmernd vor Schmerz auf dem Boden liegen. Darauf gingen Eure Söldner zu ihm und erschlugen ihn mit dem Schwert. Anschließend packten sie ihn bei den Beinen, zogen ihn zur Mazocha und warfen ihn in den Abgrund.«

»Wieso glaubt Ihr, dass es Paul von Eulenburg war?«

»Und wieso glaubt Ihr, dass es Ulrich von Kulm war?«

Bruno von Schauenburgs Miene verfinsterte sich. Er konnte es nicht leiden, wenn man ihm mit einer Frage antwortete, aber er verstand seinen Gast. Widerstrebend begann er zu erzählen, dass der königliche Prokurator während des gestrigen Festbanketts vorgeschlagen hatte, seinem Diener entgegenzureiten, der ihm ein wichtiges Beweisstück bringen sollte. Er habe ihm deshalb die Erlaubnis gegeben, die Burg zu verlassen, weshalb die Schlussfolgerung naheliege, dass es sich bei dem Mann mit dem Königswappen auf dem Umhang um Ulrich von Kulm gehandelt habe. Warum seine Söldner ihn erwartet und ohne lange zu fackeln getötet hatten, dazu gab der Bischof keinen Kommentar ab.

Ehe Militsch etwas darauf erwidern konnte, ging die Tür auf, und der Bischof brüllte schon, dass er nicht gestört werden wolle. Dann verstummte er plötzlich und sprang erschrocken auf. In der Tür stand Ulrich von Kulm. Militsch erhob sich wie auf Kommando, ging grußlos aus dem Raum und schloss leise die Tür hinter sich. An seiner Stelle knüpfte Ulrich an das Gespräch an. Kalt sagte er: »Ich wusste, dass Ihr mich töten wolltet!«

»Ihr ... Was untersteht Ihr Euch?«, fauchte Bruno von Schauenburg. »Eure Aussage besitzt für mich keinerlei Bedeutung.«

»Das mag schon sein. Aber auf einem Bauernwagen draußen liegt der Leichnam Eures Offizials. Er trägt meinen Umhang, und in seinem Rumpf stecken Pfeile, die Euer Zeichen auf dem Schaft tragen. Niemand wird daran zweifeln, dass sie von Euren Söldnern stammen. Wie kann es sein, dass sie auf einen Mann geschossen haben, der das Wappen König Ottokars trägt?«

»Ihr glaubt doch wohl nicht, dass ich auf Euer Märchen hereinfalle. Wie wollt Ihr denn den Leichnam aus dem Höllenschlund geborgen haben?«

»Es gibt in dieser Gegend unterirdische Höhlen und Gänge, durch die man zum Grund der Schlucht gelangen kann. Man muss nur dort hinabsteigen. Und wollt Ihr wissen, warum Euer Offizial meinen Umhang trug?«

Brunos Blick irrte nervös durch den Raum. Er war außer sich vor Wut, wusste aber im Moment nichts zu sagen.

»Paul von Eulenburg ist es, der die Silbertruhen unseres gnädigen Königs geraubt und später die Witwe Katharina ermordet hat. Als er gestern Abend hörte, dass mein Diener mit Beweisen gegen ihn unterwegs sei, musste er handeln. Er nutzte den Umstand aus, dass ich die Burg zu verlassen gedachte, und lauerte mir in meiner Kammer auf, wo er mich niederschlug und fesselte – und dies alles hinterrücks, sodass ich sein Gesicht nicht sehen konnte. Dann schlüpfte er zur Tarnung in meinen Umhang und ritt durchs Burgtor hinaus. Er hoffte, er würde irgendwo unterwegs auf meinen Diener stoßen, denn er wollte noch rechtzeitig die Urkunde vernichten, die ihn als Täter überführt hätte. Er konnte ja nicht wissen, was Ihr Euren Söldnern unterdessen für einen Befehl gegeben hattet. Zum Glück hatte ich jedoch so eine Ahnung ... Und deshalb provozierte ich den Offizial, mich zu überfallen und selbst von Burg Blanseck loszureiten. Als Mörder hat er kein Mitleid verdient.«

»Woher wusstet Ihr von seinen Taten? Seid Ihr etwa allwissend?«, schimpfte der Bischof.

»Lästert nicht«, mahnte Ulrich mit strenger Miene. »Und nun wollen wir keine Zeit mit der Frage verlieren, wie ich ihn entlarvt habe. Euch habe ich nie getraut, und wie man sieht, verfolgen uns noch immer die Magdeburger Schatten. Doch jetzt sollten wir uns um einen Kompromiss bemühen, um aus dieser delikaten Situation herauszufinden.«

»Ihr wollt wohl sagen, Ihr wisst nicht, wie Ihr Euren Hals retten könnt!«, sagte Bruno von Schauenburg abschätzig.

»Ich empfehle Euch etwas mehr Demut, die Euch als Diener Gottes überhaupt besser zu Gesicht stünde. Vielleicht kommt man noch damit durch, einen unliebsamen Zeugen draußen bei Dunkelheit heimtückisch ermorden zu lassen – aber auf der eigenen Burg vor den Augen mehrerer Edelleute einen Vertreter des Königs beiseitezuschaffen, ist etwas ganz anderes. Ihr täuscht Euch, ehrwürdiger Bischof, die Frage lautet anders: Was wollt Ihr tun, um Eure Sünden wiedergutzumachen?«

»Ich bin nur Gott Rechenschaft schuldig«, sagte Bruno von oben herab, ohne Ulrich aus den Augen zu lassen. Ihm war nicht entgangen, dass sein ungebetener Gast die Hand am Griff seines Dolches liegen hatte. Er selbst trug lediglich sein Nachtgewand, und ohne Waffe konnte er nichts gegen ihn ausrichten.

»Das stimmt«, meinte Ulrich, »solange es um die Sünden Eurer Seele geht. Wenn wir aber von den Verfehlungen sprechen, die Ihr als Bischof des böhmischen Königs begangen habt ...«

»Ich bin nicht der Bischof des böhmischen Königs«, ereiferte sich Bruno von Schauenburg. »Die heilige Mutter Kirche gehört keinem Herrscher.«

»Lasst uns keine Wortklauberei betreiben«, erwiderte Ulrich. »Ich bin mir sicher, dass König Ottokar die Angelegenheit so sehen würde wie ich. Immerhin wolltet Ihr ihn hintergehen.«

»Ich wollte lediglich einen infamen Lügner loswerden, der durch unglückliche Umstände königlicher Prokurator geworden ist. Gegen unseren König habe ich selbstverständlich nichts, nur gegen Euch!«, schrie Bruno von Schauenburg und sprang vom Bett auf. Ulrich zog sofort seinen Dolch, und dem wütenden Bischof blieb nichts anderes übrig, als sich wieder hinzusetzen.

Nach einer Pause fuhr Ulrich fort: »Gut. Legen wir unserer Vereinbarung zugrunde, dass Ihr nicht den Interessen des Königs schaden wollt und nichts gegen den königlichen Prokurator unternommen habt, sondern lediglich Ulrich von Kulm bestrafen wolltet.«

»Wo liegt da der Unterschied?«

»Auf diese Weise könnt Ihr Euer Gesicht wahren und weiter als Getreuer des böhmischen Königs agieren. Lasst Eure Männer den persönlichen Landsitz von Paul von Eulenburg durchsuchen. Wenn Ihr dort den geraubten Beuteschatz findet, lasst Ihr die Truhen nach Prag bringen. Denn Ihr wollt doch unserem König helfen, nicht wahr? Wenn Ihr das tut, werde ich über meine Entdeckungen schweigen. Wir könnten behaupten, dass die Truhen von Waldräubern gestohlen und nun wiedergefunden wurden.«

Bruno von Schauenburg war ein intelligenter Mann, und so rang er sich schnell zu einem Nicken durch. Ulrichs Vorschlag war eine annehmbare Lösung dafür, wie er mit Würde aus diesem Schlamassel herauskommen konnte, und auf seinen Lippen deutete sich ein Lächeln an. Gleichzeitig musterte er Ulrich verwundert. So klug der königliche Prokurator auch zu sein schien, war er doch ein seltsamer Mann. Statt sich für die Aufklärung des Falls eine Belohnung von seinem Herrscher zu erhoffen, schien seine einzige Sorge zu sein, dass der Bischof von Olmütz in Konflikt mit dem König von Böhmen geraten und dadurch Unruhe im Land entstehen könnte. Und um das zu verhindern, verzichtete er freiwillig auf jeden Ruhm.

Ulrich war jedoch noch nicht fertig: »Ich habe allerdings noch weitere Bedingungen. Ihr müsst den Handlanger des Offizials hinrichten lassen, jenen finsteren hageren Mann, der Paul von Eulenburg bei all seinen Verbrechen geholfen hat.«

»Ein hagerer, finster dreinblickender Mann, sagt Ihr?«, fragte der Bischof. »Ich kenne ihn. Er ist der Vetter meines Offizials ... ich meine, des ehemaligen Offizials.«

»Sehr gut. Und dann wird Euer Beichtvater Leonhard natürlich meinen Knappen von der Anklage freisprechen, ein Werwolf zu sein. Ich weiß, wer der wahre Täter ist, der das

Mädchen umgebracht hat, und werde ihn entsprechend bestrafen.«

»Aber ich kann nicht in eine Entscheidung des Inquisitionstribunals eingreifen«, murmelte der Bischof.

»Auch ich überschreite meine Befugnisse als königlicher Prokurator«, erinnerte Ulrich ihn. »Wir müssen uns beide darum bemühen, für die böhmischen Länder das Beste zu erreichen.«

»Also gut«, sagte Bruno von Schauenburg zögernd, dann schnalzte er mit der Zunge. »Ist das nun alles?«

»Fast. Als Letztes hätte ich gerne Euer Versprechen, dass Ihr mich nicht wieder zu töten versucht. Wartet zumindest so lange, bis ich Mähren verlassen habe!«

»Ein so erfahrener Mann wie Ihr will sich auf ein bloßes Versprechen verlassen?«, entgegnete der Bischof spöttisch und schüttelte tadelnd den Kopf. Er liebte dieses Spiel. Zwar konnte er seinen Kontrahenten nicht leiden, musste aber zugeben, dass er ein guter Gegenspieler war.

»Wir sind alle in Gottes Hand«, erwiderte Ulrich lächelnd. »Darüber hinaus habe ich sämtliche Ergebnisse meiner Ermittlungen auf einem Pergament verzeichnet. Dort stehen die wahren Umstände des Silberraubs und auch des versuchten Mordes an mir. Sollte ich nicht lebend in Prag ankommen, werden meine Bekannten sich darum kümmern, dass der König dieses Schriftstück erhält. Gelange ich aber unversehrt nach Prag, werden sie das Pergament nach Olmütz bringen.«

Bruno von Schauenburg spuckte verächtlich auf den Boden. »Noch nie ist mir jemand so Unausstehliches begegnet wie Ihr! Aber gut. Diesmal habt Ihr gewonnen, Herr von Kulm. Meine Geduld mit Euch wird jedoch in dem Moment enden, in dem Ihr Prag erreicht. Und ich warne Euch, wagt es nicht, noch einmal nach Mähren zurückzukommen!«

XXXII. KAPITEL

Nach dem enervierenden Gespräch mit Ulrich von Kulm verkündete der Bischof von Olmütz seine Abreise von Burg Blanseck, worauf Burggraf Idik zur Verabschiedung noch ein Mittagessen für ihn im Rittersaal ausrichten ließ. Dort gab der Bischof bekannt, dass man seinen Offizial Paul von Eulenburg ohne alle Ehren bestatten werde. Seine undurchdringliche Miene schloss dabei jedwede kritische Frage aus. Nur Zwoisch von Rabensberg bemerkte vorsichtig, dass Gott früher oder später alle Sünder zur Rechenschaft ziehe, sei er doch allwissend und durchschaue jegliche Ränke und Schliche, und dabei bekreuzigte er sich fromm.

Bruno von Schauenburg beachtete ihn nicht weiter und fuhr fort: »Ferner wünsche ich, dass der königliche Prokurator unbeschadet nach Prag zurückreist. Da ich im Moment niemanden aus meiner Söldnerschar entbehren kann, schlage ich vor, dass Herr Militsch von Schwabenitz Herrn von Kulm bis an die Grenze der mährischen Markgrafschaft begleitet und seine Sicherheit und sein Wohlergehen im Auge behält. Wenn Herr von Schwabenitz mir diesen Gefallen erweisen will, werde ich darüber hinwegsehen, dass er mich heute Morgen ganz unnötigerweise so rabiat geweckt hat. Und noch etwas«, damit wandte sich der Bischof an Leonhard von Hackenfeld: »Der königliche Prokurator wird gemeinsam mit seinem Knappen

Otto von Zastrizl reiten. Offenbar hat sich der Grund erübrigt, weshalb die Inquisition ihn verhören oder gar richten sollte. Und nun wollen wir im Gebet für Speis und Trank danken, die uns der Herr in seiner unendlichen Güte beschert.« Er machte das Kreuzzeichen und faltete die Hände.

Während des Essens beugte Ulrich sich zu Militsch hinüber und bemerkte lächelnd: »Wie es aussieht, werde ich Euch nicht so schnell los.« In seinem Blick lag Müdigkeit.

»Tja, der Herrgott und unser Bischof lenken unsere Schritte«, erwiderte der alte Edelmann. »Aber wenn wir schon zusammen reisen, könnte ich Euch vielleicht gleich bis nach Prag begleiten. Ich habe dort etwas zu erledigen, und Eure Fürsprache könnte mir in der Sache nützlich sein. Denn bei aller Bescheidenheit glaube ich, ich konnte Euch ein wenig hilfreich sein, und vielleicht habt Ihr das Gefühl, mir etwas zu schulden, und wollt Euch erkenntlich zeigen? Dann biete ich Euch eine Gelegenheit dazu.«

Ulrich seufzte. »Erzählt schon, worum es geht.« Er wies eine Schüssel mit Soße zurück, denn sein Magen schmerzte, und er hatte keinen rechten Appetit. Wahrscheinlich brauchte er einfach dringend Ruhe. Dieser Fall hatte ihn viel Kraft gekostet.

»Es handelt sich um keine große Sache«, erklärte Militsch eilig. »Vor einigen Jahren habe ich den Herrschaftssitz Hranice erworben, doch da gibt es ein paar Dörfer, auf die auch die Königskammer Anspruch erhebt, und bislang ist es uns noch nicht gelungen, diesen alten Streit beizulegen. Vielleicht könnten wir in dieser Sache ja zu einer Versöhnung kommen.«

»Und ich vermute, die Versöhnung besteht für Euch darin, dass die Dörfer Eurem Gebiet zufallen?«, erwiderte Ulrich lächelnd.

»Nun ja, wenn ich fände, dass sie der Königskammer zustünden, würde ich nicht extra nach Prag reisen ... und für einen verrückten Prokurator mein Leben riskieren«, antwortete der alte Herr mit freundlichem Grinsen.

»Aber man riskiert sein Leben nicht aus Sympathie oder weil man eine Belohnung dafür erwartet – man tut es der Gerechtigkeit zuliebe. Denn ohne Recht und Gerechtigkeit würde die Welt zugrunde gehen.«

»Das mag schon sein«, räumte Militsch ein. »Aber gerechte Belohnungen gehören zur Ordnung der Welt ebenso wie Strafen.«

»Vielleicht habt Ihr recht«, sagte Ulrich müde. Er deutete unauffällig auf Bruno von Schauenburg, der mit seinem Beichtvater Leonhard tuschelte. Seine Miene deutete nicht gerade auf christliche Demut und Liebe hin.

An der ersten Weggabelung hinter Burg Blanseck lenkte Ulrich sein Pferd überraschend nicht nach Westen Richtung Prag, sondern auf den anderen Weg. »Es macht doch keinen Unterschied, ob Ihr Euren Streit mit der Königskammer einen Tag früher oder später austragt?«, fragte er Militsch. »Ich muss nämlich noch etwas auf Burg Hohlenstein erledigen. In diesem Gebiet haben wirklich viele Werwölfe gewütet, und manche von ihnen sind noch nicht bestraft worden.«

»Müsst Ihr denn überall für Gerechtigkeit sorgen?«, seufzte der alte Edelmann.

»Nicht nur für Gerechtigkeit«, antwortete Ulrich gut gelaunt. »Ich muss auch noch eine Eheschließung in die Wege leiten.«

Militsch fragte gar nicht weiter nach, denn er wusste, dass der königliche Prokurator ihm nicht mehr verraten würde. Er drückte die Unterschenkel gegen die Flanken seines Pferds und galoppierte los über den steinigen Weg.

Schwere graue Wolken hatten sich am Himmel zusammengeballt, ein kalter Wind blies ihnen entgegen, und ab und zu regnete es ein wenig. Innerhalb weniger Tage war es herbstlich geworden, und die beiden Reiter bemühten sich, schnell voranzukommen. Noch vor dem Abendläuten erreichten sie die Brücke, die über die tiefe Felsenkluft führte, und ritten durch das noch offen stehende Tor von Burg Hohlenstein.

Im Hof kam ihnen Wolfgang entgegen, der sich schon seit dem Vortag auf der Burg aufhielt. »Herr Zirro ist seit heute wieder da!«, berichtete er aufgeregt. »Er war in Talenberg. Und er hat die Vermählung seines Sohnes Hartman mit Viola, der Tochter des Herrn von Auschitz, bekannt gegeben. Nun ist es also offenkundig, woher er die preußischen Münzen hatte.«

»Wirklich? Darauf wäre ich nie gekommen«, murmelte Ulrich.

»Und noch etwas«, fuhr der bucklige kleine Mann atemlos fort. »Herr Zirro hat angekündigt, jeden zu hängen, der Eurem Knappen auch nur ein Haar krümmt. Otto weiß allerdings noch nichts davon. Er hat sich gestern wieder in seine unterirdische Höhle zurückgezogen.«

»Dahin hätte er sich auch ohne drohende Gefahr zurückgezogen«, sagte Ulrich lächelnd. »Herr Zirro wird jedoch in dieser Sache nicht so leicht davonkommen. Sein Sohn hat einen Mord auf dem Gewissen.«

»Was für einen Mord?«, dröhnte hinter ihnen die herrische Stimme Zirros von Hohlenstein, der trotz seines Hinkens rasch auf sie zuschritt. »Ein Mädchen aus Slaup wurde umgebracht. Und? Jeder Edelmann darf mit seinen Untertanen tun, was ihm beliebt. Kennt Ihr das Landrecht nicht, Herr von Kulm?«

»Ihr glaubt es vielleicht zu kennen«, widersprach Ulrich

ihm hart, »aber ich habe es gelesen. Und dabei sind mir einige wichtige Einzelheiten nicht entgangen. Etwa, dass ein Herrscher seine Untertanen zwar verkaufen oder bestrafen, nicht aber mutwillig töten darf. Und das gilt schon seit den Zeiten von Fürst Břetislav.«

»Aber es kam immer schon vor, und es wird auch weiter vorkommen«, sagte Zirro aufgebracht. »Mein Sohn hat dem Mädchen eine Strafe erteilt. Was ist schon dabei?«

»Eine Strafe wofür? Dafür, dass sie Walderdbeeren sammelte?«, erwiderte Ulrich scharf. »Ihr habt genau zwei Möglichkeiten: Entweder Ihr bestraft den Schuldigen selbst, oder ich bitte die Inquisition, den Fall zu untersuchen. Der Teufel treibt etwas allzu oft sein Unwesen auf Eurem Territorium, edler Herr, das kann doch nicht mit rechten Dingen zugehen.«

Zirros Miene verfinsterte sich. Er stand schweigend im Burghof und dachte nach. Die Inquisition war die einzige Instanz, die ihm das Leben schwer machen konnte. Er hatte gehört, dass das Inquisitionstribunal es besonders auf reiche Männer abgesehen hatte, weil dem Inquisitor laut geltendem Recht ein Teil ihres Besitzes zufiel. Und das Tribunal machte keinen Unterschied zwischen einem gewöhnlichen Untertan und einem Edelmann. Zirro spuckte wütend aus. Vor Gott sollten alle Menschen gleich sein? Was für ein Unfug!

Als hätte er die Gedanken des Burgherrn gelesen, meldete sich in diesem Moment Militsch zu Wort. Mit einer höflichen Verbeugung bemerkte er, dass der königliche Prokurator unter seinem persönlichen Schutz stehe, denn der Bischof von Olmütz habe ihn darum gebeten, Herrn von Kulm zu begleiten.

»So, Ihr seid Euch also mit Bruno von Schauenburg einig geworden?«, entgegnete Zirro verächtlich. »Das hätte ich mir denken können!«

»Nehmt Euch in Acht, Ihr beleidigt einen Vertreter des Königs«, sagte Ulrich scharf. »Ihr denkt an Intrigen, dabei geht es mir nur um das Recht. Aber wenn Ihr Euch lieber mit der Inquisition abgeben wollt, bitte sehr.« Er griff nach den Zügeln seines Pferdes und machte Anstalten, aufzusteigen und weiterzureiten.

»Wartet!«, knurrte Zirro. »Und kommt schon mit in den Palas. Hier draußen ist es kühl. Lasst uns zum Aufwärmen ein paar Becher Wein trinken, dann beruhigen sich vielleicht die Gemüter.«

Kurz darauf saßen die drei Männer im Rittersaal am Kamin, in dem ein knisterndes Feuer brannte und behagliche Wärme verbreitete. Ulrich nutzte den Moment, um ein paar Schlucke von dem würzig duftenden, heißen Wein zu genießen. Alle schwiegen. Es lag an ihm, das Wort zu ergreifen, und er überlegte, wie er beginnen sollte.

»Es ist eine Sünde, einen wehrlosen Menschen zu töten«, sagte er schließlich. »Aber darüber soll Gott richten, wenn Euer Sohn einst vor ihm steht. Als Richter muss ich mich an die Landesgepflogenheiten halten, und auch wenn es meinem Herzen und Gewissen widerstrebt, muss ich wohl oder übel einräumen, dass ich Euren Sohn nicht vor das königliche Gericht bringen kann. Was ich aber tun kann, ist, von Euch zu fordern, dass Ihr den Schmerz der Hinterbliebenen lindert.«

»Das klingt mir vernünftig«, sagte Zirro von Hohlenstein langsam. »Ich werde der Familie des Mädchens ein lehensfreies Feld und fünf Silberlinge schenken.«

Ulrich nickte. »Und wie wollt Ihr mit Erhard verfahren?«

»Er hat meinem Sohn nur Gehorsam geleistet.«

»Er hat vor dem Inquisitionstribunal falsch ausgesagt.«

Zirro zögerte. »Hm, eine schwierige Sache ... Er hat vor allem seinem Herrn Treue bewiesen. Wie wäre es, wenn er mit eigenen Händen eine kleine Kapelle im Wald errichtet, wo er das Mädchen erwürgt hat? Das würde als Buße doch vielleicht ausreichen.«

»Ich bin kein Priester«, erwiderte Ulrich. »Aber die Lektion, die mein Knappe ihm erteilt hat, wird ihn vermutlich abhalten, noch einmal etwas Derartiges zu tun. Dann wäre da aber noch der Müller Heralt ...«

»Was kramt Ihr diese alte Sache hervor?«, sagte Zirro verärgert. »Die Leute von Schoschuwka haben ihn und seine Nichte nun einmal verbrannt. Soll ich etwa auch sie bestrafen?«

»Indem sie ebenfalls eine Kapelle errichten?«, meinte Ulrich spöttisch. Dann klärte er den Burgherrn darüber auf, dass sowohl der Müller Heralt als auch seine Nichte Mischka noch am Leben seien.

»Dann ist es ja gut«, erwiderte Zirro ruhig. »Ich werde Heralt Holz geben, damit er sich eine neue Mühle bauen kann. Und ihm einen bespannten Wagen leihen.«

Aber Ulrich schüttelte den Kopf. »Warum sollte er erst eine neue bauen müssen? Habt Ihr in Eurem Roschitzer Herrschaftsgebiet nicht ebenfalls Mühlen? Erlaubt ihm, dorthin zu ziehen, und schenkt ihm eine schöne vor Ort. In Schoschuwka würde Heralt nicht mehr leben können. Begreift Ihr nicht, was die Dörfler ihm angetan haben?«

»Aber alle Mühlen im Roschitzer Gebiet sind besetzt«, wandte Zirro ein.

»Dann soll einer der dortigen Müller hierherziehen. Schließlich werdet Ihr auch hier wieder einen erfahrenen Müller benötigen. Wohin sollen die Bauern sonst ihr Korn zum Mahlen bringen?«

»Also gut«, erklärte Zirro nach kurzem Zögern und wollte schon seinen Weinbecher heben, um auf ihre Einigung anzustoßen. Doch Ulrich hatte noch ein weiteres Anliegen. Er brachte die Rede auf die junge Magd von Burg Hohlenstein.

»Ihr meint Šonka?«, fragte der Burgherr verwundert. »Was ist mit ihr? Wurde ihr etwa auch etwas angetan?«

Ulrich lächelte. »Ihr nicht. Aber sie hat meinem Schreiber das Herz gebrochen. Es wäre daher schön, wenn sie mit ihm nach Böhmen gehen dürfte.«

Zirro von Hohlenstein schüttelte verständnislos den Kopf. »So sehr liegt Euch Euer Diener am Herzen?«

»Nun ja, wenn Ihr Šonka nicht aus ihrer Knechtschaft entlasst, wird mir mein Schreiber auf der ganzen Heimreise die Ohren so volljammern, dass ich darüber den Verstand verliere«, erklärte Ulrich. »Wir können es natürlich auch umgekehrt machen: dass er auf Burg Hohlenstein verbleibt. Würdet Ihr meinen Schreiber in Eure Dienste übernehmen, sodass er sich nicht von Šonka trennen muss?«

Zirro wurde unsicher. »Redet Ihr von dem Buckligen?«, wollte er wissen.

Ulrich nickte. »Einen besseren Schreiber findet Ihr nirgendwo!«

»Hm ... ich würde sagen, Ihr nehmt lieber Šonka mit Euch nach Böhmen«, erwiderte Zirro. »Ich benötige nicht so dringend einen Schreiber. Bin ein alter Mann und brauche hier keine Scherereien.« Damit erhob er erneut seinen Becher und stieß nun endlich mit seinen Gästen an.

Es war Abend geworden und regnete leicht, aber Mischka wollte draußen im Freien bleiben. Sie wollte nicht zurück in die Höhle – auf Burg Hohlenstein zu übernachten, kam für sie jedoch ebenfalls nicht in Frage. »Ich finde es hier draußen so schön«, sagte sie leise.

Otto hatte ihr berichtet, was sein Herr mit Zirro von Hohlenstein vereinbart hatte und dass sie nun endlich frei war. Trotzdem sah sie nicht glücklich aus und blickte Otto traurig an. »Nimm mich in deine Arme«, bat sie ihn.

»Ich wollte dir noch etwas sagen«, erwiderte er fröhlich. »Etwas, was uns beide betrifft.«

»Sag lieber nichts«, flüsterte Mischka. Sie schlang ihre Arme um ihn und drückte sich leidenschaftlich an ihn. »Küss mich!«

Otto konnte sich nicht erinnern, dass es in den Armen eines Mädchens je so schön gewesen war wie mit Mischka an diesem frühen Abend im Wald bei Schoschuwka. Mit einer Frau zu schlafen, an der ihm wirklich lag, war etwas ganz anderes – das wurde ihm immer bewusster – als die flüchtigen Abenteuer, die bisher sein Leben geprägt hatten. Wie benommen flüsterte er immer wieder: »Liebste, meine Liebste …«

Hinterher lagen sie heftig atmend nebeneinander, die Arme ineinander verschlungen, und blickten glücklich in den Himmel. Es hatte aufgehört zu regnen, die Wolken rissen auf, und der Mond wurde sichtbar.

»Mischka, ich liebe dich«, sagte der Knappe, stützte sich auf die Ellbogen und beugte sich über ihr hübsches, von schwarzen Locken gerahmtes Gesicht. »Willst du mich zum Ehemann haben?«

Mischka begann heftig zu weinen und antwortete leise: »Nein.«

»Aber warum nicht?«, fragte Otto ungläubig. »Es ist jetzt doch alles vorüber, und du bist frei.«

»Ich kann dich nicht heiraten«, schluchzte sie.

»Gefalle ich dir nicht?«, murmelte er gekränkt.

»Das ist es nicht«, erwiderte sie und wischte sich die Tränen aus dem Gesicht. »Ich will einen Mann, der immer bei mir ist. Aber für dich wäre ich nur eine angenehme Abwechslung, wenn du einmal nicht gerade in irgendeinem Fall unterwegs bist. Während deiner Abenteuer würde ich sterben vor Angst. Ich will neben meinem Ehemann aufwachen und abends einschlafen. Ich will mit ihm an einem Tisch sitzen, mich mit ihm unterhalten und mit ihm schlafen. Dort unten in der Höhle habe ich genug Angst und Einsamkeit erlebt. Nein, mein lieber Otto. Ich werde dich nie vergessen, aber ich kann nicht mit dir leben.«

Otto setzte sich verdrossen auf. Wäre er alleine gewesen, hätte er sich vielleicht ins Gras geworfen und geweint wie ein kleines Kind. So aber schwieg er nur und fragte nach einer Weile, ohne sie anzublicken: »Was willst du jetzt tun?«

»Ich gehe mit Onkel Heralt von hier fort. Vielleicht finde ich ja einen ganz gewöhnlichen Mann. Bestimmt wird er nicht so klug sein, so mutig und so schön wie du, und auch nicht so ein guter Liebhaber. Aber vielleicht wird er mich gernhaben und mich heiraten und von morgens bis abends mit mir zusammenleben.«

»Ja«, murmelte Otto. »Dann wird das wohl das Beste sein.« Er stand auf.

»Verzeih mir«, flüsterte Mischka und zog sich rasch an. Doch Otto wandte sich ab und ging mit gesenktem Kopf davon. Als er aus ihrem Blickfeld verschwunden war, begann Mischka wieder zu weinen. Doch so unglücklich sie auch war – sie wusste, dass sie richtig entschieden hatte.

Das kleine Grüppchen um Ulrich von Kulm näherte sich dem Marktflecken Raitz, und von fern war das mittägliche Glockengeläut zu hören.

»Höchste Zeit, etwas zu essen«, murmelte Militsch in Vorfreude. »Auf dem großen Platz gibt es eine gute Schenke.«

»Wollen wir nicht lieber bei Kaufmann Michael haltmachen?«, schlug Ulrich vor. »Seine Frau ist eine sehr gute Köchin, und sicher wird es sie interessieren zu hören, was aus ihrer Nichte und Müller Heralt geworden ist. Und vielleicht freut sich auch ihre Tochter Radana, uns zu sehen. Wenn nicht uns alle, so doch zumindest dich, Otto!«

»Ich warte lieber an der Furt hinter Raitz auf Euch«, erwiderte Otto niedergeschlagen. »Ich habe keinen Hunger.«

Wolfgang wollte schon einen spitzen Kommentar abgeben, aber Šonka, die hinter ihm auf dem Pferd saß, bat ihn flüsternd, zu schweigen.

Ulrich musterte seinen Knappen forschend, dann nickte er. »Du hast recht, Otto. Wir sollten uns nicht länger als nötig aufhalten. Ich habe von Mähren ebenfalls genug, und es geht doch nichts über die Heimat.«

Als Otto außer Hörweite war, raunte Militsch Ulrich amüsiert zu: »Als wir vor einigen Tagen aufbrachen, sagtet Ihr, Ihr wolltet noch eine Eheschließung in die Wege leiten. Aber wie man sieht, vermag nicht einmal der hoch angesehene königliche Prokurator alles vorherzusagen.«

»Wieso?«, entgegnete Ulrich verwundert. »Sobald wir zurück auf Burg Bösig sind, wird Wolfgang seine Šonka ehelichen. Dann hat sein Gejammer hoffentlich ein Ende.«

Sie waren den Weg nach Raitz hinaufgeritten und hatten gerade das Tor erreicht, als eine blonde junge Frau mit anmutigen Zügen heraustrat und an ihnen vorüberging. Otto zügelte sein Pferd, um sie genauer anzusehen, und blickte sich sogar noch einmal nach ihr um. Auf seinem Gesicht lag ein Lächeln.

Alle Jahre wieder: eine Leiche im Advent

Vlastimil Vondruška
DIE SIEBTE LEICHE
Historischer
Kriminalroman
Aus dem Tschechischen
von Sophia Marzolff
336 Seiten
ISBN 978-3-404-17606-9

Tschechien im 13. Jahrhundert: Mitten im tiefsten Winter gerät der königliche Prokurator Ulrich von Kulm in einen heftigen Schneesturm. Er findet Zuflucht in einer abgelegenen Burg, in der seltsame Dinge vor sich gehen: Jedes Jahr im Advent kommt es zu einem mysteriösen Todesfall. Die Burgbewohner sprechen von einem schrecklichen Fluch, aber davon will Ulrich nichts wissen. Gemeinsam mit seinem Knappen Otto geht er der Sache auf den Grund. Doch er kann nicht verhindern, dass auch in diesem Jahr wieder ein Mord geschieht ...

Bastei Lübbe

Die Community für alle, die Bücher lieben

Das Gefühl, wenn man ein Buch in einer einzigen Nacht verschlingt – teile es mit der Community

In der Lesejury kannst du

★ Bücher lesen und rezensieren, die noch nicht erschienen sind

★ Gemeinsam mit anderen buchbegeisterten Menschen in Leserunden diskutieren

★ Autoren persönlich kennenlernen

★ An exklusiven Gewinnspielen und Aktionen teilnehmen

★ Bonuspunkte sammeln und diese gegen tolle Prämien eintauschen

Jetzt kostenlos registrieren: www.lesejury.de
Folge uns auf Facebook:
www.facebook.com/lesejury